Außer Byron und Oscar Wilde ist wohl kein Schriftsteller so von Klatsch heimgesucht worden wie George Sand (1804-1876). Seit 1832, dem Erscheinungsjahr der *Indiana,* bildete sich um ihre Person ein ganzer Legendenkreis. Im Todesjahr Goethes erschien ihr erster bedeutender Roman *Indiana*. Es war der erste Emanzipationsroman. »Ich wurde nur von einem klaren und feurigen Gefühl geleitet – und dieses Gefühl war Abscheu vor dem dummen brutalen Sklaventum; ich selbst litt nicht darunter, wie man aus der Freiheit, der ich mich erfreute und die mir nicht streitig gemacht wurde, wohl sehen kann.« »*Indiana* ist ein Typ: sie ist die Frau, ein schwaches Wesen, dem die Aufgabe zufiel, Leidenschaften zu verkörpern, die durch das Gesetz zusammengezwängt, oder besser noch: unterdrückt werden; sie ist ein Wille im Kampf mit der Notwendigkeit; sie ist die Liebe, die blindlings mit der Stirn gegen alle Hindernisse der Zivilisation stößt . . .« (George Sand)

Hans Mayer schreibt in *Außenseiter:* »Diese Kreolin, die zwischen Ehemann und Liebhaber nur noch negativ zu entscheiden vermag, wird zwar zum Schluß durch einen edlen Engländer, frei nach den Traditionen der Aufklärung aus dem 18. Jahrhundert, zurückgeführt in ein rousseauistisches Paradies in Westindien . . . Allein die Abkehr vom üblichen – und männlichen! – Romanschema der Frau zwischen Ehe und freier Liebe ist bemerkenswert . . .«

insel taschenbuch 711

George Sand

Indiana

GEORGE SAND
INDIANA

Aus dem Französischen von
A. Seubert
Mit einem Essay von
Annegret Stopczyk
Insel Verlag

insel taschenbuch 711
Erste Auflage 1983

Vertrieb durch den Suhrkamp Taschenbuch Verlag
Umschlag nach Entwürfen von Willy Fleckhaus
Satz: LibroSatz, Kriftel
Druck: Ebner Ulm
Printed in Germany

2 3 4 5 6 – 88 87 86 85 84

INDIANA

I

An einem kühlen und regnerischen Herbstabend saßen drei Personen in einem Schlößchen der Brie träumerisch vor dem Kamin und beschäftigten sich damit, die Holzklötze brennen und den Zeiger der Standuhr langsam weiterschleichen zu sehen. Zwei dieser schweigenden Wesen schienen die dumpfe Langeweile, die auf ihnen lastete, ergeben hinzunehmen; der dritte im Bund gab aber ganz unzweideutige Zeichen seiner inneren Erregung: er drehte sich auf seinem Stuhl hin und her, unterdrückte das melancholische Gähnen, das ihn von Zeit zu Zeit befiel, nur zur Hälfte und schlug mit der Feuerzange auf die knisternden Scheite, als suche er auf diese Art den gemeinschaftlichen Feind zu bekämpfen.

Dieser Mann, der weit älter als die beiden anderen aussah, war der Herr des Hauses, Oberst Delmare, ein alter Tapferer auf Halbsold, einst wohl ein schöner Mann, jetzt dick geworden, kahl, graubärtig, von einschüchterndem Aussehen; der Herr und Meister, wie er sein soll, vor dem alles zittert, Frau und Diener, Pferde und Hunde.

Er erhob sich endlich, offenbar ärgerlich darüber, daß er nicht wußte, wie das Schweigen brechen, und begann den Salon in seiner ganzen Länge mit schweren Schritten zu durchmessen. Dabei verlor er nicht die Strammheit des alten Militärs, warf sich in die Brust und machte kehrt mit jener unerschütterlichen Selbstzufriedenheit, die den Mann der Parade, den Musteroffizier charakterisiert.

Freilich sie waren dahin, jene Tage des Glanzes, da der Leutnant Delmare die Luft des Lagers und zugleich Ruhm und Siege atmete. Der pensionierte Stabsoffizier, vom undankbaren Vaterland vergessen, sah sich dazu verdammt, alle Folgen einer verspäteten Heirat zu tragen. Er war der Gatte einer jungen, hübschen Frau, der Eigentümer eines bequem eingerichteten Herrenhauses mit Zubehör und überdies glücklicher Industrieller. Das alles war schuld, daß der Oberst seine Launen hatte und heute abend ganz besonders, denn die Witterung war feucht und er litt an Rheumatismus.

Mit Würde durchmaß er seinen alten, im Geschmack Ludwigs XV. möblierten Salon und blieb bald vor einem Türstück in fresco stehen, wo nackte Amoretten wohlerzogene Rehe und gemütliche Wildschweine mit Blumen fesselten, bald vor einer Wandfüllung mit mageren und vielfach geschnörkelten Skulpturen, deren endlosen Windungen und Drehungen das Auge vergebens zu folgen suchte. Diese flüchtigen Abschweifungen hinderten den Obersten nicht, bei jeder Wendung seines Marsches einen lebhaften, forschenden Blick auf die zwei Gefährten zu werfen und sein Auge aufmerksam von dem einen zum anderen laufen zu lassen, jenes Auge, das nun seit drei Jahren einen kostbaren, aber gebrechlichen Schatz zu hüten hatte – seine Frau.

Denn diese Frau war erst neunzehn Jahre alt, und wenn man sie so dasitzen sah, unter dem Mantel des großen Kamins aus weißem Marmor mit Bronzevergoldung, den Ellbogen auf das Knie gestützt, zart, bleich, traurig und dabei doch so jung, inmitten dieser alten Haushaltung, an der Seite dieses bejahrten Mannes, einer gestern aufgeblühten Blume vergleichbar, die man in eine alte gotische Vase versetzt hat, so mußte man die Frau des Obersten Delmare beklagen, aber vielleicht den Obersten selbst noch mehr.

Der dritte Bewohner dieses einsamen Hauses saß in der Kaminnische am anderen Ende der glimmenden Scheite. Es war ein Mann in der Kraft und Blüte der Jugend, dessen frische Wangen, reiche goldblonde Locken und kräftiger Bart zu den ergrauten Haaren, der wettergebräunten Haut und den scharfen Zügen des Hausherrn in grellem Widerspruch standen. Dennoch hätte auch das schwächste Künstlerauge den strengen, schroffen Ausdruck des Herrn Delmare den regelmäßigen, aber geistlosen Zügen des jungen Mannes vorziehen müssen. Die geschwollene Relieffigur auf dem Sturzblech im Hintergrund des Kamins starrte vielleicht kaum weniger nichtssagend auf die brennenden Klötze wie der rosige und blonde Held dieser Geschichte. Allerdings mußte ihn die Anmut seiner Formen, der hübsche Schwung seiner Augenbrauen, die glatte Stirn, die Ruhe seiner Augen, die schönen Hände und sogar die strenge Eleganz seiner Jagdkleidung für einen sehr hübschen Kavalier in den Augen jeder Frau erscheinen lassen, dem sogenannten philosophischen Geschmack des vorigen Jahrhunderts huldigte. Aber vielleicht hatte die junge schüchterne Frau Delmare noch nie einen Mann so genau gemustert; vielleicht gab es zwischen der zarten, leidenden Frau und diesem jungen Mann mit seinem gesunden Schlaf und seinem guten Appetit durchaus keine Sympathie. Wenigstens suchte das Falkenauge des ehelichen Argus vergebens einen Blick, einen Seufzer zwischen diesen beiden so ungleichen Wesen zu erspähen. Sooft jener sich aber überzeugte, daß er auch nicht die Spur einer Ursache zur Eifersucht habe, verfiel er in einen nur noch tieferen Trübsinn und steckte die Hände mit einer heftigen Bewegung tief in seine Taschen.

Die einzige glückliche und wohltuende Figur dieser Gruppe war ein Jagdhund von der Rasse der großen Packans, der seinen Kopf an den Knien des sitzenden Herrn ruhen ließ. Sein langer Leib, die großen zottigen Kniekehlen, das nach Art der Füchse zugespitzte Maul und die kluge, ganz von unordentlichen Haaren starrende

Physiognomie, aus der zwei große rötliche Augen wie zwei Topase herauslugten, machten ihn zu einer ausgezeichneten Erscheinung.

Es lag etwas Rembrandtisches in dieser durch das Kaminfeuer halberhellten Interieurszene. Zimmer und Gestalten waren ab und zu in einen bleichen, flüchtigen Schein getaucht, der dann plötzlich in den roten Ton der Kaminglut überging und allmählich wieder erstarb; dann versank auch der große Saal wieder in sein düsteres Dunkel. Sooft Herr Delmare beim Auf- und Abschreiten das Feuer passierte, erschien er wie ein Schatten und verlor sich dann wieder in der geheimnisvollen Tiefe des Saales. An den mit Kronen, Medaillons und Holzschleifen überladenen Ovalrahmen, an den mit Ebenholz und Bronze eingelegten Möbeln, an den zackigen Karniesen des Tafelwerks traten da und dort vergoldete Streifen ins Licht. Wenn dann ein Feuerbrand erlosch und seine Leuchtkraft an einen anderen Brennpunkt des Kamins abtrat, so sanken auch die durch ihn beleuchtet gewesenen Gegenstände in Nacht und andere glänzende Unebenheiten traten aus der Dunkelheit hervor.

Betrachtete man das unbewegliche Relief der zwei Personen vor dem Kamin länger, so konnte man meinen, sie fürchteten sich, den starren Charakter der Szene zu brechen; man konnte glauben, das leiseste Wort, die geringste Bewegung, die von diesen wie die Helden eines Feenmärchens versteinerten Wesen ausging, werde sie unter den Mauern einer phantastischen Stadt begraben. Der Herr des Hauses aber mit seiner finsteren Stirn, der allein mit seinem gleichmäßigen Schritt das Dunkel und das Schweigen brach, sah einem Zauberer nicht unähnlich, der jene unter seinem Bann hielt.

Endlich folgte der Hund auf einen freundlichen Blick seines Herrn der magnetischen Gewalt, die das Auge des

Menschen auf das der intelligenten Tiere ausübt. Er erlaubte sich ein leises, schüchternes Bellen und legte seine Pfoten mit unnachahmlicher Weichheit und Anmut auf die Schultern seines geliebten Herrn.

Hinunter, Ophelia! Hinunter!

Und der junge Mann gab dem klugen Tier in englischer Sprache einen ernsten Verweis, worauf es sich beschämt und reumütig zu Frau Delmare hinschlich, als wollte es diese um ihren Schutz bitten. Aber Frau Delmare verharrte in ihrer Träumerei und ließ Ophelia den Kopf auf ihre weißen Hände legen, die sie über dem Knie gefaltet hatte, ohne dem Hund eine Liebkosung zu gewähren.

Der Hund ist also ganz eingebürgert im Salon, begann der Oberst, im Inneren froh, etwas gefunden zu haben, woran er seine üble Laune auslassen konnte. Fort in den Hundestall, Ophelia! Hinaus, dummes Vieh!

Wenn jemand jetzt Frau Delmare beobachtet hätte, würde er an diesem an sich unbedeutenden Vorfall das schmerzliche Geheimnis ihres Daseins erraten haben können. Ein fast unmerklicher Schauder lief über ihren Körper, ihre Hände, die unbewußt den Kopf des Lieblingstiers hielten, klammerten sich lebhaft um seinen rauhen und zottigen Hals, als wollten sie ihn halten und schützen. Herr Delmare aber zog seine Jagdpeitsche aus der Tasche und ging drohend auf die arme Ophelia los, die sich zu seinen Füßen krümmte, die Augen schloß und schon im voraus ein Schmerz- und Angstgeheul ausstieß. Frau Delmare wurde noch blässer, ihr Busen hob sich krampfhaft und ihre großen blauen Augen schauten unsagbar entsetzt auf den Ehemann.

Ich bitte dich, sagte sie, töte ihn nicht.

Diese wenigen Worte erschütterten den Obersten. Ein peinliches Gefühl verdrängte seinen Zorn.

Ich begreife deinen Vorwurf sehr gut, erwiderte er, seit

ich deinen Wachtelhund in der Aufregung auf der Jagd tötete, hast du mir ihn ja öfter gemacht. Es war auch ein großer Verlust! So ein Hund, der sich beständig losriß und auf das Wild stürzte! Ich möchte sehen, wer da nicht endlich die Geduld verloren hätte! Übrigens liebst du ihn erst so ungeheuer, seitdem er hin ist. Vorher hattest du dich nicht viel um ihn gekümmert; jetzt aber, wo er dir eine Gelegenheit bietet, mir etwas anzuhaben –

Habe ich dir je einen Vorwurf darüber gemacht? sprach Frau Delmare mit jener Sanftmut, die man gegen Leute, die man liebt, als Zartsinn, und gegen solche, die man nicht liebt, aus Rücksicht für sich selbst, anwendet.

Das habe ich nicht gesagt, erwiderte der Oberst in einem Ton, der halb dem Vater, halb dem Gatten angehörte; aber in den Tränen gewisser Frauen liegen herbere Vorwürfe als in allen Schmähungen anderer. Zum Henker! du weißt, daß ich dich nicht gern weinen sehe.

Ich denke, du siehst mich nie weinen.

So? Sehe ich nicht beharrlich rote Augen! – Das ist noch schlimmer, weiß Gott!

Während dieser ehelichen Unterhaltung hatte sich der junge Mann in aller Ruhe erhoben und Ophelia hinausgelassen; dann zündete er eine Kerze an, stellte sie auf den Kaminsims und setzte sich wieder Frau Delmare gegenüber.

Diese Handlung beeinflußte sofort die Stimmung des Obersten. Als die Kerze ein gleichmäßigeres, weniger zitterndes Licht als der Herd auf seine Frau warf, bemerkte er den leidenden, erschöpften Ausdruck, der an diesem Abend über ihrem ganzen Wesen lag, die matte Haltung, die abgemagerten Wangen, über welche die langen schwarzen Haare lose herabhingen, und die bläulichen Ringe unter den trüben, erhitzten Augen.

Wie befindest du dich heute, Indiana? fragte er sie mit

dem linkischen Wesen eines Mannes, bei dem Herz und Charakter selten übereinstimmen.

Wie gewöhnlich; ich danke dir, erwiderte sie, ohne sich erstaunt oder beleidigt zu zeigen.

Wie gewöhnlich! Das ist keine Antwort oder besser es ist die Antwort einer Frau, eine zweideutige Antwort, die weder Ja noch Nein, weder Gut noch Schlecht sagen will.

Nun ja, ich befinde mich weder gut noch schlecht.

Höre! rief jener in einem neuen Anfall von Roheit, du lügst. Ich weiß, daß dir nicht gut ist, du hast es eben Sir Ralph gesagt. – Nun, Herr Ralph, habe ich recht? Sprechen Sie, hat sie es Ihnen nicht gesagt?

Sie hat es mir gesagt, erwiderte der Angeredete phlegmatisch, ohne den vorwurfsvollen Blick, den ihm Indiana zuwarf, zu beachten.

Nun trat eine vierte Person auf die Bühne; es war das Faktotum des Hauses, ein alter Sergeant von dem früheren Regiment des Herrn Delmare.

Er meldete Herrn Delmare knapp, er habe Grund zu glauben, daß sich an den letzten Abenden um diese Stunde Kohlendiebe in den Park geschlichen hätten; er bäte deshalb um eine Flinte, er wolle vor dem Tor noch eine Runde machen. Herr Delmare faßte die Sache sogleich vom Standpunkt des Militärs auf, nahm seine Jagdflinte, gab Lelièvre eine andere und wollte das Zimmer verlassen.

Wie! rief Frau Delmare entsetzt, du wirst doch nicht einen armen Bauern wegen eines Sackes Kohlen umbringen wollen.

Wenn ich bei Nacht jemand innerhalb meiner Mauern herumschleichen sehe, so schieße ich ihn nieder wie einen Hund. Wenn du das Gesetz kenntest, würdest du wissen, daß es mich dazu berechtigt.

Ein abscheuliches Gesetz! rief Indiana lebhaft.

Dann ihre Aufregung bezwingend, setzte sie in gemäßigterem Ton hinzu: Aber dein Rheumatismus! Du vergißt, daß es regnet und daß du morgen darunter zu leiden haben wirst, wenn du noch hinunter gehst.

Du fürchtest wohl, deinen alten Mann pflegen zu müssen! entgegnete Delmare, während er die Tür aufriß.

Dann verließ er das Zimmer und murrte über sein Alter und seine Frau.

II

Die zwei Personen, denen wir die Namen Indiana Delmare und Sir Ralph, oder wenn man lieber will, Herr Rudolph Brown beigelegt haben, blieben ebenso ruhig, ebenso kalt beieinander sitzen, als ob sich der Ehemann zwischen ihnen befände. Dem Engländer fiel es nicht ein, sich zu entschuldigen, und Frau Delmare fühlte wohl, daß sie ihm eigentlich keinen ernstlichen Vorwurf machen könne; er hatte es ja gut gemeint. Endlich zwang sie sich und brach das Schweigen in sanftem Schelten.

Das war nicht recht, lieber Ralph, sagte sie zu ihm; ich hatte Sie doch gebeten, jene Worte, die mir in einem Augenblick des Schmerzes entschlüpft waren, nicht weiterzusagen; und Herr Delmare wäre der letzte gewesen, dem ich mein Leiden hätte anvertrauen mögen.

Ich begreife Sie nicht, Verehrte, erwiderte Sir Ralph; Sie sind krank und wollen sich doch nicht pflegen. Es blieb mir also nur die Wahl, Sie zu verlieren oder Ihren Gemahl von der Sache in Kenntnis zu setzen.

Ja, ja, sagte Frau Delmare mit einem trüben Lächeln, und da haben Sie vorgezogen, »die Behörde zu benachrichtigen«.

Sie haben unrecht, daß Sie sich so in eine gewisse Bitterkeit gegen den Oberst hineinsteigern, er ist ehrenhaft und brav.

Wer sagt denn, daß er das nicht sei, Sir Ralph?

Nun Sie selbst, ohne es zu wollen. Ihr Trübsinn, Ihr kränklicher Zustand, und wie er selbst bemerkt hat, Ihre geröteten Augen verkünden allen, daß Sie nicht glücklich sind.

Still, Sir Ralph, Sie gehen zu weit. Ich habe Ihnen nicht erlaubt, so viel zu wissen.

Ich sehe, ich mache Sie böse; ich bin freilich ein ungeschickter Mensch; ich verstehe mich nicht auf die Feinheiten Ihrer Sprache, und dann habe ich auch manches mit Ihrem Gemahl gemein. Wie er weiß ich nicht, was man auf Englisch oder Französisch den Frauen sagen muß, um sie zu trösten. Ein anderer hätte Ihnen den Gedanken, den ich so schwerfällig ausdrückte, anzudeuten gewußt; er hätte die Kunst verstanden, Ihr Vertrauen zu gewinnen, ohne daß sie es selbst bemerkt hätten, vielleicht wäre es ihm sogar gelungen, Ihr Herz, das sich vor mir versteckt und verschließt, ein wenig zu trösten. Ich mache nicht zum ersten Mal die Bemerkung, daß – besonders in Frankreich – die Worte oft mehr Macht haben als die Gedanken. Gerade die Frauen –

Oh, Sie verachten die Frauen gar zu sehr, lieber Ralph. Ich stehe hier allein gegen zwei und muß mich deshalb bescheiden, niemals recht zu haben.

Gib uns unrecht, liebe Kusine, indem du gesundest, deine frühere Heiterkeit, Frische und Lebhaftigkeit wiedergewinnst. Denke doch auch an die Insel Bourbon, an unser köstliches Heim zu Bernica, an unsere fröhliche Jugend, an unsere Freundschaft, die so alt ist wie du selbst.

Ich denke auch an meinen Vater, sagte Indiana mit einem traurigen Nachdruck und gab Sir Ralph die Hand.

Beide schwiegen.

Indiana, begann Ralph nach einer Pause wieder, wir können das Glück immer erreichen. Oft brauchen wir nur die Hand auszustrecken, um es zu fassen. Was fehlt dir eigentlich? Du hast ein anständiges Auskommen, was besser ist als Reichtum, einen wackeren Gatten, der dich von ganzem Herzen liebt, und ich darf es sagen, einen aufrichtigen treu ergebenen Freund –

Frau Delmare drückte Sir Ralph sanft die Hand, änderte aber ihre Haltung nicht; sie ließ den Kopf hängen, und die feuchten Blicke hafteten an dem magischen Spiel des Kaminfeuers.

Ihre Trauer, liebe Freundin, fuhr Sir Ralph fort, ist lediglich ein krankhafter Zustand, und wer von uns kann der Mißstimmung, dem Spleen entrinnen? Sehen Sie sich nur um und Sie werden Leute genug finden, von denen Sie mit Recht beneidet werden. Der Mensch ist einmal so, immer sehnt er sich nach dem, was er nicht hat –

Wir wollen uns die übrigen Gemeinplätze schenken, die der gute Sir Ralph in einem ebenso einförmigen und schwerfälligen Ton von sich gab, wie seine Gedanken selbst waren. Man darf aber deshalb nicht glauben, daß Sir Ralph ein Gimpel war; er war nur eben hier ganz und gar außerhalb seiner Sphäre. Es fehlte ihm weder an Verstand noch an Wissen, aber eine Frau zu trösten, das ging, wie er selbst gestand, über seine Kräfte.

Als er sah, daß Frau Delmare sich Mühe geben mußte, um ihn anzuhören, schwieg er endlich ganz. Es war ein trauriger Abend, den Frau Delmare in ihrem kleinen Herrenhaus in der Brie zubrachte.

Überdies drückte eine unbestimmte Erwartung auf ihr leicht empfängliches Gemüt, ihre zarten Nerven. Schwache Wesen leben ja immer in Ahnungen und Schrecknissen. Frau Delmare besaß den ganzen Wahnglauben einer nervösen, kränklichen Kreolin. Harmonische Nachtlaute, ein eigentümliches Spiel des Mondlichts erweckten die Überzeugung in ihr, daß ein Ereignis eintreten werde, daß ein Unglück nahe sei; und die Nacht hatte für die träumerische, melancholische Frau eine geheimnisvolle, mit Phantomen erfüllte Sprache, die nur sie verstand und nach ihren Befürchtungen und Leiden zu deuten wußte.

Sie werden wieder sagen, ich sei eine Närrin, sprach sie und entzog Sir Ralph ihre Hand, die dieser noch gehalten hatte, aber es ist mir, als ob uns irgendeine Katastrophe erwarte. Es ist irgendeine Gefahr in der Luft, die uns – die mich bedroht, – ich fühle mich so aufgeregt, Ralph, als ob eben jetzt eine gewaltige Wendung in meinem Geschick eintrete. – Ich fürchte mich, setzte sie mit einem Schauder hinzu, ich fühle mich unwohl.

Und ihre Lippen wurden so weiß wie ihre Wangen.

Sir Ralph erschrak, weniger über das Vorgefühl der Frau Delmare, das er nur für die Folge ihrer starken Gemütsverstimmung hielt, als über ihre Todesblässe. Er erhob sich rasch und schellte lebhaft, um einen Beistand herbeizurufen. Aber niemand erschien, und da Indiana immer schwächer wurde, führte sie der Erschrockene vom Kamin weg, ließ sie auf ein Kanapee nieder und lief hinaus. Dort rief er nach den Dienstboten, suchte Wasser, Salze, fand nichts, betätigte alle Dienstbotenglocken und verlor sich in dem Wirrsal der dunkeln Gemächer, wobei er vor Ungeduld und Ärger über sich selbst die Hände rang.

Endlich kam ihm der Gedanke, die Glastür zu öffnen, die zum Park ging, um nach Lelièvre und Indianas Kammerfrau, der Kreolin Noun, zu rufen.

Einige Minuten später kam die Noun aus einem der dunkelsten Gänge des Parks und fragte eifrig, ob sich Frau Delmare schlechter befinde als gewöhnlich.

Ganz schlecht, erwiderte Sir Ralph.

Beide kehrten in den Salon zurück und bemühten sich um die ohnmächtige Indiana: er mit der ganzen Wut eines nutzlosen und ungeschickten Eifers, sie mit der Gewandtheit und praktischen Sicherheit einer sorglichen Frau.

Noun war die Milchschwester der Frau Delmare; die zwei jungen Leute waren miteinander aufgewachsen und liebten sich zärtlich. Noun war groß, stark, strahlend vor Gesundheit, sie war lebhaft, aufgeweckt und hatte das glühende, leidenschaftliche Blut der Kreolin. Ihre glänzende Schönheit überstrahlte die blassen, schmächtigen Reize der Frau Delmare weit. Aber die Herzensgüte beider, die innige Zuneigung zueinander ließ kein Gefühl weiblicher Eifersucht zwischen ihnen aufkommen.

Als Frau Delmare wieder zu sich kam, war das erste, was sie bemerkte, die bestürzte Miene ihrer Kammerfrau, die Unordnung ihrer feuchten Haare und die Aufregung, die sich in allen ihren Bewegungen verriet. Beruhige dich, mein armes Kind, sprach sie gütig zu ihr, mein Leiden bringt dich ja mehr herunter als mich. Geh, Noun, du mußt dich pflegen; du wirst ja ganz mager und weinst, als ob es dir ans Leben ginge. Meine gute Noun, vor dir liegt ja das Leben so heiter, so schön!

Noun drückte die Hand der Frau Delmare an ihre Lippen, warf aber dabei wirre Blicke wie außer sich umher.

Mein Gott! rief sie, wissen Sie denn nicht, Madame, weshalb Herr Delmare im Park ist?

Weshalb? wiederholte Indiana, und das schwache Rot, das wieder auf ihren Wangen erschienen war, verschwand. Weil – ach, ich weiß es nicht mehr! Du machst mir Angst! Was gibt es denn?

Herr Delmare, stieß Noun in abgebrochenen Sätzen heraus, behauptet, es seien Diebe im Park. Er macht seine Runde mit Lelièvre, beide haben Gewehre bei sich –

Nun? fragte Indiana, die irgendeine entsetzliche Nachricht zu erwarten schien.

Nun, gnädige Frau, fuhr Noun fort und rang außer sich die Hände, ist es denn nicht entsetzlich, wenn man bedenkt, daß sie einen Menschen umbringen werden?

Umbringen! rief Frau Delmare erschrocken, wie ein leichtgläubiges Kind, das die Wärterin mit einem Geschichtchen geängstigt hat.

Ja, ja, sie werden ihn umbringen, schluchzte Noun.

Diese beiden Frauen sind rein verrückt, dachte Sir Ralph, der den seltsamen Auftritt mit verwunderten Blicken musterte. Übrigens, dachte er im stillen, alle Frauen sind ja so.

Aber was sagst du dazu, Noun? begann Frau Delmare wieder, glaubst du, daß Diebe herumlaufen?

O wenn es Diebe wären! Aber es ist vielleicht ein armer Bauer, der eine Hand voll Holz für seine Familie holen will.

Ja, das wäre entsetzlich! – Aber das ist nicht wahrscheinlich; hier, wo der Wald von Fontainebleau so nahe ist, wo man so leicht Holz holen kann, wer wird da über eine Parkmauer steigen und sich so etwas aussetzen! Beruhige Dich –

Aber Noun hörte nicht auf sie; sie ging vom Fenster zum Kanapee und wieder an das Fenster, sie horchte auf das geringste Geräusch, sie schien zu schwanken, ob sie Herrn Delmare aufsuchen oder bei der Kranken bleiben sollte.

Ihre Angst erschien Herrn Brown so seltsam, so wenig gerechtfertigt, daß ihn seine gewöhnliche Langmut verließ und er Noun energisch am Arm schüttelte und zu ihr sagte: Haben Sie denn ganz den Verstand verloren? Sehen Sie denn nicht, wie Sie Ihre Gebieterin erschrecken, wie Ihre irre Angst sie peinigt?

Aber Noun hörte ihn nicht; sie schaute auf ihre Herrin, die eben erbebte, als ob ein elektrischer Schlag sie getroffen hätte. – Fast im selben Augenblick erzitterten die Scheiben des Salons von einem Schuß, und Noun stürzte auf die Knie.

Was sind das doch für elende Weiberängste! rief Sir Ralph, der die aufgeregte Szene satt hatte; man wird Ihnen jetzt gleich ein totes Kaninchen im Triumph hereinbringen, und Sie werden über sich selbst lachen müssen.

Nein, Ralph, sprach Frau Delmare und ging mit festem Schritt nach der Tür, ich sage Ihnen, es ist Menschenblut vergossen worden.

Noun stieß einen durchdringenden Schrei aus und stürzte hin.

Man hörte jetzt Lelièvre von der Parkseite her rufen: Da ist er! Da ist er! Gut gezielt, Herr Oberst! Da liegt der Räuber!

Jetzt setzte sich auch Ralph in Bewegung und folgte Frau Delmare. Einige Augenblicke später schleppte man einen Blutenden ins Haus, der kein Zeichen des Lebens mehr von sich gab.

Nicht so viel Lärm! Nicht so viel Geschrei! rief der Oberst mit wilder Lustigkeit den erschrockenen Dienern zu, die sich um den Verwundeten drängten; es ist ja nur ein Spaß, mein Gewehr war ja nur mit Salz geladen. Ich glaube sogar, daß ich ihn nicht einmal getroffen habe; er wird vor Schreck umgefallen sein.

Aber dieses Blut, entgegnete Frau Delmare vorwurfsvoll, fließt es auch aus Schreck?

Weshalb bist du da? Was tust du hier? rief Herr Delmare.

Ich bin da, um, wie es meine Pflicht ist, das Übel wieder gutzumachen, das du angerichtet hast, erwiderte sie kalt.

Dann schritt sie mit einer Entschlossenheit, zu der sich

die übrigen Zuschauer des Auftritts bisher noch nicht hatten aufschwingen können, zu dem Verwundeten hin und leuchtete ihm ins Gesicht.

Aber statt der einfachen Züge und Kleider, die alle zu sehen erwarteten, zeigte sich die edle Gestalt eines jungen Mannes, der sorgfältig, wenn auch nur mit einem Jagdanzug, bekleidet war. Er hatte eine leichte Wunde an der Hand, aber aus den zerrissenen Kleidern und der Ohnmacht ging hervor, daß er einen bösen Fall getan hatte.

Er wollte gerade den oberen Rand der Mauer erklimmen, sagte Lelièvre, als der Herr Oberst auf ihn anschlug. Da trafen ihn ein paar Schrot- oder auch Salzkörner in die rechte Hand, so daß er keinen Stützpunkt fassen konnte. Ich sah, wie er herabstürzte; da konnte er freilich nicht mehr daran denken, zu entfliehen, der arme Kerl!

Es ist doch kaum glaublich, daß man sich mit Stehlen befaßt, wenn man so anständig angezogen ist, bemerkte eine Dienerin.

Und die Taschen hat er voll Gold! rief ein anderer, der dem vermeintlichen Dieb eben die Weste ausgezogen hatte.

Sonderbar, sagte der Oberst, während er den vor ihm ausgestreckten Mann nicht ohne tiefe Erregung betrachtete. Wenn der Mensch tot ist, bin ich wahrlich nicht daran schuld; untersuche nur seine Hand, Indiana, und wenn du ein Körnchen Blei findest –

Ich will dir glauben, erwiderte Frau Delmare, die mit einer Kaltblütigkeit und einer moralischen Kraft, der sie niemand für fähig gehalten hätte, den Puls und die Halsadern des Mannes aufmerksam untersuchte. Er ist auch wirklich nicht tot, setzte sie hinzu, nur schleuniger Hilfe bedarf er. Der Mensch sieht nicht wie ein Dieb aus und verdient vielleicht, daß wir ihn pflegen; wenn er es aber auch nicht verdiente, so ist es die Pflicht der Frauen, ihm zu helfen.

Sie ließ den Verwundeten in das nahe gelegene Billardzimmer tragen. Man legte eine Matratze über einige Holzböcke, Indiana verband mit Hilfe ihrer weiblichen Dienerschaft die kranke Hand, und Sir Ralph, der chirurgische Kenntnisse besaß, applizierte dem Mann einen reichlichen Aderlaß.

Der Oberst war etwas außer Fassung; er befand sich in der Lage eines Mannes, der sich schlimmer gezeigt hat, als es in seiner Absicht lag. Er fühlte das Bedürfnis, sich in den Augen der anderen zu rechtfertigen, oder sich vielmehr durch die anderen in seinen eigenen Augen rechtfertigen zu lassen. Er war daher unter seinen Leuten in der Vorhalle geblieben und erging sich mit ihnen in jenen weitschweifigen und unnützen Betrachtungen, die man immer anstellt, wenn etwas Unangenehmes passiert ist. Lelièvre hatte bereits zum zwanzigsten Mal den Schuß, den Fall und seine Folgen bis ins kleinste Detail erzählt, und der Oberst, der wieder der gute Mann geworden war, der er immer war, wenn er seinen Zorn an jemand ausgelassen hatte, sprach sich dahin aus, daß ein Mensch, der bei Nacht über die Mauer in ein fremdes Anwesen steige, notwendig schlimme Absichten gehabt haben müsse. Jeder war der Ansicht des Gebieters, nur der Gärtner zog ihn sachte beiseite und versicherte ihn, der Dieb sehe, wie ein Tropfen Wein dem anderen, einem jungen Gutsbesitzer gleich, der sich erst kürzlich in der Nachbarschaft niedergelassen habe und den er vor drei Tagen auf dem ländlichen Fest zu Rubelles im Gespräch mit Fräulein Noun gesehen habe.

Diese Aufklärung gab den Gedanken des Herrn Delmare eine andere Richtung: auf seiner breiten, glänzenden und kahlen Stirn erschien eine dicke Ader, deren

Anschwellen bei ihm immer der Vorläufer des Sturmes war.

Verdammt! sagte er zu sich selbst und ballte unwillkürlich die Hände, und meine Frau nimmt einen ganz besonderen Anteil an dem Herrchen, das mir über die Mauer gestiegen ist. Und blaß und vor Zorn bebend trat er in das Billardzimmer.

III

Beruhige dich, rief ihm Indiana entgegen, dein Toter wird sich in ein paar Tagen wieder wohl befinden; wir hoffen es wenigstens, obgleich er die Sprache noch nicht wiedergefunden hat.

Es handelt sich jetzt nicht darum, versetzte der Oberst mit gepreßter Stimme, ich will wissen, wie der interessante Kranke heißt und wie es kommt, daß er in der Zerstreutheit meine Parkmauer für mein Hoftor angesehen hat.

Das ist mir durchaus unbekannt, erwiderte Frau Delmare mit einer so stolzen Kälte, daß ihr schrecklicher Gemahl einen Augenblick wie ein Pinsel dastand.

Aber rasch kehrte sein Argwohn, seine Eifersucht zurück. Ich werde es schon erfahren, sagte er halblaut zu ihr; du darfst versichert sein, daß ich es erfahren werde.

Da aber Frau Delmare tat, als ob sie seine Wut gar nicht bemerke, und in der Pflege des Kranken fortfuhr, ging er wieder hinaus, um nicht vor den Dienerinnen loszuplatzen, und rief den Gärtner her.

Wie heißt denn der Herr, der, wie du sagst, unserem Spitzbuben da drin ähnelt?

Herr von Ramière. Er hat erst kürzlich das kleine englische Haus des Herrn von Cercy gekauft.

Was für ein Mann ist er? Ein Edelmann, ein Geck, ein schöner Herr?

Ein sehr schöner Herr; ich glaube auch, ein Edelmann –

Es muß wohl so sein, versetzte der Oberst mit Nachdruck, Herr *von* Ramière! Höre, Louis, fügte er leise hinzu, hast du den Laffen sonst noch nie hier herumstreichen sehen?

Herr Oberst, erwiderte Louis verlegen, in der vergangenen Nacht – sah ich allerdings einen – ich weiß nicht, ob es ein Laffe war; aber das weiß ich gewiß, daß es ein Mann war.

Du hast ihn wirklich gesehen?

Wie ich Sie sehe, unter den Fenstern des Gewächshauses.

Und warum bist du ihm nicht mit deiner Schaufel zuleibe gegangen?

Ja, das hab' ich auch tun wollen, aber sehen Sie, da kam eine weißgekleidete Dame aus dem Gewächshaus und ging auf ihn zu. Da sagte ich zu mir: das ist vielleicht der gnädige Herr, der auf den Einfall gekommen ist, einmal vor Tagesanbruch einen Spaziergang mit der gnädigen Frau zu machen, und da hab' ich mich wieder hingelegt. Aber heute, als Lelièvre davon sprach, man habe die Spuren eines Diebes im Park bemerkt, da sagte ich mir gleich: da muß doch etwas dahinter stecken!

Und warum hast du mir das nicht sogleich gemeldet, ungeschickter Mensch?

Ach, Herr Oberst, es gibt oft so kitzlige Angelegenheiten im Leben –

Was? Du erlaubst dir, einen Argwohn zu haben! Du bist ein Narr! Wenn es dir jemals einfallen sollte, einen unverschämten Gedanken der Art zu fassen, so möchte es dir übel ergehen. Ich weiß übrigens recht gut, wer der Spitzbube ist und was er in meinem Garten gewollt hat. Ich habe alle diese Fragen nur deshalb an dich gestellt, um zu sehen, ob du dein Gewächshaus ordentlich hütest. Bedenke, daß ich dort sehr seltene Pflanzen habe, auf die die gnädige Frau viel hält, und daß es Liebhaber solcher Dinge gibt, die toll genug sind, um deshalb bei ihren Nachbarn einzubrechen. Natürlich war ich der Mann, den du in der vergangenen Nacht mit der gnädigen Frau gesehen hast. –

Mit diesen Worten entfernte sich der arme Oberst, aber in einem noch aufgeregteren, qualvolleren Zustand als vorher, während sein Gärtner sich nicht recht überzeugen wollte, daß es so fanatische Pflanzenliebhaber gebe, die sogar einen Schuß riskierten, um einen seltenen Ableger zu bekommen.

Herr Delmare kehrte in das Billardzimmer zurück, und ohne auf die Zeichen des wiedererwachten Bewußtseins zu achten, die der Verwundete endlich von sich gab, begann er die Taschen seiner über einen Stuhl gehängten Jacke zu durchsuchen. Da streckte der Verwundete den Arm gegen ihn und sprach mit schwacher Stimme: Es scheint, Sie wollen wissen, wer ich bin, mein Herr. Sie machen sich unnötig Mühe. Ich werde es Ihnen sagen, sobald wir zwei allein sind. Bis dahin ersparen sie mir die Verlegenheit, mich Ihnen vorstellen zu müssen.

Schade, erwiderte der Oberst gereizt, aber ich gestehe Ihnen, daß ich mir daraus nicht so viel mache. Übrigens werden wir uns ja hoffentlich bald unter vier Augen sehen, und bis dahin will ich gern unsere nähere Bekanntschaft aufschieben. Wollen Sie mir einstweilen gefälligst sagen, wohin ich Sie bringen lassen darf?

In das Wirtshaus des nächsten Ortes, wenn Sie die Güte haben wollen.

Aber der Herr ist in diesem Zustand nicht transportabel, entgegnete Frau Delmare lebhaft; nicht wahr, Ralph?

Der Zustand des Herrn erregt dich viel zu viel, versetzte der Oberst. Geht ihr da hinaus! befahl er der weiblichen Dienerschaft. Es ist dem Herrn jetzt besser und er wird kräftig genug sein, um mir eine Erklärung über sein Hiersein geben zu können.

Ja, mein Herr, erwiderte der Verwundete, und es wäre mir sehr angenehm, wenn alle, die mir ihre Pflege haben angedeihen lassen, nun auch das Bekenntnis meines Fehlers mitanhören wollten. Ich fühle, es ist wichtig, daß mein Benehmen nicht falsch aufgefaßt wird, und es liegt mir selbst daran, nicht für jemand gehalten zu werden, der ich nicht bin. Sie sollen also die ganze Intrige erfahren, die mich hierher geführt hat. Sie haben mit äußerst einfachen Mitteln, die aber nur Ihnen bekannt sind, eine Fabrik hier in Gang gesetzt, Herr Oberst, deren Arbeit und Ertrag die aller anderen Werke dieser Art in der Umgegend weit übertrifft. Nun besitzt mein Bruder im südlichen Frankreich eine ganz ähnliche Fabrik, deren Unterhaltung aber sehr große Unkosten verursacht. Sein Unternehmen ist deshalb in eine bedenkliche Krise geraten. Nun erfuhr ich zufällig, wie sehr das Ihrige aus den angeführten Gründen gedieh, und so wollte ich Sie um einige Ratschläge in dieser Richtung bitten, die Ihren Interessen deshalb nicht hätten schaden können, da mein Bruder einen ganz anderen Rohstoff verarbeitet. Aber die Tür Ihres englischen Gartens war mir streng verschlossen, und als ich den Versuch machte, mich an Sie selbst zu wenden, erwiderte man mir, daß Sie niemand Ihre Fabrik sehen ließen. Durch diese Mitteilungen von dem Versuch zurückgeschreckt, mich persönlich an Sie zu wenden, beschloß ich auf die Gefahr meines Lebens und meiner Ehre, die Ehre und das Leben meines Bruders zu retten. Ich stieg zur Nachtzeit über Ihre Parkmauer und versuchte in das Innere des Werks einzudringen, um sein Gangwerk kennenzulernen. Ich wollte mich in einer Ecke verstecken, Ihre Arbeiter bestechen, Ihnen Ihr Geheimnis ablauschen, kurz, einem braven Menschen einen Nutzen zuwenden, ohne Ihnen zu schaden. Darin bestand mein ganzes Verbrechen. Wenn Sie dafür nun noch eine andere Genugtuung wünschen als die, die Sie sich bereits selbst genommen haben, Herr Oberst, so bin ich bereit, sie Ihnen zu geben, sobald ich dazu fähig bin, ja ich werde Sie vielleicht sogar darum bitten.

Ich glaube, wir können die Sache für ausgeglichen erachten, mein Herr, erwiderte der Oberst, der eine große Befürchtung halb von sich genommen sah. Ihr habt die Erklärung gehört, die mir der Herr gegeben hat, fuhr er gegen die Dienerschaft gewendet fort. Ich bin gehörig gerächt, wenn es hier überhaupt einer Rache bedurfte. Jetzt geht, – und lassen Sie uns von meiner vorteilhaften Fabrikanlage weiterreden.

Die Diener entfernten sich; aber sie waren die einzigen, die sich über diese Aussöhnung täuschen ließen. Der durch sein langes Sprechen erschöpfte Verwundete war nicht in der Lage, den Ton der letzten Worte des Obersten gehörig zu würdigen. Er sank in die Arme, die Frau Delmare rasch hinstreckte, und verlor das Bewußtsein. Frau Delmare neigte sich über ihn und wagte es nicht, die Augen zu ihrem erzürnten Gatten zu erheben. Herr Delmare und Herr Brown aber, der eine blaß und knirschend vor Wut, der andere ruhig und gleichgültig wie gewöhnlich, maßen sich stumm mit fragenden Blicken.

Herr Delmare hätte kein Wort zu sprechen brauchen, um jenem seine Empfindungen begreiflich zu machen; gleichwohl zog er Sir Ralph beiseite und sagte, während er ihm die Finger fast zerbrach: Herr, das ist eine wundervoll eingefädelte Intrige; ich bin übrigens mit der klugen Art und Weise, wie der junge Mensch meine Ehre in den Augen meiner Leute gerettet hat, ganz zufrieden. Aber er soll mir bei Gott! den Schimpf, den ich tief im Herzen fühle, teuer bezahlen. Und diese Frau da, die ihn pflegt und tut, als kenne sie ihn gar nicht! O, wie ist doch die Falschheit, die Hinterlist diesen Weibern zur zweiten Natur geworden!

Sir Ralph schrak zusammen, er ging dreimal im Saal auf und ab. Das erste Mal sagte er sich: Es ist unwahrscheinlich! Das zweite Mal: Es ist unmöglich! Und beim dritten Mal: Abgemacht! Dann trat er wieder mit seiner eiskalten Miene zum Obersten hin und deutete auf Noun, die mit gerungenen Händen, stieren Blicken und geisterbleichen Wangen, wie starr vor Verzweiflung und Entsetzen, hinter dem Kranken stand.

Eine Aufklärung dieser Art hatte eine so rasche, zwingende Überzeugungskraft, daß Sir Ralphs energische Gebärde einen tieferen Eindruck auf den Obersten machte, als es die geschickteste Beweisführung getan hätte. Herrn Brown war es übrigens nicht schwer geworden, auf die rechte Spur zu kommen; er erinnerte sich, wie er vorhin Noun mit feuchten Haaren und nassen und schmutzigen Schuhen, die auf einen seltsamen Nachtspaziergang im Regen schließen ließen, im Park gefunden hatte. Da hatte er sich mehr mit Frau Delmares Ohnmacht beschäftigt, diese Umstände hatten deshalb keinen großen Eindruck auf ihn gemacht, jetzt aber fielen sie ihm wieder ein. Und dann ihr seltsames Entsetzen, ihre fieberhafte Erregung und der Schrei, der ihr entfuhr, als jener Schuß fiel –!

Herr Delmare bedurfte dieser Andeutungen nicht; scharfsichtiger, weil ihn die Sache näher anging, brauchte er das Benehmen des Mädchens nur einen Moment zu beobachten, um zu erkennen, daß sie allein die Schuldige war. Ihm mißfiel jedoch die eifrige Sorge seiner Frau um den Helden des galanten Abenteuers immer mehr.

Indiana, sagte er zu ihr, zieh dich jetzt zurück. Es ist

schon spät und du bist nicht wohl. Noun wird bei dem Herrn bleiben und seiner heute Nacht warten; wenn er morgen besser ist, wollen wir sehen, wie wir ihn nach Hause schaffen.

Gegen diese unerwartete Anordnung ließ sich keine Einwendung erheben. Frau Delmare verstand es, der Heftigkeit ihres Mannes Widerstand zu leisten; wenn er aber sanft zu ihr sprach, gab sie jedesmal nach. Sie bat Sir Ralph, noch ein wenig bei dem Kranken zu bleiben, und zog sich auf ihr Zimmer zurück.

Der Oberst hatte seine guten Gründe, die Sache auf diese Weise anzuordnen. Eine Stunde später, als alle zu Bett und das Haus still war, schlich er sich leise in den Saal, in dem Herr von Ramière lag und hinter einen Vorhang. Aus dem Gespräch des jungen Herrn mit der Kammerfrau, das er hier belauschte, entnahm er bald, daß es sich um ein Liebesverhältnis zwischen ihnen handle. Die ungewöhnliche Schönheit der jungen Kreolin hatte auf den ländlichen Bällen der Umgegend Aufsehen erregt. Es hatte ihr nicht an Huldigungen gefehlt, selbst von den feinsten Leuten der Gegend. Mehr als ein hübscher Offizier der Garnison Melun hatte ihr zu gefallen gesucht; aber Noun liebte zum ersten Mal: nur die Aufmerksamkeit eines einzigen hatte sie gefesselt, und dieser eine war Herr von Ramière.

Sobald Oberst Delmare sich überzeugt hatte, daß seine Frau den Almaviva dieses Abenteuers auch nicht einen Augenblick beschäftigt hatte, zog er sich zurück. Doch hatte er genug vernommen, um zu wissen, daß sich die arme Noun mit der ganzen Leidenschaftlichkeit ihrer glühenden Natur in diesen Liebeshandel gestürzt hatte, während sich der vornehme Herr eben nur heute hinreißen ließ, ohne es sich nehmen zu lassen, daß er nicht morgen wieder zur Besinnung kommen würde.

Als Frau Delmare erwachte, sah sie Noun verwirrt und traurig an ihrem Bett stehen. Allein Indiana hatte aufrichtig an die Erklärung des Herrn von Ramière geglaubt, um so mehr, als auch schon andere Geschäftsleute das Geheimnis der Fabrik Delmare durch List oder Bestechung hatten herausbringen wollen. Sie schrieb deshalb die Verlegenheit ihrer Gefährtin der Aufregung und Ermüdung der Nacht zu. Noun aber fand Zeit, sich zu fassen, als der Oberst jetzt ruhig in das Zimmer seiner Frau trat und sich mit ihr über den gestrigen Vorfall wie über eine ganz natürliche Sache unterhielt.

In aller Frühe hatte Sir Ralph den Zustand des Kranken untersucht. Der Sturz war allerdings schwer gewesen, hatte aber doch keine üblen Folgen gehabt; die Schürfung an der Hand war schon wieder zugeheilt. Herr von Ramière hatte den Wunsch ausgesprochen, bald nach Melun gebracht zu werden, und seine Börse unter die Dienerschaft verteilt, damit sie über den Vorfall schweigen sollte, weil sonst, wie er sagte, seine Mutter, die in der Nähe wohnte, erschreckt werden könnte. Die Geschichte verbreitete sich daher nur langsam und in verschiedenen Versionen. Da man gerade auch einiges von der englischen Fabrik eines Herrn von Ramière, eines Bruders des fraglichen Herrn, hörte, so wurde dadurch das Märchen, das dieser so glücklich improvisiert hatte, wesentlich unterstützt. Der Oberst aber und Sir Ralph besaßen Zartgefühl genug, um Nouns Geheimnis zu wahren und sie nicht einmal ahnen zu lassen, daß sie darum wußten. So hörte die Familie Delmare bald auf, sich mit dem Vorfall zu beschäftigen.

IV

Man wird sich vielleicht gegen den Glauben sträuben, daß ein so geistreicher, talentvoller junger Mann, wie Herr Raymon von Ramière, der an Erfolge im Salon und an feine Abenteuer gewöhnt war, eine dauerhaftere Neigung für die Kammerfrau auf einem kleinen Gut in der Brie gefaßt haben könne. Herr von Ramière war jedoch weder ein Geck noch ein Wüstling. Er hatte Geist, er wußte den Vorteil der Geburt nach seinem wahren Wert zu schätzen. Er war ein Mann von Grundsätzen; aber er besaß auch ungestüme Leidenschaften, die ihn oft über die Grenzen seines Systems hinausführten. Dann war er nicht mehr fähig zu überlegen, oder er vermied es vielmehr, vor das Tribunal seines Gewissens zu treten; er beging Fehler, die er vor sich selbst verhehlte, und der Mann von heute bemühte sich, den Mann von morgen zu täuschen. Zu seinem Unglück traten bei ihm nicht die Grundsätze, die er noch mit vielen anderen Philosophen in weißen Handschuhen gemein hatte und die ihn ebensowenig wie jene vor der Inkonsequenz schützten, in den Vordergrund, sondern seine Leidenschaften, die sich von den Grundsätzen nicht meistern ließen und die in der farblosen Gesellschaft, aus der es so schwer ist, hervorzuragen, ohne lächerlich zu werden, einen ganz besonderen Menschen aus ihm machten.

Herr von Ramière hatte sich in die junge Kreolin mit den großen schwarzen Augen, die bei dem Fest von Rubelles die ganze Provinz zur Bewunderung hingerissen hatte, verliebt; er war verliebt, weiter nichts. Er hatte mit ihr angebunden, weil er vielleicht gerade sonst kein Werg an der Kunkel hatte; der Erfolg hatte seine Begierden erregt; er hatte mehr erlangt, als er gefordert hatte, aber an dem Tag, an dem er jenes schwache Herz überwand, kehrte er erschrocken über seinen Sieg nach Hause, schlug sich an die Stirn und sagte sich: Hoffentlich liebt sie mich nicht!

Also erst, nachdem er alle Beweise ihrer Liebe erhalten hatte, begann er zu ahnen, daß sie ihn wirklich liebte. Jetzt kam auch die Reue; aber schon war es zu spät; er mußte sich entweder in die Folgen schicken, die die Zukunft bringen konnte, oder feige nach der Vergangenheit zurückweichen. Raymon schwankte nicht, er ließ sich lieben und liebte selbst aus Dankbarkeit. Er stieg über Delmares Mauer, weil ihn die Gefahr reizte; er tat einen schweren Fall, weil er dabei ungeschickt war; aber dann war er von dem Schmerz seiner jungen und reizenden Geliebten so gerührt, daß er sich in seinen Augen für entschuldigt hielt, wenn er fortfuhr, an der Grube zu graben, in die sie stürzen mußte. Sobald er wieder hergestellt war, hielt ihn weder das Eis des Winters noch die nächtliche Gefahr, noch auch der Stachel seines Gewissens ab, durch den Wald zu schleichen, die Kreolin aufzusuchen und ihr zu schwören, daß er nur sie liebe, daß er sie allen Königinnen der Welt vorziehe, und tausend andere Tollheiten, die bei jungen leichtgläubigen Mädchen immer gut angebracht sind. Im Januar reiste Frau Delmare mit ihrem Mann nach Paris; ihr würdiger Nachbar Sir Ralph Brown zog sich auf sein Gut zurück, so daß Noun, die an der Spitze des Hauswesens ihrer Herrschaft zurückgeblieben war, volle Freiheit fand, sich unter verschiedenen Vorwänden vom Haus zu entfernen. Das war ein Unglück für sie, denn diese leicht herbeigeführten Begegnungen mit ihrem Geliebten trugen wesentlich dazu bei, das flüchtige Glück, dessen sie sich erfreuen durfte, noch mehr abzukürzen. Der Wald mit seiner Poesie, diese mit Reif bedeckten Tannen, die wie große Leuchter aussahen, die Mondscheineffekte, das geheimnisvolle Pförtchen, die heimliche Rückkehr am Morgen, wenn Nouns kleine Füße ihre Spur im Schnee des Parks zurückließen, während sie ihn hinausließ, alle diese einzelnen Reize des Liebesabenteuers hatten den Rausch des Herrn von Ramière verlängert. In ihrem weißen Negligé, nur mit den langen schwarzen Locken geschmückt, erschien ihm Noun wie eine vornehme Dame, eine Königin, eine Fee.

Wenn aber dann Noun ihrerseits alle Vorsicht vergaß und, der Gefahr trotzend, zu ihm kam, in der weißen Schürze, das seidene Tuch kokett nach ihrer Landessitte geknüpft, dann war sie eben nur noch die Kammerjungfer, und zwar die Kammerjungfer einer hübschen Frau, was einer solchen immer den Stempel des Notbehelfs aufdrückt. Noun war übrigens sehr schön; so war sie ihm auch jenes erste Mal auf dem ländlichen Fest erschienen, wo er sich durch die Menge der Neugierigen gedrängt hatte, um in ihre Nähe zu gelangen, und ihm der kleine Triumph geworden war, daß er sie zwanzig Nebenbuhlern entreißen durfte. Noun erinnerte ihn mit Zärtlichkeit an jenen Tag: das arme Kind wußte nicht, daß Raymons Liebe nicht so weit her datierte und daß jener Tag, der für sie ein Tag des Stolzes gewesen, für ihn nur einer der befriedigten Eitelkeit war. Jener Mut aber, womit sie ihm ihren Ruf opferte, jener Mut, der ihr noch eine heißere Liebe hätte gewinnen sollen, mißfiel gerade Herrn von Ramière. Wenn sich die Frau eines Pairs von Frankreich so für ihn aufgeopfert hätte, ja, das wäre eine köstliche Eroberung gewesen; aber eine Kammerjungfer! Was bei der einen Heroismus gewesen wäre, war bei der anderen Frechheit, Schamlosigkeit. Bei der einen wird man von einer Masse eifersüchtiger Nebenbuhler aus den Reihen der Gesellschaft beneidet, bei der anderen von einem Haufen empörter Bedienter verwünscht. Die Frau von Stand opfert zwanzig Liebhaber, die sie hatte; die Kammerjungfer einen Mann, den sie hätte bekommen können.

Was will man weiter! Raymon war der Mann der eleganten Gewohnheiten und des verfeinerten Lebens. Für ihn war eine Grisette gar keine Frau, Noun hatte ihn nur durch ihre Schönheit ersten Ranges an einem Tag, da er sich hatte gehen lassen, da er unter seinen Stand herabstieg, überrumpelt. Dafür konnte Raymon nichts: man hatte ihn für die Welt erzogen, man hatte alle seine Gedanken auf ein hohes Ziel gelenkt, man hatte alle seine Eigenschaften dahin ausgebildet, daß er nach dem Glück eines Fürsten streben mußte; und nun hatte ihn sein heißes Blut gegen seinen Willen in eine bürgerliche Liebelei hineingerissen. Er hatte sein Möglichstes getan, um Gefallen daran zu finden; jetzt konnte er nicht mehr, was nun? Edle, schwärmerische Gedanken waren schon in ihm aufgetaucht; in den Tagen, wo er am verliebtesten in seine Geliebte war, hatte er sogar daran gedacht, sie zu sich zu erheben, ihre Verbindung zu einer gesetzlichen zu machen. Ja wahrhaftig! Das hatte er gedacht; aber die Liebe, die ja zu allem berechtigt, war bereits im Abnehmen, sie schwand in dem Maße, als die Gefahr des Abenteuers und der Reiz des Geheimnisses geringer wurde. Eine eheliche Verbindung war bereits nicht mehr möglich; und im Grunde beurteilte Raymon die Sache ganz richtig und im wahren Interesse seiner Geliebten.

Wenn er sie wahrhaft liebte, hätte er, obwohl er ihr seine Zukunft, seine Familie, seinen Ruf opferte, doch noch mit ihr glücklich sein und eben deshalb sie auch glücklich machen können. Aber welche Zukunft konnte er bei der Erkaltung, die er nun einmal verspürte, dieser Frau gewähren? Sollte er sie heiraten, um ihr täglich ein trübseliges Gesicht, ein zerrissenes Herz, ein ödes Inneres zu zeigen? Sollte er sie heiraten, um sie seiner Familie verhaßt, seinesgleichen verächtlich, in den Augen seiner Dienerschaft lächerlich zu machen, um sie einer Gesellschaft auszusetzen, wo sie sich nicht am Platz fühlen konnte, wo Demütigungen aller Art sie unter den Boden bringen mußten; und dazu noch ihre Reue, ihre Gewissensbisse, wenn sie sah, welch ein Unheil sie über ihren Geliebten gebracht hatte!

Nein, man muß ihm Recht geben: dies war nicht möglich, es wäre nicht einmal edel gewesen! Man kann so nicht gegen die Gesellschaft ankämpfen, ein derartiger Heroismus hätte zu sehr nach dem Beginnen des Don Quijote geschmeckt, als er seine Lanze gegen die Flügel einer Windmühle einlegte, die Ritterlichkeit einer vergangenen Zeit, die in der jetzigen nur Mitleid erregen könnte.

Nachdem Herr von Ramière alle diese Dinge wohl erwogen hatte, begriff er, daß es besser sein würde, dieses unselige Band zu lösen. Die Besuche Nouns begannen ihm peinlich zu werden. Seine Mutter, die den Winter in Paris zubrachte, mußte den kleinen Skandal bald erfahren. Sie begann sich bereits darüber zu wundern, daß er so oft nach Cercy reise und ganze Wochen dort zubringe. Er hatte allerdings vorgegeben, er habe eine ernste Arbeit vor, die er fern von dem Geräusch der Stadt vollenden möchte; aber dieser Vorwand reichte nächstens nicht mehr aus. Raymon konnte es nicht übers Herz bringen, eine so gute Mutter zu täuschen, sie so lange seiner Pflege zu berauben. Kurz, er verließ Cercy und kam nicht mehr dahin zurück.

Noun weinte, wartete und wartete und wagte es endlich zu schreiben. Das arme Mädchen! Das gab ihr den Gnadenstoß. Ein Brief von einer Kammerjungfer! Sie hatte doch das feine Papier und das wohlriechende Siegellack aus dem Schreibtisch der Frau Delmare und den Stil aus ihrem Herzen genommen! Aber freilich die Orthographie! Was wußte sie, daß eine Silbe mehr oder weniger die Macht der Empfindung verstärken oder abschwächen kann! Das arme, halbwilde Mädchen von Ile Bourbon wußte ja nicht einmal, daß es Sprachregeln gebe! Sie glaubte, sie schreibe und spreche so gut wie ihre Gebieterin, und als sie sah, daß Raymon nicht wiederkam, sprach sie zu sich selbst: Mein Brief war doch so abgefaßt, daß er zurückkehren mußte!

Aber Raymon hatte nicht den Mut gehabt, den Brief ganz auszulesen. Vielleicht war es ein Meisterstück naiver, anmutiger Leidenschaft, vielleicht hätte Virginie keinen reizenderen Brief an ihren Paul schreiben können, als sie ihr Vaterland verließ! Aber Herr von Ramière beeilte sich, ihn ins Feuer zu werfen, um nicht über sich selbst erröten zu müssen. Wollen wir ihn deshalb verdammen? So ist nun einmal das Vorurteil der Erziehung, und die Eigenliebe spielt in der Liebe die gleiche Rolle wie das persönliche Interesse in der Freundschaft.

V

Auf einem Ball beim spanischen Gesandten in Paris trat Raymon wieder in die Welt. Herr von Ramière langweilte sich nicht, als er unter den wogenden Roben der festlich geschmückten Menschen auf und nieder schweifte. Er empfand etwas wie Reue, wie Scham über die tollen Gedanken, die ein unpassendes Verhältnis in ihm hervorgerufen hatte. Doch neben dieser Befangenheit fühlte Raymon auch noch eine wirkliche Reue, denn die Tränen einer Frau zerrissen ihm das Herz, wenn es auch sonst noch so verhärtet sein mochte.

Die Ehre dieses Abends gehörte einer jungen Dame, deren Namen man nicht kannte und die als Neuling in dieser Gesellschaft das Vorrecht genoß, die allgemeine Aufmerksamkeit auf sich zu ziehen. Schon die Einfachheit ihrer Toilette hätte sie aus der Masse Diamanten, Federn und Blumen, die die anderen Damen schmückten, scharf herausgehoben. Einige in ihr schwarzes Haar geflochtene Perlschnüre bildeten ihr ganzes Geschmeide. Das matte Weiß ihres Halsbandes, ihres Florkleides und ihrer bloßen Schultern verschwamm in einiger Entfernung ganz ineinander; und die Wärme, die in den Zimmern herrschte, hatte auf ihren Wangen kaum einen zarten Farbton hervorzurufen vermocht. Es war ein kleines, feines, zierliches Geschöpf, eine Salonschönheit, die beim Kerzenlicht ganz feenartig erschien, die aber ein Sonnenstrahl verdunkelt hätte. Wenn sie tanzte, sah sie so leicht aus, als ob ein Hauch sie wegblasen könnte; aber sie war leicht, ohne lebhaft, ohne heiter zu sein. Wenn sie saß, beugte sie sich, als ob ihr allzu weicher Körper nicht die Kraft besäße, sich aufrecht zu halten, und wenn sie sprach, lächelte sie und sah doch so traurig aus. Damals war man eben mitten in der Periode der phantastischen Erzählungen: deshalb verglichen die Belesenen die junge Frau mit einer reizenden, durch Magie entstandenen Erscheinung, die, sobald die Tageshelle heraufkäme, erbleichen und verschwinden würde wie ein Traum.

Einstweilen aber drängte man sich um sie, um sie zum Tanz aufzufordern.

Beeile dich, sagte ein romantischer Dandy zu einem seiner Freunde; bald wird der Hahn krähen, und schon berühren die Füße deiner Tänzerin den Boden nicht mehr. Ich wette, du fühlst auch ihre Hand nicht mehr in der deinigen.

Sehen Sie doch das gebräunte, scharfgeschnittene Gesicht des Herrn von Ramière, bemerkte eine Dame zu ihrer Nachbarin, und daneben jene blasse, schmächtige junge Frau. Läßt nicht der solide Farbton des einen die feinen Tinten der anderen erst recht hervortreten?

Diese junge Frau, sagte eine Dame, die alle Welt kannte und in den Gesellschaften die Rolle eines Adreßbuches spielte, ist die Tochter jenes alten Narren, des Herrn von Carvajal, der den Josefino hat spielen wollen und dann auf Ile Bourbon gänzlich ruiniert gestorben ist. Diese schöne erotische Pflanze hat sich, glaube ich, etwas dumm verheiratet; aber ihre Tante gilt etwas bei Hofe.

Raymon hatte sich der schönen Kreolin genähert. Eine eigentümliche Empfindung bemächtigte sich seiner, sooft er sie betrachtete; er hatte diese bleiche, traurige Miene schon in irgendeinem Traum gesehen; nein, er hatte sie wirklich schon einmal irgendwo gesehen, und seine Blicke hefteten sich mit dem freudigen Gefühl auf sie, das man immer empfindet, wenn man eine angenehme Erscheinung wiedersieht, die man für immer verloren zu haben glaubte. Raymons Blicke brachten die, der sie galten, in Verlegenheit. Der Gesellschaft entfremdet und deshalb schüchtern und linkisch, empfand sie über den Erfolg, den sie hier hatte, eigentlich mehr Verwirrung als Vergnügen. Raymon machte einen Gang durch den Saal, erfuhr dabei, daß die Frau Delmare heiße, und trat zu ihr.

Sie erinnern sich wohl meiner nicht mehr, sagte er, als sie mitten in der Menge allein standen, ich aber habe Sie nicht vergessen können, gnädige Frau. Und doch habe ich sie nur kurz gesehen, wie durch einen Wolkenschleier; aber in jenem Augenblick sind Sie mir so gut, so teilnehmend erschienen –

Frau Delmare erbebte.

Ach ja! rief sie lebhaft, Sie sind es wirklich! – Ich habe sie auch gleich erkannt.

Dann wurde sie rot; sie schien zu fürchten, etwas Unschickliches gesagt zu haben. Ihre Schüchternheit erhöhte noch ihre natürliche Anmut, und der Akzent dieser sanften, etwas verschleierten Kreolenstimme, die nur zum

Beten und Segnen gemacht schien, traf Raymon tief ins Herz.

Ich fürchtete sehr, fuhr er fort, daß ich nie mehr eine Gelegenheit finden würde, um Ihnen danken zu können. Ich durfte Sie nicht besuchen und wußte doch, daß Sie selten in die Welt gingen. Auch fürchtete ich, wenn ich mich Ihnen näherte, mit Herrn Delmare in Berührung zu kommen, was bei unserem Verhältnis nicht angenehm sein konnte. Wie glücklich fühle ich mich jetzt, jene Schuld abtragen zu können.

Es wäre für mich süßer, erwiderte sie, wenn Herr Delmare seinen Anteil daran erhalten könnte; wenn Sie ihn besser kennten, würden Sie finden, daß er im Grunde ebenso gutherzig wie rauh ist. Sie würden ihm dann verzeihen, daß er sich, ohne es zu wollen, an Ihnen vergriff; sein Herz hat deshalb gewiß mehr geblutet als Ihre Wunde.

Oh, kein Wort davon, gnädige Frau! Ich verzeihe Herrn Delmare. Ich hatte ein Unrecht an ihm begangen. Es ist meine Schuldigkeit, diese Sache zu vergessen. Sie aber, gnädige Frau, haben sich so zartfühlend, so edel um mich bemüht, daß ich mein Leben lang an das, was Sie für mich getan, an Ihre reinen Züge, Ihre engelgleiche Sanftmut, an diese Hände denken werde, die Balsam auf meine Wunden gelegt haben und die ich nicht einmal habe küssen dürfen –

Während Raymon so sprach, hielt er die Hand der Frau Delmare zum Beginn des Kontretanzes. Er drückte sie jetzt sanft, so daß der jungen Frau alles Blut gegen das Herz strömte.

Als er sie auf ihren Platz zurückführte, hatte sich Frau von Carvajal, die Tante der Frau Delmare, für einen Augenblick entfernt; der Ballsaal begann sich zu leeren. Raymon besaß jene Gewandtheit, wie man sie nach gewissen Herzenserfahrungen gewinnt. Nur die Heftigkeit unserer Leidenschaft, die Überstürzung unserer Liebe macht uns den Frauen gegenüber albern. Ein Mann, der seine Empfindungen schon etwas verbraucht hat, bemüht sich, mehr zu gefallen als zu lieben. Gleichwohl fühlte sich Herr von Ramière gegenüber dieser einfachen und sozusagen neuen Frau tiefer erregt, als er es bisher gewesen war. Vielleicht verdankte er diesen Eindruck der Erinnerung an jene Nacht, die er in ihrem Haus zugebracht hatte; jedenfalls war sein Herz, während er so lebhaft mit ihr sprach, nicht einer anderen Ansicht als sein Mund.

Aber die im Verkehr mit anderen gewonnene Gewohnheit verlieh seinen Worten eine Macht der Überzeugung, der sich die unwissende Indiana hingab, ohne zu ahnen, daß dies alles nicht erst für sie erfunden worden sei.

Im allgemeinen ist ein Mann, der geistreich über Liebe zu sprechen versteht, nur sehr mäßig verliebt. Die Frauen wissen das auch recht gut. Aber Raymon bildete eine Ausnahme; er drückte seine Leidenschaft mit Kunst aus und empfand sie doch warm. Nur war es nicht die Leidenschaft, die ihn beredt machte, sondern die Beredsamkeit, die ihn leidenschaftlich machte. Er fand Geschmack an einer Frau und wurde beredt, um sie zu verführen, aber wirklich verliebt, indem er sie verführte. Es war eine Art Empfindung, wie sie die Advokaten und die Prediger fühlen, die heiße Tränen weinen, sobald ihnen vor Anstrengung der Schweiß von der Stirn rinnt. Er traf schon manchmal Frauen, die fein genug waren, um diesen heißen Ergüssen nicht zu trauen; aber Raymon hatte aus Liebe schon sogenannte Torheiten begangen: er hatte ein junges, wohlerzogenes Mädchen entführt; er hatte sehr hochgestellte Damen kompromittiert, drei Duelle gehabt, die Aufsehen erregten.

Ich weiß nicht, wie er es anfing, aber als er Frau von

Carvajal und Frau Delmare an ihren Wagen führte, gelang es ihm, Indianas kleine Hand an seine Lippen zu drücken. Noch nie hatte ein heimlicher und dabei so brennender Männerkuß die Finger dieser Frau berührt, ungeachtet sie unter einem glühenden Himmel geboren und schon neunzehn Jahre alt war, und neunzehn Jahre auf Ile Bourbon sind so viel wie fünfundzwanzig unter unserer Sonne.

Bei ihrem leidenden und nervösen Wesen schrie sie fast auf, als sie den Kuß verspürte; man mußte sie stützen, um sie in den Wagen zu bringen. Eine solche Zartheit des Leibes war Raymon noch nie vorgekommen. Die Kreolin Noun besaß eine kräftige Gesundheit, und die Pariserinnen fallen nicht in Ohnmacht, wenn man ihnen die Hand küßt.

Wenn ich sie noch einmal sähe, würde ich den Kopf verlieren, sagte er zu sich selbst, als er nach Hause ging.

Am anderen Tag hatte er Noun vollständig vergessen. Die blasse Indiana beschäftigte alle seine Gedanken, erfüllte alle seine Träume. Wenn Raymon anfing, sich verliebt zu fühlen, hatte er die Gewohnheit, sich zu betäuben; aber nicht etwa, um die keimende Leidenschaft zu ersticken, sondern im Gegenteil, um die Vernunft zum Schweigen zu bringen, die ihn mahnte, die Folgen zu erwägen. Brennend vor Begierde verfolgte er seinen Zweck mit Hitze. Er war nicht mehr fähig, die Stürme, die sich in seinem Innern erhoben, zu besänftigen.

Schon den andern Tag hatte er herausgebracht, daß Herr Delmare im Interesse seiner industriellen Unternehmungen eine Reise nach Brüssel angetreten habe. Ehe er ging, hatte er seine Gattin der Frau von Carvajal anvertraut, die er allerdings nicht sehr liebte, die aber eben die einzige Verwandte der Frau Delmare war. Er selbst war ein Soldat, der sich von unten heraufgearbeitet hatte; er stammte aus einer armen Familie, von der er so oft sagte, er brauche sich ihrer nicht zu schämen, daß man glauben mußte, er schäme sich ihrer doch gehörig. Obschon er aber seiner Frau beständig vorwarf, sie verachte jene Familie, was sie keineswegs tat, so fühlte er doch, daß er sie nicht zu einem näheren Umgang mit diesen ungebildeten Verwandten zwingen durfte. Überdies konnte er Frau von Carvajal doch eine hohe Achtung nicht versagen, so wenig er sie sonst leiden mochte, und zwar aus folgenden Gründen: Frau von Carvajal entstammte einer vornehmen spanischen Familie und war eine der Frauen, die sich nicht entschließen können, nichts zu sein. Zur Zeit, da Napoleon Europa Gesetze gab, hatte sie ihm Weihrauch gestreut und mit ihrem Gatten und ihrem Schwager die Partei der Josefinos ergriffen; aber ihr Gatte hatte beim Fall der kurzlebigen Dynastie des Eroberers seine Anhänglichkeit mit dem Leben bezahlt und der Vater Indianas sich nach den französischen Kolonien geflüchtet. Die gewandte und strebsame Frau von Carvajal zog sich nun nach Paris zurück, wo es ihr gelang, durch glückliche Börsenspekulationen einen neuen Wohlstand auf den Trümmern ihres früheren Glanzes zu gründen. Durch ihren Geist, ihre Ränke und ihre Frömmigkeit hatte sie sich überdies in der Gunst des Hofes festzusetzen gewußt, und wenn ihr Haus auch kein glänzendes war, so konnte man es doch unter die anständigsten von den durch die Zivilliste begünstigten rechnen.

Als Indiana nach dem Tod ihres Vaters als Gattin des Obersten Delmare nach Frankreich kam, fühlte sich Frau von Carvajal durch eine so armselige Verbindung eben nicht sonderlich geschmeichelt. Indessen sah sie, daß Delmares Tätigkeit und gesunder Verstand ein Vermögen aufwogen und er mit seinem geringen Kapital vorwärts kam. Sie kaufte für Indiana das Schlößchen Lagny nebst der dazugehörigen Fabrik. Dank der Kenntnisse des Herrn Delmare und der Vorschüsse von seiten Sir Rudolph Browns, eines Vetters seiner Frau, nahmen die Angelegenheiten des Obersten in dem kurzen Verlauf von zwei Jahren eine glückliche Wendung, seine Schulden wurden allmählich abgezahlt, und Frau von Carvajal, in deren Augen Geld die beste Empfehlung war, bezeigte nun ihrer Nichte eine große Zuneigung und hatte ihr den Rest ihres Vermögens versprochen. Indiana kannte den Ehrgeiz nicht, aber aus Dankbarkeit, nicht aus Interesse widmete sie der Tante ihre Sorgfalt, ihre Pflege, ihre Zuvorkommenheit; das rücksichtsvolle Benehmen des Obersten dagegen wurde sowohl durch Interesse wie durch Dankbarkeit bestimmt. In politischen Dingen war er ein Mann aus Eisen; wenn es sich um den Ruhm seines großen Kaisers handelte, nahm er keinerlei Vernunft an und verteidigte ihn mit dem blinden Eigensinn eines Kindes von sechzig Jahren. Für ihn war es daher eine große Geduldsprobe, im Salon der Frau von Carvajal, wo man jetzt nur noch die Restauration pries, nicht unaufhörlich loszuplatzen. Was der arme Delmare unter dem Geschwätz von fünf bis sechs alten frommen Damen zu leiden hatte, ist nicht an den Himmel zu malen.

Herr von Ramière hatte bald herausgefunden, daß, sobald er sich durch Frau von Carvajal protegieren lasse, er auch Indiana würde sehen können. Am Abend des dritten Tages ließ er sich deshalb bei jener vorstellen.

Er fand in ihrem Salon vier bis fünf altfränkische Figuren, die mit großem Ernst Reversino spielten, und ein paar Söhne von Familien, die so unbedeutend waren, wie man es nur sein darf, wenn man sechzehn Ahnen besitzt. Indiana füllte geduldig den Grund einer Stickerei auf dem Rahmen ihrer Tante aus. Sie saß über ihre Arbeit geneigt und dem Anschein nach ganz von dieser mechanischen

Beschäftigung in Anspruch genommen; vielleicht war es ihr auch recht, sich auf diese Art dem gleichgültigen Geschwätz ihrer Nachbarn entziehen zu können. Vielleicht ließ sie, während sie so hinter ihren langen schwarzen Locken, die auf die Blumen des Rahmens herabfielen, halb versteckt saß, eben jene Augenblicke wieder an ihrer Seele vorübergehen, wo ein neues Leben in ihr aufgegangen war, als die Stimme des Dieners mehrere Personen anmeldete. Mechanisch erhob sie sich, denn sie hatte die Namen nicht gehört und wendete kaum ihre Augen von ihrer Stickerei ab, als plötzlich eine Stimme wie mit einem elektrischen Schlag ihr Ohr traf, so daß sie sich auf das Arbeitstischchen stützen mußte, um nicht umzusinken.

VI

Raymon hatte nicht erwartet, hier einen schweigsamen Salon zu finden, in dem sich nur seltsame und bedächtige Figuren bewegten. Dieses unvorhergesehene Hindernis gab deshalb seiner Sehnsucht nur noch mehr Kraft, seinen Blicken mehr Glut, den Zwischenbemerkungen, die er an Frau Delmare richtete, mehr Leben und Feuer. Dem armen Kind war ein derartiger Angriff etwas ganz Neues. Sie konnte sich nicht verteidigen, da man ja eigentlich nichts von ihr forderte; aber sie sah sich genötigt, mit anzuhören, wie man ihr ein glühendes Herz entgegenbrachte, zu vernehmen, wie sehr sie geliebt sei; sie mußte alle Gefahren der Verführung um sich emporschwellen sehen, ohne dagegen Widerstand leisten zu können. Ihre Verlegenheit wuchs mit der Keckheit Raymons. Frau von Carvajal, die begründete Ansprüche darauf hatte, für geistreich zu gelten, und der man den Geist des Herrn von Ramière gerühmt hatte, verließ jetzt das Spiel, um sich mit ihm in ein elegantes Gespräch über die Liebe einzulassen, wobei sie viel spanische Leidenschaft und deutsche Metaphysik entwickelte. Während Raymon tat, als ob er die Reden der Tante beantworte, sagte er der Nichte alles, was diese sonst sich verbeten hätte zu hören. Die arme junge Frau, die nirgends einen Schutz dagegen fand und sich von allen Seiten einem ebenso geschickt eingeleiteten als ungestümen Angriff ausgesetzt sah, gewann es nicht über sich, sich an einer so kitzligen Unterhaltung zu beteiligen. Vergebens berief sich die Tante, die gern mit ihr geglänzt hätte, bei gewissen Feinheiten ihrer Empfindungstheorie auf ihr Zeugnis; Indiana gestand errötend ein, daß sie durchaus nichts davon verstehe. Raymon aber schwur sich innerlich, daß er ihr diese Dinge schon beibringen wolle.

Indiana schlief in dieser Nacht noch weniger als in den vorhergehenden. Wir haben es schon gesagt, sie hatte noch nie geliebt, und ihr Herz war reif für ein Gefühl, das ihr noch keiner der Männer, denen sie bisher begegnet war, hatte einflößen können. Von einem Vater erzogen, der ein Sonderling, ein heftiger Charakter war, hatte sie nie das Glück empfunden, das die Zuneigung eines anderen gewährt. Herr von Carvajal, der sich in seine politischen Leidenschaften verbissen hatte, den der ungestillte Ehrgeiz noch immer beherrschte, war in den Kolonien der grausamste Pflanzer, der unangenehmste Nachbar geworden; selbst seine Tochter hatte unter seiner üblen Laune schwer zu leiden. Aber eben weil sie den Jammer der Sklaverei beständig vor Augen sah, weil sie die Last der Vereinsamung und der Abhängigkeit zu tragen hatte, erkämpfte sie sich allmählich eine äußerliche Geduld, die jede Probe bestand, eine anbetungswürdige Nachsicht und Güte gegen ihre Untergebenen, aber auch einen eisernen Willen, eine unberechenbare Widerstandskraft gegen alles, was auf ihre Unterdrückung ausging. Als sie Delmare heiratete, wechselte sie nur den Herrn; als sie sich in Lagny niederließ, nur das Gefängnis und die Art der Einsamkeit. Sie liebte ihren Gatten nicht, vielleicht nur deshalb nicht, weil man es ihr zur Pflicht gemacht hatte, ihn zu lieben, und weil es ihr zur zweiten Natur, zum Grundsatz, zur Gewissenspflicht geworden war, gegen jede Art von moralischem Zwang innerlich Opposition zu machen. Man hatte ja nie versucht, ihr etwas anderes beizubringen als blinden Gehorsam.

In der Einsamkeit aufgewachsen, von ihrem Vater vernachlässigt, zwischen Sklaven lebend, denen sie keine andere Hilfe, keinen anderen Trost bringen konnte als ihr Mitleid, ihre Tränen, hatte sie sich daran gewöhnt, zu sagen: »Es wird einmal ein Tag kommen, wo alles anders werden wird in meinem Leben, wo ich andern werde Gutes tun können, wo man mich lieben wird, wo ich mein ganzes Herz dem schenken werde, der mir das seinige schenkt, bis dahin will ich dulden und schweigen und meine Liebe als Lohn für den aufsparen, der mich befreien wird.« – Dieser Befreier, dieser Messias war bis jetzt nicht gekommen. Indiana wartete noch immer auf ihn. Unter den beschnittenen Buchen von Lagny hatte sie begriffen, daß selbst das Denken dort auf mehr Hindernisse stoßen werde als unter den wilden Palmen von Ile Bourbon; und wenn sie sich ertappte, daß sie noch mechanisch sagte: »Ein Tag wird kommen – ein Mann wird kommen« – dann drängte sie den verwegenen Wunsch zurück und sprach: »Ach nein, es bleibt dir nichts übrig als zu sterben!« Sie starb auch wirklich dahin. Ein unbekanntes Übel verzehrte ihre Jugend. Sie fühlte sich so kraftlos und litt unter Schlaflosigkeit. Die Ärzte suchten nach einem Fehler des Körpers und fanden keinen, weil eben keiner da war. Alle ihre Fähigkeiten nahmen ab, ihr Herz verbrannte bei gelindem Feuer, ihre Augen erloschen, ihr Blut hatte nur noch einen fieberhaften Umlauf. Wie groß aber auch ihre Ergebung oder ihre Mutlosigkeit sein mochte, ihr inneres Bedürfnis blieb. Dieses schweigsame, zertrümmerte Herz schrie doch noch immer unwillkürlich nach einem edlen jungen Herzen, das ihm ein neues Leben geben könnte. Das Wesen, das sie bisher am meisten geliebt hatte, war Noun, die fröhliche, mutige Genossin ihrer Leiden, und der Mann, der ihr bisher am meisten Zuneigung gezeigt hatte, war ihr phlegmatischer Vetter Sir Ralph. Was war aber das für eine Nahrung für die aufreibende Tätigkeit ihrer Gedanken: ein armes, unwissendes und ebenso verlassenes Mädchen, und ein Engländer, der sich nur für die Fuchsjagd zu begeistern vermochte!

Als nun zum ersten Mal der Lebenshauch eines jungen feurigen Mannes in ihre Eisatmosphäre drang, als zum ersten Mal ein zärtliches, schmeichlerisches Wort an ihr Ohr schlug, als ein bebender Mund wie ein glühendes Eisen ihre Hand traf, da dachte sie weder an die Pflichten, die man ihr auferlegt hatte, noch an die Vorsicht, die man ihr empfohlen, noch an die Zukunft, vor der man sie gewarnt, sie dachte nur an ihre verhaßte Vergangenheit, an ihre langen Leiden, an ihre tyrannischen Herren. Sie dachte auch nicht darüber nach, ob dieser Mann nicht ein Lügner, ein erotischer Opportunist sei. Sie sah ihn so, wie sie sich ihn gewünscht, geträumt hatte, und Raymon hätte sie betrügen können, wenn er nicht aufrichtig war.

Aber warum hätte er dies bei einer so reizenden, so liebenden Frau nicht sein sollen? War ihm je eine andere mit solcher Offenheit und Unschuld entgegengetreten? Bei welcher anderen konnte er eine so lachende, so sichere Zukunft finden? War sie denn nicht dazu geschaffen, ihn zu lieben, diese arme Sklavin, die ja nur ein Zeichen erwartete, um ihre Kette zu brechen, ein Wort, um ihm zu folgen?

Frau Delmare dachte aber auch an ihren Ehemann, diesen argwöhnischen, rachsüchtigen Menschen, sie fürchtete nicht für sich, denn sie war Drohungen gewöhnt und gegen sie verhärtet, wohl aber für den Mann, der einen Krieg auf Tod und Leben mit ihrem Tyrannen begann. Sie kannte die Gesellschaft so wenig, daß sie das Leben für einen tragischen Roman ansah. Das schüchterne Wesen, das nicht zu lieben wagte, um ihren Geliebten nicht dem Verderben auszusetzen, dachte nicht daran, daß sie dabei selbst zugrunde gehen könnte.

Hierin lag das Geheimnis ihres Widerstandes, die Triebfeder ihrer Tugend. Sie nahm sich am anderen Tage vor, Herrn von Ramière auszuweichen. An diesem Abend war ein Ball bei einem der ersten Bankiers von Paris. Frau von Carvajal, die die Welt liebte wie eine ältere Dame, die sonst keine Neigungen mehr hat, wollte Indiana mitnehmen; aber Raymon war gewiß dort, und so nahm sich Indiana vor, nicht hinzugehen. Um nicht von ihrer Tante deshalb gequält zu werden, tat Frau Delmare, die nicht mit Worten, sondern nur mit der Tat Widerstand zu leisten verstand, als ob sie die Einladung annehme. Sie ließ ihre Toilette vorbereiten und wartete ab, bis Frau von Carvajal auch mit der ihrigen fertig war. Dann zog sie einen Schlafrock an, setzte sich an den Kamin und erwartete jene festen Fußes. Als die alte Spanierin, steif und aufgeputzt wie ein Porträt von van Dyck kam, um sie abzuholen, erklärte ihr Indiana, sie fühle sich zu unwohl und sei außerstande, auszugehen. Vergebens drang die Tante in sie, sich zusammenzunehmen. Die Tante ging, und Indiana glaubte damit bereits jenes Luftschloß von gestern gründlich vernichtet zu haben.

Raymon befand sich in einer anderen Lage und Stimmung. Das erste, was er auf dem Ball sah, war die stolze Feder der alten Marquise. Vergebens suchte er in ihrer Nähe das weiße Kleid und die schwarzen Haare Indianas. Er näherte sich jener und hörte, wie sie zu einer anderen Dame sagte: Meine Nichte ist unwohl, oder vielmehr, fügte sie hinzu, um ihre eigene Gegenwart zu rechtfertigen, sie hat wieder so eine Laune, wie sie die jungen Frauen haben. Sie wollte allein sein und spielt nun mit einem Buch in der Hand die schöne Empfindsame.

Sollte sie mir ausweichen? dachte Raymon.

Sofort verließ er den Ballsaal, eilte zum Haus der Marquise, ging am Portier, ohne ein Wort zu sprechen, vorüber und fragte den ersten besten Diener, den er halb im Schlaf im Vorzimmer fand, nach Frau Delmare.

Frau Delmare ist unwohl.

Ich weiß es. Ich komme von der Marquise, um mich nach ihrem Befinden zu erkundigen.

Ich werde der gnädigen Frau melden –

Das ist nicht nötig, Frau Delmare wird mich empfangen. Und Raymon trat ein, ohne sich melden zu lassen. Alle anderen Diener waren bereits zu Bett. Eine einzige Lampe mit einem grünen Taftschirm darüber erleuchtete spärlich den großen Salon. Indiana saß mit dem Rücken gegen die Tür gekehrt. Ganz in einem großen Lehnstuhl versteckt, sah sie mit trüben Blicken in das Feuer, gerade wie an jenem Abend, da Raymon über die Mauer in Lagny eingebrochen war. Doch war sie jetzt noch trauriger als damals, denn auf jenes unbestimmte Weh, auf jenes ziellose Sehnen war ja eine kurze Wonne, ein schon wieder erloschener Glücksstrahl gefolgt.

Raymon glitt in seinen Ballschuhen geräuschlos über den weichen Teppich. Er sah, wie sie weinte, und als sie den Kopf wendete, lag er ihr zu Füßen und faßte ihre Hände, die sie ihm vergebens zu entziehen suchte. Sie fühlte, daß sie diesen Mann, der kein Hindernis scheute und der gekommen war, um sie auch gegen ihren Willen glücklich zu machen, bereits mit Leidenschaft liebte. Sie dankte dem Himmel, daß er ihr Opfer nicht gewollt, und statt Raymon böse zu sein, hätte sie ihm beinahe gedankt.

Was ihn betraf, so wußte er bereits, daß er geliebt war. Er brauchte nicht erst die Wonne zu sehen, die mitten durch ihre Tränen hindurch glänzte, um zu begreifen, daß er hier Herr war und etwas wagen durfte. Er ließ ihr nicht die Zeit, eine Frage an ihn zu richten, tauschte vielmehr rasch die Rollen, und ohne ihr sein unerwartetes Erscheinen zu erklären, ohne sich unschuldiger darstellen zu wollen, als er war, sagte er zu ihr: Indiana, Sie weinen? – Warum weinen Sie? – Ich will es wissen.

Sie erbebte, als sie sich bei ihrem Namen nennen hörte, aber selbst in dem Staunen, das sie über diese Kühnheit empfand, lag ein gewisses Glück.

Weshalb fragen Sie? gab sie ihm zur Antwort. Ich darf es Ihnen nicht sagen.

Gut, gut, Indiana, aber ich weiß es. Ich kenne Ihre ganze Geschichte, Ihr ganzes Leben. Nichts, was Sie betrifft, ist mir fremd, weil nichts, was Sie angeht, mir gleichgültig ist. Ich gab mir Mühe, alles über Sie zu erfahren, aber man konnte mir nicht mehr sagen, als mir schon ein einziger bei Ihnen verlebter Augenblick enthüllt hatte. Wissen Sie, damals, als man mich blutend und gebrochen zu Ihnen brachte, als Ihr Gatte darüber in Zorn geriet, daß Sie, die Schöne, die Gute, mich mit Ihrem weichen Arm stützten, mir mit Ihrem süßen Atem Balsam einhauchten. Wie eifersüchtig war er da! Oh, ich begreife das; an seiner Stelle wäre ich es ebenfalls, Indiana, oder vielmehr an seiner Stelle würde ich mich, den Raymon von Ramière, umbringen; denn Ihr Gatte sein, Indiana,

Sie besitzen, Sie in den Armen halten und Sie nicht verdienen, Ihr Herz nicht besitzen, das heiße ich der erbärmlichste, der feigste aller Männer sein.

O Gott, schweigen Sie, rief sie und schloß ihm den Mund mit der Hand, schweigen Sie. Wenn ich Sie anhöre, versündige ich mich. Weshalb reden Sie mir von ihm? Warum wollen Sie mich lehren, ihn zu verwünschen? – Wenn er Sie hörte! – Doch ich habe ihm nichts Böses nachgesagt; ich habe Ihnen kein Recht zu dieser Sprache gegeben! Ich hasse ihn nicht, ich achte ihn, liebe ihn –

Sagen Sie lieber, daß Sie ihn entsetzlich fürchten. Der Tyrann hat ja ihre Seele gebrochen. Ich weiß, daß, wenn der Himmel es gewollt, wenn er Sie mir geschenkt hätte, mir Unglücklichen, der ich mir den Kopf zerschmettern sollte, daß ich zu spät kam, daß Sie dann nicht krank sein würden. O Indiana, ich schwöre es Ihnen bei meinem Leben, ich hätte Sie so geliebt, daß Sie mich hätten wieder lieben müssen, daß Sie Ihre Kette gesegnet hätten. Ich hätte Sie auf meinen Armen getragen, damit Ihre Füße sich nicht wehe getan hätten; ich hätte Sie mit meinem Atem erwärmt. Ich hätte Sie an mein Herz gelegt, um Ihnen dort Schutz gegen alles Leid zu gewähren. Ich hätte mein Blut hingegeben, um das Ihrige zu retten, und wenn Sie bei mir den Schlaf verloren hätten, hätte ich Ihnen die ganze Nacht hindurch liebe Worte gesagt, Ihnen zugelächelt, um Ihnen neuen Mut einzuflößen, wenn ich auch beim Anblick Ihrer Leiden die Tränen nicht hätte zurückhalten können. Ich hätte die Luft gezwungen, Sie sanft zu fächeln, die goldenen Träume, Sie mit ihren Blüten zu überschütten. Leise hätte ich Ihre Locken geküßt, hätte mit Wonne die Schläge Ihres Herzens gezählt und bei Ihrem Erwachen, Indiana, hätten Sie mich hier zu Ihren Füßen gefunden, als eifersüchtiger Herr Sie bewachend, aber zugleich Ihnen als Sklave dienend, aufmerksam auf

Ihr erstes Lächeln, durstig nach Ihrem ersten Gedanken, Ihrem ersten Blick, Ihrem ersten Kuß –

Genug, genug! rief Indiana ganz aufgeregt und zitternd, Sie tun mir wehe.

Und doch, wenn man vor Glück sterben könnte, wäre Indiana in diesem Augenblick gestorben.

Reden Sie nicht so zu mir, fuhr sie fort, ich darf ja nicht glücklich sein. Zeigen Sie mir nicht den Himmel auf Erden; ich bin ja bestimmt, zu sterben.

Zu sterben! rief Raymon heftig, während er sie in seine Arme riß, sterben, Indiana! Du sterben, ehe du gelebt hast, ehe du geliebt hast! – Nein, du sollst nicht sterben; ich werde dich nicht sterben lassen, denn mein Leben ist von nun an an das deinige gekettet. Du bist die Frau, die ich mir lange erträumt habe, die Reine, die ich im Geist anbetete. Sieh, Indiana, du gehörst mir, du bist die Hälfte meiner Seele, die sich längst schon nach ihrer anderen Hälfte sehnte. Wenn du auf Île Bourbon von einem Freund träumtest, so war ich es, von dem du träumtest; wenn bei dem Namen Gatte ein leises Beben der Furcht und der Hoffnung durch deine Seele ging, so war es, weil ich dieser dein Gatte werden sollte. Erkennst du mich nicht? Ist es dir nicht, als ob es zwanzig Jahre her wäre, daß wir uns nicht gesehen hätten? Habe ich dich nicht erkannt, Engel, als du mein Blut mit meinem Schleier stilltest, als du deine Hand auf mein stillstehendes Herz legtest, um Wärme und Leben darin zurückzurufen? Dein Mann, dein Herr und Gebieter selbst hat dem höheren Wink gehorchen und mich blutend in deine Hände legen müssen. Er hat mich dir zu Füßen geworfen und dir gesagt: Das ist für dich! Und jetzt kann uns nichts mehr trennen!

Doch, er kann uns trennen! unterbrach ihn Frau Delmare, die sich ganz dem stürmischen Ausbruch ihres Geliebten hingab und ihm mit Entzücken zuhörte. Ach, Sie kennen ihn nicht; er ist ein Mann, der keine Barmherzigkeit kennt, ein Mann, den man nicht täuscht. Mein Gott, er wird Sie töten, Raymon!

Sie barg weinend ihr Gesicht an seiner Brust. Aber Raymon drückte sie leidenschaftlich an sich und rief: Er möge nur kommen! Er soll mir diese Minute des Glücks rauben! Ich trotze ihm! Hier weile, Indiana, hier an meinem Herzen, hier ist dein Schutz, dein Asyl. Liebe mich nur und ich bin unverwundbar. Du weißt, daß dieser Mensch nicht die Macht hat, mich zu töten; schon einmal war ich ihm schutzlos preisgegeben. Aber du, mein guter Engel, schwebtest über mir und deine Flügel haben mich beschützt. Ich fürchte nichts, wir werden seinen Grimm schon abwenden; jetzt fürchte ich nicht einmal mehr für dich, denn ich bin ja da. Auch ich werde dich gegen ihn beschützen, wenn er dich unterdrücken will. Wenn es sein muß, werde ich dich seiner grausamen Herrschaft entreißen. Soll ich ihn töten? Sage mir, daß du mich liebst, und ich werde an ihm zum Mörder, wenn du ihn verurteilst –

Sie machen mir Angst, leise! Wenn Sie jemand töten wollen, so töten Sie mich; ich habe jetzt doch einen Tag gelebt und ich wünsche nichts mehr.

So stirb, aber vor Wonne, rief Raymon und drückte seine Lippen auf die Indianas.

Aber dieser Sturm war zu wild für eine so zarte Pflanze; sie erblaßte, fuhr mit der Hand nach dem Herzen und verlor die Besinnung.

Raymon glaubte anfangs durch seine Liebkosungen das Blut in diese zu Eis gewordenen Adern zurückrufen zu können; aber vergebens bedeckte er ihre Hand mit Küssen, vergebens rief er sie mit den zärtlichsten Namen. Es war keiner der gestellten Ohnmachtsanfälle, wie sie nicht selten vorkommen. Frau Delmare war schon seit längerer

Zeit ernstlich leidend und Nervenkrämpfen unterworfen, die stundenlang dauerten.

Raymon war in Verzweiflung, er mußte um Hilfe rufen. Er schellte, eine Kammerjungfer erschien, aber das Flakon, das sie bringen wollte, entglitt ihrer Hand und ein Schrei entrang sich ihrer Brust, als sie Raymon erblickte. Dieser fand sofort seine Geistesgegenwart wieder, näherte sich ihrem Ohr und sprach leise: Stille, Noun! Ich erfuhr, daß du hier seist, wollte zu dir und dachte nicht daran, deine Gebieterin zu finden, die ich auf dem Ball wähnte. Als ich hier eintrat, erschrak sie so über mich, daß sie in Ohnmacht fiel. Sei klug, ich gehe.

Raymon entfernte sich eilig. Er hatte diesen beiden Frauen ein Geheimnis hinterlassen, das notwendig beide in Verzweiflung stürzen mußte, wenn sie dahinter kamen.

VII

Am nächsten Morgen fand Raymon beim Erwachen einen zweiten Brief von Noun. Diesen warf er nicht verächtlich beiseite; er öffnete ihn hastig, konnte er ihm ja doch von Frau Delmare berichten. Es war wirklich von ihr darin die Rede; aber in welche Verlegenheit versetzte Raymon diese Doppelintrige! Das Geheimnis jenes Mädchens ließ sich nicht mehr verbergen. Kummer und Entsetzen hatten sie bereits abgemagert; Frau Delmare bemerkte ihren leidenden Zustand, vermochte aber nicht der Sache auf den Grund zu kommen. Noun fürchtete die Strenge des Obersten, noch mehr die Güte ihrer Gebieterin. Sie wußte zwar, daß diese ihr verzeihen würde, aber sie schämte sich zu Tode, ein solches Geständnis machen zu müssen. Was sollte aus ihr werden, wenn nicht Raymon sie den Demütigungen, die sie erdrücken mußten, entzog!

– Jetzt mußte er sich notgedrungen mit ihr beschäftigen, oder er riskierte, daß sie sich Frau Delmare zu Füßen warf und ihr alles gestand.

Diese Befürchtung machte Herrn von Ramière sehr unruhig. Ihm mußte daran liegen, Noun von ihrer Gebieterin zu entfernen.

Sprich ja nicht, ohne daß ich darum weiß, schrieb er ihr zurück. Versuche heute abend nach Lagny zu kommen. Ich werde dort sein.

Während er hinging, überlegte er sich, wie er sich benehmen sollte. Noun hatte Verstand genug, um nicht einzusehen, daß sie ihm keine Wiederherstellung ihrer Ehre zumuten könne. Nie hatte sie das Wort Heirat auszusprechen gewagt; aber eben weil sie edelmütig hierüber schwieg, hielt sich Raymon für weniger schuldig. Er sagte sich: er habe sie eigentlich nicht betrogen, Noun habe ihr Schicksal mehr als einmal voraussehen müssen. Was Raymon in Verlegenheit setzte, war keineswegs, ihr etwas anbieten zu müssen; er war bereit, dem armen Mädchen die Hälfte seines Vermögens zu überlassen; ja, er hätte gern jede Sorge auf sich genommen, die sein Zartgefühl ihm diktierte. Was aber seine Lage peinlich machte, war die Notwendigkeit, ihr sagen zu müssen, daß er sie nicht mehr liebe; denn sie zu täuschen hätte er nicht vermocht. Wenn sein Benehmen jetzt zweideutig und treulos erschien, so war doch sein Herz aufrichtig. Noun hatte er mit den Sinnen geliebt, Frau Delmare liebte er mit seiner ganzen Seele. Als er an der Parktür von Lagny anlangte, war er noch nicht entschlossen, was er tun sollte.

Noun ihrerseits hatte keine so schnelle Antwort erwartet und deshalb wieder etwas Hoffnung geschöpft.

Er liebt mich noch, sprach sie zu sich selbst, er will mich nicht verlassen. Er hatte mich ein wenig vergessen, das ist ja ganz natürlich: in Paris inmitten so vieler Festlichkeiten, von allen Frauen geliebt, wie das ja gar nicht anders sein kann, hat er sich einige Zeit lang von seiner armen Kreolin abbringen lassen. Ach, wer bin ich denn, daß er mich so vielen vornehmen Damen opfert, die weit schöner und reicher sind als ich! – Wer weiß! schloß sie in ihrer Naivität, vielleicht ist sogar die Königin von Frankreich in ihn verliebt!

Da Noun sich sagte, daß gewiß auch der Luxus seine Verführungskunst an ihrem Geliebten übe, wollte auch sie in dieser Richtung das Ihrige tun, um ihn noch mehr an sich zu fesseln. Sie schmückte sich mit dem Putz ihrer Gebieterin, zündete in dem Zimmer der Frau Delmare zu Lagny ein großes Feuer an, zierte den Kamin mit den schönsten Blumen, die sie im Gewächshaus fand, bereitete einen Imbiß von Früchten und feinen Weinen, sorgte für alle Bedürfnisse des Boudoirs, an die sie sonst nicht gedacht hatte. Und als sie sich dann in dem Wandspiegel betrachtete, fand sie, daß sie eigentlich hübscher sei als all die Blumen, womit sie sich herauszuputzen gesucht hatte.

Er hat mir oft gesagt, sprach sie zu sich selbst, daß ich keinen Schmuck brauche, um schön zu sein, und daß die vornehmste Dame mit allem Glanz ihrer Diamanten neben meinem Lächeln nicht aufkommen könne. Und doch beschäftigen ihn jetzt diese Frauen, die er sonst nicht beachtet hat. Nun, ich will es versuchen, will heiter und lebhaft sein; vielleicht, daß ich heute nacht all die Liebe wieder erwecke, die ich ihm früher einflößte.

Raymon hatte sein Pferd bei dem Häuschen eines Köhlers im Wald gelassen. Er trat jetzt in den Park, zu dem er einen Schlüssel hatte. Diesmal lief er nicht mehr Gefahr, für einen Dieb gehalten zu werden; fast die ganze Dienerschaft hatte ihre Herrschaft begleitet; der Gärtner aber war längst gewonnen, und er selbst kannte alle Wege und Stege in Lagny so gut wie auf seinem eigenen Gut.

Die Nacht war kalt. Die Bäume des Parks standen in einem dichten Nebel, und Raymon konnte kaum ihre dunklen Stämme in dem weißen Dunst, der sie in sein durchsichtiges Kleid hüllte, unterscheiden.

Er irrte eine Zeitlang in den sich schlängelnden Laubengängen umher, bis er die Tür zu dem Gartenhäuschen fand, wo Noun seiner wartete. Sie kam ihm in einen Pelz gehüllt entgegen, dessen Kapuze sie über den Kopf geworfen hatte.

Wir können nicht hier bleiben, sagte sie zu ihm, es ist zu kalt. Folge mir und sprich nicht.

Raymon empfand den größten Widerwillen, das Haus der Frau Delmare als Liebhaber ihrer Kammerjungfer zu betreten. Noun ging mit leichten Schritten voran, und die Zusammenkunft mußte entscheidend werden.

Sie führte ihn durch den Hof, besänftigte die Hunde, öffnete geräuschlos die Tür, nahm ihn dann bei der Hand und führte ihn schweigend durch die dunkeln Korridore. Endlich zog sie ihn in ein elegantes, aber einfaches, kreisrundes Zimmer, wo Orangenblüten ihre süßen Düfte verbreiteten und durchsichtige Kerzen in den Armleuchtern brannten.

Noun hatte den Boden mit bengalischen Rosen, den Diwan mit Veilchen bestreut, eine angenehme Wärme drang durch alle Poren, und Kristalle glänzten auf der Tafel zwischen Früchten.

Von dem plötzlichen Übergang aus der Dunkelheit in ein helles Licht geblendet, blieb Raymon verdutzt stehen; er brauchte jedoch nicht lange, um zu begreifen, wo er sich befand. Der ausgesuchte Geschmack, die keusche Einfachheit, diese Harfe, deren Saiten noch von Liedern der Sehnsucht und Trauer zu beben schienen; diese Bilder mit der idyllischen Liebesgeschichte von Paul und Virginie, diese Bergspitzen von Ile Bourbon, dieser bläuliche

Strand von Saint Paul; vor allem aber dieses kleine halb in den Musselinvorhängen versteckte Bett, dieses weiße, reine, jungfräuliche Bett, dessen Kopf wie zur Weihe mit einer vielleicht am Tag ihrer Abreise einem Baume ihres Vaterlandes entnommenen Palmzweig geschmückt war; alles deutete auf Frau Delmare, und Raymon fühlte sich von einem seltsamen Schauder erfaßt, wenn er dachte, daß diese in einen Mantel gehüllte Frau, die ihn hierher geleitet hatte, vielleicht Indiana selbst sei. Dieser tolle Gedanke schien tatsächlich eine festere Gestalt annehmen zu wollen, als er in dem gegenüber hängenden Spiegel ein bleiches und geputztes Bild, das Gespenst einer Frau erblickte, wie sie in den Ballsaal tritt, ihren Mantel abwirft und dann plötzlich strahlend und halbnackt im Lichterglanz dasteht. Aber es war nur der Wahn eines Augenblicks – Indiana wäre nicht so entblößt erschienen; sie hätte vielleicht ihr Haar mit natürlichen Kamelien geschmückt, aber diese hätten sich dann nicht in solch aufregender Unordnung auf ihrem Kopf gedrängt.

Größer und stärker als ihre Gebieterin war Noun mit dem Putz bekleidet, aber nicht angezogen. Sie besaß Anmut, aber Anmut ohne Adel; sie war schön wie ein Weib, aber nicht wie eine Fee; sie forderte zur Lust auf, aber sie versprach keine selige Wonne.

Nachdem Raymon sie im Spiegel betrachtet hatte, ohne den Kopf nach ihr selbst zu wenden, suchten seine Blicke nach Dingen, die ihm einen reineren Abglanz von Indiana gewähren konnten, nach ihren Musikinstrumenten, ihren Bildern, ihrem schmalen, jungfräulichen Bett. Er berauschte sich in dem unbestimmten Dunstkreis. Er zitterte vor Sehnsucht, wenn er dachte, daß ein Tag kommen sollte, wo Indiana selbst ihm dessen Wonnen erschließen würde. Noun aber stand mit gekreuzten Armen hinter ihm und betrachtete ihn in freudiger Aufregung, denn sie dachte ja nicht anders, als daß er beim Anblick all der Mühe, die sie sich gegeben, um ihm zu gefallen, ganz in Entzücken aufgelöst sei.

Endlich sagte er: Ich danke dir für all die Vorbereitungen, die du für mich gemacht hast; ich danke dir besonders, daß du mich hierher führtest, aber ich habe nun diese Überraschung genug genossen. Verlassen wir dies Zimmer, wir sind hier nicht an unserem Platz. Ich muß Frau Delmare auch in ihrer Abwesenheit respektieren.

Das ist recht grausam von dir, erwiderte Noun, die ihn nicht verstanden hatte, die aber wohl seine kalte und unzufriedene Miene sah, das ist grausam. Ich hatte gehofft, ich würde dir gefallen, und nun stößt du mich zurück.

Nein, liebe Noun, ich werde dich nie zurückstoßen. Ich bin hierher gekommen, um ernstlich mit dir zu sprechen. Ich danke dir ja dafür, daß du dich bemüht hast, mir zu gefallen; aber es wäre mir lieber gewesen, du hättest dich nur mit deiner Jugend und deiner natürlichen Anmut geschmückt, statt mit all diesem entlehnten Putz.

Jetzt verstand ihn Noun halb und brach in Tränen aus.

Ich bin sehr unglücklich, sprach sie; ich hasse mich selbst, da ich dir nicht mehr gefalle. Oh, ich hätte vorhersehen können, daß du mich nicht lange lieben würdest, mich, das arme Mädchen ohne Erziehung. Ich mache dir keine Vorwürfe. Ich wußte ja, daß du mich nie heiraten würdest; aber wenn du mich nur immer geliebt hättest, so hätte ich dir alles geopfert, ohne Reue zu empfinden, hätte alles ertragen, ohne zu klagen. Ach, jetzt bin ich verloren! Ich fühle mich Mutter – man wird mich vielleicht fortjagen. Ich werde einem Wesen das Dasein geben, das vielleicht noch unglücklicher sein wird als ich, und kein Mensch wird mich bedauern. Jeder wird glauben, er habe ein Recht, mich mit Füßen zu treten. Ach und doch würde ich mich in das alles mit Freude ergeben, wenn du mich nur noch liebtest!

Noun redete lange Zeit so fort. Sie bediente sich vielleicht nicht gerade dieser Worte, aber sie sprach in diesem Sinn und hundertmal besser, als ich es wiedergeben kann. Wo könnte ich auch das Geheimnis jener Beredsamkeit finden, die sich bei einem unwissenden und naiven Herzen in der Krisis einer wahren Leidenschaft, eines tiefen Leids plötzlich einstellt? Dann haben ja die Worte eine ganz andere Bedeutung als bei allen anderen Vorkommnissen des Lebens; dann werden selbst triviale Ausdrücke durch die Empfindung, die sie diktiert, durch den Ton, in dem sie gesprochen werden, geadelt.

Raymon fühlte sich geschmeichelt, eine so edle Neigung eingeflößt zu haben, und Dankbarkeit, Mitgefühl, vielleicht auch ein wenig Eitelkeit riefen für einen Moment seine Liebe zurück.

Noun erstickte in ihren Tränen; sie hatte sich die Blumen von der Stirn gerissen, ihr langes Haar fiel aufgelöst über ihre breiten, herrlichen Schultern. Wenn ihre Sklaverei, ihr Leiden Frau Delmare nicht einen höheren Reiz verliehen hätten, würde Noun sie in diesem Augenblick an Schönheit weit überstrahlt haben; sie war wirklich prächtig in ihrem Schmerz und ihrer Liebe.

Raymon war besiegt, er schloß sie in seine Arme, zog sie neben sich auf das Sofa, schob das Brett mit den Flaschen her und goß ein paar Tropfen Orangenblütenwasser in eine Tasse von vergoldetem Silber und bot sie ihr. Noun trocknete ihre Tränen und warf sich Raymon zu Füßen.

Ach, liebe mich doch noch ein wenig, sprach sie, und umfaßte leidenschaftlich seine Knie, sage mir, daß du mich noch liebst, und ich bin gesund, bin gerettet. Umarme mich wie sonst, und ich werde es nie bedauern, daß ich mich zugrunde gerichtet habe, um dir ein paar schöne Tage zu schenken.

Sie umschloß ihn mit ihren festen braunen Armen, sie bedeckte ihn mit ihrem langen Haar. Raymon vergaß alles, seine Vorsätze, seine neue Liebe, den Ort, wo er sich befand. Er erwiderte Nouns rasende Liebkosungen. Er tauchte seine Lippen in die gleiche Schale, und die feurigen Weine, die vor ihnen standen, vollendeten ihre Berauschung.

Allmählich mischte sich eine unbestimmte und schwankende Erinnerung in die Trunkenheit Raymons. Die zwei Wandspiegel, welche einander das Bild Nouns in unendlicher Reihe zuwarfen, schienen sich mit tausend Phantomen zu bevölkern. Er spähte in die Tiefe dieser doppelten Widerspiegelung nach einer zarteren Form und meinte in dem letzten nebelhaften und verschwommenen Schatten, den Noun dort warf, die feine und schlanke Taille von Frau Delmare zu entdecken.

Noun, die von den aufregenden, ihr ungewohnten Getränken selbst ganz wirre war, faßte die sonderbaren Reden ihres Geliebten nicht mehr. Wäre sie nicht ebenso berauscht gewesen wie er, so hätte sie erkennen müssen, daß Raymon auf der höchsten Höhe seiner Trunkenheit an eine andere dachte. Sie hätte bemerkt, wie er die Schürze, die Bänder, die Indiana getragen, küßte, wie er die Essenzen einsog, die ihm ihr Wesen vergegenwärtigten, wie er in seinen glühenden Händen den Stoff zerknitterte, der ihre Brüste bedeckt hatte. Aber Noun glaubte, daß alle diese Verrücktheiten ihr selbst gälten, während doch Raymon an ihr nur das Kleid Indianas sah. Wenn er diese schwarzen Haare küßte, glaubte er das schwarze Haar Indianas vor sich zu haben. Indiana war es, die er in dem Dampf des Punsches, den Noun zubereitete, zu sehen glaubte; sie war es, die ihn rief, die ihm aus diesen weißen

Musselinvorhängen zulächelte; sie war es, die er auf diesem bescheidenen, fleckenlosen Lager träumte, als er von Liebe und Wein fortgerissen seine Kreolin dahin zog. – – –

Als Raymon erwachte, drang die Morgendämmerung durch die Fensterläden. Er lag lange in einem unbestimmten, unbeweglichen Staunen und betrachtete den Ort, wo er sich befand, das Bett, wo er geruht hatte, als sei es ein Wahngebilde des Schlummers. Alles im Schlafzimmer der Frau Delmare war wieder in der alten Ordnung. Bei Tagesanbruch war Noun, die sich als Gebieterin niedergelegt hatte, als Kammerjungfer wieder aufgestanden. Sie hatte die Blumen weggetragen und die Reste des Mahles entfernt. Die Möbel standen an ihrem Platz; nichts verriet den Liebestaumel der Nacht, und das Zimmer hatte sein keusches, wohlanständiges Ansehen wiedergewonnen.

Niedergedrückt von Scham erhob er sich und wollte fort, aber er war eingeschlossen; das Fenster lag dreißig Fuß über dem Boden, so mußte er in diesem Zimmer, wo ihn die Reue aus allen Ecken angrinste, ausharren wie Ixion auf seinem Rad.

Da warf er sich auf die Knie und drückte den Kopf gegen das zerwühlte Bett, das ihm die Schamröte auf die Wangen jagte.

Noun trat in der Schürze und das Tuch um den Kopf geschlungen ein.

Als Raymon sie erblickte, wurde er verlegen und zugleich ärgerlich. Aber er hatte nicht den Mut, mit ihr zu zanken, und ebensowenig die Kraft, ihr ein freundliches Wort zu sagen.

Warum hast du mich eingeschlossen? sagte er endlich. Bedenke doch, daß es heller Tag ist und daß ich jetzt nicht mehr fortgehen kann, ohne dich öffentlich zu kompromittieren.

Du sollst auch nicht fort, sagte Noun schmeichelnd zu

ihm. Das Haus ist leer, niemand wird dich sehen; der Gärtner kommt niemals in diesen Teil des Hauses, zu dem ich allein den Schlüssel habe. Du wirst also heute noch bei mir bleiben, du bist mein Gefangener.

Diese Veranstaltung brachte Raymon zur Verzweiflung; schon fühlte er für seine Geliebte nur noch eine Art Widerwillen. Und doch mußte er sich in sein Schicksal ergeben; überdies, so peinlich dieses Zimmer für ihn war, so hielt ihn vielleicht doch auch ein geheimer Reiz hier fest.

Als Noun ihn verließ, um für das Frühstück zu sorgen, unterwarf er all die stummen Zeugen von Indianas Einsamkeit einer genauen Prüfung bei Tageslicht. Er öffnete ihre Bücher, blätterte in ihren Alben und schloß sie dann wieder rasch; er fürchtete, eine neue Entweihung zu begehen und weibliche Geheimnisse zu verletzen. Endlich begann er auf- und abzugehen und bemerkte dabei auf dem Getäfel gegenüber dem Bett der Frau Delmare ein großes mit einem doppelten Schleier verhülltes Bild in reichem Rahmen.

Vielleicht war dies ein Porträt von Indiana. Raymon hätte es gar zu gern betrachtet, er ließ seine Skrupel schwinden, stieg auf einen Stuhl, machte die Nadeln los und entdeckte zu seiner Überraschung das lebensgroße Bildnis eines schönen jungen Mannes.

VIII

Es ist mir, als kennte ich diese Züge, sagte er zu Noun und bemühte sich dabei, eine gleichgültige Miene anzunehmen.

Pfui, mein Herr! rief das Mädchen, während sie das Frühstück, das sie eben gebracht hatte, auf den Tisch stellte; es ist nicht schön, daß Sie in die Geheimnisse meiner Gebieterin eindringen wollen.

Raymon erblaßte.

Geheimnisse! sagte er. Wenn es hier ein Geheimnis gibt, so bist du jedenfalls die Mitwisserin, Noun, und dann bist du doppelt schuldig, daß du mich in dieses Zimmer geführt hast.

Ach nein! erwiderte Noun lächelnd, dabei ist kein Geheimnis. Herr Delmare hat ja selbst das Porträt von Sir Ralph hier aufhängen helfen. Vor einem so eifersüchtigen Mann könnte meine Gebieterin wahrlich kein Geheimnis haben!

Sir Ralph, sagst du? Wer ist denn dieser Sir Ralph?

Sir Rudolph Brown, der Vetter meiner Herrin, ihr Jugendfreund, und ich darf sagen, auch der meinige. Er ist so gut!

Raymon prüfte das Bild mit einiger Überraschung und Unruhe.

Wir haben bereits gesagt, daß Sir Ralph bis auf den Ausdruck seiner Züge ein recht hübscher Junge war, mit einem Gesicht wie Milch und Blut, einer flotten Statur, reichem Haarwuchs, immer gut gekleidet, und wenn auch nicht wohl geeignet, ein romantisches Köpfchen zu verdrehen, so doch wohl fähig, die Eitelkeit einer mehr positiven Natur zu befriedigen. Der friedliche Baron war in einem Jagdanzug dargestellt, nahezu dem nämlichen, in dem wir ihn im ersten Kapitel gesehen haben, umgeben von seinen Hunden, an deren Spitze wegen ihres schönen silbergrauen Felles und der Reinheit ihrer schottischen Rasse die schöne Vorstehhündin Ophelia stand. Sir Ralph hielt in der einen Hand ein Jagdhorn, in der andern den Zügel eines prächtigen englischen Apfelschimmels, der fast den ganzen Hintergrund des Bildes ausfüllte. Das Gemälde war ein Familienbild mit allen Vollkommenheiten des Details, all den gesuchten Kleinlichkeiten der Ähnlichkeit, allen spießbürgerlichen Tüfteleien; ein Porträt, vor dem eine Amme weinen, ein Hund bellen und ein Schneider vor Wonne außer sich geraten konnte. Es gab nur eins auf der Welt, was noch unbedeutender sein konnte als dieses Porträt – nämlich sein Original. Dennoch brachte es Raymon in eine zornige Aufwallung.

Bedeckt der Schleier für gewöhnlich dieses Bild? fragte er die Kammerjungfer.

Nur wenn meine Gebieterin abwesend ist, erwiderte sie. Aber gib dir keine Mühe, es wieder an seinen Ort zu hängen; sie kommt erst in ein paar Tagen zurück.

Dann solltest du ihr begreiflich machen, daß dieser Mensch ein ganz unverschämtes Gesicht hat. Wenn ich Herr Delmare wäre, hätte ich niemals zugegeben, daß sein Bild hier aufgehängt würde, ohne daß ich ihm vorher die Augen ausgekratzt hätte. Aber diese Ehemänner sind von einer höchst bornierten Eifersucht! Sie bilden sich alles Mögliche ein und doch haben sie keine Ahnung!

Was hast du denn gegen das Gesicht des guten Herrn Brown? entgegnete Noun, während sie das Bett ihrer Gebieterin zurechtmachte; es ist ein so vortrefflicher Herr! Ich mochte ihn sonst nicht sonderlich leiden, weil meine Herrin immer sagte, er sei ein Egoist. Aber seitdem er dich so gut umsorgt –

Das ist wahr, unterbrach sie Raymon, er sprang mir bei, ich erkenne ihn jetzt wieder – aber ich verdanke seine Aufmerksamkeit nur den Bitten der Frau Delmare.

Oh, sie ist so gut, meine Gebieterin, bemerkte die arme Noun. Wer würde neben ihr nicht ebenfalls gut?

Sobald Noun von Frau Delmare sprach, hörte Raymon mit einem Interesse zu, von dem sie keine Ahnung hatte.

Der Tag verging ziemlich ruhig. Noun wagte es nicht, das Gespräch auf ihr eigentliches Anliegen zu bringen.

Endlich gegen Abend faßte sie ein Herz und zwang ihn dadurch, mit seinen Absichten herauszurücken.

Raymon hatte natürlich nichts anderes im Sinn, als sich von einem gefährlichen Zeugen und einer Frau zu befreien, die er nicht mehr liebte. Aber er wollte ihre Zukunft sicherstellen und machte ihr mit einigem Zittern die nobelsten Anerbietungen.

Das war dem armen Mädchen zu viel. Sie raufte sich das Haar, sie wäre mit dem Kopf gegen die Wand gerannt, wenn Raymon sie nicht mit Gewalt zurückgehalten hätte. Er bot nun alle Künste der Sprache, alle Hilfsmittel des Geistes, den ihm die Natur verliehen, auf, um ihr begreiflich zu machen, daß er seine Unterstützung nicht ihr, sondern eigentlich dem Kind anbiete, von dem sie Mutter werden würde.

Das ist ja meine Pflicht, sagte er zu ihr; was ich dir gebe, erhältst du ja nur als Vermögen für das Kind, du würdest ihm ein Unrecht zufügen, wenn du dies aus falschem Zartgefühl zurückweisen wolltest.

Noun beruhigte sich und trocknete ihre Tränen.

Nun gut, sprach sie, so will ich es denn annehmen, wenn du mir versprichst, daß du mich auch ferner noch lieben willst; denn wenn du auch für das Kind gesorgt hast, so ist die Mutter doch damit noch nicht abgefunden. Von deinem Geschenk kann jenes leben; mich aber würde deine Gleichgültigkeit töten. Kannst du mich nicht zu dir nehmen, damit ich dich bedienen kann? Sieh, ich bin nicht unbescheiden: ich strebe nicht nach Dingen, die eine andere an meiner Stelle herauszuschlagen verstanden hätte. Aber versprich mir, daß ich deine Magd sein darf. Stelle mich bei deiner Mutter an. Sie soll mit mir zufrieden sein, ich schwöre es dir; wenn du mich nicht mehr liebst, so werde ich dich doch noch sehen.

Was du da verlangst, ist unmöglich, liebe Noun. In dem

Zustand, in dem du dich befindest, kannst du bei niemand in Dienst treten. Und meine Mutter betrügen, ihr Vertrauen mißbrauchen, das wäre eine Gemeinheit, zu der ich mich niemals hergeben würde. Geh nach Lyon, nach Bordeaux; ich werde es dir an nichts fehlen lassen, bis du dich wieder in der Welt sehen lassen kannst. Dann werde ich dich bei Bekannten von mir unterbringen, sogar in Paris, wenn du es durchaus wünschest – und dir so daran liegt, in meiner Nähe zu sein – aber unter dem gleichen Dach, das ist unmöglich.

Unmöglich! rief Noun und schlug die Hände schmerzlich zusammen. Ich sehe, daß du mich verachtest, daß du dich meiner schämst. Aber ich werde mich nicht entfernen, ich werde nicht allein und gedemütigt abziehen, um an irgendeinem entfernten Orte, wo du mich vergessen wirst, zu enden. Was liegt mir an meinem Ruf! Deine Liebe will ich mir erhalten!

Wenn du glaubst, daß ich dich täusche, so will ich mit dir gehen. Wir wollen zusammen nach dem Ort fahren, den du wählst; überall hin werde ich dich begleiten, nur nicht nach Paris und zu meiner Mutter. Aber ich werde dir all die Sorgfalt widmen, die ich dir schuldig bin –

Ja und wenn du mich dann als eine unnütze Last an einem fremden Ort abgesetzt hast, wirst du mich am anderen Tage verlassen, unterbrach sie ihn mit einem bitteren Lächeln. Nein, mein Freund, ich bleibe hier; ich will nicht auf einmal alles verlieren. Hätte ich zu dir gedurft, so hätte ich das Wesen, das ich, ehe ich dich kennenlernte, am meisten auf der Welt liebte, verlassen; aber meine Schande liegt mir nicht so sehr am Herzen, daß ich deshalb auch noch meine Freundschaft aufopfern möchte. Ich werde mich Frau Delmare zu Füßen werfen, ich werde ihr alles eingestehen und sie wird mir verzeihen; ich weiß es, denn sie ist gut und sie liebt mich. Wir sind fast am gleichen Tage geboren, sie ist meine Milchschwester. Wir haben uns noch nie verlassen, sie wird nicht wollen, daß ich jetzt von ihr gehe; sie wird mit mir weinen, sie wird mich pflegen, sie wird mein Kind, mein armes Kind lieben! Wer weiß! Sie hat nicht das Glück, Mutter zu sein, vielleicht erzieht sie es als das ihrige. Oh, ich war recht töricht, daß ich nur den Gedanken fassen konnte, sie zu verlassen; sie ist ja die einzige Person auf der Welt, die Teilnahme für mich haben wird.

Dieser Plan versetzte Raymon in die äußerste Bestürzung . . . Aber plötzlich vernahm man das Rollen eines Wagens im Hof. Noun erschrak und lief an das Fenster.

Frau Delmare! schrie sie; fort! Fort!

Aber in diesem Augenblick konnte sie den Schlüssel zu der geheimen Treppe nicht finden. Sie faßte daher Raymon am Arm und zog ihn rasch in den Gang hinaus; aber sie hatten noch nicht die Mitte erreicht, als sie auf dem gleichen Weg jemanden gehen hörten. Auf zehn Schritte vor ihnen ertönte die Stimme der Frau Delmare, und schon warf eine Kerze, die der begleitende Diener trug, ein diffuses Licht auf ihre erschrockenen Gesichter. Noun hatte kaum noch so viel Zeit, um wieder umzuwenden und mit Raymon, den sie beständig mit sich zog, wieder in das Schlafzimmer zu treten.

Ein Gelaß für die Toilette, das durch eine Glastür abgetrennt war, mochte zwar für einige Minuten einen Zufluchtsort bieten, aber es war nicht zu verschließen, und Frau Delmare konnte möglicherweise gleich bei ihrer Ankunft dort eintreten. Um daher nicht sofort entdeckt zu werden, sah sich Raymon genötigt, in den Alkoven zu flüchten und sich hinter den Vorhängen zu verstecken. Es war nicht anzunehmen, daß Frau Delmare sich sofort zu Bett legen würde, und bis dahin mochte Noun einen Moment finden, wo sie ihn hinauslassen konnte.

Indiana trat lebhaft ein, warf ihren Hut auf das Bett und umarmte Noun mit der Vertraulichkeit einer Schwester. Es war nicht so hell im Zimmer, daß sie die Aufregung jener hätte bemerken können.

Du hast mich also erwartet? sagte sie und näherte sich dem Feuer; woher wußtest du denn, daß ich kommen würde?

Und ohne eine Antwort abzuwarten, setzte sie hinzu: Herr Delmare wird morgen ebenfalls kommen. Als ich seinen Brief erhielt, reiste ich sofort ab. Ich habe meine Gründe, um ihn hier und nicht in Paris zu empfangen. Ich werde sie dir nachher sagen. – Aber so sprich doch, du freust dich nicht so, mich zu sehen, wie gewöhnlich.

Ja, ich bin betrübt, sagte Noun und kniete, um ihrer Gebieterin die Schuhe auszuziehen. Auch ich habe Ihnen etwas zu sagen, doch davon später; wollen Sie jetzt nicht in den Saal treten?

Gott soll mich davor bewahren! Wo denkst du hin? Bei dieser entsetzlichen Kälte.

Ach nein, es ist ein gutes Feuer dort.

Träumst du, ich bin ja eben hindurchgegangen.

Aber Ihr Abendessen wartet dort auf Sie.

Ich will heute nichts zu Abend essen, übrigens wird auch nichts fertig sein. Geh, hole mir meine Boa, ich habe sie im Wagen gelassen.

Gleich nachher.

Und warum nicht jetzt gleich? So geh doch!

Sie gab Noun einen scherzhaften Puff; Noun sah ein, daß es jetzt gelte, kühn und kaltblütig zu sein, und ging. Kaum hatte sie aber das Zimmer verlassen, als Frau Delmare den Riegel vorschob, ihren Umhang ablegte und neben ihren Hut auf das Bett legte. In diesem Augenblick kam sie Raymon so nahe, daß er eine Bewegung nach rückwärts machte, dabei geriet er an das Bett, das auf offenbar sehr leicht beweglichen Rollen stand und nun mit einem leisen Geräusch nachgab. Frau Delmare war hierüber erstaunt, denn sie mochte glauben, sie selbst sei an das Bett gekommen, doch streckte sie den Kopf vorwärts, schob den Vorhang beiseite und entdeckte nun in dem Halblicht, das das Kaminfeuer warf, den Kopf eines Mannes an der Wand.

Entsetzt stieß sie einen Schrei aus und sprang nach dem Kamin, um die Glocke zu ziehen und Hilfe herbeizurufen. Raymon wäre lieber noch einmal für einen Dieb gehalten worden, als daß man ihn in dieser Situation erkannte. Wenn er sich aber nicht zu erkennen gab, so rief Frau Delmare ihre Leute und kompromittierte sich selbst. Er baute daher auf die Liebe, die er ihr bereits eingeflößt hatte, stürzte zu ihr hin, versuchte sie vom Schreien abzuhalten und von der Glocke zu entfernen und rief mit halblauter Stimme, um nicht von Noun, die nicht weit sein konnte, gehört zu werden: Ich bin's, Indiana, erkenne mich doch und vergib, Indiana! Vergib einem Unglücklichen, der über dir den Verstand verloren hat. Ich wollte dich ja nur noch einmal sehen, ehe ich dich wieder deinem Manne überlassen muß.

Während er so Indiana in den Armen hielt, um sie zu erweichen und zugleich am Schellen zu hindern, klopfte Noun ängstlich an die Tür. Frau Delmare entriß sich den Armen Raymons, öffnete schnell und sank dann in einen Lehnstuhl.

Todesbleich warf sich Noun gegen die Gangtür, um zu verhindern, daß die Diener, die ab- und zugingen, die bedenkliche Szene störten. Noch blässer als ihre Gebieterin, mit wankenden Knien und den Rücken gegen die Tür gestemmt, erwartete sie ihr Schicksal.

Raymon hoffte, mit einer geschickten Wendung beide Frauen zugleich täuschen zu können.

Gnädige Frau! rief er und warf sich Indiana zu Füßen, meine Gegenwart hier muß Ihnen als die äußerste Beleidigung erscheinen, ich gebe es zu und flehe Sie deshalb um Verzeihung an. Allein gewähren Sie mir nur ein paar Minuten unter vier Augen und ich hoffe erklären zu können –

Schweigen Sie, mein Herr, und gehen Sie auf der Stelle! rief Frau Delmare in der ganzen Würde ihrer Stellung, gehen Sie vor aller Augen. Noun, öffne die Tür und lasse den Herrn hinaus, damit meine ganze Dienerschaft ihn sehe und die Schmach dieses Vorgangs ganz auf ihn falle.

Noun glaubte sich entdeckt und warf sich neben Raymon nieder. Frau Delmare betrachtete sie mit Verwunderung und schwieg.

Da wollte sich Raymon ihrer Hand bemächtigen; aber sie zog sie unwillig zurück und wies ihm die Tür.

Gehen Sie, sage ich Ihnen! wiederholte sie, gehen Sie, denn Ihr Benehmen ist schändlich. Das also sind die Mittel, deren Sie sich bedienen wollten; sich in meinem Zimmer zu verstecken wie ein Dieb! So also pflegen Sie sich in die Familien einzuführen! Das ist die reine Neigung, die Sie mir gestern abend zuschworen! Auf diese Art also wollten Sie mich beschützen, mich achten, mich verteidigen! So sieht die Verehrung aus, die Sie mir weihen! Eine Frau springt Ihnen bei, trotzt dem Zorn ihres Gatten, um Sie dem Leben zurückzugeben, und Sie täuschen sie dafür durch eine erheuchelte Dankbarkeit, schwören ihr eine ihr würdige Liebe, und als Lohn für die Bemühungen dieser Frau um Sie, als Lohn für ihre Leichtgläubigkeit wollen Sie sie im Schlaf überraschen und Ihren Sieg durch eine Schändlichkeit beschleunigen, die ich nicht nennen mag! Sie bestechen ihre Kammerjungfer, Sie verstecken sich beinahe in ihrem Bett, wie ein längst erhörter Liebhaber; Sie scheuen sich nicht, ihre Dienerschaft mit einem vertrauten Umgang bekannt zu machen, der gar nicht besteht. Gehen Sie, mein Herr, Sie haben sich sehr beeilt, mich über Sie zu enttäuschen! Gehen Sie, sage ich, verweilen Sie keinen Augenblick länger in meinem Hause! – Du aber, Elende, die du die Ehre deiner Gebieterin so wenig achtest, du verdienst, daß ich dich fortjage. Von der Tür weg, sag' ich!

Noun, halb tot vor Staunen und Verzweiflung, heftete die Augen starr auf Raymon, als wollte sie von ihm eine Erklärung über diesen unbegreiflichen Vorgang fordern. Dann rutschte sie zitternd, mit verstörter Miene zu Indiana hin, faßte heftig ihren Arm und rief: Was haben Sie da gesagt? Dieser Mensch liebte Sie? Und ihre Zähne knirschten vor Wut.

Oh, du wirst das ja gewußt haben, erwiderte Frau Delmare, und stieß Noun von sich, du wirst gewußt haben, welche Absicht ein Mann haben kann, der sich hinter dem Bettvorhang einer Frau versteckt. O Noun! setzte sie hinzu, als sie die Verzweiflung des Mädchens bemerkte, ich hätte dich nie einer so schändlichen Handlung für fähig gehalten; du hast die Ehre derjenigen verkaufen wollen, die so viel Glauben und Vertrauen auf die deinige setzte!

Frau Delmare brach in Tränen aus, aber nicht nur aus Schmerz, sondern auch aus Zorn. Nie war sie Raymon schöner erschienen, aber er wagte es kaum, sie anzublicken, der Stolz des verletzten Weibes zwang ihn, die Augen zu senken. So stand er bestürzt und durch Nouns Anwesenheit wie versteinert. Wäre er mit Frau Delmare allein gewesen, so wäre es ihm vielleicht gelungen, sie zu besänftigen. Aber Nouns Gesichtsausdruck war schrecklich; Wut und Haß hatten ihre Züge ganz entstellt.

Ein Klopfen an die Tür schreckte alle drei empor. Noun sprang hinzu, um den Eintritt zu verwehren, allein Frau

Delmare stieß sie mit gebieterischem Blick zurück und gebot zugleich Raymon mit einem Wink, sich in einen Winkel des Zimmers zurückzuziehen. Dann hüllte sie sich mit jener Kaltblütigkeit, die sie in kritischen Augenblicken so sehr auszeichnete, in einen Schal, öffnete die Tür ein wenig und fragte den Diener, der geklopft hatte, was er wolle.

Herr Rudolph Brown ist eben angelangt, meldete er; er fragt, ob die gnädige Frau ihn empfangen wolle.

Sagen Sie Herrn Rudolph, ich freue mich sehr über seinen Besuch, ich werde sogleich kommen. Machen Sie Feuer im Salon und bestellen Sie das Abendessen. Halt! Noch eins! Bringen Sie mir den Schlüssel zum kleinen Park.

Der Diener entfernte sich. Frau Delmare blieb an der halbgeöffneten Türe stehen, wollte Noun nicht anhören und legte Raymon gebieterisch Schweigen auf.

Einige Minuten später kam der Diener zurück. Frau Delmare hielt beständig die Tür zwischen ihm und Herrn von Ramière, nahm jenem den Schlüssel ab und befahl ihm, die Vorbereitungen zum Abendessen zu beschleunigen. Sobald er fort war, wendete sie sich Raymon zu.

Die Ankunft meines Vetters Sir Brown, sprach sie, rettet Sie vor der öffentlichen Schmach, der ich Sie überantworten wollte. Er ist ein Ehrenmann und würde mit Wärme für mich eintreten. Da ich aber das Leben eines solchen Ehrenmannes nicht für das eines Menschen wie Sie aufs Spiel setzen möchte, gestatte ich Ihnen, sich ohne Aufsehen zu entfernen. Noun hat Sie hereingeführt, sie wird Sie auch hinauszubringen wissen. Fort!

Wir werden uns wiedersehen, gnädige Frau, erwiderte Raymon, alle seine Kräfte zusammennehmend, und so schuldig ich auch bin, so werden Sie dann doch die Härte bedauern, mit der Sie mich jetzt behandeln.

Ich hoffe, wir werden uns nie wiedersehen, mein Herr, entgegnete sie.

Dann, immer aufrecht und die Hand an der Tür, ohne auch nur zu nicken, sah sie ihn mit seiner zitternden und unglücklichen Mitschuldigen abziehen.

Als sich Raymon in der Dunkelheit des Parks mit Noun allein sah, erwartete er Vorwürfe von dieser zu hören, aber sie richtete kein Wort an ihn. Sie führte ihn bis an die Seitentür des Parks, und als er hier ihre Hand fassen wollte, war sie schon verschwunden. Er rief ihr noch mit halblauter Stimme zu, denn ihr Schicksal bekümmerte ihn; aber sie gab keine Antwort, und nun erschien auch der Gärtner und flüsterte ihm zu: Gehen Sie, gehen Sie, mein Herr, die gnädige Frau ist angekommen. Man könnte Sie entdecken.

Raymon ging, den Tod im Herzen; doch über dem Schmerz, daß er Frau Delmare verletzt, vergaß er fast, was er Noun angetan hatte.

Als Frau Delmare mit Sir Ralph ziemlich schweigsam zu Nacht gespeist und sich dann auf ihr Zimmer zurückgezogen hatte, erschien Noun nicht wie gewöhnlich, um sie zu entkleiden. Indiana schellte vergebens, und da sie dachte, es sei absichtlicher Ungehorsam, schloß sie die Tür und legte sich zu Bett. Aber sie brachte eine schreckliche Nacht zu, und sobald der Tag graute, ging sie in den Park hinab. Sie hatte Fieber; es war ihr ein Bedürfnis, sich ganz von der Morgenkühle durchdringen zu lassen und die Glut zu dämpfen, die ihre Brust verzehrte. Wie glücklich war sie noch am Tag vorher zur selben Stunde gewesen, als sie sich der Neuheit jener berauschenden Leidenschaft hingab; und nun innerhalb vierundzwanzig Stunden, welche grausame Enttäuschung! Zuerst die Nachricht, daß ihr Gatte mehrere Tage früher erscheinen würde, als sie erwartet hatte; und sie hatte doch gehofft, diese vier bis fünf Tage in Paris zubringen zu können! Es wäre dies ja für sie ein ganzes Leben voll endlosen Glücks gewesen, ein Liebestraum, den kein Erwachen stören durfte. Aber da mußte sie gleich am nächsten Morgen darauf verzichten, das alte Joch wieder aufnehmen und dem Herrn und Gebieter entgegengehen, damit er nicht Raymon bei Frau von Carvajal traf; denn Indiana glaubte, es würde ihr ganz unmöglich werden, ihren Gatten zu täuschen, wenn er sie neben Raymon sähe. Und dann dieser Raymon, den sie geliebt hatte wie einen Gott, wie schmählich hatte er sie verletzt! Und endlich die Gefährtin ihres Lebens, die sie so lieb hatte, sie war auf einmal ihres Vertrauens, ihrer Achtung unwürdig geworden!

Frau Delmare hatte die ganze Nacht geweint; jetzt setzte sie sich müde auf den noch vom Morgentau gebleichten Rasen am Rand eines durch den Park fließenden Baches. Es war gegen Ende März, die Natur begann eben zu erwachen; der Morgen war zwar frisch, aber hatte doch schon seinen Reiz; Nebelschleier schwankten noch über dem Wasser hin, und die Vögel begannen ihre ersten Liebes- und Frühlingslieder.

Indiana fühlte sich durch diese Stimmung der Natur etwas erleichtert, ein religiöses Gefühl erwachte in ihr.

Gott hat es so gewollt, sprach sie; seine Vorsehung hat mich mit rauher Hand aufgeweckt, aber es war ein Glück für mich: Dieser Mensch hätte mich vielleicht zum Leichtsinn verleitet, hätte mich zugrunde gerichtet, während sich mir jetzt die Gemeinheit seiner Gesinnungen enthüllt hat und ich gegen die unheilvolle Leidenschaft, die in seiner Brust gart, nun mehr auf der Hut sein werde. Ich will meinen Gatten lieben – ich will es wenigstens versuchen. Jedenfalls will ich unterwürfig sein, will ihn dadurch glücklich machen, daß ich ihm in nichts widerstrebe; ich will alles vermeiden, was seine Aufmerksamkeit, seinen

Verdacht erregen könnte, denn ich weiß ja jetzt, was von der lügnerischen Beredsamkeit zu halten ist, welche die Männer vor uns auskramen. Vielleicht werde ich glücklich sein, wenn Gott sich meiner Leiden erbarmt und mir bald den Tod sendet.

Jetzt ließ sich die Mühle, die die Fabrik des Herrn Delmare antrieb, hinter den Weiden des jenseitigen Ufers vernehmen. Als das Wasser in die eben geöffneten Schleusen stürzte, bewegte sich seine Oberfläche. Frau Delmare folgte mit traurigen Blicken dem raschen Dahinsturz des Wassers. Da sah sie zwischen dem Schilfrohr ein Stück Zeug schwimmen, das die Strömung mitzunehmen strebte. Sie erhob sich, neigte sich gegen das Wasser vor und sah deutlich die Kleider einer Frau, Kleider, die sie nur zu wohl kannte. Der Schreck machte sie starr; aber das Wasser strömte fort und fort und schwemmte langsam einen Leichnam aus den Binsen, wo derselbe hängen geblieben war, näher und näher zu Frau Delmare hin– – –

Ein herzzerreißender Schrei rief die Arbeiter der Fabrik herbei: sie fanden Frau Delmare ohnmächtig am Ufer, und vor ihr schwamm die Leiche Nouns auf den Wellen. –

IX

Wir sind um zwei Monate weiter. In Lagny, in jenem Haus, das wir zuerst an einem Winterabend betraten, hat sich nichts verändert. Nur daß jetzt um seine roten, von grauen Werksteinen eingefaßten Backsteinwände, um sein durch hundertjähriges Moos vergilbtes Schieferdach der Frühling blüht. Von den Hausbewohnern genießt jeder für sich die Süßigkeit, den Wohlgeruch des Abends. Die scheidende Sonne vergoldet die Fensterscheiben, und das Geklapper des Werks mischt sich mit dem Geräusch des Bauernhofs. Herr Delmare sitzt mit der Flinte in der Hand auf den Stufen der Freitreppe und übt sich, die Schwalben im Fluge zu schießen. Indiana sitzt an ihrem Arbeitstisch am Fenster des Salons und neigt sich hier und da vorwärts, um mit traurigen Blicken der grausamen Unterhaltung des Obersten im Hof zuzusehen. Ophelia macht Luftsprünge, bellt und ärgert sich über eine ihren Gewohnheiten so widerstrebende Jagd. Sir Ralph aber sitzt rittlings auf dem Steingeländer, raucht eine Zigarre und sieht mit gleichgültigen Blicken dem Vergnügen oder Mißvergnügen der anderen zu.

Indiana! rief endlich der Oberst, indem er die Flinte wegstellte, so laß doch einmal deine Arbeit; du schaffst dich ja ab, als ob du dafür bezahlt würdest.

Es ist noch hell genug, erwiderte Frau Delmare.

Trotzdem, komm einmal an das Fenster, ich habe dir etwas zu sagen.

Indiana gehorchte; der Oberst näherte sich dem Fenster, das fast in Höhe des Erdgeschosses lag, und sagte in dem schäkernden Tone eines eifersüchtigen, alten Ehegemahls: Da du heute so fleißig gearbeitet hast und so artig warst, will ich dir jetzt auch etwas sagen, was dich freuen wird.

Frau Delmare bemühte sich zu lächeln; dieses Lächeln hätte einen zartfühlenderen Mann als der Oberst war, unglücklich gemacht.

Du mußt nämlich wissen, fuhr er fort, daß ich für morgen einen deiner gehorsamen Anbeter zum Frühstück eingeladen habe, um dich etwas zu zerstreuen. Du willst natürlich wissen, welchen, denn du hast ja deren eine hübsche Sammlung, kleine Spitzbübin –

Vielleicht unsern guten alten Kaplan? fragte Frau Delmare, welche die Lustigkeit ihres Mannes nur immer trauriger machte. Keineswegs!

Dann wird es wohl der Bürgermeister von Chailly oder der alte Notar von Fontainebleau sein.

Weiberpfiffe! Du weißt recht wohl, daß es von diesen Herren keiner ist. – He, Ralph, sagen Sie doch meiner Frau den Namen, den sie auf den Lippen hat, den sie aber selbst nicht aussprechen will.

Es wird nicht so viel Vorbereitungen bedürfen, um ihr Herrn von Ramière anzumelden, versetzte Ralph ruhig, indem er seine Zigarre wegwarf, es wird ihr sehr gleichgültig sein.

Frau Delmare fühlte, wie ihr das Blut zu Gesicht stieg, sie tat, als ob sie im Salon etwas zu suchen hätte, kam dann mit einer so ruhigen Miene, wie sie nur anzunehmen vermochte, zurück und sagte, während sie an allen Gliedern zitterte: Das ist wohl ein Scherz von dir?

Im Gegenteil, es ist mir sehr ernst; morgen um elf Uhr wird er da sein.

Wie! Dieser Herr, der sich hier eingeschlichen hat, um dir deine Entdeckung abzulauschen, und den du beinahe wie einen Verbrecher getötet hättest?

Du hast mir ja das schöne Beispiel gegeben, mein Schatz, indem du ihn bei deiner Tante, wo er dich besucht hat, so gut aufnahmst.

Indiana erblaßte.

Ich habe diesen Besuch nicht auf meine Rechnung gesetzt, erwiderte sie eifrig, und fühle mich auch so wenig geschmeichelt davon, daß ich ihn an deiner Stelle nicht empfangen würde.

Ihr seid doch alle Lügnerinnen und durchtriebene Wesen, nur um das Vergnügen zu haben, es zu sein! Du hast ja einen ganzen Ball durch mit ihm getanzt, wie man mir gesagt hat.

Da hat man dir nicht die Wahrheit gesagt.

Deine Tante selbst hat es mir gesagt! Übrigens brauchst

du dich deshalb nicht so zu ereifern. Ich finde es gar nicht so übel, da deine Tante die Annäherung zwischen uns gewünscht und gefördert hat. Herr von Ramière hat sich schon lange darum bemüht. Er hat mir, ohne viel Aufhebens davon zu machen und fast ohne mein Wissen, wichtige Dienste in meinem Geschäftsbetrieb geleistet. Und da ich kein Barbar bin, wie du sagst, und auch keine Verbindlichkeiten gegenüber einem Fremden haben möchte, habe ich daran gedacht, mich mit ihm abzufinden.

Und wie das?

Indem ich ihm mir zum Freund mache. So bin ich denn heute früh mit Sir Ralph nach Cercy gegangen. Wir haben da eine treffliche, liebenswürdige Frau Mama gefunden, ein elegantes, reiches, aber keineswegs prunkendes Haus, an dem durchaus nichts von dem Hochmut eines alten Namens haftet. Und dieser Ramière selbst ist ein ganz guter Kerl, ich habe ihn deshalb eingeladen, mit uns zu frühstücken und die Fabrik zu besehen. Ich habe über seinen Bruder nur Gutes gehört und mich versichert, daß er mir keinen Schaden zufügen kann, wenn er sich der nämlichen Mittel bedient wie ich. Es ist mir daher lieber, wenn diese Familie Nutzen daraus zieht als eine andere. Überdies lassen sich auch solche Geheimnisse nicht lange wahren, und das meinige dürfte bei den jetzigen Fortschritten der Industrie ohnedem bald das Geheimnis in der Komödie sein.

Sie wissen, lieber Delmare, fing jetzt Sir Ralph an, daß ich immer gegen dieses Geheimtun war; die Entdeckung eines guten Bürgers gehört nicht nur ihm, sondern seinem ganzen Vaterland, und wenn ich je –

Ei, da haben wir Sie wieder mit Ihrer praktischen Philantropie, Sir Ralph! Sie werden mir noch weismachen, Ihr Vermögen gehöre eigentlich gar nicht Ihnen, und wenn morgen das Vaterland einen Gefallen daran finden sollte, würden Sie mit Vergnügen Ihre fünfzigtausend Francs Rente gegen einen Bettelsack und Stock vertauschen. Nun wahrhaftig, einem Vogel wie Sie, der die Bequemlichkeiten des Lebens wie ein Sultan liebt, steht es hübsch zu Gesicht, die Verachtung des Reichtums zu predigen.

Ich will durchaus nicht den Philantropen spielen, erwiderte Sir Ralph, aber ein richtig verstandener Egoismus führt uns darauf, den Menschen Gutes zu tun, um sie davon abzuhalten, daß sie uns Böses zufügen. Ja, ich bin Egoist, das ist bekannt. Ich habe mir angewöhnt, nicht mehr darüber zu erröten; ich habe die menschlichen Tugenden zergliedert und gefunden, daß die Grundlage aller das persönliche Interesse ist. Liebe und Frömmigkeit, diese scheinbar so edlen Empfindungen, sind gerade vielleicht die eigennützigsten; der Patriotismus, glauben Sie mir, ist es nicht weniger. Ich habe eine geringe Neigung für die Menschen; aber um alles in der Welt möchte ich ihnen das nicht zeigen; denn so wenig ich sie achte, so sehr fürchte ich sie. Wir sind somit beide Egoisten, aber ich gestehe es ein und Sie leugnen es.

Es erhob sich nun ein Wortstreit zwischen ihnen, in dem jeder mit allen Gründen des Egoismus den Egoismus des anderen nachzuweisen strebte. Frau Delmare benutzte die Gelegenheit, um sich auf ihr Zimmer zurückzuziehen und sich den Empfindungen hinzugeben, die eine so ganz unvorhergesehene Nachricht in ihr hervorrief.

Wir müssen uns jetzt mit ihren geheimen Gedanken näher bekanntmachen und zugleich die Lage der verschiedenen Personen ins Auge fassen, die bei dem Tod Nouns mehr oder weniger in Mitleidenschaft gezogen waren.

Der Leser wird darüber im klaren sein, daß diese Unglückliche sich in einem jener kritischen Momente, wo die äußersten Entschlüsse als die leichtesten erscheinen, aus

Verzweiflung in das Wasser stürzte. Da sie aber, nachdem sie Raymon verlassen, aller Wahrscheinlichkeit nach nicht mehr in das Schloß zurückgekehrt war, da sie auch niemand begegnet war und somit niemand ihre Absicht erkennen konnte, so blieb ihr geheimnisvoller Tod unaufgeklärt und man konnte im allgemeinen nicht an Selbstmord denken.

Nur zwei Personen könnten ihren Tod mit einiger Sicherheit ihrem freien Willen zuschreiben: Herr von Ramière und der Gärtner. Der Schmerz des einen blieb durch eine Krankheit, die ihn niederwarf, in Dunkel gehüllt; den andern bewogen seine Gewissensbisse zu schweigen. Dieser Mensch, der sich aus Habsucht hatte verleiten lassen, den ganzen Winter über die Zusammenkünfte der beiden Liebenden zu begünstigen, war auch der einzige, der den geheimen Kummer der jungen Kreolin bemerken konnte. Da er aber mit Recht die Vorwürfe seiner Herrschaft fürchten mußte, lag es in seinem Interesse, zu schweigen; und als Herr Delmare, der bekanntlich schon früher auf jenes Liebesverhältnis gekommen war, doch einigen Verdacht schöpfte und ihn befragte, ob jener Handel während seiner Abwesenheit weitere Folgen gehabt habe, so leugnete er dies aufs bestimmteste. Einige Bauern – die Gegend ist nämlich sehr wenig bewohnt – hatten allerdings einige Male gesehen, daß Noun in einer vorgerückten Abendstunde den Weg nach Cercy einschlug; aber seit Ende Januar hatten keine sichtbaren Beziehungen zwischen ihr und Herrn von Ramière bestanden, und ihr Tod hatte erst am 28. März stattgefunden. Man war somit geneigt, das Ereignis einem unglücklichen Zufall zuzuschreiben. Wenn sie nach eingetretener Dunkelheit noch durch den Park ging, so hatte der dichte Nebel, der seit mehreren Tagen herrschte, sie, statt auf die englische Brücke, leicht neben dieselbe und in den Bach führen können, der steile Ufer hatte und durch den Regen angeschwollen war.

Sir Ralph, der schärfer beobachtete, als man nach seinen Äußerungen hätte erwarten sollen, hatte allerdings bei seiner Feinfühligkeit starken Verdacht auf Herrn von Ramière, aber er teilte ihn niemand mit, da er der Ansicht war, jeder Vorwurf sei gegenüber einem Mann, den ein solcher Gewissensbiß schon sein ganzes Leben lang unglücklich genug machen müsse, ebenso nutzlos wie grausam. Er machte sogar gegenüber dem Obersten, der einigen Argwohn in dieser Richtung laut werden ließ, geltend, daß man bei dem kränklichen Zustand der Frau Delmare ihr gegenüber durchaus nichts von einem Selbstmord ihrer Jugendgespielin und dessen möglicher Ursache verraten lassen dürfe. Man behandelte demgemäß den Tod der Unglücklichen wie ihr Liebesverhältnis: es bestand eine schweigende Übereinkunft, niemals vor Indiana davon zu reden, und bald sprach man überhaupt nicht mehr davon.

Diese Vorsicht war aber unnütz, denn Frau Delmare hatte selbst ihre Gründe, einen Teil der Wahrheit zu vermuten. Die bitteren Vorwürfe, die sie an jenem unglückseligen Abend dem armen Mädchen gemacht hatte, schienen ihr Ursache genug, um den plötzlichen Entschluß Nouns zu erklären. Auch hatte seit jenem entsetzlichen Moment, da sie zuerst den Leichnam auf dem Wasser schwimmen sah, ihre ohnehin schon gestörte Gemütsverfassung, ihr ohnedem so betrübtes Herz den letzten Stoß erhalten. Ihr schleichendes Unwohlsein nahm ein rascheres Tempo an, und die noch so junge und vielleicht auch kräftige Frau wollte nicht recht wieder gesund werden; sie verbarg ihre Leiden vor der wenig scharfsichtigen und wenig zartfühlenden Liebe ihres Gatten und welkte so unter der Last des Kummers und der Entmutigung hin.

Indiana beweinte ihre Gespielin, doch beweinte sie, ohne es zu wissen, sich selbst, den Wahn von drei Tagen, den drei schönsten Tagen ihres Lebens, den einzigen Tagen, wo sie wirklich gelebt hatte; denn während dieser drei Tage hatte sie mit einer Leidenschaft geliebt, von der sich Raymon keinen Begriff machen konnte, und wenn er der eingebildetste aller Männer war. Aber je blinder, je heftiger diese Leidenschaft war, um so tiefer empfand sie den Schimpf, den er ihr angetan hatte.

Doch hatte Indiana mehr nach der unwillkürlichen Eingebung ihres Unwillens gehandelt als nach einem überlegten Entschluß; und es ist nicht zu bezweifeln, daß Raymon Verzeihung erhalten haben würde, wenn ihm einige Augenblicke länger vergönnt gewesen wären, um sie zu erflehen. Aber das Schicksal hatte seine Liebe und seine Gewandtheit zuschanden werden lassen, und Frau Delmare glaubte allen Ernstes, sie werde ihn von nun an hassen.

X

Was Raymon betrifft, so geschah es weder aus Prahlerei noch aus verletzter Eitelkeit, daß er sich jetzt mehr als je um die Liebe und die Verzeihung der Frau Delmare bemühte. Er glaubte, sie könne ihm unmöglich verzeihen, und doch war ihm, als sei keine andere Frauengunst, kein anderes Glück auf Erden imstande, ihre Liebe aufzuwiegen. So war er einmal! Eine unersättliche Sehnsucht nach Aufregungen und Erlebnissen verzehrte ihn. Er liebte die Gesellschaft mit ihren Gesetzen und Hindernissen, gerade weil sie dadurch Anlaß zu Kampf und Widerstand gab; und wenn er den Umsturz und die Ungebundenheit verabscheute, so geschah es nur, weil diese einen lauen und leichten Genuß versprachen.

Man darf übrigens nicht glauben, daß der Tod Nouns ihn nicht ergriffen habe. Im ersten Augenblick entsetzte er sich über sich selbst; und er lud seine Pistolen in der wirklichen Absicht, sich eine Kugel vor den Kopf zu schießen; aber ein löbliches Gefühl hielt ihn zurück. Was sollte dann aus seiner Mutter werden – seiner alten, gebrechlichen Mutter? Dieser armen Frau, deren Leben so bewegt, so leidenvoll gewesen war, die nur noch für ihn lebte, ihr einziges Gut, ihre einzige Hoffnung? Durfte er ihr das Herz brechen, ihr die wenigen Tage, die ihr noch blieben, kürzen? Gewiß nicht! Die beste Art, wie er sein Verbrechen sühnen konnte, war vielmehr, daß er sich von nun an ganz seiner Mutter widmete, und mit diesem Entschluß kehrte er zu ihr nach Paris zurück und richtete dort all seine Bemühungen darauf, sie die Vernachlässigung vergessen zu lassen, mit der er sie einen großen Teil des Winters über behandelt hatte.

Raymon besaß eine unglaubliche Macht über seine ganze Umgebung; denn im Grunde genommen war er trotz seiner Jugendfehler und Verirrungen doch ein höherer Mensch in der Gesellschaft. Wir haben noch nicht gesagt, woher er den Ruf eines geistreichen, talentvollen jungen Mannes bekommen hatte, da dies außerhalb der Sphäre der Begebenheiten lag, die wir zu erzählen hatten; jetzt aber ist es Zeit, zu berichten, daß dieser Raymon, dessen Schwächen wir bisher gefolgt sind, dessen Leichtsinn wir vielleicht tadelten, einer jener Männer war, die einst die größte Gewalt über unsere Gedanken, den größten Einfluß auf unsere Anschauungen hatten, wie wir auch jetzt über ihn denken mögen. Wir haben seine politischen Broschüren verschlungen, oft und viel haben wir uns, wenn wir die Journale jener Zeit lasen, durch den unwiderstehlichen Reiz seines Stils, durch die Anmut seiner gefälligen, weltklugen Logik hinreißen lassen.

Ich spreche von einer Zeit, die uns jetzt allerdings schon sehr fern liegt, rechnen wir ja längst nicht mehr nach Jahrhunderten, nicht einmal mehr nach Regierungen, sondern nur noch nach Ministerien. Ich rede von dem Ministerium Martignac*, von jener Epoche der Ruhe und des Zweifels, die mitten in unsere politische Ära hereinschneite, nicht wie ein Friedensvertrag, sondern wie ein Waffenstillstand, von jenen fünfzehn Monaten, in denen Doktrinen herrschten, welche die Prinzipien und die Sitten so eigentümlich beeinflußten und vielleicht den seltsamen Ausgang unserer letzten Revolution vorbereiteten.

In dieser Zeit sahen wir junge Talente blühen, die das Unglück hatten, in den Tagen des Übergangs, des Ausgleichs geboren worden zu sein; denn sie mußten der versöhnlichen, nachgiebigen Neigung jener Epoche ihren Tribut zahlen. Ich erinnere mich keiner Zeit, wo man die Wissenschaft der Worte und die Unwissenheit oder Verschleierung der Sachen weiter getrieben hätte. Es war eine Herrschaft der Beschränkungen und Vorbehalte, und ich weiß nicht, wer sie mehr ausnutzte, die Jesuiten mit ihren kurzen oder die Advokaten mit ihren langen Röcken. Eine gewisse politische Mäßigung war ebenso zur Mode geworden wie eine gewisse Artigkeit des Benehmens; und es war mit jener ersteren Gattung von Höflichkeit wie mit dieser letzteren: beide dienten als Maske für die Antipathien und gestatteten, daß man sich ohne Ärgernis und ohne Geräusch bekämpfte. Zur Entschuldigung der jungen Leute jener Epoche muß aber gesagt werden, daß sie oft nur so mitgeschleppt wurden, wie leichte Fahrzeuge von großen Schiffen. Ohne daß sie wußten, wohin es eigentlich ging, waren sie schon vergnügt und stolz, daß sie die Wogen durchschneiden und ihre neuen Segel schwellen lassen durften.

* Februar 1829.

Durch Geburt und Vermögen zu den Anhängern des absoluten Königtums gehörig, opferte Raymon doch den damals jungen Ideen, indem er sich ernstlich an die Charte anschloß; wenigstens glaubte er es zu tun und bemühte sich, es zu beweisen. Aber außer Übung gekommene Verträge sind verschiedener Auslegungen fähig, und es war mit der Charte Ludwigs XVIII. bereits wie mit dem Evangelium Jesu Christi: sie war nur noch ein Text, an dem jedermann seine Beredsamkeit übte, ohne daß jedoch die Rede zu etwas mehr geführt hätte, als zu einer Predigt. Es war eine Epoche des Luxus und der Sorglosigkeit, wo die Zivilisation am Rande eines bodenlosen Abgrunds einschlief und mit Ungestüm danach verlangte, ihre letzten Freuden zu genießen.

Raymon hatte sich auf jene mittlere Linie zwischen dem Mißbrauch der Gewalt und dem der Freiheit gestellt, auf jenen unsicheren Boden, auf dem rechtschaffene Leute noch, obwohl vergebens, einen Schutz vor dem herannahenden Sturm suchten. Ihm, wie noch anderen Köpfen ohne Erfahrung, schien die Rolle eines gewissenhaften Publizisten noch eine mögliche. Ein schwerer Irrtum zu einer Zeit, wo man nur tat, als ob man sich der Stimme der Vernunft unterwerfe, um sie desto sicherer zu ersticken. Frei von politischer Leidenschaft glaubte Raymon auch frei von Interesse zu sein und täuschte sich hierin selbst; denn die Gesellschaft, wie sie damals bestand, war ihm günstig und vorteilhaft; sie ließ sich nicht umändern, ohne daß die Summe seines Wohlergehens dadurch gemindert worden wäre; und jene vollkommene Sicherheit der eigenen Verhältnisse, die sich auch dem Gedanken mitteilt, ist eine merkwürdige Mahnung zur Mäßigung. Wer möchte so undankbar gegen die Vorsehung sein, um ihr das Elend anderer zum Vorwurf machen zu wollen, wenn sie für ihn selbst nur Lächeln und Wohltaten hat? Wie hätte man jene jungen Stützen der konstitutionellen Monarchie überzeugen können, daß die Konstitution bereits veraltet sei und auf die Gesellschaft drücke, ihr wehe tue, während sie selbst sie so leicht fanden und von ihr nur Vorteile genossen? Wer glaubt denn an das Elend, das er nicht selbst erfahren hat?

Nichts ist so leicht, nichts so gewöhnlich, als sich selbst zu betrügen, wenn es einem nur nicht an Geist fehlt und wenn man alle Feinheiten der Sprache kennt. Sie ist eine Theater-Königin, die zu allen Rollen herabsteigt, zu allen sich erhebt, die sich verkleidet, sich schmückt, die heuchelt und ganz verschwindet; eine Rechtsverdreherin, die auf alles eine Antwort weiß, die alles vorausgesehen hat und die tausend verschiedene Formen annimmt, um nur recht zu behalten. Der rechtschaffenste Mensch ist gewiß derjenige, der am rechtlichsten denkt und handelt; aber der mächtigste ist der, der am besten zu schreiben und zu sprechen versteht.

Da die Verhältnisse ihn nicht nötigten, für Geld zu schreiben, schrieb Raymon zu seinem Vergnügen, und wie er in gutem Glauben behauptete, aus Pflichtgefühl. Die seltene Gabe, die er besaß, die positive Wahrheit durch sein Talent zu besiegen, hatten ihn zu einem wahren Schatz für das Ministerium gemacht, dem er weit mehr durch seinen unparteiischen Widerstand von Nutzen war, als die Kreaturen ihm durch ihre blinde Hingebung nützten. Noch wertvoller aber war er für jene elegante, junge Welt, die nicht abgeneigt war, die Lächerlichkeiten ihrer alten Privilegien fahren zu lassen, die aber doch die Vorteile, die sie genoß, bewahren wollte.

Jene Männer, die die Gesellschaft, die eben im Begriff war, in einen Abgrund zu stürzen, noch zurückhielten, und selbst zwischen die Skylla und Charybdis gestellt, mit Ruhe und leichtem Sinn gegen die rauhe Wahrheit ankämpften, die sie zu verschlingen drohte, waren wirklich Leute von hervorragendem Talent. Sich eine Überzeugung im Widerspruch mit jeder Wahrscheinlichkeit zu bilden und diese wenigstens eine Zeitlang gegenüber ganz überzeugungslosen Menschen geltend machen zu können, das ist die Kunst, die am meisten in Staunen setzt und die den Horizont eines rohen, ungebildeten Geistes, der von dem Wechsel der öffentlichen Wahrheiten keinen Begriff hat, übersteigt.

Raymon war nicht eher in diese Welt, die sein Element, seine Heimat war, zurückgekehrt, als er ihren belebenden, anregenden Einfluß verspürte. Die kleinen Liebesangelegenheiten, die ihn beschäftigt hatten, verschwanden einen Augenblick vor größeren, glänzenderen Interessen. Er ging diese mit derselben Kühnheit an, mit demselben Feuereifer; und als er sich von den hervorragendsten Persönlichkeiten von Paris mehr als je gesucht sah, fühlte er auch, daß er das Leben mehr als je zuvor liebte. War es schlecht von ihm, daß er über der verdienten Belohnung, die ihm seine Verdienste um das Land eintrugen, eine geheime Schuld vergaß? Er fühlte, wie in seinem jungen Herzen, seinem tätigen Kopf, seinem ganzen lebhaften und energischen Wesen das Leben durch alle Poren strömte und das Schicksal ihn wider seinen Willen glücklich machte.

Nach dem tragischen Ausgang seiner Doppelintrige hatte er anfangs daran gezweifelt, Frau Delmare je wiederzusehen. Aber während er sich den ganzen Umfang seines Verlustes vor Augen hielt, während er darüber brütete, daß ein solcher Schatz ihm verloren gegangen, kam ihm auch die Hoffnung, ihn doch noch gewinnen zu können, und zugleich auch der Wille und das Vertrauen, es durchzusetzen. Er erwog die Hindernisse, auf die er stoßen konnte, und begriff wohl, daß die größten anfangs von

Indiana selbst ausgehen würden. Er mußte daher seinen Angriff durch ihren Mann unterstützen lassen. Diese Idee war nicht neu, aber sie war sicher: eifersüchtige Ehemänner eignen sich ganz besonders zu derartigen Diensten.

Vierzehn Tage, nachdem er diesen Plan gefaßt, befand sich Raymon bereits auf dem Wege nach Lagny, wo man ihn zum Frühstück erwartete. Der Leser wird nicht von mir verlangen, daß ich ihm die Dienstleistungen auseinandersetze, durch die es Raymon gelungen war, sich Herrn Delmare angenehm zu machen; ich ziehe es vor, dem Leser die Persönlichkeiten dieser Geschichte, namentlich die des Obersten, flüchtig zu skizzieren.

Weiß der Leser, was man in der Provinz unter einem anständigen Mann versteht? Das ist ein Mensch, der keine Übergriffe in das Gut seines Nachbars macht, der von seinen Schuldnern keinen Groschen mehr verlangt, als sie ihm schuldig sind, der seinen Hut vor jedermann abnimmt, der ihn grüßt; der den Mädchen nicht auf der Landstraße Gewalt antut, der keine Scheunen eines Nachbars in Brand steckt, der die Vorübergehenden nicht in einem Winkel seines Parks ausplündert. Wenn er nur das Leben und die Börse seines Nebenmenschen heilig hält, so zieht man ihn wegen sonst nichts zur Verantwortung. Er mag seine Frau prügeln, seine Leute mißhandeln, seine Kinder zugrunde richten, das geht niemand etwas an. Die Gesellschaft verdammt nur die Handlungen, die ihr schädlich sind; das Privatleben ist nicht ihr Gebiet.

Von der Art war die Moral des Herrn Delmare beschaffen. Sein ganzes Gewissen lag im Gesetz, seine Moral in seinem Recht. Er war eine jener streng rechtlichen Naturen, die nichts entlehnen, wenn sie fürchten, es nicht zurückgeben zu können, die aber auch nichts ausleihen, wenn sie nicht ganz sicher sind, es wiederzubekommen. Es war der Biedermann, der nichts nimmt, aber auch nichts gibt; der lieber sterben als ein Bündel Holz aus den Waldungen des Königs nehmen, aber auch ohne weiteres jeden niederschießen würde, der in seinem Wald einen dürren Zweig auflese.

Seine Natur war ganz das Gegenteil von derjenigen seiner Frau, sein Herz verstand sie durchaus nicht, sein Geist war ganz unfähig, sie zu würdigen. Gleichwohl hatte die beständige Sklaverei in diesem Frauenherz eine Art stummen und tugendhaften Widerwillen erzeugt, der nicht immer gerecht war. Frau Delmare hielt gar zu wenig von dem Herzen ihres Gatten; er war nur hart, sie hielt es für grausam. In seinen Zornesausbrüchen lag mehr Roheit als bösartiger Grimm, in seinen Manieren mehr Ungeschliffenheit als Unverschämtheit. Er war von Natur nicht böse, er hatte weiche Augenblicke, wo ihn manches reute; und in seiner Reue war er beinahe gefühlvoll. Das Kriegsleben hatte bei ihm die Derbheit im Prinzip hervorgerufen. Wäre seine Frau weniger fein und sanft gewesen, so wäre er selbst schüchtern wie ein gezähmter Wolf geworden. Aber diese Frau war durch ihr Schicksal zu sehr vor den Kopf gestoßen; sie wollte sich gar nicht die Mühe geben, es leidlicher zu gestalten.

XI

Als Raymon im Hofe von Lagny aus seinem Tilbury stieg, zog sich ihm das Herz zusammen. Er sollte also wieder unter das Dach treten, unter dem er so Furchtbares erlebt hatte! Die Gründe, die sein Verstand vorbrachte und die seine Leidenschaft noch verstärkten, konnten zwar den Sturm seines Herzens besänftigen, aber nicht ganz ersticken, und in diesem Moment war das Gefühl der Reue bei ihm ebenso stark wie das des Verlangens.

Der erste, der ihm entgegentrat, war Sir Ralph Brown. Als er ihn so in seinem ewigen Jagdanzug, umgeben von seinen Hunden und mit der ernsten Miene eines schottischen Lairds daherschreiten sah, glaubte er das Porträt lebendig zu schauen, auf das er im Zimmer der Frau Delmare gestoßen war. Bald erschien der Oberst, und man servierte das Frühstück, ohne daß Indiana erschienen wäre. Als Raymon durch die Vorhalle schritt, an dem Billardsaal vorbeikam und all die Orte wiedersah, die er unter so ganz anderen Verhältnissen besucht hatte, fühlte er sich so ergriffen, daß er sich kaum noch erinnerte, in welcher Absicht er diesmal gekommen war.

Meine Frau will also wirklich nicht kommen? fragte der Oberst etwas ärgerlich sein Faktotum Lelièvre.

Die gnädige Frau hat schlecht geschlafen, erwiderte Lelièvre, und Jungfer Noun ei daß dich! Kommt mir doch immer der verwünschte Name wieder – Jungfer Fanny wollt' ich sagen, versicherte, die gnädige Frau ruhe jetzt ein wenig.

Ich habe sie ja aber eben an ihrem Fenster gesehen! Fanny muß sich getäuscht haben. Geh, melde der gnädigen Frau, daß das Frühstück serviert sei – oder besser, haben Sie die Güte, Sir Ralph, mein lieber Vetter, gehen Sie hinauf und sehen Sie, ob Ihrer Kusine wirklich unwohl ist.

Auf ihr Zimmer soll er? dachte Raymon. Der Mann hat also damit nicht genug, daß sich Ralphs Porträt dort befindet, er schickt ihn noch in Person dahin. Dieser Engländer genießt hier Vorrechte, die sich der Gatte selbst allem Anschein nach nicht herausnehmen darf.

Als ob Delmare seine Gedanken erraten habe, sagte er zu Raymon: Wundern Sie sich nicht hierüber. Herr Brown ist unser Hausarzt und überdies unser Vetter, ein braver Junge, den wir alle herzlich lieb haben.

Ralph blieb zehn Minuten weg. Raymon war zerstreut, er fühlte sich unbehaglich. Er aß nicht und sah oft nach der Tür. Endlich erschien der Engländer wieder.

Indiana befindet sich wirklich nicht wohl, sagte er; ich habe ihr verordnet, sich wieder hinzulegen.

Dann setzte er sich ruhig an den Tisch und aß mit einem gesunden Appetit. Der Oberst tat das gleiche.

Dies ist jedenfalls ein Vorwand, um mich nicht sehen zu müssen, dachte Raymon. Die beiden Herren glauben nicht daran, und ihr Mann ist eher unzufrieden als beunruhigt darüber. Gut, gut! Es geht besser, als ich hoffte.

Gerade die Schwierigkeit belebte seine Willenskraft von neuem: und das Bild Nouns, das ihn anfangs von diesen düstern Wänden her angestarrt hatte, wich allmählich. Bald sah er nur noch die leichten Formen der Frau Delmare darauf schweben. Im Salon setzte er sich, immer plaudernd und als ob er es ganz in Gedanken tue, an ihren Arbeitstisch, prüfte die Blumen der Stickerei, berührte die Seidenwickel und sog den Duft ein, den ihre kleinen Finger daran gelassen.

Die Stimme des Obersten weckte ihn aus seinen Träumen.

Nun, mein werter Herr Nachbar, sagte er, es ist Zeit, daß ich mein Versprechen halte. Kommen Sie! Die Fabrik ist in vollem Gang, die Arbeiter sind alle beschäftigt. Hier ist Bleistift und Papier, damit Sie sich Ihre Notizen machen können.

Raymon folgte dem Obersten, prüfte die Fabrik, machte Bemerkungen, aus denen hervorging, daß ihm Chemie und Mechanik gleich vertraute Wissenschaften waren, lauschte mit unbegreiflicher Geduld auf die endlosen Vorlesungen Delmares, ging auf einige seiner Ideen ein, bekämpfte andere, kurz tat, als ob diese Dinge das größte Interesse für ihn hätten, während er kaum daran dachte und alle seine Gedanken bei Frau Delmare waren.

Tatsächlich war ihm keine Wissenschaft fremd, keine Entdeckung gleichgültig; überdies handelte er wirklich im Interesse seines Bruders, der sein ganzes Vermögen in einem ähnlichen, obwohl viel großartigeren Betrieb angelegt hatte. Die Kenntnisse Delmares, die einzige Überlegenheit, die dieser Mann besaß, boten ihm jetzt den besten Unterhaltungsstoff.

Sir Ralph war kein rechter Kaufmann, aber ein weiser Politiker, der an die Prüfung der Fabrik höhere staatsökonomische Betrachtungen knüpfte. Die Arbeiter wollten vor einem Kenner ihre Geschicklichkeit zeigen und überboten sich an intelligenter Tätigkeit.

Als der innere Mechanismus erschöpfend durchgegangen war, kam die Rede auf die benutzte Wasserkraft. Sie gingen hinaus, stiegen auf die Schleuse, der Obermeister mußte die Schaufeln heben und die Differenzen der Wasserhöhe angeben.

Entschuldigen Sie, sagte der Mann zu Delmare, als dieser das Maximum auf fünfzehn Fuß angab, es ist in diesem Jahr bis auf siebzehn gestiegen.

Wann denn? rief der Oberst, Sie täuschen sich gewiß.

Verzeihen Sie, Herr Oberst, es war an dem Abend, ehe Sie aus Belgien zurückkehrten. Warten Sie, es war in derselben Nacht, als Fräulein Noun ertrank. Zum Beweis dessen, was ich sagte, will ich nur bemerken, daß ihr Körper über den Damm da drunten gegangen ist und erst an dem Fleck, wo eben der Herr steht, anhielt.

Dabei deutete der Arbeiter lebhaft auf die Stelle, wo Raymon eben stand. Der unglückliche junge Mann wurde blaß wie der Tod, er starrte wild in das Wasser, das zu seinen Füßen floß; als er sein bleiches Gesicht darin wiedersah, war ihm, als schwimme der Leichnam noch dort;

ein Schwindel erfaßte ihn und er wäre in das Wasser gefallen, wenn ihn nicht Herr Brown am Arm gefaßt und von der Stelle weggezogen hätte.

Gut, erwiderte der Oberst, der das nicht bemerkte und so wenig an Noun dachte, daß ihm Raymons Zustand ganz fremd blieb; das war ein außerordentlicher Fall, aber die mittlere Kraft der Strömung ist doch – Aber was zum Henker haben denn die Herren? fragte er plötzlich.

Nichts, erwiderte Sir Ralph; ich bin dem Herrn von Ramière beim Umdrehen auf den Fuß getreten, es tut mir leid, ich muß ihm sehr wehe getan haben.

Sir Ralph gab diese Erklärung in einem so ruhigen und natürlichen Ton, daß Raymon sich einredete, er habe es selbst geglaubt. Sie tauschten ein paar höfliche Redensarten und die Unterhaltung ging ruhig weiter.

Raymon verließ Lagny einige Stunden später, ohne Frau Delmare gesehen zu haben. Das war besser gegangen, als er gehofft hatte; er hatte gefürchtet, sie werde ihm gleichgültig und ruhig entgegentreten.

Als er jedoch ein zweites Mal nach Lagny kam, war er nicht glücklicher. Der Oberst war diesmal allein; Raymon setzte alle Hilfsquellen seines Geistes in Bewegung, um ihn für sich zu gewinnen, ließ sich geschickt zu tausend Zugeständnissen herab, rühmte Napoleon, den er nicht liebte, beklagte die Gleichgültigkeit der Regierung, die die ruhmwürdigen Trümmer der großen Armee vernachlässigte, ja gewissermaßen mit Geringschätzung behandelte, trieb die Opposition so weit, als seine Ansicht es ihm nur immer erlaubte, und wählte unter seinen verschiedenen Glaubensartikeln diejenigen, die Herrn Delmare am meisten zusagen mochten. Er machte sich sogar einen ganz anderen Charakter zurecht, nur um sein Vertrauen zu gewinnen.

Nun, der macht gewiß nie die Eroberung meiner Frau!

sagte der Oberst zu sich selbst, während er dem Heimkehrenden nachsah.

Dann lachte er in sich selbst hinein und dachte, Raymon sei doch ein prächtiger Junge.

Frau von Ramière befand sich eben zu Cercy: Raymon rühmte ihr die Anmut und den Geist der Frau Delmare und erweckte so in ihr geschickt die Lust, dort einen Besuch zu machen, ohne sie direkt dazu aufzufordern.

Es ist eigentlich die einzige meiner Nachbarinnen, die ich nicht kenne, sagte sie; und da ich mich erst kürzlich hier häuslich niedergelassen habe, so ist es an mir, den ersten Schritt zu tun. Wir wollen in der nächsten Woche zusammen nach Lagny fahren.

Der Tag erschien.

Jetzt kann sie mir nicht ausweichen, dachte Raymon.

Wirklich sah sich Frau Delmare auf diese Weise genötigt, ihn zu empfangen. Als sie eine bejahrte Dame, die sie nicht kannte, aus dem Wagen steigen sah, kam sie selbst auf die Vortreppe, um jene zu begrüßen. Zugleich erkannte sie aber Raymon in dem Herrn, der die Dame begleitete; sie sah sofort ein, daß er seiner Mutter etwas vorgemacht haben müsse, um sie zu diesem Schritt zu veranlassen, und der Unwille, den sie hierüber empfand, gab ihr die Kraft, ihm mit Ruhe und Würde entgegenzutreten. Sie empfing Frau von Ramière mit einer Mischung von Hochachtung und Freundlichkeit; gegen Raymon aber zeigte sie sich so eisig kalt, daß er sich nicht fähig fühlte, es lange zu ertragen. Er war nicht gewöhnt, sich mißachtet zu sehen, und es reizte seinen Stolz, daß er die gegen ihn wohl vorbereitete Geringschätzung nicht mit einem Blick niederwerfen konnte. Er faßte daher seinen Entschluß als ein Mann, der sich um keine Grillen kümmert, bat um die Erlaubnis, Herrn Delmare im Parke aufsuchen zu dürfen, und ließ die zwei Frauen allein.

Allmählich wich Indiana dem Zauber, den ein höherer Geist, verbunden mit einer edlen, offenen Seele, über die geringfügigsten Dinge zu verbreiten weiß, und wurde nun gegen Frau von Ramière lieb, hingebend und fast heiter. Sie hatte ihre eigene Mutter nicht gekannt, und Frau von Carvajal hatte trotz ihrer Geschenke und Lobsprüche ihr jene doch nicht ersetzen können; überdies fühlte sie gegenüber der Mutter Raymons ihr Herz in Mitleidenschaft gezogen.

Als Letzterer beim Einsteigen in den Wagen wieder erschien, sah er, wie Indiana die Hand, die ihr Frau von Ramière bot, an die Lippen drückte. Die arme Indiana hatte das Bedürfnis, sich an irgend jemand anzuschließen. Alles, was ihr irgendein Interesse, irgendeinen Schutz in ihrem einsamen und unglücklichen Leben zu bieten schien, wurde von ihr mit Entzücken ergriffen. Auch sagte sie sich, Frau von Ramière werde sie am besten vor der Falle schützen, in die Raymon sie locken wollte.

Ich werde mich dieser trefflichen Frau in die Arme werfen, dachte sie, und wenn es nötig werden sollte, ihr alles sagen. Ich werde sie beschwören, mich vor ihrem Sohne zu retten, und ihre Klugheit wird dann über ihn und über mich wachen.

Raymons Gedankengang war ein ganz anderer.

Meine gute Mutter! sagte er zu sich selbst, als er mit ihr nach Cercy zurückfuhr, ihre Grazie, ihre Güte tun Wunder. Was verdanke ich ihnen nicht schon alles! Meine Erziehung, meine Erfolge im Leben, meine Geltung in der Welt. Es fehlte nur noch, daß ich ihr auch das Herz einer Frau wie Indiana zu verdanken hätte.

Man sieht, Raymon liebte seine Mutter, weil er sie und das angenehme Leben, das er durch sie hatte, brauchte; alle Kinder lieben ihre Mutter auf diese Art.

Einige Tage später erhielt Raymon eine Einladung auf drei Tage nach Bellerive, dem prächtigen Lusthaus, das Sir Ralph Brown zwischen Cercy und Lagny besaß. Es handelte sich darum, in Gesellschaft der besten Jäger der Umgegend eine Partie Wild zu vertilgen, das die Wälder und Gärten des Besitzers verwüstete. Raymon liebte weder Sir Ralph noch die Jagd, aber bei derartigen großen Anlässen machte Frau Delmare die Honneurs im Hause ihres Vetters, und so ließ sich Raymon durch die Hoffnung, sie zu treffen, mit Leichtigkeit zur Zusage bestimmen.

Sir Ralph hatte diesmal nicht auf Frau Delmare gerechnet; sie hatte sich wegen ihres schwachen Gesundheitszustandes entschuldigen lassen. Aber der Oberst, der sich ärgerte, wenn seine Frau einer Zerstreuung nachzugehen schien, ärgerte sich noch weit mehr, wenn sie diejenigen zurückwies, die er ihr gestatten wollte.

Soll denn die ganze Umgegend glauben, daß ich dich hinter Schloß und Riegel halte! sagte er zu ihr. Du machst, daß man mich für einen eifersüchtigen Ehemann hält, das ist eine lächerliche Rolle, die ich nicht länger spielen will. Und was soll es heißen, daß du so wenig Rücksicht auf deinen Vetter nimmst?

Dieser Vorwurf trifft mich nicht, erwiderte Frau Delmare. Ich liebe meinen Vetter wie einen Bruder, und diese Freundschaft war schon alt, als die deinige erst begann.

Ja, ja, das sind schöne Redensarten, aber ich weiß wohl, daß er dir nicht sentimental genug ist, der arme Kerl! Du behandelst ihn als Egoisten, weil er die Romane nicht liebt und nicht über den Tod eines Hundes weint. Ich habe übrigens nicht ihn allein im Sinne gehabt. Wie hast du nur letzthin den Herrn von Ramière empfangen! Ein prächtiger junger Mann, auf Ehre! Frau von Carvajal stellt ihn dir vor, du empfängst ihn vortrefflich; aber da habe ich das Unglück, Gefallen an ihm zu finden, alsbald findest du ihn unerträglich und legst dich ins Bett, wenn er uns seine Aufwartung macht. Willst du mich denn für einen Menschen verlästern lassen, der nicht weiß, was sich gehört? Es ist hohe Zeit, daß das ein Ende nimmt und daß du dich entschließest, so zu leben wie alle Welt es tut.

Raymon hielt es nicht für zuträglich für seine Pläne, allzuviel Eifer zu zeigen; die Maske der Gleichgültigkeit wirkt bei fast allen Frauen, die sich für geliebt halten. Die Jagd hatte längst angefangen, als er bei Sir Ralph eintraf; doch sollte Frau Delmare erst zum Mittagessen erscheinen. Bis dahin hatte er Zeit, sich das Verfahren zurecht zu legen, das er einschlagen wollte.

Es fiel ihm jetzt ein, daß er sich nach Gründen der Rechtfertigung umsehen müsse; der Augenblick nahte heran. Er hatte zwei Tage vor sich, die er in folgender Weise verwenden wollte: den Rest des ersten Tags, um zu ruhen, den zweiten, um zu überreden, den dritten, um glücklich zu sein. Er sah auf die Uhr und berechnete fast auf die Stunde hin, bis wann sein Unternehmen gelingen oder scheitern müßte.

XII

Seit zwei Stunden befand er sich im Salon, als er im Nebenzimmer die sanfte, etwas verschleierte Stimme von Frau Delmare vernahm. Durch das lange Nachdenken über seinen Verführungsplan hatte er sich dafür begeistert, wie ein Schriftsteller für seinen Stoff, wie ein Advokat für seinen Prozeß; und man konnte die Erregung, die er beim Anblick Indianas empfand, mit derjenigen eines von seiner Rolle ganz durchdrungenen Schauspielers vergleichen, wenn sich dieser der Hauptperson des Dramas gegenüber sieht und den Scheineindruck der Bühne von dem der Wirklichkeit nicht mehr zu unterscheiden vermag.

Er fand sie übrigens so verändert, daß mitten unter den nervösen Aufregungen seines Gehirns ein aufrichtiges Gefühl der Teilnahme in ihm laut wurde. Kummer und Krankheit hatten so tiefe Spuren in ihren Zügen hinterlassen, daß sie fast nicht einmal mehr hübsch war, und ihre Eroberung ihm jetzt mehr Ruhm als Vergnügen bereiten mußte. Aber Raymon war es sich selbst schuldig, dieser Frau das Glück und das Leben wiederzugeben.

Als er sie so blaß und traurig sah, rechnete er, daß er gegen keinen sehr festen Willen zu kämpfen haben werde. Konnte eine so schwächliche Hülle einen starken moralischen Widerstand bergen?

Er dachte, man müsse damit anfangen, sie für sich selbst zu interessieren, sie mit ihrem Unglück, ihrem Verfallen erschrecken, um dann ihre Seele dem Wunsch und der Hoffnung auf ein besseres Geschick zu öffnen.

Indiana! sprach er zu ihr mit einer gewissen Sicherheit, die er unter der Miene tiefster Trauer geschickt verbarg, muß ich Sie so wiederfinden! Ich wußte nicht, daß dieser so lang ersehnte, so eifrig gesuchte Augenblick mir einen so furchtbaren Schmerz bringen würde.

Eine solche Sprache hatte Frau Delmare nicht erwartet; sie glaubte, Raymon werde vor ihr als verwirrter, armer Sünder erscheinen. Aber statt sich anzuklagen, statt von seiner Reue, seinem Schmerz zu sprechen, hatte er jetzt nur Kummer und Mitleid für sie! Sie mußte also wohl sehr herunter, sehr gebrochen aussehen, da sie bei dem ein Mitgefühl hervorrief, der sie um Gnade hätte anflehen sollen.

Eine Französin, eine Weltdame hätte in einer so heiklen Lage den Kopf nicht verloren; aber Indiana wußte nicht,

»was sich schickte«; sie besaß weder die nötige Gewandtheit noch Verstellungskunst, um den Vorteil ihrer Lage festhalten zu können. Seine Worte brachten ihr das ganze Bild ihrer Leiden vor Augen, und Tränen traten ihr in die Wimpern.

Ich bin allerdings krank, sprach sie, als sie schwach und müde in den Lehnstuhl sank, den ihr Raymon hinrückte; ich fühle mich sehr leidend, und vor Ihnen habe ich auch das Recht, klagen zu dürfen.

Raymon hatte nicht gehofft, daß er so rasch vorwärts kommen würde. Er ergriff, wie man zu sagen pflegt, die Gelegenheit beim Schopfe, faßte ihre Hand, die er trocken und kalt fand, und sprach: Indiana! Sagen Sie das nicht, sagen Sie nicht, daß ich der Urheber Ihrer Leiden sei; Sie würden mich ja wahnsinnig vor Schmerz und – Wonne machen.

Und Wonne? wiederholte sie und heftete ihre großen blauen Augen voll Trauer und Staunen auf ihn.

Ich hätte sagen sollen, vor Hoffnung; denn wenn ich die Schuld an Ihrem Kummer trage, so bin ich vielleicht auch imstande, ihn zu heilen. Sprechen Sie ein Wort, setzte er hinzu, indem er neben ihr auf einem herabgefallenen Polster des Diwans niederkniete, verlangen Sie mein Blut, mein Leben?

Ach, schweigen Sie! erwiderte Indiana bitter, ihm die Hand entziehend. Sie haben Ihre Versprechungen schnöde getäuscht; versuchen sie das Übel wiedergutzumachen, das Sie angerichtet haben.

Ich will es, ich werde es! rief er und suchte ihre Hand von neuem zu fassen.

Es ist zu spät, sprach sie. Geben Sie mir meine Jugendgespielin, meine Schwester wieder, geben Sie mir Noun, meine einzige Freundin wieder.

Eine Todeskälte ergoß sich durch Raymons Adern.

Diesmal brauchte er seine Aufregung nicht künstlich zu steigern; es gibt mächtige, furchtbare Erregungen, die von selbst kommen.

Sie weiß alles, dachte er, und sie verdammt mich.

Ja, Sie waren daran schuld, sagte Indiana.

Aber plötzlich hielt sie inne, als sie die Blässe Raymons bemerkte. Er mußte wirklich entsetzlich sein, denn nie hatte er einen solchen Schmerz empfunden.

Bei diesem Anblick trat die ganze Herzensgüte der Frau Delmare, die ganze Zärtlichkeit, die dieser Mann ihr unwillkürlich einflößte, wieder in ihr Recht.

Verzeihen Sie! sprach sie erschrocken; ich habe Ihnen wehe getan, ach! Ich habe so viel darunter gelitten! Setzen Sie sich und sprechen wir von etwas anderem.

Diese rasche Umkehr des guten Herzens und des Edelmuts machte die Rührung Raymons nur noch stärker; schwere Seufzer entrangen sich seiner Brust. Er führte die Hand Indianas an seine Lippen und bedeckte sie mit Tränen und Küssen. Es war das erste Mal nach Nouns Tod, daß er weinen konnte, und Indiana war es, die diese furchtbare Last von seiner Seele genommen hatte.

Oh, fuhr sie fort, da Sie Noun so beweinen, die Sie doch gar nicht gekannt haben, da Sie das Wehe, das Sie mir angetan, so sehr bereuen, so wage ich nicht mehr, Ihnen deshalb Vorwürfe zu machen. Wir wollen die Arme zusammen beweinen; sie wird uns vom Himmel herab sehen und uns vergeben.

Ein kalter Schweiß trat Raymon auf die Stirn. Wenn die Worte: »Die Sie doch gar nicht gekannt haben« ihn von einer drückenden Angst befreiten, so traf ihn andererseits diese Anrufung des Schattens seines Opfers aus dem unschuldigen Munde Indianas gleichsam mit einem abergläubischen Schreck. Er konnte nicht mehr sitzen bleiben, erregt trat er an ein Fenster und setzte sich auf dessen

Gesims, um freier zu atmen. Indiana blieb schweigend und ergriffen sitzen. Als sie Raymon so wie ein Kind weinen, wie eine Frau schwach werden sah, empfand sie eine Art geheimer Freude.

Er ist doch gut, sprach sie bei sich, er liebt mich, sein Herz ist warm und edel. Er hat einen Fehler begangen, aber seine große Reue macht ihn wieder gut. Ich hätte ihm schon früher verzeihen sollen.

Sie betrachtete ihn mit Rührung und faßte wieder Vertrauen zu ihm. Sie hielt die Gewissensbisse des Schuldbewußten für die Reue des Liebenden.

Weinen Sie nicht mehr, sprach sie und trat zu ihm, ich habe Noun getötet, ich allein bin die Schuldige. Dieses Bewußtsein wird auf mein ganzes Leben drücken. Ich habe mich durch einen momentanen Argwohn und Zorn hinreißen lassen; ich habe sie gedemütigt, tödlich verletzt. Ich warf den ganzen Unwillen, den ich gegen Sie empfand, auf die Ärmste; Sie allein hatten mich gekränkt, und ich habe meine unglückliche Freundin dafür büßen lassen. Oh, ich war sehr hart gegen sie!

Und gegen mich! versetzte Raymon, der auf einmal die ganze Vergangenheit vergaß und nur an die Gegenwart dachte.

Frau Delmare errötete.

Ich hätte Ihnen vielleicht den schweren Verlust, den ich in jener schrecklichen Nacht erlitt, nicht zum Vorwurf machen sollen, erwiderte sie; aber ich konnte die Unklugheit Ihres Benehmens mir gegenüber nicht vergessen. Der Mangel an Zartgefühl, der in einem so romanhaften, so strafbaren Beginnen lag, hat mir sehr wehe getan. Damals glaubte ich mich geliebt, und Sie achteten mich nicht einmal!

Raymons Kraft, sein Wille, seine Liebe, seine Hoffnung kehrten zurück; der finstere Gedanke, der ihn zu Eis erkältet hatte, schwand wie ein Alp. Er erwachte jung, glühend, voll Verlangen, voll Leidenschaft und Hoffnung.

Ich bin strafbar, wenn Sie mich hassen, sprach er, indem er sich ihr voll Feuer zu Füßen warf, aber wenn Sie mich lieben, bin ich es nicht, war ich es nie. Sprechen Sie, Indiana, lieben Sie mich?

Verdienen Sie es? erwiderte sie.

Ja, wenn man dich bis zur Anbetung lieben muß, um es zu verdienen, rief Raymon.

Wissen Sie, sprach sie, und überließ ihm ihre Hände, wissen Sie, was es heißt, eine Frau, wie mich, lieben? Nein, Sie wissen es nicht. Sie glaubten, es handle sich darum, die Grille eines Tags zu befriedigen. Sie haben mein Herz nach all jenen blasierten Herzen beurteilt, über die Sie bis jetzt eine vorübergehende Herrschaft ausübten. Sie wissen nicht, daß ich noch nie geliebt habe und daß ich mein jungfräuliches und ganzes Herz nicht für ein beflecktes und zerrissenes, meine begeisterte Liebe nicht für eine laue, mein ganzes volles Leben nicht für einen kurzen Tag hingeben werde!

Ich liebe Sie leidenschaftlich, Indiana! Auch mein Herz ist jung und feurig, und wenn es des Ihrigen nicht würdig ist, so wird kein Männerherz es jemals sein. Ich weiß, wie man Sie lieben muß, ich habe nicht bis heute gewartet, um es zu verstehen.

Ich weiß, daß sie das Talent besitzen, einem schön zu tun; aber hoffen sie nicht, meine Eitelkeit zu rühren. Ich bedarf keiner Huldigung, eher inniger Teilnahme. Man muß mich allein lieben, immer lieben, rückhaltlos lieben; man muß mir alles opfern können, Vermögen, Ruf, Pflicht, Geschäfte, Grundsätze, Familie, alles, Herr von Ramière, weil ich die gleiche Hingebung in die Wagschale werfe und hierin eine Gleichheit haben will. Sie werden einsehen, daß sie mich so nicht lieben können!

Es war nicht das erste Mal, daß Raymon hörte, wie eine Frau die Liebe ernst nahm, obschon diese Beispiele zum Glück für die Gesellschaft selten sind; aber er wußte auch, daß, ebenfalls zum Glück für die Gesellschaft, Liebesschwüre die Ehre nicht einschließen. Manchmal hatte sogar die Frau, die ihm so feierliche Verbindlichkeiten auferlegte, sie zuerst gebrochen. Er erschrak deshalb keineswegs über die Anforderungen Indianas, oder er dachte vielmehr weder an Vergangenheit noch an Zukunft. Er sah sich vielmehr durch den unwiderstehlichen Zauber dieser so zarten und doch so leidenschaftlichen, so körperlich schwachen und geistig so starken Frau hingerissen. Sie war so schön, so lebhaft, so gebietend, als sie ihm ihre Gesetze diktierte, daß er wie bezaubert zu ihren Füßen liegen blieb.

Ich schwöre dir, mit Leib und Seele dein zu sein, sprach er, ich weihe dir mein Leben, mein Blut, meinen Willen; nimm alles, verfüge über alles, über mein Vermögen, meine Ehre, mein Gewissen, meine Gedanken, mein ganzes Wesen!

Still, rief Indiana rasch, mein Vetter.

Der phlegmatische Ralph Brown trat mit der ruhigsten Miene von der Welt ein, behauptete aber gleichwohl, er sei höchst überrascht und sehr erfreut, seine Kusine zu sehen, auf die er nicht gehofft habe. Dann bat er um die Erlaubnis, sie umarmen zu dürfen, um ihr seine Dankbarkeit zu bezeigen, neigte sich dann mit gemessener Langsamkeit zu ihr herab und küßte sie nach der Sitte seines Landes auf den Mund.

Raymon erblaßte vor Zorn, und kaum hatte sich Ralph entfernt, um einige Befehle zu erteilen, als er sich seinerseits Indiana näherte, um jede Spur jenes unverschämten Kusses auszutilgen; aber Frau Delmare stieß ihn mit Ruhe zurück und sagte: Bedenken Sie, daß Sie viel gut zu machen haben, wenn Sie wollen, daß ich Ihnen glauben soll.

Raymon begriff die Zartheit dieser Weigerung nicht, er sah darin nur eine abschlägige Antwort und wurde böse auf Sir Ralph. Etwas später nahm er wahr, daß dieser Indiana duzte, wenn er leise mit ihr sprach, und war nahe daran, die Zurückhaltung, welche die Sitte Sir Ralph gewöhnlich auferlegte, für die Klugheit eines beglückten Liebhabers zu halten. Wenn sein Auge aber dem reinen Blick der jungen Frau begegnete, errötete er bald über seinen Argwohn.

Am Abend war Raymon geistreich. Es waren viele Leute da und man hörte ihm zu; er konnte sich der Bedeutung nicht entziehen, die seine Talente ihm verliehen. Er sprach, und wenn Indiana eitel gewesen wäre, hätte sie zum ersten Mal das Glück gekostet, ihn so zu hören. Aber ihr einfacher und gerader Geist erschrak im Gegenteil über die Überlegenheit Raymons; sie kämpfte gegen die magische Gewalt, die er in seinem Umkreis übte, gegen diese Art magnetischen Einflusses, den der Himmel oder die Hölle gewissen Menschen gewährt, gegen jenes vorübergehende und doch so wirkliche Königtum, dessen überlegener Macht sich keine Mitelmäßigkeit entziehen kann, wenn jenes auch immerhin so flüchtig ist, daß es keine Spur hinter sich läßt, und man sich nach dem Tod dieser Leute über das Aufsehen wundert, das sie während ihres Lebens gemacht hatte.

Zwar gab es Augenblicke, da sich Indiana durch so viel Glanz geblendet fühlte; aber bald sagte sie sich dann betrübt, daß es nicht der Ruhm sei, wonach sie sich sehne, sondern das Glück. Sie fragte sich mit Schrecken, ob dieser Mann, für den das Leben so verschiedene Seiten, so manche anziehende Punkte habe, ihr seine ganze Seele weihen, seinen ganzen Ehrgeiz opfern könne. Und während er mit soviel Kraft und Geschicklichkeit, mit soviel Leidenschaft und Kaltblütigkeit lediglich spekulative Doktrinen, ihrer Liebe total fremde Interessen verteidigte, erschrak sie, daß sie in seinem Leben so wenig bedeutete, während er in dem ihrigen alles war. Sie sagte sich mit Entsetzen, sie könne für ihn doch nur die Laune von drei Tagen sein, indessen er für sie der Traum eines ganzen Lebens wäre!

Als er ihr den Arm gab, um den Salon zu verlassen, flüsterte er ihr einige Liebesworte zu; aber traurig erwiderte sie: Sie sind sehr geistreich!

Raymon verstand diesen Vorwurf und brachte den ganzen folgenden Tag zu den Füßen der Frau Delmare zu. Die übrigen Gäste waren mit der Jagd beschäftigt und ließen ihnen vollkommene Freiheit.

Raymon war beredt, und Indiana hatte so sehr das Bedürfnis, zu glauben, daß schon die Hälfte seiner Beredsamkeit zu viel war. Eine Kreolin ist keine Französin, die letztere hätte sich ohne Zweifel weniger rasch überzeugen lassen, denn diese täuscht und verrät man nicht so leicht.

XIII

Als Sir Ralph von der Jagd heimkam und wie gewöhnlich bei der Begrüßung Frau Delmare den Puls fühlte, bemerkte Raymon, der ihn aufmerksam beobachtete, ein kaum sichtbares Zeichen von angenehmer Überraschung in seinen ruhigen Zügen. Wie wenn ein geheimer Gedanke sie verbände, trafen sich die Blicke der beiden Männer, und als Sir Ralph seine hellen Augen wie eine Eule auf die schwarzen Raymons heftete, mußte dieser unwillkürlich den Blick senken. Von da ab ließ das Benehmen des Barons gegenüber von Frau Delmare mitten durch seine scheinbar unerschütterliche Ruhe eine gewisse Aufmerksamkeit erkennen, etwas, was man Interesse oder Besorgtheit hätte nennen können, wenn Ralphs Züge imstande gewesen wären, eine so bestimmte Empfindung widerzuspiegeln. Aber Raymon bemühte sich vergebens, herauszubringen, ob Ralphs Gedanken von einer Befürchtung oder einer Hoffnung so bewegt seien; er war undurchdringlich.

Doch während er sich einige Schritte hinter Frau Delmares Stuhl befand, hörte er plötzlich, wie Ralph mit halblauter Stimme zu ihr sagte: Du würdest wohl daran tun, Kusine, wenn du morgen mitreiten würdest.

Aber du weißt, erwiderte sie, daß ich für den Augenblick kein Pferd habe.

Wir werden schon eins für dich finden. Willst du uns dann zur Jagd begleiten?

Frau Delmare suchte verschiedene Vorwände, um sich davon loszumachen. Raymon verstand, daß sie lieber bei ihm bleiben möchte; aber er glaubte auch zu bemerken, daß es ihrem Vetter ganz besonders daran liege, sie eben daran zu hindern. Er verließ daher die Gruppe, bei der er sich gerade befand, trat zu ihnen und verband seine Bitten mit denen Sir Ralphs. Er ärgerte sich über diesen unbequemen Beschützer der Frau Delmare und beschloß, ihn in seinem Überwachungssystem zu peinigen.

Wenn Sie mit auf die Jagd reiten, gnädige Frau, sagte er zu Indiana, so bin ich imstande, Ihrem Beispiel zu folgen. Ich mache mir zwar nicht viel aus der Jagd; wenn ich aber das Glück haben sollte, Ihren Stallmeister machen zu dürfen –

In diesem Fall will ich mitreiten, erwiderte Indiana etwas unbesonnen.

Sie wechselte dabei den Blick des Einverständnisses

mit Raymon; allein so schnell der war, er wurde doch von Ralph bemerkt, und Raymon konnte Indiana den ganzen Abend über weder ansehen noch ein Wort mit ihr wechseln, ohne den Augen oder dem Ohr des Herrn Brown zu begegnen. Dies erzeugte in ihm ein feindseliges, beinahe eifersüchtiges Gefühl gegen jenen. Mit welchem Recht warf sich dieser Vetter, dieser Hausfreund zum Sittenrichter der Frau auf, die er liebte? Er schwur, daß Sir Ralph dies noch bereuen sollte, und suchte eine Gelegenheit, ihn zu reizen, ohne Frau Delmare dabei in Mitleidenschaft zu ziehen. Sir Ralph machte freilich die Honneurs seines Hauses mit einer kalten und würdigen Artigkeit, die keine Veranlassung zu einem Witzwort oder einem Widerspruch gab.

Am andern Morgen sah Raymon, noch ehe es zum Frühstück läutete, das feierliche Gesicht seines Wirts auf seinem Zimmer erscheinen. In seinem Benehmen lag heute noch etwas Steiferes als gewöhnlich. Allein es handelte sich nur um ein Reitpferd, das Raymon nach Bellerive mitgebracht und das zu verkaufen er die Absicht geäußert hatte. In fünf Minuten war der Handel im reinen; Sir Ralph machte keinerlei Schwierigkeiten wegen des Preises und zog eine Rolle Gold aus der Tasche, die er mit einer sonderbaren Kaltblütigkeit auf den Kamin hinzählte, wobei er über das Bedauern, das Raymon wegen dieser skrupulösen Pünktlichkeit äußerte, kein Wort verlor. Aber beim Fortgehen wendete er sich noch einmal um und sagte: Das Pferd gehört also von diesem Augenblick an mir.

Raymon schloß aus dieser Bemerkung, daß Brown die Absicht habe, ihn auf diese Art von der Jagd zurückzuhalten, und erklärte daher ziemlich trocken, er habe nicht die Absicht, die Jagd zu Fuß mitzumachen.

Mein Herr, erwiderte Sir Ralph mit einem leichten Schatten von Erregtheit, ich kenne die Gesetze der Gastfreundschaft.

Damit zog er sich zurück.

Als Raymon zur Vorhalle herunterkam, sah er Frau Delmare als Amazone gekleidet heiter mit Ophelia spielen, die ihr das Batisttaschentuch zerriß. Ihre Wangen hatten wieder einen leichten Purpurschimmer gewonnen, ihre Augen strahlten in einem lange verloren gewesenen Glanz. Sie war bereits wieder ganz hübsch geworden; die schwarzen Locken stahlen sich neckisch unter ihrem kleinen Hut hervor. Dieser Kopfputz stand ihr reizend, und das von oben herab zugeknöpfte Tuchkleid ließ ihre feine, geschmeidige Figur hervortreten. Der Hauptreiz der Kreolin besteht nach meiner Ansicht darin, daß die außerordentliche Zartheit ihrer Züge und Formen ihnen lange die Lieblichkeit der Kindheit erhält. Indiana, wie sie jetzt lachte und sich heiter gebärdete, schien nicht mehr als vierzehn Jahre zu zählen.

Von ihrer Anmut betroffen, empfand Raymon ein gewisses Gefühl des Triumphes und machte ihr über ihre Schönheit das wenigst alberne Kompliment, das er zuwege brachte.

Sie waren wegen meiner Gesundheit in Unruhe, sprach sie ganz leise; sehen Sie nicht, daß ich jetzt leben will?

Er vermochte ihr nur durch einen dankbaren Blick zu antworten. Sir Ralph führte eben selbst das Pferd seiner Kusine vor; Raymon erkannte in ihm dasjenige, das er in der Frühe verkauft hatte.

Wie! rief Frau Delmare erstaunt, denn sie hatte es ihn am Tag vorher im Schloßhof dressieren gesehen, Herr von Ramière ist so freundlich, mir sein eigenes Pferd zu leihen?

Haben Sie nicht gestern die Schönheit und Gelehrigkeit

dieses Tiers bewundert? erwiderte Sir Ralph. Von heute an gehört es Ihnen. Es tut mir leid, meine Liebe, daß ich es Ihnen nicht schon früher anbieten konnte.

Sie scherzen, Vetter, versetzte Frau Delmare, und ich finde mich in Ihren Späßen nicht zurecht. Wem muß ich denn eigentlich danken, Herrn von Ramière, weil er mir sein Pferd leiht, oder Ihnen, weil Sie ihn vielleicht darum gebeten haben?

Deinem Vetter hast du zu danken, sagte nun Herr Delmare, denn er hat das Pferd für dich gekauft und macht dir ein Geschenk damit.

Indiana sprang Sir Ralph an den Hals und dann auf Raymons Pferd, das sie mutig seine Sprünge machen ließ.

Diese ganze Familienszene ging in einer Ecke des Hofes unter den Augen Raymons vor sich.

Wie glücklich ich bin! sagte sie zu ihm, als sie ihn in der Allee an ihre Seite rief. Der gute Ralph hat, scheint es, geahnt, welches Geschenk mir das kostbarste sein würde. Und Sie, Raymon, sind nicht auch Sie glücklich, daß das Pferd, das Sie bisher geritten, nun in meinem Besitz ist? Oh, es soll der Gegenstand meiner ganzen Zuneigung sein! Wie heißt es? Sprechen Sie; ich möchte ihm den Namen nicht nehmen, den Sie ihm gegeben haben.

Wenn es einen Glücklichen hier gibt, erwiderte Raymon, so ist es Ihr Vetter, der Ihnen Geschenke machen darf und den Sie so vergnügt umarmen.

Wirklich? rief sie lachend, Sie sind eifersüchtig auf diese Freundschaft und diese derben Küsse?

Eifersüchtig, Indiana? Vielleicht! Ich weiß nicht. Aber wenn dieser junge, rotbackige Vetter seine Lippen auf die Ihrigen drückt, wenn er sie in seine Arme nimmt, um Sie auf das Pferd zu setzen, das er Ihnen schenkt und das ich Ihnen verkaufe, dann gestehe ich, daß ich einen Schmerz empfinde. Nein, Indiana, ich bin nicht glücklich, Sie als

Herrin des Pferdes zu sehen, das ich liebte. Ich begreife, daß man glücklich sein kann, wenn man es Ihnen anbieten darf; aber die Rolle des Handelsmanns zu spielen, um einem andern das Mittel zu bieten, Ihnen angenehm zu sein, das ist eine Demütigung, die mir Sir Ralph in wirklich feiner Weise bereitet hat.

Pfui! Diese Eifersucht steht Ihnen schlecht zu Gesicht! Wie können Sie unsere höchst spießbürgerliche Vertraulichkeit beneiden, da Sie doch wissen sollten, daß Sie für mich ganz außerhalb des gewöhnlichen Lebens stehen und mir eine Zauberwelt schaffen sollen, in der Sie allein herrschen! Ich bin unzufrieden mit Ihnen, Raymon; ich finde, daß in dieser Mißstimmung gegen den armen Vetter ein gut Teil verletzter Eigenliebe steckt. Sie sind vielleicht eifersüchtiger auf die nichtssagenden Vorrechte, die ich ihm öffentlich einräume, als Sie es auf die wirkliche Neigung wären, die ich einem anderen im geheimen weihte.

Vergib, Indiana, ich habe unrecht, ich bin deiner nicht würdig, du Engel von Sanftmut und Güte; aber ich gebe es zu, die Rechte, die dieser Mensch sich herausnehmen darf, haben mir grausam wehe getan.

Herausnehmen! Er! Sie wissen also nicht, welche heilige Pflicht der Dankbarkeit uns an ihn kettet? Sie wissen nicht, daß seine Mutter die Schwester der meinigen war; daß wir in demselben Tal geboren sind; daß er mich schon als Knabe beschützt hat; daß er auf Ile Bourbon meine einzige Stütze, mein einziger Lehrer, mein einziger Gefährte war; daß er mir überallhin gefolgt ist; daß er das Land verließ, von dem ich schied, um das zu bewohnen, wo ich wohne; daß er das einzige Wesen ist, das mich liebt und das sich für mein Dasein interessiert?

Teufel!! Alles, was Sie mir da sagen, Indiana, vergiftet nur meine Wunde. Dieser Engländer liebt Sie also? Wissen Sie, wie ich Sie liebe?

Keinen Vergleich, Raymon! Wenn eine Neigung derselben Art Sie beide zu Nebenbuhlern machte, wäre ich verpflichtet, dem Älteren den Vorzug zu geben. Aber Sie haben nichts zu befürchten, Raymon, niemals werde ich von Ihnen eine Liebe fordern, wie Ralph sie hegt.

Erklären Sie mir doch diesen Menschen, ich bitte Sie; wer vermag seine steinerne Maske zu durchdringen?

Verlangen Sie, daß ich selbst das Lob meines Vetters singe? fragte sie lächelnd. Es geht mir gegen mein Gefühl, ihn zu schildern; ich liebe ihn so sehr, daß ich ihm schmeicheln würde. So wie er ist, fürchte ich, gefällt er Ihnen nicht sehr. Helfen Sie mir also, wie kommt er denn Ihnen vor?

Seine Züge – verzeihen Sie, wenn ich Sie verletze – verkünden eine reine Null. Indessen zeigt er, wenn er sich zu sprechen herabläßt, einen gesunden Verstand und Bildung. Aber er tut es so mühsam, so nüchtern, daß niemand von seinem Wissen Nutzen zieht, so sehr erkältet und ermüdet seine Art. Und dann liegt in seinen Anschauungen etwas so Gewöhnliches, Schwerfälliges, das durch die methodische Reinheit seiner Sprache nicht besser wird. Ich glaube, daß sein Geist all die Ideen, die man ihm gegeben, in sich aufgenommen hat, daß er aber zu stumpf, zu seicht ist, um eine eigene zu besitzen.

Es liegt etwas Wahres in Ihrem Gemälde, erwiderte Indiana, aber auch nicht wenig Voreingenommenheit. Sie lösen mit einer gewissen Kühnheit Zweifel, die ich nicht zu entscheiden wage, obschon ich Ralph kenne, seit ich lebe. Er hat allerdings den großen Fehler, daß er oft mit fremden Augen sieht; aber daran ist nicht sein Geist, sondern die Art seiner Erziehung schuld. Sie glauben, daß er ohne diese Erziehung vollends gar nichts wäre; ich bin der Ansicht, daß er ohne sie mehr wäre. Ich muß Ihnen einen Umstand aus seinem Leben erzählen, der Sie über seinen

Charakter aufklären wird. Er hatte das Unglück, einen Bruder zu besitzen, den seine Eltern ihm offen vorzogen; dieser Bruder hatte all die glänzenden Eigenschaften, die ihm fehlen. Er lernte leicht, er hatte Talent für alle Künste, er sprühte von Geist; sein Gesicht war weniger regelmäßig als das Ralphs, aber ausdrucksvoller und liebenswürdig. Ralph war linkisch, melancholisch, ging nicht aus sich heraus, liebte die Einsamkeit, lernte langsam und trug seine Kenntnisse nie zur Schau. Als seine Eltern sahen, daß er so ganz anders war als sein älterer Bruder, behandelten sie ihn schlecht. Nun wurde er düster, träumerisch; eine unbezwingliche Schüchternheit lähmte alle seine Fähigkeiten. Man hatte es glücklich so weit gebracht, ihm Widerwillen, Verachtung gegen sich selbst einzuflößen; er verlor alle Lust am Leben und bekam mit fünfzehn Jahren den Spleen, in dem nebligen Klima Englands eine rein physische Krankheit, aber ein Gemütsleiden unter dem heiteren Himmel von Ile Bourbon. Er hat mir oft erzählt, daß er eines Tages das Haus verließ mit dem festen Entschluß, sich ins Meer zu stürzen. Aber als er schon am Strand saß und im Begriff war, sein Vorhaben auszuführen, sah er die Negerin, die mich gestillt hatte, mit mir auf dem Arme daher kommen. Ich war damals fünf Jahre alt, ich soll hübsch gewesen sein, und zeigte für meinen schweigsamen Vetter eine Vorliebe, die niemand sonst teilte. Er ließ mir aber auch Aufmerksamkeiten zukommen und übte Rücksichten, an die ich in meinem Elternhause nicht gewöhnt war. Wir waren beide unglücklich und verstanden uns bereits. Er lehrte mich seine Muttersprache und ich stammelte ihm in der meinen vor. Diese Mischung von Spanier und Engländer war vielleicht der richtige Ausdruck seines Charakters. Als ich mich ihm an den Hals warf, sah ich, daß er weinte, und ohne zu wissen weshalb, fing auch ich an zu weinen. Da drückte er mich ans Herz und tat den Schwur, wie er mir später sagte, für mich, das verlassene, wo nicht gehaßte Kind, dem wenigstens seine Freundschaft wertvoll, sein Leben nützlich sein könnte, zu leben. Ich war somit das erste und einzige Band, das ihn an dieses traurige Dasein knüpfte. Seit diesem Tag haben wir uns fast nicht mehr verlassen, wir brachten unsere Tage frei und gesund in der Einsamkeit der Berge zu. Aber vielleicht langweilen Sie diese Erzählungen aus unserer Kindheit, vielleicht möchten Sie lieber in einem rascheren Tempo zur Jagdgesellschaft zurück –

Närrchen! sagte Raymon und hielt den Zügel von Indianas Pferd zurück.

Gut denn, so erzähle ich weiter, sagte sie. Edmund Brown, der ältere Bruder Ralphs, starb mit zwanzig, seine Mutter folgte ihm aus Kummer hierüber, der Vater war trostlos. Ralph hätte ihn gerne getröstet, aber die Kälte, mit der Herr Brown seine ersten Versuche in dieser Richtung aufnahm, vermehrte noch seine natürliche Schüchternheit. Er brachte ganze Stunden schweigend und traurig neben dem betrübten alten Mann zu und wagte es nicht, ihm ein freundliches Wort zu sagen, ihm in zärtlicher Weise zu nahen, so sehr fürchtete er, ihn durch unpassende und ungenügende Tröstungen zu verletzen. Sein Vater warf ihm Gefühllosigkeit vor, und so machte der Tod Edmunds den armen Ralph noch unglücklicher, als er vorher gewesen war. Er wurde so gänzlich verkannt! Da war ich sein einziger Trost.

Ich kann ihn nicht beklagen, was Sie auch sagen mögen, unterbrach sie Raymon; aber eins kann ich mir in seinem und in Ihrem Leben nicht erklären, nämlich warum er Sie nicht geheiratet hat.

Dafür werde ich Ihnen einen sehr triftigen Grund angeben, erwiderte sie. Als ich in das heiratsfähige Alter trat, war Ralph, der zehn Jahre älter ist als ich – in unserem Klima, wo die Kindheit der Mädchen so kurz ist, ein ungeheurer Abstand –, war Ralph, sage ich, bereits verheiratet.

Sir Ralph ist Witwer? Ich habe ihn doch nie von seiner Frau sprechen hören.

Sprechen auch Sie ihm nicht davon. Sie war jung, reich und schön; aber sie hatte Edmund geliebt, sie war für diesen bestimmt gewesen, und als sie, um Familieninteressen und Rücksichten zu gehorchen, Ralph heiraten mußte, machte sie nicht einmal den Versuch, ihm ihren Widerwillen zu verhehlen. Er mußte mit ihr nach England ziehen; und als er nach dem Tod seiner Frau nach Ile Bourbon zurückkehrte, war ich an Herrn Delmare verheiratet und im Begriff, nach Europa zu ziehen. Ralph versuchte es anfangs, für sich allein zu leben, aber die Einsamkeit verschlimmerte seine Leiden. Obschon er mit mir nie von seiner Frau sprach, so habe ich doch allen Grund zu glauben, daß er in seiner Ehe noch unglücklicher gewesen war als in seiner eigenen Familie und daß neue schmerzliche Erinnerungen seine natürliche Melancholie noch vermehrten. Der Spleen erfaßte ihn von neuem; er verkaufte seine Kaffeepflanzung und ließ sich in Frankreich nieder. Die Art, wie er sich meinem Mann vorstellte, war originell und hätte mich zum Lachen gebracht, wenn die Anhänglichkeit des würdigen Ralph mich nicht gerührt hätte. Mein Herr, sagte er zu Delmare, ich liebe ihre Frau, ich habe sie erzogen, ich betrachte sie als meine Schwester, noch mehr, als meine Tochter. Es ist die einzige Verwandte, die mir übrig geblieben ist, die einzige, für die ich Zuneigung habe. Genehmigen Sie, daß ich mich in Ihrer Nähe niederlasse und daß wir drei zusammen leben. Es heißt, Sie seien etwas eifersüchtig auf Ihre Frau, aber es heißt auch, Sie seien ein Mann von Ehre und Rechtschaffenheit. Wenn ich Ihnen mein Wort gebe, daß ich nie in sie verliebt war und mich nie in sie verlieben werde, können sie mich ebenso ruhig betrachten, wie wenn ich wirklich Ihr Schwager wäre. Nicht wahr, mein Herr? – Delmare, der viel auf seinen Ruf als loyaler Soldat hält, nahm diese offene Erklärung mit einem gewissen prahlerischen Vertrauen entgegen. Indessen bedurfte es mehrere Monate aufmerksamer Beobachtung, bis dieses Vertrauen wirklich so fest wurde, wie er sich rühmte. Jetzt ist es aber so unerschütterlich, wie das unveränderlich friedliche Gemüt Ralphs.

Sind Sie wirklich überzeugt, Indiana, fragte Raymon, daß sich Sir Ralph nicht ein wenig selbst täuscht, wenn er schwört, daß er nie in Sie verliebt gewesen?

Ich war zwölf Jahre alt, als er Ile Bourbon verließ, um seiner Frau nach England zu folgen; ich zählte sechzehn, als er mich verheiratet wiederfand, und er zeigte darüber mehr Freude als Kummer. Jetzt ist Ralph ganz alt.

Mit neunundzwanzig Jahren?

Lachen Sie nicht. Sein Gesicht ist freilich jung, aber sein Herz ist durch die vielen Leiden gezeichnet und Ralph liebt niemand mehr, um nicht von neuem leiden zu müssen.

Auch Sie nicht?

Auch mich nicht. Seine Freundschaft ist nur noch Gewohnheit; früher war sie edlerer Natur, als er es sich zur Aufgabe machte, meine Kindheit zu beschützen und zu belehren; damals liebte ich ihn, wie er mich jetzt liebt, weil ich seiner bedurfte. Jetzt zahle ich ihm von ganzem Herzen die Schuld der Vergangenheit zurück, und mein Leben fließt dahin, indem ich mich bestrebe, das seinige zu verschönern und möglichst von Langeweile frei zu halten. Als ich Kind war, liebte ich ihn mehr aus Instinkt als mit dem Herzen, seit er aber Mann geworden ist, liebt er mich weniger mit dem Herzen als aus Instinkt. Er braucht mich nötig, weil ich fast die einzige bin, die ihn liebt; und seit Delmare ihm Zuneigung zeigt, liebt er ihn fast ebenso sehr wie mich. Während er mich ehedem so mutig gegen die Tyrannei meines Vaters beschützte, nimmt er mich weit lauer und vorsichtiger gegen meinen Mann in Schutz. Es genügt ihm, mich am Leben zu sehen. Es fällt ihm nicht ein, mir eine Stütze zu bieten, die mein Los mildern, aber auch ihn mit Delmare verfeinden und somit seine eigene Ruhe stören würde. Da man ihm beständig vorredete, sein Herz sei vertrocknet, hat er es endlich selbst geglaubt, und sein Herz ist aus Mangel an Tätigkeit wirklich eingetrocknet, oder hat er es aus Mangel an Selbstvertrauen einschlafen lassen. Die Liebe hätte sein Wesen entwickeln können, aber sie floh ihn und so ist es verwelkt. Jetzt besteht sein Glück in der Ruhe, in der Freude an den Bequemlichkeiten des Daseins. Er kümmert sich nicht um Dinge, die ihn nichts angehen. Ralph ist Egoist geworden.

Nun, um so besser, sagte Raymon; so habe ich ihn nicht zu fürchten. Ich will ihn sogar lieben, wenn Sie es wünschen.

Ja, lieben sie ihn, Raymon, erwiderte sie, er wird Ihnen Dank dafür wissen; wir aber wollen uns nie mit der Frage beunruhigen, warum man uns liebt, sondern wie man uns liebt.

Was Sie da sagen, Indiana, antwortete Raymon und faßte sie um die weiche, schlanke Taille, ist die Klage eines vereinsamten, eines traurigen Herzens, was aber meine Liebe betrifft, so will ich, daß Sie wissen, warum und wie, besonders warum!

Um mir das Glück zu geben, nicht wahr? sagte sie mit einem traurigen und leidenschaftlichen Blick.

Um dir mein Leben zu geben! erwiderte Raymon und seine Lippen berührten Indianas wehende Haare.

Ein naher Jagdruf erinnerte sie, sich in acht zu nehmen; es war Sir Ralph, der sie bemerkt oder auch nicht bemerkt hatte.

XIV

Als man die Spürhunde losließ, staunte Raymon über die Bewegung, die in Indiana vorzugehen schien. Ihre Augen, ihre Wangen belebten sich; der starke Atem, der ihre Nasenflügel bewegte, verriet eine Empfindung des Schreckens oder der Freude. Sie ritt plötzlich von seiner Seite weg, trieb ihr Pferd heftig an und eilte Ralph nach. Raymon wußte nicht, daß die Jagd die einzige Leidenschaft war, welche Ralph und Indiana teilten. Auch das wußte er nicht, daß in dieser so schwachen und dem Anschein nach so schüchternen Frau ein mehr als männlicher Mut lebte, eine Art toller Unerschrockenheit, die sich gerade bei den zartesten Wesen oft als eine nervöse Krisis offenbart. Die Frauen haben selten den physischen Mut, der darin besteht, daß man in Untätigkeit gegen den Schmerz oder die Gefahr ankämpft; aber sie besitzen oft den moralischen Mut, der sich mit der Gefahr oder dem Leiden entflammt. Die zarten Fibern Indianas regten sich besonders durch den Lärm, die rasche Bewegung, den Tumult der Jagd auf. Ihr starres, von Langeweile angefressenes Leben bedurfte dieser Aufregung; sie schien dann aus ihrer Lethargie zu erwachen und an einem Tag die ganze nutzlose Energie, die sich seit einem Jahr in ihrem Blut angehäuft hatte, zu verausgaben.

Raymon erschrak, als er sah, wie sie so dahin rannte, sich furchtlos dem Ungestüm dieses Pferdes überließ, das sie kaum kannte, es kühn in das Dickicht trieb, mit erstaunlicher Geschicklichkeit den Zweigen auswich, deren elastische Schnellkraft ihr das Gesicht peitschten, wie sie ohne Zögern über die Gräben setzte, sich mit Vertrauen auf lehmigen und beweglichen Boden wagte, ohne sich darum zu kümmern, ob sie ihre zarten Glieder brach, und nur darauf bedacht, die erste zu sein auf der rauchenden Fährte des Ebers. So viel Entschlossenheit erschreckte ihn und hätte ihm beinahe einen Widerwillen gegen Frau Delmare eingeflößt. Die Männer und zumal die Liebhaber besitzen die Albernheit, daß sie lieber die Schwäche der Frauen beschützen als ihren Mut bewundern. Sollen wir es gestehen? Raymon erschrak bei dem Gedanken, welche Kühnheit und zähe Ausdauer ein so tapferes Herz auch in seiner Liebe beweisen könnte. Das war nicht die ergebene Seele der armen Noun.

Wenn sie so viel leidenschaftliche Hitze in ihrer Liebe hat wie in dieser Liebhaberei, dachte er, wenn sich ihr Wille ebenso fest und hartnäckig an mich heftet, wie sie jetzt diesem Eber nachjagt, dann wird die Gesellschaft keine Hindernisse, das Gesetz keine hemmende Kraft für sie haben, dann werd' ich unterliegen und meine Zukunft ihrer Gegenwart opfern müssen.

Hilfe- und Angstrufe, unter denen sich auch Frau Delmares Stimme unterscheiden ließ, schreckten Raymon aus diesen Betrachtungen empor. Er trieb sein Pferd ängstlich vorwärts; gleich darauf kam auch Ralph herangeeilt und fragte ihn, ob er die Schreckensrufe vernommen habe.

Nun rannten auch entsetzte Pikörs daher und schrien, der Eber habe kehrt gemacht und Frau Delmare niedergeworfen. Dann kamen andere, noch erschrockenere Jäger und riefen Sir Ralph zu, er solle doch der Verwundeten rasch Hilfe bringen.

Es ist zu spät! schrie der letzte, der herankam. Da ist alles aus, die Hilfe kommt zu spät.

In diesem Augenblick des Entsetzens trafen Raymons Blicke das starre, todblasse Antlitz Browns. Er schrie nicht, tobte nicht, rang nicht die Hände, aber er zog sein Jagdmesser und schickte sich mit wahrhaft britischer Kaltblütigkeit an, sich damit zu erstechen. Aber Raymon entriß ihm die Waffe und zog ihn zu dem Ort, von wo das Hilfegeschrei ertönte.

Ralph schien aus einem Traum zu erwachen, als Frau Delmare auf ihn zustürzte und ihn zu dem Obersten hinzog, der wie leblos dalag. Ralph beeilte sich, diesen zur Ader zu lassen; denn er hatte sich bald versichert, daß er nicht tot sei. Aber er hatte den Fuß gebrochen, und man mußte ihn zum Schloß tragen.

Was Frau Delmare betraf, so hatte man in der Verwirrung des Vorfalls irrtümlicherweise ihren Namen gerufen, oder hatten Ralph und Raymon ihn nur zu hören geglaubt, da er sie am meisten interessierte.

Indiana hatte keinerlei Unfall gehabt, aber der Schreck, die Bestürzung nahmen ihr beinahe die Kraft zu gehen.

Sir Ralph hatte bereits wieder seine gewöhnliche Ruhe gewonnen; nur an seiner außerordentlichen Blässe sah man, wie tief es ihn gepackt hatte; hätte er doch beinahe einen der beiden Menschen verloren, die er einzig liebte.

Raymon, der in diesen Augenblicken der Aufregung und Verwirrung so viel Besonnenheit bewahrt hatte, um, was er sah, mit klarem Blick zu erkennen, hatte bemerkt, wie groß die Zuneigung Ralphs zu seiner Kusine war und wie wenig sie durch die, die er für den Obersten hegte, im Gleichgewicht gehalten wurde.

Doch teilte Raymon Frau Delmare nie den Selbstmordversuch mit, von dem er Zeuge gewesen war. Es lag in dieser unfreundlichen Verschwiegenheit etwas Egoistisches und Gehässiges, das man der verliebten Eifersucht, der es entsprang, verzeihen muß.

Nur mit vieler Mühe vermochte man den Obersten nach Ablauf von sechs Wochen nach Lagny zu transportieren. Aber es gingen noch über sechs Monate darüber hin, bis er wieder gehen konnte; denn nachdem der Schenkelbruch geheilt war, zeigte sich ein akuter Rheumatismus in den kranken Teilen, die ihm heftige Schmerzen und eine vollständige Unbeweglichkeit brachte. Seine Frau widmete ihm die zarteste Sorgfalt. Sie verließ sein Krankenbett nicht und ertrug seinen herben Humor, seine soldatischen Zornausbrüche und Krankenlaunen, ohne sich zu beklagen.

Aber trotz der Verdrießlichkeiten dieses unbehaglichen Lebens blühte sie in neuer, leuchtender Gesundheit wieder auf und das Glück zog in ihr Herz ein. Raymon liebte sie, liebte sie wirklich. Er kam alle Tage, er ließ sich durch keine Schwierigkeit abhalten, sie zu besuchen; er ertrug die Schwächen ihres Gatten, die Kälte des Vetters, den Zwang, den er sich bei ihrer Begegnung auferlegen mußte. Ein Blick von ihm goß aber auch für einen ganzen Tag Freude in Indianas Herz. Sie beklagte sich nun nicht mehr über das Leben, ihre Seele war ausgefüllt, ihre Jugend beschäftigt, ihr moralischer Teil hatte seine Nahrung erhalten.

Allmählich faßte der Oberst Freundschaft für Raymon. Er war so naiv zu glauben, daß diese unermüdlichen Besuche lediglich aus dem Interesse hervorgingen, das sein Nachbar für seine Gesundheit habe. Hin und wieder erschien auch Frau von Ramière und weihte gewissermaßen den Verkehr durch ihre Gegenwart; Indiana aber war der Mutter Raymons mit Begeisterung und Leidenschaft zugetan. Schließlich wurde der Liebhaber der Frau zum Freund des Gatten.

Infolge dieses beständigen Zusammenkommens entstand auch zwischen Raymon und Ralph eine Art Vertraulichkeit; sie nannten sich: »Lieber Freund«; sie gaben sich morgens und abends die Hand. Wenn sie einander um einen kleinen Freundschaftsdienst anzusprechen hatten, war ihre gewöhnliche Redensart: »Im Vertrauen auf Ihre Freundschaft erlaube ich mir –« Und wenn sie voneinander sprachen, sagten sie: »Er ist mein Freund.«

Obschon sie zwei so offene Menschen waren, wie es nur immer auf der Welt geben kann, liebten sie sich doch gar nicht. Sie hatten über alles eine entschieden andere Meinung; sie besaßen keinerlei gemeinschaftliche Sympathie; und wenn beide Frau Delmare liebten, so geschah dies auf eine so verschiedene Art, daß dieses Gefühl sie eher trennte als einander näher brachte. Es machte ihnen ein eigentümliches Vergnügen, sich zu widersprechen und einander so viel als möglich die gute Laune durch Ausfälle zu vertreiben, die zwar in der Unterhaltung nur so allgemein hingeworfen wurden, aber dadurch nichts an Bitterkeit und Herbheit verloren.

Ihre Streitereien begannen in der Regel mit der Politik und endigten bei der Moral. Besonders abends, wenn man sich um den Lehnstuhl des Herrn Delmare versammelte, erhob sich über die geringste Kleinigkeit ein Wortkampf. Zwar beobachteten sie dabei stets diejenigen Rücksichten, die dem einen die Philosophie anbefahl und dem anderen der gesellschaftliche Verkehr zur Gewohnheit gemacht hatte; doch sagten sie einander unter dem Schleier der Anspielung harte Dinge, die aber den Oberst belustigten, der von kriegerischer, streitsüchtiger Natur war und in Ermangelung von Schlachten sich am Wortgezänk ergötzte.

XV

Trotz dieser beständigen Reibereien gab sich Frau Delmare mit dem Vertrauen ihres Alters der Hoffnung auf eine lachende Zukunft hin. Sie war in ihrem ersten Glück, und ihre feurige Phantasie, ihr junges und reiches Herz wußten jenes mit all dem auszuschmücken, was ihm etwa noch fehlte. Mit erfinderischem Geist schuf sie sich tiefe, doch reine Genüsse, ergänzte sie die mangelhafte Gunst ihres Geschicks. Raymon liebte sie! Er log in der Tat nicht, wenn er ihr sagte, sie sei die einzige Liebe seines Lebens; er hatte noch nie so rein, so lange geliebt. In ihrer Nähe vergaß er alles, was nicht sie war; die Welt und die Politik verschwanden in seinem Geist, er fand Gefallen an diesem innerlichen Leben, an diesen Familiengewohnheiten, die sie ihm schuf. Er bewunderte die Geduld und die Kraft dieser Frau; er staunte über diesen Kontrast von Geist und Charakter; er wunderte sich besonders, daß sie nach der großen Feierlichkeit, womit sie den Bund mit ihm geschlossen, nun so wenig Ansprüche machte, mit wenigen verstohlenen Momenten des Glücks zufrieden war, mit so blinder Hingebung vertraute. Es hatte dies darin seinen Grund, daß die Liebe in ihrem Herzen eine neue und edle Leidenschaft war, daß tausend zarte Empfindungen sich daran knüpften und ihr eine Kraft gaben, die Raymon nicht fassen konnte.

Er litt anfangs unter der beständigen Gegenwart des Gatten und des Vetters. Er hatte diese Liebe anfangs geradeso zu behandeln gedacht wie alle früheren; aber Indiana zwang ihn bald, sich bis zu ihr zu erheben. Die Ergebung, womit sie die Beaufsichtigung ertrug, das glückliche Gesicht, womit sie ihn heimlich betrachtete, ihre Augen, die eine so beredte, wenn auch stumme Sprache für ihn hatten, ihr herrliches Lächeln, wenn eine plötzliche Anspielung in der Unterhaltung ihre Herzen einander näherte: dies waren die feinen und gewählten Freuden, die Raymon bei seinem zartfühlenden Wesen und seiner trefflichen Erziehung bald mit zu empfinden wußte.

Welch ein Unterschied zwischen diesem keuschen Wesen, das die Möglichkeit einer Schlußentwicklung ihrer Liebe nicht zu kennen schien, und jenen anderen Frauen, die nur darauf bedacht waren, diese Entwicklung, die sie zu fliehen heuchelten, zu beschleunigen. Wenn sich Raymon zufällig allein mit ihr befand, belebten sich Indianas Wangen nicht mit einer tieferen Färbung, wendete sie ihre Blicke nicht in Verlegenheit ab. Diese reinen, ruhigen Augen betrachteten ihn stets wie wonnetrunken. Wenn Raymon sie so vertrauensvoll ganz nur mit dem Herzen lebend sah, so daß sie nicht begriff, daß der Geliebte, der zu ihren Füßen lag, Qualen leiden konnte, dann wagte er es nicht mehr, Mann zu sein, aus Furcht, ihr geringer als das Bild zu erscheinen, das sie sich geträumt, und so wurde er aus Eitelkeit ebenso tugendhaft wie sie.

Unwissend wie die echte Kreolin hatte Frau Delmare bis dahin nicht daran gedacht, die wichtigen Interessen, die man jetzt täglich vor ihr besprach, näher ins Auge zu fassen. Sie war von Sir Ralph erzogen worden, der eine geringe Meinung von der Einsicht und der Vernunft der Frau besaß und der sich deshalb darauf beschränkt hatte, ihr einige positive Kenntnisse zum unmittelbaren Gebrauch beizubringen. Sie kannte somit kaum einen Abriß der Weltgeschichte, und jedes ernsthafte Gespräch langweilte sie zutiefst. Aber als sie hörte, wie Raymon diese trockenen Dinge mit der ganzen Grazie seines Geistes, mit der ganzen Poesie seiner Sprache behandelte, da hörte sie zu und versuchte zu verstehen. Dann wagte sie schüchtern, naive Fragen zu stellen, die ein zehnjähriges, in der

Welt erzogenes Mädchen geschickt beantwortet hätte. Raymon gefiel sich darin, diesen jungfräulichen Geist, der sich seinen Grundsätzen zu öffnen schien, aufzuklären; aber trotz der Macht, die er über ihr frisches und unbefangenes Gemüt übte, begegneten seine Sophismen nicht selten einigem Widerstand.

Indiana stellte den als Prinzip vorgeschobenen Interessen der Zivilisation den geraden Gedankengang und die einfachen Gesetze des gesunden Menschenverstandes und der Menschlichkeit entgegen. Ihre Einwürfe trugen den Charakter einer wilden Offenheit, welche Raymon bisweilen in Verlegenheit setzte, ihn aber immer durch ihre kindliche Originalität entzückte. Es war ihm gewissermaßen eine ernstliche Arbeit, er machte es sich zur wahren Aufgabe, sie allmählich zu seinem Glauben, zu seinen Grundsätzen zu bekehren. Er wäre stolz darauf gewesen, eine so gewissenhafte und von Natur so klare Überzeugung zu beherrschen; aber es wurde ihm etwas schwer, dies zu erreichen. Ralphs ehrliches System, sein strenger Haß gegen die Laster der Gesellschaft, die herbe Ungeduld, womit er andere Gesetze und andere Sitten herbeiwünschte, alles das stimmte weit mehr mit den unglücklichen Erinnerungen Indianas überein. Aber plötzlich triumphierte Raymon dadurch über seinen Gegner, daß er ihm nachwies, wie sein Widerwille gegen die damaligen Zustände eben nur das Werk des Egoismus sei. Mit Wärme malte er seine eigenen Neigungen, seine Anhänglichkeit an die königliche Familie, die er mit dem Heroismus einer gefahrbringenden Treue ausschmückte, seine Hochachtung für den verfolgten Glauben seiner Väter, seine religiösen Empfindungen, über die er, wie er sagte, nicht vernünftele, sondern die er aus Instinkt und Bedürfnis bewahre. Dann sprach er von dem Glück, seinen Nebenmenschen zu lieben, sich an die gegenwärtige Generation mit allen Banden der Ehr- und Menschenliebe anzuschließen; von der Freude, seinem Land dadurch einen Dienst erweisen zu können, daß man gefährliche Neuerungen bekämpfe, den inneren Frieden sichere und, wenn es gälte, all sein Blut hingäbe, um dem geringsten seiner Mitbürger einen Tropfen zu ersparen. Er wußte all diese wohlmeinenden und wohlklingenden Vorstellungen mit solchem Geschick, solchem Reiz auszumalen, daß Indiana sich von ihrem Liebesbedürfnis hinreißen ließ, auch alles, was Raymon liebte und schätzte, hochzuhalten. Es war ja außer Zweifel, daß Ralph ein Egoist war; wenn er eine edle Idee verteidigte, lächelte man; es war dann ausgemacht, daß sein Geist und sein Herz miteinander im Widerspruch standen. War es da nicht besser, Raymon zu glauben, der ein so warmes, so großes und weites Herz hatte?

Es gab auch manchen Augenblick, wo Raymon seine Liebe beinahe vergaß und nur an seinen widerwärtigen Gegner dachte.

Dann kam es Indiana vor, als ob Raymons Gedanken sehr ferne von ihr wären; sie war unruhig und ängstlich erregt, wenn sie dachte, daß vielleicht all diese edlen und großen, so schön ausgesprochenen Gesinnungen nur ein pomphaftes Wortgepräge, die ironische Beredsamkeit des Advokaten seien, der sich selbst hört und sich in der empfindsamen Komödie einübt, die die Gutmütigkeit seiner Zuhörer übertölpeln soll. Sie bebte, wenn sie seinem Blick begegnete und darin nicht die Freude glänzen zu sehen glaubte, von ihr verstanden zu sein, sondern den Triumph der Eigenliebe über eine schöne Rede. Es überkam sie dann eine gewisse Angst, und sie dachte, man sei doch vielleicht ungerecht gegen den Egoisten Ralph; Ralph aber wußte dann nichts vorzubringen, was diese Unsicherheit verlängert hätte, und Raymon war geschickt genug, um sie zu zerstreuen.

Es wurde daher nur *ein* Leben wirklich beunruhigt, nur *ein* Glück wahrhaft gestört durch dieses Zusammenleben, und zwar das Leben und Glück Ralphs, dieses zum Unglück geborenen Menschen, für den das Leben nie glänzende Aussichten, volle, durchgreifende Freuden gehabt hatte. So litt er unter einem großen und dunklen Mißgeschick, das niemand bedauerte und das sich auch selbst nie gegen jemand beklagte; unter einem wahrhaft verwünschten Schicksal, dem noch dazu die Poesie, das Abenteuerliche fehlte; unter einem gewöhnlichen, spießbürgerlichen, traurigen Geschick, das keine Freundschaft milderte, keine Liebe schmückte, das sich schweigend mit dem Heldenmut verzehrte, den die Liebe zum Leben und das Bedürfnis zu hoffen, gewähren; unter einem isolierten Dasein, unerachtet er wie alle Welt Vater und Mutter, Bruder und Frau, Kind und Freundin gehabt hatte, weil er von all diesen Beziehungen nie etwas empfangen, genossen, bewahrt hatte – ein Fremder in diesem Leben, das ihm traurig und gleichgültig dahinfloß, da er nicht einmal jene gehobene Empfindung des Unglücks besaß, die selbst dem Schmerz noch einen Reiz abgewinnt!

Der Stärke seines Charakters unerachtet war er manchmal der Tugend müde. Er haßte Raymon, er konnte ihn mit einem Wort aus Lagny jagen; aber er tat es nicht, weil er einen Glauben besaß, der stärker war als all die tausend Glaubensartikel Raymons. Es war aber weder die Kirche, noch die Monarchie, noch die Gesellschaft, noch der Ruf, noch das Gesetz, was ihm seine Opfer und seinen Mut diktierte, es war sein Gewissen.

Er hatte bisher so sehr für sich allein gelebt, daß er sich nicht daran gewöhnt hatte, auf die anderen zu rechnen; aber in dieser Vereinsamung hatte er gelernt, sich selbst zu erkennen. Er hatte sich sein eigenes Herz zum Freund gemacht: indem er sich in sich zurückzog und sich fragte, weshalb die anderen so ungerecht gegen ihn seien, hatte er sich überzeugt, daß er dies durch keinerlei Laster verdient habe.

Freilich beging Sir Ralph aus übertriebenem Zartgefühl einen großen Fehler und tat Frau Delmare einen nicht wiedergutzumachenden Schaden, nur weil er fürchtete, sein Gewissen mit einem Vorwurf zu belasten. Dieser Fehler bestand darin, daß er sie nicht unterrichtete, welche Ursache eigentlich den Tod Nouns herbeigeführt hatte. Sie hätte dann ohne Zweifel darüber nachgedacht, welche Gefahren eine Liebe zu Raymon in sich schließe. Wir werden aber später hören, weshalb Ralph seine Kusine hierüber nicht aufzuklären wagte, und welche zarte Vorsicht ihn veranlaßte, über einen so wichtigen Punkt zu schweigen.

Ein unerwartetes Ereignis bedrohte die Zukunft des Obersten und seiner Frau: Ein belgisches Handelshaus, auf dem der ganze Erfolg des Delmare'schen Geschäfts beruhte, hatte plötzlich Bankrott gemacht, so daß der kaum wiederhergestellte Oberst in aller Eile nach Antwerpen reisen mußte.

Da seine Frau ihn noch so schwach und leidend sah, wollte sie ihn begleiten; aber Delmare, der von einem vollständigen Ruin bedroht, jedoch fest entschlossen war, allen seinen Verbindlichkeiten gerecht zu werden, fürchtete, seine Reise könnte als Flucht ausgelegt werden. Er wollte deshalb seine Frau als eine Bürgschaft, daß er wiederkehre, in Lagny lassen. Ebenso lehnte er die Begleitung Sir Ralphs ab und bat ihn, als Stütze seiner Frau dazubleiben, falls ängstliche oder gedrängte Gläubiger sie beunruhigen sollten.

Bei all diesen widrigen Ereignissen erschrak Indiana nur vor dem Gedanken, Lagny verlassen, sich von Raymon entfernen zu müssen. Dieser beruhigte sie jedoch hierüber, indem er behauptete, der Oberst werde in diesem Fall unzweifelhaft nach Paris ziehen. Er schwur ihr überdies, er würde ihr unter irgendeinem Vorwand überallhin folgen, und die leichtgläubige Frau fühlte sich fast glücklich über ein Mißgeschick, das ihr die Gelegenheit gab, Raymons Liebe zu erproben. Was diesen betraf, so beschäftigte ihn seit der Kunde von dem Fall eine unbestimmte Hoffnung: er sollte endlich mit Indiana allein sein, das erste Mal seit sechs Monaten. Es hatte nie geschienen, als ob sie dies vermeiden wolle, und wenn er es auch nicht eben eilig hatte, über eine Liebe zu triumphieren, deren naive Keuschheit für ihn den Reiz der Seltsamkeit besaß, so begann er doch zu fühlen, daß er die Sache Ehre halber zu einem Ergebnis führen müsse. Er wies alle boshaften Anspielungen auf sein Verhältnis zu Frau Delmare mit der Miene des rechtschaffenen Mannes zurück; er versicherte in aller Bescheidenheit, zwischen ihr und ihm bestehe nur eine sanfte, ruhige Freundschaft; aber um alles in der Welt hätte er selbst seinem besten Freund nicht eingestehen mögen, daß er seit sechs Monaten leidenschaftlich geliebt sei und von dieser Liebe doch noch nichts erreicht habe.

Er war in seinen Erwartungen etwas getäuscht, als er sah, daß Sir Ralph entschlossen schien, Herrn Delmare in der Beaufsichtigung abzulösen, indem er sich vom frühen Morgen an in Lagny häuslich niederließ und erst abends nach Bellerive zurückkehrte; und da sie eine Strecke weit denselben Weg zu machen hatten, um nach Hause zurückzukehren, richtete Ralph mit einer unerträglichen, scheinbaren Höflichkeit seinen Weggang stets nach Raymon. Dieser Zwang wurde Herrn von Ramière sehr lästig, und Frau Delmare sah darin nicht nur ein für sie beleidigendes Mißtrauen, sondern auch die Absicht, sich eine Art Aufsicht über ihr Betragen anzumaßen.

Raymon wagte um keine Zusammenkunft unter vier Augen zu bitten; jedesmal, wenn er einen Versuch dieser Art machte, erinnerte ihn Frau Delmare an gewisse zwischen ihnen ausgemachte Bedingungen. Acht Tage waren schon verflossen, seit der Oberst fort war; er konnte bald wieder zurück sein; die Gelegenheit mußte jetzt genutzt werden. Sir Ralph triumphieren zu lassen wäre ja eine Schande für Raymon gewesen. Er spielte daher eines Tags folgenden Brief in Frau Delmares Hände:

»Indiana! Sie lieben mich also doch nicht so, wie ich Sie liebe! Ich bin unglücklich, mein Engel, und Sie sehen es nicht. Ich bin betrübt, unruhig über Ihre Zukunft, nicht über die meinige; denn wo Sie auch hinziehen mögen, werde ich Ihnen folgen und dort leben und sterben. Aber dieses Unglück erschreckt mich Ihretwegen: wie werden Sie, armes Kind, bei ihrer Schwächlichkeit, Ihrer Zartheit etwa nötig werdende Entbehrungen ertragen? Sie haben einen reichen und freigebigen Vetter; Ihr Gemahl wird vielleicht von seiner Hand annehmen, was er von der meinigen ablehnen würde. Ralph wird Ihr Los milder gestalten, ich werde nichts für Sie tun dürfen!

Sie sehen, liebe Freundin, daß ich alle Ursache habe, düster und kummervoll zu sein. Sie freilich sind eine Heldin, Sie lachen über alles, Sie wollen, ich solle mich nicht betrüben! Ach, wie sehr bedarf ich Ihrer sanften Worte, Ihrer süßen Blicke, um guten Mutes zu bleiben. Aber ein unbegreifliches Mißgeschick will, daß diese Tage, die ich gehofft hatte, unbelästigt zu Ihren Füßen zubringen zu dürfen, mir einen noch unerträglicheren Zwang als seither gebracht haben.

So sprechen Sie doch ein Wort, Indiana, damit wir einmal eine Stunde miteinander allein sein können, damit ich auf Ihre weißen Hände weinen, Ihnen alles anvertrauen kann, was ich leide, damit ein Wort von Ihnen mich tröste und beruhige.

Und dann, Indiana, habe ich noch einen kindischen Wunsch, die Grille eines Verliebten, ich möchte Ihr Zimmer betreten. Ach, erschrecken Sie nicht, süße Kreolin! Ich bin es ja schuldig, Sie nicht nur zu achten, sondern sogar zu fürchten; eben deshalb möchte ich Ihr Zimmer betreten, mich an der Stelle niederwerfen, wo ich Sie so gegen mich erzürnt gesehen, wo ich trotz meiner Dreistigkeit es nicht gewagt hatte, Sie anzublicken. Ich möchte mich dort niederwerfen, eine Stunde der inneren Sammlung, des Glücks genießen. Als einzige Gunst, Indiana, würde ich dich dann bitten, daß du deine Hand auf mein Herz legest und es so von seinem Vergehen reinigest, es beruhigest, wenn es zu heftig schlägt, und ihm dein ganzes Vertrauen wieder schenkest, wofern du mich endlich deiner würdig findest. An dein Herz gelehnt möchte ich eine Stunde aus dem Leben der Engel verleben. Willst du, Indiana? Eine einzige Stunde, die erste – vielleicht die letzte!«

Frau Delmare ging in ihr Zimmer, um diesen Brief zu lesen. Sie schrieb sofort eine Antwort und legte den Parkschlüssel bei, den Raymon nur zu gut kannte.

»Ich sollte dich fürchten, Raymon? O nein, jetzt tue ich es nicht mehr. Ich weiß zu sehr, wie du mich liebst, ich glaube mit zu trunkenem Herzen daran. So komm! Wohl traue ich mir selbst. Wenn ich dich weniger liebte, wäre ich vielleicht weniger ruhig; aber ich liebe dich, wie du es selbst nicht weißt. – Geh heute bald fort, um Ralph jeden Argwohn zu benehmen. Komme dann um Mitternacht; du kennst ja den Park und das Haus; hier folgt der Schlüssel zum Hinterpförtchen, schließe hinter dir ab.« –

Dies offene edle Vertrauen trieb Raymon die Schamröte ins Gesicht. Er hatte es ihr ja nur einflößen wollen, um es zu mißbrauchen. Er hatte auf die Nacht, auf die Gelegenheit, auf die Gefahr gerechnet. Wenn Indiana Furcht zeigte, war sie verloren; aber sie war ruhig, sie vertraute seinem Wort. Er schwur, daß sie es nicht bereuen sollte. Die Hauptsache war übrigens, daß er eine Nacht in ihrem Zimmer zubrachte, um nicht in seinen eigenen Augen als Dummkopf zu erscheinen, um Ralphs Klugheit zuschanden zu machen und ihn insgeheim verspotten zu können. Er bedurfte dieser persönlichen Genugtuung.

XVI

An diesem Abend war aber Ralph wirklich unerträglich: nie war er schwerfälliger, kälter, langweiliger gewesen; er wußte durchaus nichts zu sagen, was am Platz gewesen wäre, und um seiner Ungeschicklichkeit die Krone aufzusetzen, schließlich war es schon spät, machte er durchaus keine Anstalten, um zu gehen. Frau Delmare wurde es nachgerade unbehaglich; sie sah bald nach der Uhr, die elf zeigte, bald nach der Tür, die im Wind ächzte, bald nach ihrem tölpischen Vetter, der sich ihr gegenüber unter dem Kaminmantel niedergelassen hatte und ruhig in die Glut sah, als ob er nicht ahnte, wie lästig seine Gegenwart sei.

Aber das unbewegliche Gesicht Ralphs, seine versteinerten Züge bargen in diesem Augenblick eine tiefe, schmerzliche Erregung. Er war ein Mann, dem nichts entging, weil er alles mit Kaltblütigkeit beobachtete. Das scheinbare Fortgehen Raymons hatte ihn nicht getäuscht; er bemerkte die Ängstlichkeit Indianas. Er litt darunter mehr als sie selbst, und er schwankte zwischen dem Verlangen, ihr einen heilsamen Wink zu geben, und der Furcht, sich von Empfindungen hinreißen zu lassen, die er nicht gut hieß. Endlich überwog das Interesse für seine Kusine; er nahm alle Kraft seiner Seele zusammen, um das Schweigen zu brechen.

Da fällt mir ein, sagte er plötzlich zu ihr, dem Gedankengang folgend, der ihn innerlich beschäftigte, daß es heute gerade ein Jahr ist, daß wir beide auch so am Kamine saßen, wie eben jetzt. Die Uhr zeigte ungefähr dieselbe Stunde, es war ein trübes, frostiges Wetter, wie heute abend. Du warst leidend, du hattest traurige Gedanken; ich möchte deshalb beinahe glauben, daß es wirklich Vorahnungen gibt.

Wo will er hinaus? dachte Frau Delmare, ihren Vetter mit halb vewunderten, halb unruhigen Blicken ansehend.

Erinnerst du dich noch, Indiana, fuhr er fort, daß du dich damals ungewöhnlich leidend fühltest? Deine Worte von damals klingen mir noch in den Ohren. Ihr werdet mich närrisch schelten, sagtest du, aber es bereitet sich irgend etwas Gefahrdrohendes in unserer Nähe vor, das irgendeinem von uns gilt, wahrscheinlich mir, setztest du hinzu, denn ich fühle mich erregt, wie vor einer großen Wendung meines Schicksals; ich habe Angst – so drücktest du dich damals aus, Indiana.

Ich bin jetzt nicht mehr krank, erwiderte Indiana, die plötzlich so blaß geworden war wie zu der Zeit, von der Sir Ralph sprach; ich glaube auch nicht mehr an derlei leere Schrecknisse.

Aber ich glaube daran, erwiderte er; denn an jenem Abend warst du Prophetin, Indiana. Es drohte uns wirklich eine große Gefahr; ein verhängnisvoller Einfluß bemächtigte sich dieser friedlichen Behausung –

Mein Gott, ich verstehe dich nicht!

Du wirst mich gleich verstehen, meine arme Freundin. An jenem Abend kam Raymon von Ramière zum ersten Mal hierher – du erinnerst dich noch, unter welchen Verhältnissen es geschah. Ralph hielt einige Augenblicke inne, wagte es aber nicht, zu seiner Kusine aufzublicken. Da sie nichts erwiderte, fuhr er fort: Ich wurde beauftragt, ihm das Leben wiederzugeben, und ich tat es, ebensosehr, um dir deinen Willen zu tun, um ein Gebot der Menschlichkeit zu erfüllen. Aber wahrlich, Indiana, ich verdiene Strafe, daß ich diesem Manne das Leben erhalten habe. Ich bin wahrhaftig an allem schuld.

Ich weiß nicht, woran Sie schuld sein sollten, erwiderte Indiana trocken.

Die Auseinandersetzung, die sie kommen sah, verletzte sie aufs tiefste.

Ich meine den Tod jener Unglücklichen, versetzte Ralph. Wäre er nicht gewesen, so lebte sie noch; ohne seine verhängnisvolle Liebe wäre jenes schöne, rechtschaffene Mädchen, das Ihnen so anhänglich war, noch bei Ihnen –

Bis dahin hatte Frau Delmare noch nichts verstanden. Sie fühlte sich von dem sonderbaren und grausamen Weg, den ihr Vetter einzuschlagen beliebte, um ihr ihre Neigung zu Herrn von Ramière vorzuwerfen, tief verletzt.

Genug! rief sie und erhob sich.

Aber Ralph schien nicht darauf zu achten.

Es hat mich immer wunder genommen, fuhr er fort, daß Sie den wahren Beweggrund, der den Herrn von Ramière damals über die Mauer führte, nicht errieten.

Wie ein Blitz fuhr es Indiana durch die Seele, die Beine zitterten unter ihr; sie mußte sich wieder setzen.

Ralph hatte ihr das Messer ins Herz gestoßen, ihr eine schreckliche Wunde geschlagen. Er dachte jetzt nur noch daran, daß er dem Wesen, das er am meisten auf dieser Welt liebte, wehe getan. Er fühlte, wie ihm selbst das Herz brach. Er hätte jetzt bitter geweint, wenn er hätte weinen können; aber der Unglückliche besaß die Gabe der Tränen nicht, er besaß nichts von dem, was die Sprache der Seele in beredter Weise verdolmetscht. Die äußere Kaltblütigkeit, womit er diese grausame Operation vollzog, gab ihm in den Augen Indianas das Ansehen eines Henkers.

Es ist zum ersten Mal, sprach sie mit Bitterkeit, daß ich sehe, wie Ihre Antipathie gegen Herrn von Ramière Sie verleitet, zu Waffen zu greifen, die Ihrer unwürdig sind; aber ich begreife nicht, warum Ihre Rachsucht so weit gehen mußte, um das Gedächtnis eines Wesens, das mir teuer war und das ihr Unglück hätte heiligen sollen, zu beflecken. Ich habe Sie um nichts gefragt, Sir Ralph, ich weiß auch nicht, von was Sie sprechen. Erlauben sie, daß ich nicht weiter höre.

Sie erhob sich und ließ Herrn Brown, der ganz bestürzt und vernichtet dasaß, allein.

Er hatte vorhergesehen, daß er Frau Delmare nur auf seine Kosten würde die Augen öffnen können. Aber sein Gewissen hatte ihm gesagt, er müsse reden, entstehe daraus was da wolle, und er hatte es nun getan mit dem ganzen Ungestüm, der ganzen Ungeschicklichkeit, deren er fähig war. Was er aber nicht richtig taxiert hatte, das war die Heftigkeit, womit ein so spät kommendes Heilmittel wirken würde.

Er verließ Lagny in Verzweiflung und rannte nun wie außer sich im Walde umher. – – –

Es war Mitternacht. Raymon stand an der Parktüre. Er öffnete sie; wie er aber eintrat, fühlte er seinen Kopf kühler werden. Was wollte er mit diesem Stelldichein? Er hatte tugendhafte Entschlüsse gefaßt; sollte er nun für die Qual, die er sich jetzt auferlegte, mit einer keuschen Unterhaltung, einem schwesterlichen Kuß belohnt werden? Wir sagen: für die Qual, denn wenn man sich erinnert, unter welchen Verhältnissen er ehedem heimlich zur Nachtzeit diese Baumgänge passiert, diesen Garten durchschlichen hatte, wird man begreifen, daß es eines gewissen Grades von moralischem Mut bedurfte, um auf einem solchen Weg und umgeben von solchen Erinnerungen, von neuem dem Vergnügen nachzugehen.

Gegen Ende Oktober wird in der Umgegend von Paris, besonders abends an den Flüssen, die Luft feucht und neblig. Der Zufall wollte, daß diese Herbstnacht geradeso weiß und undurchsichtig war wie die Frühlingsnächte. Raymon ging daher, vom Dunst ganz eingehüllt, mit unsicherem Schritt durch die Bäume; er kam an der Tür eines Kiosks vorbei, der im Winter eine sehr schöne Sammlung von Geranien in sich schloß. Er warf einen Blick nach der Tür, sein Herz klopfte, unwillkürlich kam ihm der Gedanke: Wenn sich diese Tür jetzt öffnete und ein in einen Pelz gehülltes weibliches Wesen heraustrâte! – – Raymon lächelte über seine abergläubische Schwäche und setzte seinen Weg fort. Doch fröstelte ihn, und er fühlte sich desto beklommener, je mehr er sich dem Wasser näherte.

Um in den Blumengarten zu gelangen, mußte man über den Bach; der einzige Übergangspunkt war aber eine kleine Holzbrücke. Der Nebel war in der Nähe des Wassers noch dichter und Raymon mußte sich am Geländer fortfühlen, um nicht in den Schilf zu geraten, der den Saum des Baches einfaßte. Jetzt erhob sich der Mond, suchte den Dunstkreis zu durchdringen und warf ein diffuses Licht auf die vom Wind oder Wasser bewegten Gesträuche. In dem Luftzug, der durch die Blätter fuhr und das Wasser kräuselte, kam etwas daher wie Klagetöne, wie einzelne menschliche Laute. Ein schwacher Seufzer ertönte neben Raymon, und eine plötzliche Bewegung ging durch das Schilfrohr: es war ein Wettervogel, der bei seinem Nahen fortflog. Der Ruf dieses Wasservogels klingt genau wie das Wimmern eines verlassenen Kindes, wenn er aber aus dem Schilfrohr bricht, scheint es gerade wie das letzte Ringen eines Ertrinkenden. Man wird Raymon vielleicht für sehr schwach und kleinmütig halten, aber seine Zähne schlugen aneinander und er war am Umsinken. Doch alsbald wurde er des Lächerlichen dieses Erschreckens inne und eilte über die Brücke. – Er hatte etwa die Mitte erreicht, als er da, wo das Geländer aufhörte, eine kaum sichtbare menschliche Gestalt bemerkte, die ihn zu erwarten schien. Raymon vergingen die Sinne, er war so bestürzt, daß er keinen vernünftigen Gedanken fassen konnte; er kehrte um, barg sich im Schatten der Bäume und beobachtete mit starren, erschrockenen Blicken jene unbestimmte Erscheinung, die dort hin und her schwankte. Er glaubte anfangs, die Gedanken, die hier auf ihn einstürmten, hätten seinen Geist verwirrt, und was er für eine menschliche Figur angesehen, sei nur der Schatten eines Baumes, der Zweig eines Busches. Aber jetzt sah er deutlich, wie es sich bewegte, wie es ging und gerade auf ihn zukam.

Wenn seine Beine ihm den Dienst nicht vollkommen versagt hätten, wäre er jetzt so schnell, so angstvoll entflohen wie ein Kind, das am Spätabend an einem Kirchhof vorüberkommt und Geisterschritte hinter sich zu hören wähnt. Aber er war wie gelähmt und hielt sich, um nicht umzusinken, an dem Weidenstamm fest, hinter den er sich geflüchtet hatte. Und nun kam Sir Ralph in einem hellfarbigen Mantel, so daß er auf drei Schritte Entfernung wie ein Gespenst aussah, an ihm vorüber und schlug den Weg ein, den er selbst eben zurückgelegt hatte.

Ungeschickter Spion! murmelte Raymon, als er sah, wie jener seiner Spur folgte. Ich werde deiner gemeinen Spürnase entrinnen, und während du hier Wache stehst, dort glücklich sein.

Mit der Geschwindigkeit eines Vogels und dem Selbstvertrauen eines Liebhabers flog er jetzt über die Brücke. Seine Angst war verschwunden; Noun hatte niemals existiert; das wirkliche Leben trat wieder in Geltung; dort erwartete ihn Indiana und hier stand Ralph Schildwache, um ihn nicht zu ihr zu lassen.

XVII

Als Frau Delmare von Sir Ralph fortging, schloß sie sich in ihrem Zimmer ein. Tausend stürmische Gedanken wogten durch ihre Seele. Es war nicht das erste Mal, daß ein unbestimmter Verdacht, sein düsteres Licht auf das schwache Gebäude ihres Glückes warf. Schon Herr Delmare hatte im Laufe der Unterhaltung einige jener unzarten Scherze hingeworfen, die als Komplimente gelten sollten. Jedesmal, wenn Frau Delmare etwas mit dem Gärtner zu reden hatte, verflocht dieser Nouns Namen mit den unbedeutendsten Kleinigkeiten, als ob es so sein müßte, und dann kam auch gleich der Name des Herrn von Ramière nach einer merkwürdigen Ideenverbindung, die sich des Mannes bemächtigt zu haben schien und von der er nicht loskommen konnte. Seine seltsamen und ungeschickten Fragen hatten Frau Delmare betroffen gemacht. Bei dem unbedeutendsten Anlaß kam er in Verwirrung; es war als ob ihn eine Schuld drücke, die er beständig verriet, während er sie zu verbergen bemüht war. Ein andermal hatte Indiana in einer Verwirrung Raymons selbst solche Anzeichen gefunden, die sie nicht suchte und die sie doch verfolgten. Ein besonderer Umstand hätte sie noch weiter aufklären können, wenn sie nicht ihr Herz jedem Mißtrauen verschlossen hätte. Man hatte an Nouns Finger einen kostbaren Ring gefunden, den Frau Delmare erst kurze Zeit vor ihrem Tod an ihr gesehen hatte und den jene gefunden zu haben behauptete. Seit dieser Zeit trug Frau Delmare dieses Schmerzenspfand, und oft sah sie, wie Raymon blaß wurde, wenn er ihre Hand ergriff, um sie an seine Lippen zu drücken. Einmal hatte er sie dringend gebeten, ihm nie mehr von Noun zu sprechen, da er sich die Schuld an ihrem Tod beimessen müsse; und als sie ihm diesen schmerzlichen Gedanken auszureden suchte und die Schuld auf sich nahm, hatte er erwidert: Nein, arme Indiana, klagen Sie nicht sich an; Sie wissen nicht, bis zu welchem Grade ich schuld daran bin.

Diese in einem schmerzlichen und finsteren Ton gesprochenen Worte hatten Frau Delmare erschreckt. Sie hatte nicht gewagt, weiter in ihn zu dringen, und auch jetzt, da sie anfing, diese stückweisen Enthüllungen zu verstehen, hatte sie noch nicht den Mut, sie ernstlich in Betracht zu ziehen.

Sie öffnete das Fenster; die Nacht war so ruhig und stille, der Mond so bleich und so schön hinter den Silberdünsten der Luft. Sie erinnerte sich, daß Raymon kommen wollte, daß er vielleicht schon im Park war, sie dachte an all das Glück, das sie sich von dieser Stunde der Liebe und der Heimlichkeit versprochen, und verwünschte Ralph, der ihr mit einem Wort ihre Hoffnung vergiftet, ihre Ruhe zerstört hatte. Ja, sie fühlte einen gewissen Haß auf ihn, auf diesen Unglücksmann, der ihr doch den Vater ersetzt und nun auch die eigene Zukunft geopfert hatte; denn seine Zukunft war ja die Freundschaft Indianas, sie war sein einziges Gut; und er hatte sich darein ergeben, jene zu verlieren, wenn er nur sie selbst retten konnte.

Indiana vermochte ebensowenig im Grunde seines Herzens zu lesen, wie sie das Raymons zu durchschauen gewußt hatte. Sie war somit nicht aus Undankbarkeit ungerecht, sondern nur aus Unwissenheit. Es war also dort nicht der Einfluß einer starken Leidenschaft vorhanden, der sie den Schlag, der sie betroffen, hätte weniger empfindlich fühlen lassen. Einen Augenblick lang schob sie die ganze Schuld auf Ralph; sie wollte lieber ihn anklagen, als einen Argwohn gegen Raymon aufkommen lassen.

Es blieb ihr auch wenig Zeit, um sich zu besinnen, um eine Partei zu ergreifen: Raymon konnte ja jede Minute kommen. Vielleicht war er der Jemand, den sie seit einiger Zeit um die kleine Brücke herumirren sah. Welchen Abscheu würde ihr Ralph in diesem Augenblick eingeflößt haben, wenn sie hätte ahnen können, daß jene Gestalt, die sich alle Augenblicke im Nebel verlor, niemand anders war als er selbst!

Plötzlich kam ihr eine jener seltsamen, krankhaften Ideen, wie sie nur bei aufgeregten und unglücklichen Wesen vorkommen. Sie wollte es auf eine zarte und sonderbare Probe ankommen lassen, auf die Raymon nicht gefaßt war. Kaum hatte sie dieses ihr geheimnisvolle Mittel vorbereitet, als sie die Tritte Raymons auf der Hintertreppe vernahm. Sie eilte ihm zu öffnen und kam dann so aufgeregt zurück, daß sie sich setzen mußte, um nicht umzusinken.

Raymon war noch blaß und atemlos, als er die Tür aufriß, er sehnte sich danach, Licht zu sehen, die Wirklichkeit wieder zu erfassen. Indiana kehrte ihm den Rücken zu, sie war in eine mit Pelz gefütterte Mantille gehüllt. Durch einen verhängnisvollen Zufall war es gerade dieselbe, welche Noun bei jenem letzten Stelldichein angehabt hatte, wo sie Raymon im Park entgegenkam. Wir wissen, daß ihm damals einen Augenblick lang der unwahrscheinliche Gedanke gekommen war, die Vermummte sei Frau Delmare selbst. Als er jetzt die gleiche Erscheinung beim schwankenden Schimmer einer blassen Lampe in trauriger Haltung an einer Stelle sitzen sah, wo so viele Erinnerungen seiner harrten, in einem Zimmer, das er seit jener finstersten Nacht seines Lebens nicht mehr betreten hatte, in einem Raum, wo hundert Gewissensbisse auf ihn einstürmten, da fuhr er unwillkürlich zurück und blieb auf der Schwelle stehen. Sein entsetzter Blick haftete an der unbeweglichen Gestalt; er zitterte vor Angst, sie möchte sich umwenden und ihm die Züge einer Ertrunkenen zeigen.

Frau Delmare hatte keine Ahnung von der Wirkung, die sie auf Raymon ausübte. Sie hatte ein indianisches Taschentuch in der Art der Kreolinnen nachlässig um den Kopf geschlungen; es war dies Nouns gewöhnlicher Kopfputz. Raymon, von Entsetzen gepackt, wäre beinahe rücklings hingestürzt, als er so seine abergläubischen Phantasien verwirklicht wähnte. Als er aber jetzt die Frau erkannte, auf deren Verführung er ausging, vergaß er schnell die, welche er wirklich verführt hatte, und trat auf sie zu.

Sie sah ernst und nachdenklich aus; jetzt betrachtete sie ihn mit scharfen Blicken, mehr aufmerksam als zärtlich, und tat nichts, um ihn schneller zu ihr herzuführen.

Raymon war über diesen Empfang betroffen. Er warf sich vor ihr auf die Knie und rief: Geliebtes Herz, fürchtest du mich denn?

Jetzt bemerkte er, daß Frau Delmare etwas in der Hand hielt, das sie mit einer gezierten, aber schalkhaften Wichtigkeit vor ihm ausbreitete. Er beugte sich nieder und gewahrte eine Masse ungleich langer schwarzer Haare, die eilig abgeschnitten worden zu sein schienen und die Indiana in der Hand hielt und glattstrich.

Erkennen Sie diese? fragte sie ihn, während sich ihre leuchtenden Augen mit einem eigentümlichen, durchdringenden Blick auf ihn richteten.

Raymon zögerte einen Augenblick; als er aber bemerkte, daß sie ein Tuch um den Kopf gebunden hatte, glaubte er zu verstehen.

Böses Kind! rief er, nach den Haaren greifend, warum hast du sie abgeschnitten? Sie waren so schön und ich liebte sie so!

Sie haben mich gestern gefragt, erwiderte sie mit einem sonderbaren Lächeln, ob ich sie Ihnen wohl opfern könnte?

O Indiana! rief Raymon, du weißt, daß du mir künftig deshalb nur noch schöner erscheinen wirst. Gib sie mir; ich werde sie auf deiner Stirn nicht vermissen, so sehr ich sie dort bewunderte. Ich darf sie ja jetzt alle Tage küssen. O gib sie mir, sie sollen mich nicht mehr verlassen!

Aber als Raymon in das reiche Haar griff, von dem einige Flechten bis zur Erde hingen, glaubte er etwas Trockenes und Rauhes zu fühlen, das seine Finger niemals an den Haaren auf Indianas Kopf empfunden hatte. Ein nervöses Schaudern ergriff ihn, die Haare waren so kalt und schwer, wie wenn sie schon lange abgeschnitten worden, sie hatten ihre duftige Feuchtigkeit, ihre Lebenswärme ganz verloren. Er betrachtete sie näher, vergebens suchte er nach jenem blauen Schimmer, der Indianas Haaren die Ähnlichkeit mit dem Gefieder des Raben gegeben; es war ein stumpfes Schwarz, indianerartig und so schwer wie tot –

Mit durchdringenden Blicken folgte Indiana Raymons Untersuchung. Jetzt fiel sein Auge auf ein halbgeöffnetes Kästchen, aus dem noch einige Flechten heraussahen.

Das sind nicht Ihre Haare! rief er und riß ihr das indianische Taschentuch ab.

Da waren Indianas Haare in ihrem ganzen Luxus und fielen auf ihre Schultern herab. Sie warf sie aber zurück und hielt ihm noch immer die abgeschnittenen Haare hin.

Erkennen Sie denn diese nicht? erwiderte sie. Haben Sie

nicht auch diese bewundert, gestreichelt? Hat ihnen denn eine einzige feuchte Nacht all ihren Duft genommen? Haben Sie keine Erinnerung, keine Träne für die, welche diesen Ring hier trug?

Raymon sank auf einen Stuhl, Nouns Haare entschlüpften seiner zitternden Hand. Es war der schmerzlichen Aufregung zu viel für ihn. Er war galliger Natur, sein Blut kreiste schnell, seine Nerven waren äußerst reizbar. Ein Schauder faßte ihn vom Kopf bis zu den Füßen, er sank ohnmächtig zu Boden.

Als er wieder zu sich kam, lag Frau Delmare neben ihm auf den Knien, zerfloß in Tränen und bat um Verzeihung; aber Raymon liebte sie nicht mehr.

Sie haben mir furchtbar wehe getan, sprach er zu ihr, so wehe, daß Sie es nicht wiedergutmachen können. Ich fühle es, sie werden mir das Vertrauen, das ich in Ihr Herz gesetzt hatte, nicht wiedergeben können. sie haben mir eben gezeigt, wieviel Rachsucht und Grausamkeit in diesem Herzen wohnt. Die arme Noun! Das arme, unglückliche Mädchen! An ihr habe ich Unrecht getan, nicht an Ihnen; sie hatte ein Recht, sich an mir zu rächen, aber sie hat es nicht getan. Sie hat sich umgebracht, um mir eine Zukunft zu sichern. Sie hat ihr Leben meiner Ruhe geopfert. Das hätten Sie nie getan! Geben Sie mir nur diese Haare, sie gehören mir, sie sind ja das einzige, was mir von dem einzigen Weib bleibt, das mich wirklich geliebt hat. Unglückliche Noun! Du warst einer besseren Liebe würdig! Und Sie wagen es, mir ihren Tod vorzuwerfen, Sie, die ich so sehr geliebt habe, daß ich jene vergaß, daß ich den Qualen des Gewissens Trotz bot! Sie, die mich veranlaßte, um eines Kusses willen diesen Bach, diese Brücke zu überschreiten, wo die höllischen Erscheinungen meines Verbrechens von allen Seiten auf mich einstürmten! Und da Sie entdeckten, mit welch wahnsinniger Leidenschaft ich Sie liebe, schlugen Sie Ihre Weiberkrallen in mein Herz, um zu suchen, ob noch ein Rest von Blut da sei, das für Sie fließen könnte! Ach, als ich eine so treu ergebene Liebe verschmähte, um einer so wilden Leidenschaft nachzugehen, da war ich ebenso unverständig als schlecht.

Frau Delmare erwiderte nichts. Sie saß unbeweglich, bleich, mit losen Haaren und starren Blicken da. Sie dauerte Raymon. Er nahm sie bei der Hand.

Und doch, sprach er, ist die Liebe, die ich für dich hege, so blind, daß ich trotz allem, ich fühle es, Vergangenheit und Gegenwart, die Untat, die mein Leben geschädigt, und das Verbrechen, das du eben an mir begangen, vergessen kann. Liebe mich nur und ich verzeihe dir.

Die Verzweiflung Indianas erweckte in dem Herzen ihres Liebhabers neben dem Stolz wieder das Verlangen. Als er sah, wie sehr sie fürchtete, seine Liebe zu verlieren, wie sie so demütig, so ergeben vor ihm stand, daß es schien, als wollte sie gerne für die Zukunft sein Gesetz als Sühne für das Geschehene annehmen; da erinnerte er sich, in welcher Absicht er die Aufmerksamkeit Ralphs getäuscht hatte, und begriff den ganzen Vorteil seiner Lage. Er heuchelte eine tiefe Trauer, ein finsteres Träumen; er ließ die Tränen und Schmeicheleien Indianas fast ohne Erwiderung; er wartete, bis ihr Herz im Schluchzen beinahe brach, bis sie das ganze Entsetzen, von ihm verlassen zu werden, voraus empfunden, ihre ganze Kraft in herzzerreißenden Ängsten aufgebraucht hatte. Als er sie dann erschöpft, sterbend zu seinen Füßen sah, wie sie von einem Wort den Tod erwartete, da faßte er sie mit einer krampfhaften Wut in seine Arme und zog sie an seine Brust. Sie gab nach wie ein schwaches Kind, sie überließ ihm ihre Lippen ohne Widerstand. Sie war beinahe des Todes.

Aber plötzlich erwachte sie wie aus einem Traum, entriß

sich seinen glühenden Liebkosungen und floh nach dem anderen Ende des Zimmers, wo das Porträt Sir Ralphs hing; und als ob sie sich unter den Schutz dieses ernsten Mannes begäbe, drückte sie sich bebend, wirr, von einem seltsamen Schrecken erfaßt, gegen ihn. Das brachte Raymon auf den Gedanken, daß sie in seinen Armen mürbe geworden, daß sie sich vor sich selbst fürchte, daß sie sein sei. Er sprang zu ihr hin, zog sie aus ihrem Asyl und erklärte ihr, er habe die Absicht gehabt, sein Versprechen zu halten, aber ihre Grausamkeit entbinde ihn seines Schwurs.

Ich bin nun nicht mehr Ihr Sklave, sprach er, noch Ihr Verbündeter. Ich bin nur noch der Mann, der Sie wie toll liebt, der Sie, die Böse, Grillenhafte, Grausame, aber Reizende und Angebetete in seinen Armen hält. Mit milden und vertrauensvollen Worten hätten Sie mein Blut besänftigen können; wären Sie ruhig und edelmütig wie gestern, so hätten Sie mich so sanft und ergeben wie immer gesehen. Aber Sie haben alle meine Leidenschaften aufgeregt, alle meine Gedanken durcheinander geworfen; Sie haben mich nacheinander zum Unglücklichen, zum Feigling, zum kranken Manne, zum Wütenden und Verzweifelnden gemacht. Jetzt müssen Sie mich glücklich machen, oder ich fühle, daß ich nicht mehr an Sie werde glauben, daß ich Sie nicht mehr werde lieben, segnen können! Vergib, Indiana, vergib! Wenn ich dich erschrecke, bist du selbst daran schuld: du hast mich so lange leiden lassen, daß ich den Verstand verloren habe!

Indiana zitterte an allen Gliedern. Sie wußte so wenig vom Leben, daß sie glaubte, Widerstand sei unmöglich; sie war auf dem Punkt, aus Furcht das zuzugestehen, was sie aus Liebe versagen wollte; sie widerstrebte nur noch schwach in Raymons Armen und rief voll Verzweiflung: Wären Sie wirklich fähig, Gewalt gegen mich zu gebrauchen?

Raymon hielt inne. Dieser moralische Widerstand, der den physischen überdauerte, machte ihn betroffen. Er stieß sie lebhaft zurück.

Niemals! rief er; lieber wollte ich sterben als dich nicht von dir allein erhalten!

Er warf sich auf die Knie, und jetzt faßte er alles, was der Geist eingeben kann, wenn kein Herz da ist, alle Poesie, welche die Phantasie einem heißen Blut eingießen kann, in einer glühenden, gefährlichen Bitte zusammen. Und als er sah, daß sie sich dennoch nicht ergab, wich er der Notwendigkeit, und warf ihr vor, sie liebe ihn nicht: ein Gemeinplatz, den er selbst verachtete und der ihm hätte ein Lächeln abnötigen können, da er sich fast schämte, daß er es mit einer Frau zu tun hatte, die naiv genug war, ihm deshalb nicht ins Gesicht zu lachen.

Aber dieser Vorwurf ging Indiana tiefer zu Herzen als all die Ausrufe, womit Raymon seine schöne Rede geschmückt hatte. Doch plötzlich fiel ihr noch etwas ein.

Raymon, sprach sie zu ihm, hat diejenige, die Sie so sehr liebte – die, von der wir eben sprachen –, Ihnen nichts versagt?

Nein! nichts! erwiderte Raymon ärgerlich über diese unangenehme Erinnerung. Aber statt mich beständig an sie zu erinnern, machen Sie lieber, daß ich vergesse, wie sehr sie mich liebte!

Hören Sie, begann Indiana wieder ernst; haben Sie etwas Geduld, ich muß noch etwas sagen. Vielleicht waren Sie nicht so sehr in Schuld gegen mich, als ich glaubte. Es wäre mir süß, Ihnen etwas verzeihen zu können, was ich für eine tödliche Beleidigung halten mußte. Sagen Sie – als ich Sie damals hier überraschte – um wessen willen waren Sie hergekommen? um ihretwillen oder um meinetwillen?

Raymon zögerte einen Moment, dann aber bedachte er, daß Frau Delmare die Wahrheit doch erfahren würde, daß sie sie vielleicht bereits wußte, und erwiderte: Um jener willen.

Gut, es ist mir lieber so, versetzte sie betrübt; die Untreue ist mir lieber als die Beleidigung. Sagen Sie mir vollends alles aufrichtig, Raymon. Seit wann waren Sie in meinem Zimmer, als ich eintrat? Bedenken Sie wohl, daß Ralph alles weiß, und wenn ich ihn fragen wollte –

Es bedarf der Angebereien des Herrn Ralph nicht. Ich war seit dem Abend vorher da.

Sie haben also die Nacht in diesem Zimmer zugebracht? – Ihr Schweigen ist mir genug.

Beide blieben einige Augenblicke stumm. Dann erhob sich Indiana und wollte eben sprechen, als ein dumpfes Klopfen an der Türe all ihr Blut gerinnen machte. Raymon und sie standen beide unbeweglich, wagten kaum zu atmen.

Ein Papier wurde unter der Tür hereingeschoben. Es war ein Blatt aus einer Brieftasche. Folgende Worte waren fast unleserlich mit Bleistift darauf geschrieben:

»Ihr Gemahl ist angekommen. Ralph.«

XVIII

Das ist eine erbärmliche Lüge! rief Raymon, als das schwache Geräusch von Ralphs Schritten verhallte. Sir Ralph hat wahrscheinlich eine Lektion nötig, und ich werde sie ihm auf eine Art geben –

Das verbiete ich Ihnen, sprach Indiana in einem kühlen, entschiedenen Ton; mein Mann ist wirklich da, Ralph hat nie gelogen. Wir sind verloren. Es gab eine Zeit, wo dieser Gedanke mich vor Entsetzen versteinert hätte; jetzt mache ich mir wenig daraus.

Gut! rief Raymon und riß sie mit Begeisterung in seine

Arme, so sei mein, da der Tod uns umgibt! Vergib mir alles! In diesem erhabenen Moment sei dein letztes Wort ein Wort der Liebe, mein letzter Hauch ein Hauch des Glücks.

Ja, dieser Augenblick des Entsetzens und des kühnen Mutes hätte der schönste meines Lebens sein können, erwiderte sie, aber Sie haben mir ihn verdorben.

Räder rollten in den Hof; eine rohe, hastige Hand riß an der Glocke.

Ich kenne diese Art zu läuten, sprach Indiana aufmerksam, aber kalt; Ralph hat nicht gelogen, aber Sie haben noch Zeit zu entfliehen; gehen Sie –

Nein, ich will nicht, rief Raymon; es ist hier irgendein abscheulicher Verrat im Spiel, und Sie sollen nicht allein das Opfer sein. Ich bleibe, ich werde Sie beschützen –

Hier ist von keinem Verrat die Rede – Sie hören wohl, das Gesinde wird wach, man wird gleich öffnen. Fliehen Sie; die Bäume im Garten werden Sie decken, der Mond ist noch nicht oben. Kein Wort weiter, gehen Sie!

Raymon mußte gehorchen; sie begleitete ihn bis unten an die Treppe und warf noch einen forschenden Blick in den Garten. Alles war still und ruhig. Sie blieb noch lange auf der letzten Stufe stehen und hörte mit Schreck, wie seine Schritte auf dem Kies knarrten; sie dachte nicht mehr daran, daß ihr Gatte nahte. Was machte sie sich aus seinem Argwohn, aus seiner Wut, wenn nur Raymon entrann!

Dieser flog im Nu über die Brücke, in den Park. Er erreichte das Pförtchen, in seiner Aufregung brachte er es nicht gleich auf. Kaum war er draußen, so stand Sir Ralph vor ihm und sprach zu ihm so kaltblütig, wie wenn er ihn in einer Abendgesellschaft träfe:

Haben Sie die Güte, mir diesen Schlüssel anzuvertrauen. Sollte man ihn suchen, so wird es wenig zu bedeuten haben, wenn man ihn bei mir findet.

Raymon hätte die tödliche Beleidigung diesem ironischen Edelmut vorgezogen.

Ich bin nicht der Mann, der einen aufrichtigen Freundschaftsdienst vergißt, erwiderte er, aber ich würde auch eine Kränkung zu rächen, einen Verrat zu strafen wissen.

Sir Ralph verzog die Miene nicht.

Ich will Ihren Dank nicht, erwiderte er, und erwarte Ihre Strafe mit Ruhe. Doch dies ist nicht der Augenblick, um uns hierüber auszusprechen. Dort geht Ihr Weg hin, denken Sie an die Ehre der Frau Delmare.

Und er verschwand.

Diese Nacht der Aufregung hatte Raymon den Kopf dermaßen verwirrt, daß er in diesem Augenblick an Zauberei hätte glauben mögen. Er kam mit Tagesanbruch nach Cercy und legte sich mit einem Fieber zu Bette.

Mit Ruhe und Würde bediente Frau Delmare ihren Gatten und ihren Vetter beim Frühstück. Sie hatte sich ihre Lage noch nicht überlegt, sondern handelte ganz nach ihrem Instinkt, der ihr kaltes Blut und Geistesgegenwart empfahl. Der Oberst war düster und sorgenvoll; doch schien er nur mit seinen Vermögens-Angelegenheiten beschäftigt, und kein eifersüchtiger Verdacht fand bei ihm Raum.

Raymon fand erst gegen Abend wieder die Kraft, sich mit seiner Liebe zu beschäftigen, aber diese Liebe hatte bedeutend abgenommen. Er liebte die Hindernisse, aber vor Widerwärtigkeiten bebte er zurück, und er sah deren unzählige voraus, da jetzt Indiana das Recht hatte, ihm Vorwürfe zu machen. Endlich fiel ihm ein, daß es Ehrensache sei, sich nach ihrem Zustand zu erkundigen. Er schickte daher seinen Diener aus, um nahe Lagny herumzustreifen und zu hören, was dort vorging. Dieser Bote brachte ihm folgenden Brief, den er von Frau Delmare erhalten hatte.

»Ich hoffte, ich würde heute nacht den Verstand oder das Leben verlieren. Leider habe ich beide behalten; aber ich will nicht klagen, ich habe die Schmerzen, die ich leide, verdient; ich habe ja dieses sturmbewegte Leben gewollt, es wäre Feigheit, wenn ich jetzt davor zurückscheute. Ich weiß nicht, ob Sie sich schlecht gegen mich benommen haben, ich will es auch nicht wissen, wir wollen nie wieder auf diese Sache zurückkommen, nicht wahr? Es tut uns beiden zu wehe; es soll deshalb jetzt zum letzten Mal davon die Rede gewesen sein.

Sie haben mir ein Wort gesagt, das mir eine grausame Freude bereitet hat. Arme Noun! verzeih mir in deinen himmlischen Regionen, du leidest ja nicht mehr, du liebst nicht mehr, vielleicht beklagst du mich. – Sie sagten mir, Raymon, daß Sie diese Unglückliche mir geopfert hätten, daß Sie mich mehr liebten als sie. – O nehmen Sie das nicht zurück, Sie haben es gesagt, und ich habe ein so großes Bedürfnis es zu glauben, daß ich es glaube. Und doch hätte Ihr Benehmen in der vergangenen Nacht, Ihr Drängen, Ihre Verirrungen mir Zweifel einflößen können. Ich habe es der augenblicklichen Aufregung, unter deren Einfluß Sie standen, zugute gehalten. Jetzt haben Sie Zeit gehabt zu überlegen, zu sich selbst zu kommen; sagen Sie, wollen Sie darauf verzichten, mich auf diese Art zu lieben? Ich liebe Sie mit dem Herzen und glaubte bis jetzt, ich würde Ihnen eine ebenso reine Liebe einflößen können als die meinige ist. Ich hatte auch nicht recht an die Zukunft gedacht. Mein Blick ging nicht weit und ich erschrak bei dem Gedanken, daß ich einmal von Ihrer Hingebung bezwungen, Ihnen meinen Widerwillen, meine Skrupel würde opfern können. Nun aber ist dies nicht mehr möglich; ich sehe jetzt in einem solchen Fall nur eine erschreckende Gleichheit mit Noun. O ich sollte nicht mehr, nicht besser geliebt werden als sie? Wenn ich das glauben müßte! Und doch war sie schöner als ich, weit schöner! Warum haben Sie mich denn vorgezogen? Sie müssen mich doch wohl anders und besser lieben. Das wollte ich Ihnen sagen. Wollen Sie darauf verzichten, mein Geliebter in der Art zu sein, wie Sie der ihrige waren? In diesem Fall kann ich Sie noch achten, an Ihre Reue, an Ihre Aufrichtigkeit, an Ihre Liebe glauben; wo nicht, so denken Sie nicht mehr an mich, Sie werden mich nie wiedersehen. Ich werde dann vielleicht darüber sterben: aber ich will lieber sterben, als zu Ihrer Buhlerin herabsinken.«

Raymon wußte nicht recht, was er darauf erwidern sollte. Dieser Stolz verletzte ihn, er hatte es bis dahin nicht für möglich gehalten, daß eine Frau, die sich ihm in die Arme geworfen, ihm offen widerstehen und ihren Widerstand begründen könnte.

Sie liebt mich nicht, sprach er zu sich selbst; ihr Herz ist trocken, ihr Charakter hochmütig.

Von diesem Moment an liebte er sie nicht mehr. Sie hatte seine Eigenliebe verletzt; sie hatte seine Hoffnung auf einen neuen Triumph vereitelt, seine Erwartung eines Genusses getäuscht. Sie war jetzt nicht einmal mehr das für ihn, was Noun gewesen war. Arme Indiana! Und sie hatte mehr sein wollen! Ihre leidenschaftliche Liebe wurde verkannt, ihr blindes Vertrauen verachtet. Raymon hatte sie nie verstanden, wie hätte er sie lange lieben können!

In seinem Ärger schwur er, nun doch über sie zu triumphieren; er schwur es nicht aus Stolz sondern aus Rachsucht. Es handelte sich jetzt für ihn nicht mehr darum, ein Glück zu erringen, sondern eine Beschimpfung zu bestrafen; nicht mehr darum, eine Frau zu besitzen, sondern sie zu bezwingen.

Und er schwur, daß er ihr Herr sein wolle, und wäre es auch nur einen einzigen Tag, und daß er sie dann verlassen wolle, um das Vergnügen zu haben, sie zu seinen Füßen zu sehen.

Im ersten Anlauf schrieb er folgenden Brief:

»Du willst, ich soll dir versprechen – – – Törin! Wo denkst du hin! Ich verspreche alles, was du willst, ich kann ja nicht anders als dir gehorchen; wenn ich aber mein Versprechen nicht halte, werde ich weder gegen Gott noch gegen dich schuldig sein. Wenn du mich liebtest, Indiana, würdest du mir keine so grausame Qual auferlegen, du würdest mich nicht der Gefahr aussetzen, mein Wort zu brechen, du würdest nicht erröten, meine Geliebte zu sein! Aber du glaubst ja, du würdest dich in meinen Armen selbst erniedrigen –«

Raymon fühlte, daß sein Ärger unwillkürlich zum Durchbruch kam. Er zerriß das Blatt, und nachdem er sich Zeit zum Nachdenken gelassen, begann er von neuem:

»Sie gestehen, daß Sie heute nacht beinahe den Verstand verloren haben; ich hatte ihn wirklich ganz verloren. Ich war schlecht – doch nein! Ich war verrückt. Vergessen Sie diese Stunden des Leidens, des Wahnsinns. Ich bin jetzt ruhig; ich habe darüber nachgedacht, ich bin Ihrer noch würdig. Gesegnet seist du, Engel des Himmels, daß du mich vor mir selbst gerettet hast, daß du mich erinnert hast, wie ich dich lieben soll. Befiehl jetzt, Indiana! Ich bin dein Sklave, du weißt es wohl. Ich gäbe mein Leben für eine Stunde, die ich in deinen Armen zubringen dürfte; aber ich kann ein ganzes Leben lang leiden, um ein Lächeln von dir zu gewinnen. Ich will dein Freund, dein Bruder sein, mehr nicht. Wenn ich darunter leide, sollst du es nicht erfahren. Wenn sich mein Blut in deiner Nähe erhitzt, wenn meine Brust sich in Glut verzehrt, wenn eine Wolke über meine Augen geht, während meine Lippen deine Hand berühren – wenn ein sanfter

Schwesterkuß von dir mein Gehirn entzündet, dann will ich meinem Blut gebieten, daß es sich beruhige, meinem Kopf, daß er wieder kühl werde, meinem Mund, daß er dich achte. Ich will sanft, unterwürfig, elend sein, wenn es dich glücklich macht, will meine Pein segnen, wenn du mir nur sagst, daß du mich noch liebst. O sag' es mir, schenke mir dein Vertrauen, und damit meine Heiterkeit wieder; sag' mir, wenn ich dich wiedersehen darf. Ich weiß nicht, was die Ereignisse dieser Nacht für Folgen gehabt haben; warum sprichst du nicht davon, warum läßt du mich unter dieser Ungewißheit leiden? Karl hat euch alle drei im Parke spazieren gehen sehen. Der Oberst schien ihm krank oder betrübt, aber nicht erzürnt. Ralph hat uns also nicht verraten? Ein sonderbarer Mensch! Aber können wir darauf bauen, daß er auch künftig schweigen werde? Und wie kann ich es wagen, mich in Lagny zu zeigen, solange unser Schicksal in seinen Händen ruht? Und dennoch will ich es wagen. Und wenn ich mich so weit erniedrigen müßte, ihn anzuflehen, ich würde meinen Stolz beugen, würde meinen Widerwillen besiegen, und alles eher tun, als dich verlieren. Ein Wort von dir und ich belaste mein Leben mit so viel Gewissensbissen, als ich tragen kann; für dich würde ich sogar meine Mutter verlassen, für dich jedes Verbrechen begehen. Ach wenn du meine Liebe verstehen könntest, Indiana! –«

Die Feder entfiel Raymons Händen; er war ganz entsetzlich müde, er schlief fast ein. Doch durchlas er den Brief noch einmal, um sich zu überzeugen, daß seine Gedanken nicht von dieser Schlaftrunkenheit beeinflußt gewesen; es war ihm aber nicht mehr möglich, etwas zu verstehen, so erschöpft war sein Kopf. Er schellte dem Diener und beauftragte ihn, noch vor Tag damit nach Lagny zu gehen, dann versank er in jenen kostbaren tiefen Schlaf, dessen friedliche Wollust nur der Selbstzufriedene kennt.

Frau Delmare legte sich nicht nieder, sie bemerkte ihre Erschöpfung nicht, brachte vielmehr die Nacht mit Schreiben zu, und als sie Raymons Brief erhielt, antwortete sie ihm auf der Stelle.

»Dank, Raymon, dank! Sie geben mir das Leben wieder. Jetzt kann ich allem trotzen, kann ich alles ertragen, denn Sie lieben mich und die härtesten Proben erschrecken Sie nicht. Ja wir wollen uns wiedersehen, wir wollen allem Trotz bieten. Ralph mag mit unserem Geheimnis tun, was ihm beliebt. Ich ängstige mich um nichts mehr: Du liebst mich! Ich fürchte selbst meinen Mann nicht mehr.

Sie wollen wissen, wie unsere Angelegenheiten stehen? Ich vergaß gestern, mit Ihnen darüber zu reden, und doch haben sie eine für mein Schicksal sehr wichtige Wendung genommen. Wir sind ruiniert. Es ist die Rede davon, Lagny zu verkaufen, sogar davon, künftig in den Kolonien zu leben. Aber was tut das alles? Ich kann mich nicht entschließen, mich damit zu beschäftigen. Ich weiß ja, daß wir uns nicht trennen werden – du hast mir's ja geschworen, Raymon; ich zähle auf dein Versprechen, zähle du auf meinen Mut. Nichts wird mich erschrecken, nichts mich zurückstoßen, mein Platz ist mir an deiner Seite angewiesen und der Tod allein kann mich dort wegreißen!«

Weibertollheit! murmelte Raymon und zerknitterte den Brief. Abenteuerliche Pläne, gefahrvolle Unternehmungen reizen ihre schwache Phantasie, wie bittere Arzneien den Appetit eines Kranken reizen. Diese flüchtigen, trügerischen Geschöpfe, immer sind sie bereit, das Unmögliche zu unternehmen, und machen aus ihrem Edelmut eine auffällige Tugend, die des Skandals bedarf! Wenn man diesen Brief liest, sollte man wahrlich nicht glauben, daß sie ihre Küsse zählt und mit ihren Liebkosungen knausert!

Noch an dem nämlichen Tag ging er nach Lagny. Ralph war nicht da. Der Oberst empfing Raymon freundschaftlich und sprach vertrauensvoll zu ihm. Er führte ihn in den Park, um ungenierter zu sein, und teilte ihm hier mit, daß er gänzlich ruiniert sei und die Fabrik schon am nächsten Tag dem Verkauf aussetzen werde. Raymon bot seine Dienste an, Delmare lehnte ab.

Nein, mein Freund, sagte er zu ihm, der Gedanke, daß ich meine Stellung der Gefälligkeit Ralphs zu verdanken habe, hat mich schon genug gekostet; ich sehnte mich danach, mich meiner Verbindlichkeit zu entledigen. Der Verkauf dieses Besitztums wird mich in die Lage versetzen, alle meine Schulden auf einmal bezahlen zu können. Es wird mir dann allerdings nichts übrig bleiben, aber ich habe Mut, bin tätig und verstehe mich auf die Geschäfte. Die Zukunft liegt vor uns. Ich habe schon einmal das Gebäude meines kleinen Wohlstandes aufgerichtet, ich kann wieder damit anfangen. Ich muß es, meiner Frau wegen, die jung ist und die ich nicht arm zurücklassen will. Sie besitzt noch ein kleines Haus auf der Insel Bourbon; dorthin will ich mich zurückziehen, um mich von neuem dem Handel zu widmen. In einigen Jahren, in zehn Jahren höchstens, hoffe ich, werden wir uns wiedersehen.

Raymon drückte dem Obersten die Hand. Er mußte innerlich über dessen Vertrauen in die Zukunft lächeln: er sprach von zehn Jahren als ob es ein Tag wäre, während seine kahle Stirn und sein geschwächter Körper eine schwankende Gesundheit, ein verbrauchtes Leben verrieten. Gleichwohl tat er, als ob er seine Hoffnungen teile.

Ich sehe mit Vergnügen, sprach er zu ihm, daß Sie sich durch dieses Mißgeschick nicht verstimmen lassen; ich erkenne daran Ihr mannhaftes Herz, Ihren unerschrockenen Mut. Aber ist Frau Delmare ebenso mutvoll? Fürchten Sie nicht, daß Sie sich gegen Ihre Auswanderungspläne sträuben werde?

Das sollte mir leid tun, erwiderte der Oberst, aber die Frauen sind dazu da, um zu gehorchen, nicht um uns zu beraten. Ich habe meinen Entschluß Indiana noch nicht definitiv mitgeteilt. Ich wüßte nicht, von was sie hier ungern scheiden sollte, außer von Ihnen selbst, mein Freund. Gleichwohl sehe ich da voraus, daß schon des lieben Widerspruchs wegen, Tränen und Nervenzufälle zum Vorschein kommen werden. Der Henker hole die Weiber! Aber gleichviel, ich zähle auf Sie, mein lieber Raymon, bringen Sie ihr Vernunft bei. Sie hat Vertrauen in Sie; benützen Sie Ihre Macht, um sie vom Weinen abzuhalten; ich kann das Weinen nicht ausstehen.

Raymon versprach am anderen Tag wiederzukommen und Frau Delmare den Beschluß ihres Mannes mitzuteilen.

Sie tun mir da einen wirklichen Dienst, sagte der Oberst; ich werde Ralph auf den Hof hinausführen, damit Sie ganz ungestört mit ihr reden können.

Um so besser, dachte Raymon, indem er sich empfahl.

XIX

Die Pläne Delmares stimmten ganz mit den Wünschen Raymons überein. Er sah es kommen, daß ihm diese Liebe, die sich bei ihm bereits dem Ende zuneigte, bald nur noch Unannehmlichkeiten aller Art bringen würde. Es war ihm daher ganz recht, wenn sich die Angelegenheiten auf eine Art gestalteten, daß er der unvermeidlichen Widerwärtigkeiten einer ausgelaufenen Intrige überhoben wurde. Es handelte sich für ihn daher nur noch darum, die letzten Momente der Aufregung der Frau Delmare für sich auszunützen und dann seinem gütigen Geschick die Sorge zu überlassen, ihn von ihren Tränen und Vorwürfen zu erlösen. Er ging also am andern Tage in der Absicht nach Lagny, die Aufregung der unglücklichen Frau auf ihren Gipfel zu treiben.

Wissen Sie, Indiana, welche Rolle Ihr Mann mir bei Ihnen zuteilt? Wirklich ein seltsamer Auftrag! Ich soll Sie dringend bitten, nach der Insel Bourbon abzureisen, soll Sie auffordern, mich zu verlassen, mir das Herz aus dem Leibe zu reißen. Glauben Sie, daß er an mir den rechten Advokaten gefunden hat?

Der düstere Ernst, den Frau Delmare ihm entgegentrug, flößte dem schlauen Raymon doch einige Achtung ein.

Warum, sprach sie, reden Sie so zu mir? Glauben Sie etwa, daß irgend etwas mich zu erschüttern vermöge? Oder fürchten Sie, daß ich gehorchen werde? Beruhigen Sie sich, Raymon, mein Entschluß ist gefaßt: ich habe zwei Nächte damit zugebracht, ihn von allen Seiten ins Auge zu fassen. Ich weiß, welchem Schicksal ich mich aussetze; ich weiß, was allem ich die Stirn bieten, was ich opfern, was ich verachten muß; ich bin bereit, diese harte Straße zu gehen. Sie werden ja meine Stütze, mein Führer sein.

Raymon fürchtete sich fast vor dieser Kaltblütigkeit; sie war imstande, diese tollen Drohungen wahr zu machen. Dann redete er sich ein, Indiana liebe ihn eigentlich nicht, sie wende jetzt nur die übertriebenen Gefühle, die sie in Büchern gelesen habe, auf ihre Lage an. Er verstieg sich zu einer leidenschaftlichen Beredsamkeit, zu einem dramatischen Schwung, um sich in gleicher Höhe mit seiner romantischen Geliebten zu halten, und es gelang ihm, ihren Irrtum zu verlängern. Ein ruhiger und unparteiischer Zuschauer hätte jedoch in dieser Liebesszene nur einen Wettstreit der theatralischen Dichtung mit der Wirklichkeit gesehen.

Raymon fürchtete, er könnte seine Versprechungen erfüllen müssen, wenn er ihren Widerstandsplan nicht geschickt untergrabe; er redete ihr deshalb zu, zu tun, als ob sie sich unterwerfen wolle, als ob ihr die Sache gleichgültig sei, bis der Augenblick gekommen wäre, wo sie offen ihre Empörung erklären müßte. Ehe sie sich ausspräche, sagte er zu ihr, müßten Sie erst Lagny verlassen haben, um den Skandal vor dem Gesinde und die gefährliche Einmischung Ralphs zu vermeiden.

Aber Ralph verließ seine unglücklichen Freunde nicht. Vergebens bot er sein ganzes Vermögen, sein Schloß zu Bellerive, seine Renten in England, den Verkauf seiner Besitzungen in den Kolonien an: der Oberst blieb unbeugsam. Seine Freundschaft für Ralph hatte abgenommen; er wollte ihm nichts mehr zu danken haben. Hätte Ralph den Geist und die Geschicklichkeit Raymons besessen, so wäre es ihm vielleicht gelungen, ihn nachgiebig zu machen, aber nachdem er seine Gedanken klar ausgesprochen, seine Gesinnungen erklärt hatte, glaubte der arme Baron alles getan zu haben, und hoffte nicht, daß es ihm gelingen würde, eine Weigerung wieder rückgängig zu machen. Er verpachtete daher Bellerive und folgte Herrn und Frau Delmare einstweilen nach Paris, wo er ihre Abreise nach der Insel Bourbon abwartete.

Lagny nebst der Fabrik und den Nebengebäuden wurde dem Verkauf ausgesetzt. Der Winter verging recht traurig für Frau Delmare: Raymon war zwar in Paris und sah sie alle Tage, er war aufmerksam, liebevoll; aber er blieb kaum eine Stunde. Er kam gegen Ende des Mittagessens, und zur gleichen Zeit, wo der Oberst seinen Geschäften nachging, brach auch er auf, um in die Welt zu gehen. Die Welt war ja Raymons Element, sein Leben; er brauchte dies Geräusch, die Bewegung, dieses Gedränge, um zu atmen, um seinen ganzen Geist, sein ganzes Wohlbefinden, seine ganze Überlegenheit wiederzugewinnen. Im vertrauten Umgang wußte er liebenswürdig zu sein, in der Welt glänzte er. Da war er nicht mehr der Mann eines gewissen Kreises, da war er der Mann von Geist, der allen angehört, dessen Vaterland die Gesellschaft ist.

Und dann besaß Raymon auch Grundsätze, wie wir bereits gesagt haben. Als er sah, daß der Oberst ihm so viel Vertrauen und Freundschaft schenkte, daß er ihn als ein Musterbild der Ehre und der Offenherzigkeit betrachtete, daß er ihn als Vermittler zwischen seiner Frau und sich bestellte, beschloß er, dieses Vertrauen zu rechtfertigen, diese Freundschaft zu verdienen, Mann und Frau wieder zu versöhnen, bei der einen jede Bevorzugung zurückzuweisen, welche die Ruhe des andern beeinträchtigen konnte. Er wurde wieder ein Mann der Moral, der Tugend und der Philosophie. Wir werden sehen auf wie lange.

Indiana, die kein Verständnis für diese Umwandlung hatte, litt furchtbar, als sie sich so vernachlässigt sah; doch war sie noch so weit glücklich, daß sie sich den vollständigen Ruin ihrer Hoffnungen nicht eingestand. Sie war leicht zu täuschen, da sie ja getäuscht werden wollte; ihr wirkliches Leben war so bitter, so elend! Mit ihrem Mann war fast nicht mehr umzugehen. Vor den Leuten tat er, als ob er den Mut, den stoischen Gleichmut eines Mannes von Charakter besitze; aber sobald er sich wieder im Innern seines Hauses sah, gebärdete er sich wie ein reizbares, despotisches und lächerliches Kind. Indiana war das Opfer seiner Launen; woran sie allerdings großenteils selbst schuld war. Wenn sie den Mund aufgetan, wenn sie sich leidenschaftlich, energisch beklagt hätte, so würde Delmare, der nur roh war, errötet sein, daß man ihn für schlecht halte. Nichts war leichter, als sein Herz zu rühren, seinen Charakter zu bändigen, wenn man nur auf die gleiche Höhe zu ihm herabstieg und in den Ideenkreis eintrat, der seinem Geist zugänglich war. Aber Indiana war in ihrer Unterwürfigkeit schroff und stolz, sie gehorchte immer schweigend, aber es war das Schweigen, die Unterwürfigkeit des Sklaven, der sich aus seinem Hasse eine Tugend, aus seinem Unglück ein Verdienst macht. Ihre Ergebung war die eines Königs, der mit Würde lieber Ketten und Kerker hinnimmt, als daß er seiner Krone entsagte und sich eines eitlen Titels entledigte. Eine Frau gewöhnlicher Art hätte diesen Mann gewöhnlichen Schlages beherrscht; sie hätte seine eigene Sprache mit ihm gesprochen, und sich das Vergnügen vorbehalten, anders zu denken. Sie hätte getan, als achte sie seine Vorurteile, und hätte sie im stillen mit Füßen getreten; sie hätte ihm geschmeichelt und ihn daneben betrogen. Indiana sah viele Frauen so tun; aber sie fühlte sich so weit über diese erhaben, daß sie sich geschämt hätte, es ihnen nachzumachen. Tugendhaft und keusch, glaubte sie sich der Mühe überhoben, mit Worten ihrem Herrn und Meister zu schmeicheln, da sie ihn ja in ihren Handlungen achtete. Sie wollte keine Zärtlichkeit von ihm, da sie diese ja nicht erwidern konnte. Sie hätte sich für weit strafbarer gehalten, wenn sie diesem Mann, den sie nicht liebte, Liebe bezeigte, als wenn sie solche dem Geliebten gewährte, der ihr welche einflößte. Täuschung war in ihren Augen ein Hauptverbrechen, und zwanzig Mal am Tage war sie auf dem Sprung zu erklären, daß sie Raymon liebe; nur die Furcht, Raymon dann zu verlieren, hielt sie davon ab. Der Oberst wollte überzeugen, und konnte doch nur befehlen; er wollte regieren, und herrschte. Manchmal gab er einen verkehrten Befehl oder ordnete unbedacht Dinge an, die seine Interessen schädigten. Aber Frau Delmare führte sie aus, ohne zu prüfen, ohne Verwahrung dagegen einzulegen, mit der Gleichgültigkeit des Pferdes, das den Karren nach dieser oder nach jener Seite hinzieht. Sah dann Delmare das Resultat seiner falsch verstandenen Ideen, so geriet er in Wut; wenn sie ihm aber mit einem ruhigen und eisigen Wort bewies, daß sie nur seine Anordnungen genau befolgt habe, so sah er sich genötigt, seinen Zorn gegen sich selbst zu kehren. Das war für diesen in seiner Eigenliebe kleinlichen, in seinen Empfindungen heftigen Mann ein grausamer Schmerz, eine blutige Schmach. In einem solchen Augenblick hätte er seine Frau erwürgt, wenn er in Smyrna oder Kairo gewesen wäre. Und doch liebte er im Grunde seines Herzens diese schwache Frau, die von ihm abhängig war und das Geheimnis seines Unrechts mit einer gewissenhaften Klugheit wahrte. Er liebte sie oder bedauerte sie; wer weiß, was er mehr tat. Er wäre gern von ihr geliebt gewesen, denn er bildete sich etwas auf seine Erziehung, seine Überlegenheit ein. Es hätte ihn in seinen eigenen Augen gehoben, wenn sie sich herabgelassen hätte, auf seine Ideen, seine Grundsätze näher einzugehen.

Eine Frau, die noch ein wahres Kind war, hatte ihn elend gemacht. Sie zwang ihn, in sich zu gehen, seine Willensäußerungen zu prüfen, viele zu beschränken, manche ganz zurückzunehmen, und das alles, ohne daß sie sich nur herabließ, ihm zu sagen: Sie haben unrecht, ich ersuche Sie, so zu handeln. Niemals hatte sie ihn um etwas gebeten, nie hatte sie sich als seinesgleichen gegeben, sich als seine Lebensgefährtin bekannt. Diese Frau, die er zerbrechen konnte, wenn er wollte, diese schwache Frau, die vielleicht vor ihm von einem andern träumte, die ihm sogar in ihrem Schlummer Trotz bot, lag hier vor ihm. Er fühlte sich versucht, sie zu würgen, sie an den Haaren zu ziehen, sie mit Füßen zu treten, bis sie um Gnade schrie. Aber sie war so hübsch, so zierlich, so weiß, er hatte fast

Mitleid mit ihr, wie das Kind den Vogel bemitleidet, den es töten wollte. Und er weinte dann selbst wie ein Weib, dieser eiserne Mann, und ging fort, damit sie nicht den Triumph hatte, ihn weinen zu sehen. Es war in der Tat schwer zu sagen, wer unglücklicher war, sie oder er. Sie war grausam aus Tugend, wie er gut war aus Schwäche; sie hatte von der Geduld, von der er zu wenig hatte, zu viel; sie hatte die Fehler ihrer guten Eigenschaften, und er die guten Eigenschaften seiner Fehler.

Um diese zwei so schlecht zusammenpassenden Wesen bewegten sich zahlreiche Freunde, die sich bemühten, sie einander wieder näherzubringen, die einen aus Langeweile, die anderen aus Wichtigtuerei und wieder andere aus übel verstandener Freundschaft. Die einen nahmen Partei für die Frau, die anderen für den Mann. Diese Leute zankten sich wegen Herrn und Frau Delmare untereinander, während diese selbst sich niemals zankten; denn bei der systematischen Unterwürfigkeit Indianas konnte es der Oberst nie so weit bringen, einen Streit herbeizuführen, er mochte tun, was er wollte. Dann kamen die Leute, welche nichts von der Sache verstanden und sich doch nützlich machen wollten.

Herr und Frau Delmare hatten besonders in Melun und Fontainebleau Bekanntschaften gemacht. Sie fanden diese Leute wieder in Paris, und das waren nun die Hitzigsten bei der großen Klatschjagd, der sie zum Opfer fielen. Bekanntlich gibt es ja nichts Abscheulicheres als den Ton in solchen Kleinstädten.

Die Kleinstädterei warf sich über die Mauern und Häuserreihen von Paris weg in den Schoß jener unglücklichen Familie. Die wohlhabenderen Kreise von Fontainebleau und Melun ließen sich nämlich den Winter über in Paris nieder und brachten die Wohltat ihrer provinziellen Sitten mit. Es bildeten sich Koterien um Herrn und Frau Delmare, die alles Menschenmögliche taten, um die Lage der beiden zu verschlimmern. Ihr Unglück wuchs dadurch nur, die gegenseitige Halsstarrigkeit nahm nicht ab.

Ralph hatte den gesunden Menschenverstand, sich nicht in ihre Streitigkeiten zu mischen. Zwar hatte ihn Frau Delmare anfangs im Verdacht gehabt, als reize er ihren Mann gegen sie, oder als wolle er wenigstens Raymon aus seiner vertraulichen Stellung verdrängen, aber bald erkannte sie, wie sehr sie ihm unrecht tat. Die vollkommene Ruhe des Obersten gegenüber Herrn von Ramière war ein unwiderlegliches Zeugnis davon, daß ihr Vetter nichts gesagt hatte. Sie fühlte dann das Bedürfnis, ihm dafür zu danken; aber er vermied sorgfältig jede Erklärung in dieser Richtung; so oft sie auch allein mit ihm war, immer wußte er ihre Versuche zu vereiteln, und tat als verstehe er sie nicht. Der Gegenstand war aber ein so zarter, daß Frau Delmare nicht den Mut hatte, Ralph zu zwingen, darauf einzugehen; sie versuchte nur, durch eifriges Bemühen, durch zarte Aufmerksamkeiten ihm ihre Dankbarkeit zu zeigen; aber Ralph tat, als ob er es nicht bemerke, und der Stolz Indianas litt unter dem kalten Edelmut, den ihr jener bewies. Sie fürchtete, in seinen Augen die Rolle der Schuldigen, welche einen strengen Zeugen um Nachsicht bittet, zu spielen, und wurde deshalb frostig und gezwungen mit dem armen Ralph. Es schien ihr, sein Benehmen in dieser Sache sei nur ein Übermaß von Egoismus; er liebe sie zwar noch, aber er achte sie nicht mehr.

Das ist seine Verachtung der Frauen, dachte sie; sie sind in seinen Augen ja nur Haustiere, nur dazu da, um das Hauswesen in Ordnung zu halten, das Mittagsmahl zu besorgen, den Tee zu bereiten. Er tut ihnen die Ehre nicht an, sich in eine Besprechung mit ihnen einzulassen; ihre Fehler können ihn nicht rühren, wofern sie ihn nicht persönlich treffen, wofern sie nicht in die materiellen Gewohnheiten seines Lebens störend eingreifen. Ralph bedarf meines Herzens nicht; wenn ihm meine Hände nur seinen Pudding bereiten und für ihn in die Saiten der Harfe greifen, was kümmert ihn dann meine Liebe für einen andern, meine geheime Pein, meine tödliche Ungeduld unter dem Joch, das mich erdrückt? Ich bin seine Magd, mehr verlangt er nicht von mir.

XX

Indiana machte Raymon keine Vorwürfe mehr; er verteidigte sich so schlecht, daß sie fürchtete, ihn allzu schuldig zu finden. Es gab etwas, was sie noch mehr fürchtete als die Täuschung, nämlich das Verlassen. Sie konnte es nicht mehr entbehren, an ihn zu glauben, auf die Zukunft zu hoffen, die er ihr versprochen hatte; denn das Leben, das sie zwischen Delmare und Ralph hinbrachte, war ihr nachgerade unerträglich, und wenn sie nicht hätte darauf rechnen dürfen, bald von der Herrschaft dieser beiden Männer erlöst zu werden, so wäre sie ebenfalls in das Wasser gesprungen. Sie dachte oft daran; sie sagte sich, wenn Raymon sie behandeln sollte, wie er Noun behandelt hatte, dann bleibe ihr kein anderes Mittel übrig, um einer unerträglichen Zukunft zu entfliehen, als es zu machen wie Noun. Dieser düstere Gedanke verfolgte sie allerorten, und sie gefiel sich darin.

Mittlerweile nahte die für die Abreise bestimmte Zeit. Der Oberst schien nicht zu ahnen, auf was für einen Widerstand er bei seiner Frau stoßen würde; tagtäglich ordnete er an seinen Angelegenheiten, tagtäglich befreite er sich von irgendeiner Schuld. Mit ruhigen Blicken betrachtete Frau Delmare diese Vorbereitungen, sie war ja ihres

Mutes sicher. Auch sie bereitete sich auf den Kampf mit den künftigen Schwierigkeiten vor. Sie suchte eine Stütze an ihrer Tante, der Frau von Carvajal, zu gewinnen; sie sprach ihr von ihrem Widerwillen gegen jene Reise, und die alte Marquise, die übrigens in allen Ehren auf die Schönheit ihrer Nichte als Anziehungspunkt für ihre Gesellschaften rechnete, erklärte, es sei die Pflicht des Obersten, seine Frau in Frankreich zu lassen, es wäre eine Barbarei, sie den Strapazen und Gefahren einer Seereise auszusetzen, da sie erst seit so kurzer Zeit eine bessere Gesundheit genieße; es sei mit einem Worte seine Sache, an seinem Glück zu arbeiten, Indianas Pflicht aber, bei ihrer alten Tante zu bleiben und sie zu pflegen. Delmare betrachtete diese Redensarten anfangs als Geschwätz einer alten Frau; er sah sich jedoch bald gezwungen, der Sache mehr Aufmerksamkeit zu schenken, da Frau von Carvajal ihm deutlich zu verstehen gab, daß ihm ihre Erbschaft nur um diesen Preis gesichert bleibe. Obschon aber Delmare das Geld liebte, das er ja sein ganzes Leben lang bemüht gewesen war zusammenzuscharren, so hatte er doch auch seinen Stolz. Er sprach sich daher mit aller Festigkeit aus und erklärte, seine Frau müsse ihm folgen, entstehe daraus was wolle. Die Marquise betrachtete diese Antwort keineswegs als das letzte Wort Delmares. Sie ermutigte daher fortwährend den Widerstand ihrer Nichte und schlug ihr vor, sie vor den Augen der Welt mit dem Mantel ihrer Verantwortlichkeit zu decken. Man mußte die ganze Gemeinheit eines durch Intrige und Ehrgeiz verdorbenen Geistes, die ganze Doppelzüngigkeit eines scheinheiligen Herzens besitzen, um so die Augen über die wahren Beweggründe von Indianas Widersetzlichkeit schließen zu können. Ihre Leidenschaft für Raymon war nur noch für ihren Mann ein Geheimnis; da aber Indiana noch keinerlei Anlaß zu Skandal gegeben, flüsterte man sich das Geheimnis nur ganz leise zu, und Frau Carvajal war von mehr als zwanzig Personen darin eingeweiht worden. Die alte Törin fühlte sich dadurch nur geschmeichelt; alles was sie wünschte war ja, ihre Nichte in Mode zu bringen, und die Liebschaft mit Raymon war ein recht hübscher Anfang dazu. Frau von Carvajal war übrigens kein Charakter aus der Zeit der Regentschaft: die Restauration verlangte von Personen ihres Schlages einen Anstrich von Tugendseligkeit; und da man bei Hofe auf ein sittliches Benehmen hielt, so haßte sie nichts mehr als den Skandal, der zugrunde richten mußte. Unter Frau Dubarry wäre sie in ihren Grundsätzen weniger strenge gewesen; unter der Dauphine war sie zugeknöpft. Das alles war aber für die Außenwelt, für den Schein; sie behielt ihre Mißbilligung, ihre Verachtung auffälliger Fehltritte für sich, und wartete stets ab, wie eine Intrige enden würde, ehe sie dieselbe verdammte. Eine Untreue, die nicht über die Schwelle hinaus ruchbar wurde, fand Gnade bei ihr. Bei Beurteilung der Leidenschaften, die sich innerhalb des Vorhangs hielten, wurde sie wieder Spanierin; sie erkannte nur das als schuldhaft an, was sich in der Straße dem Auge der Vorübergehenden preisgab. Deshalb war die leidenschaftliche und doch keusche, die verliebte und doch zurückhaltende Indiana ein wahrer Schatz für sie, der sich produzieren und ausbeuten ließ. Eine solche Frau konnte ja die höchsten Häupter dieser heuchlerischen Welt fangen und den Gefahren der zartesten Missionen widerstehen. Mit einer so reinen Seele und einem so glühenden Kopfe konnte man ja die herrlichsten Spekulationen versuchen. Die arme Indiana! Zum Glück vereitelte ihr verhängnisvolles Geschick all diese Hoffnungen und riß sie auf einen Pfad des Elends, wo die scheußliche Protektion ihrer Tante sie gewiß nicht heimsuchte.

Raymon beunruhigte sich durchaus nicht darüber, was

aus ihr werden würde. Seine Liebe hatte bereits die letzte Stufe des Überdrusses, die Langeweile, erreicht. Langweilen heißt, im Herzen dessen was man liebt, so tief sinken, wie es überhaupt möglich ist. Zum Glück hatte Indiana in den letzten Tagen ihres Wahns noch keine Ahnung davon.

Als er eines Morgens vom Ball nach Hause kam, fand er Frau Delmare in seinem Zimmer. Sie war um Mitternacht gekommen; seit fünf langen Stunden wartete sie auf ihn. Es war in der kältesten Zeit im Jahr; das Zimmer war nicht geheizt; zitternd vor Kälte, den Kopf auf beide Hände gestützt saß sie da, mit jener düsteren Geduld, die sie auf ihrem traurigen Lebensgang gelernt hatte. Sie erhob den Kopf, als sie ihn eintreten sah. Raymon war starr vor Staunen, doch fand er in ihren blassen Zügen keinen Ausdruck des Verdrusses oder des Vorwurfs.

Ich wartete auf Sie, sprach sie sanft, da Sie seit drei Tagen nicht bei mir waren, und während dieser Zeit Dinge vorgefallen sind, die Sie ungesäumt wissen müssen, so bin ich gestern abend aus meiner Wohnung fort, um sie Ihnen mitzuteilen.

Das ist ja eine unglaubliche Unvorsichtigkeit! rief Raymon und schloß die Tür sorgfältig hinter sich zu; und meine Leute wissen bereits, daß Sie hier sind. Sie haben es mir eben gesagt.

Ich habe mich nicht versteckt, erwiderte sie kalt; Sie haben Ihre Worte nicht gut gewählt.

Ich sagte Unvorsichtigkeit, ich hätte Wahnsinn sagen sollen.

Ich heiße es Mut. Doch gleichviel, hören Sie: Delmare will in drei Tagen nach Bordeaux und von da in die Kolonien abreisen. Wir hatten ausgemacht, daß Sie mich retten sollten, sobald er zu Gewaltsmaßregeln greifen würde. Es ist jetzt außer Zweifel, daß es so weit kommen wird;

denn ich habe mich gestern abend ausgesprochen und wurde von ihm eingesperrt. Ich entfloh durch ein Fenster; Sie sehen, meine Hände sind voll Blut. In diesem Augenblick sucht man mich vielleicht, aber Ralph ist in Bellerive und kann somit nicht sagen, wo ich sein werde. Ich bin entschlossen mich zu verbergen, bis Delmare sich entschieden hat, mich aufzugeben. Haben Sie daran gedacht, mir ein Asyl zu sichern, meine Flucht vorzubereiten? Ich habe Sie schon seit so langer Zeit nicht mehr allein sprechen können, daß ich nicht weiß, was für Anstalten Sie getroffen haben. Als ich Ihnen aber einmal meine Zweifel über Ihre Entschließungen aussprach, erwiderten Sie mir, Sie begriffen eine Liebe ohne Vertrauen nicht. Sie haben mir damals klar gemacht, daß Sie nie an mir gezweifelt hätten, Sie bewiesen mir, daß ich ungerecht gegen Sie sei. Ich fürchtete deshalb, hinter Ihnen zurückzubleiben, wenn ich nicht den kindischen Argwohn und jene tausend Ansprüche einer Frau ablegte, welche eine gewöhnliche Liebe verunzieren. Mit Ergebung habe ich Ihre kurzen Besuche, unsere gezwungene Unterhaltung und Ihr eifriges Vermeiden jedes Aussprechens mit mir ertragen. Ich habe so mein Vertrauen auf Sie bewahrt. Der Himmel ist mein Zeuge, daß ich die Unruhe, die Angst, die an meinem Herzen fraß, als verbrecherische Gedanken zurückwies. Heute bin ich da, um mir den Lohn für meinen guten Glauben zu holen. Der Augenblick ist gekommen: Nehmen Sie mein Opfer an? Sprechen Sie!

Die Frage war so brennend, daß Raymon nicht den Mut hatte, sich länger zu verstellen. In Verzweiflung und außer sich darüber, sich so in seinen eigenen Schlingen gefangen zu sehen, verlor er den Kopf und brach in rohe Verwünschungen aus.

Wahnsinnige! rief er, wo haben Sie diesen Liebestraum her? In welchem Roman für Kammerjungfern haben Sie die Welt studiert? Er hielt inne, er fühlte, daß er es zu arg machte, und suchte in seinem Kopf nach Worten, um ihr diese Dinge in andern Ausdrücken zu sagen und sie fortzuschicken, ohne sie verletzen zu müssen.

Aber sie war ruhig wie jemand, der darauf gefaßt ist, alles über sich ergehen zu lassen.

Fahren Sie fort, sprach sie und kreuzte die Arme über ihrem Herzen, das fast stille stand, ich höre Sie. Sie haben mir ohne Zweifel noch mehr zu sagen.

Noch eine tüchtige Anstrengung der Phantasie, noch eine Liebessonne, dann – dachte Raymon, und er erhob sich lebhaft.

Nie werde ich ein so großes Opfer annehmen! rief er. Als ich dir sagte, ich würde so stark sein, Indiana, habe ich mich eitel gebrüstet, oder vielmehr, ich habe mich selbst verleumdet, denn nur ein Elender kann eine Frau, die er liebt, entehren wollen. In deiner Unkenntnis vom Leben hast du das Ungeheuerliche eines solchen Schritts nicht begriffen, und um dich nicht zu verlieren, habe ich selbst die Sache nicht näher überlegen wollen.

Die Überlegung kommt Ihnen jetzt aber sehr schnell, erwiderte sie und zog die Hand zurück, die er fassen wollte.

Indiana! begann er wieder, siehst du denn nicht ein, daß du mir eine schmähliche Handlung ansinnst und für dich die Rolle der Heldin in Anspruch nimmst? Daß du mich verdammst, weil ich deiner Liebe würdig bleiben will? Könntest du mich denn noch lieben, wenn ich dich, du Einfache und Unwissende, meinem Vergnügen, wenn ich deinen Ruf meinem Interesse opfern wollte?

Sie verwickeln sich in Widersprüche, entgegnete Indiana, wenn ich bei Ihnen bleibe und Sie glücklich mache, was geht Sie dann die Meinung der Welt an? Halten Sie denn auf diese mehr als auf mich?

Oh, nicht um meinetwillen fürchte ich diese Meinung, Indiana!

Also um meinetwillen! Ich habe Ihre Skrupel vorausgesehen, und gerade, um Ihnen jede Reue zu ersparen, habe ich den ersten Schritt getan. Ich habe nicht darauf gewartet, bis Sie kommen würden, um mich meinen Banden zu entreißen, ich habe Sie nicht einmal um Rat gefragt, als ich die Schwelle meines Hauses für immer hinter mir ließ. Dieser Schritt ist geschehen, und Ihr Gewissen kann Ihnen deshalb keinen Vorwurf machen. In diesem Augenblick bin ich schon entehrt, Raymon. In Ihrer Abwesenheit habe ich an dieser Uhr die Stunden gezählt, die meine Schande vollendeten; und obschon der erwachende Tag meine Stirn so rein findet, wie sie gestern war, bin ich doch in der öffentlichen Meinung eine Gefallene. Gestern lebte für mich noch Mitleid im Herzen der Frauen, heute ist dort nur noch Verachtung für mich. Ich habe das alles erwogen, ehe ich handelte.

Diese entsetzliche Voraussicht der Frauen! dachte Raymon. Sie kam ihm wie ein schlimmer Zeuge vor, dessen man sich in seinem eigenen Hause erwehren muß. Er schlug einen freundlichen, fast väterlichen Ton an, vielleicht ging es so besser.

Sie übertreiben die Wichtigkeit Ihres Schrittes, sprach er. Nein, meine liebe Freundin, wegen einer kleinen Unbesonnenheit ist noch nicht alles verloren. Ich werde meinen Leuten Stillschweigen auferlegen –

Können Sie auch meinen Leuten Stillschweigen auferlegen, die mich in diesem Augenblick ohne Zweifel ängstlich suchen? Oder glauben Sie, daß mein Mann in aller Ruhe seinen Mund halten werde? Glauben Sie, daß er mich morgen wieder aufnehmen werde, wenn ich eine ganze Nacht unter Ihrem Dache zugebracht habe? Wollen Sie mir etwa raten, daß ich wieder zu ihm zurückkehren, mich ihm zu Füßen werfen und ihn bitten solle, daß er mir zum Zeichen seiner Verzeihung die Kette wieder um den Hals werfen möge, die mein Leben gebrochen, meine Jugend zerdrückt hat? Sollten Sie wirklich ohne Bedauern zugeben können, daß die Frau, die Sie so sehr liebten, wieder unter das Joch eines andern zurückkehre, während Sie Herr ihres Schicksals sind, während Sie sie Ihr Leben lang in Ihren Armen haben können, während sie ganz in Ihrer Gewalt ist und sich freiwillig erbietet, ständig darin zu verbleiben? Sollten Sie nicht einigen Widerwillen davor empfinden, sie sofort wieder diesem unbarmherzigen Herrn zurückzuschicken, der sie vielleicht nur erwartet, um ihr das Leben zu nehmen?

Ein Gedanke schoß Raymon durch den Kopf. Jetzt war der Moment da, wo er den Stolz dieser Frau beugen konnte, jetzt oder nie. Sie bot ihm alle Opfer an, von denen er nichts wollte, sie stand jetzt vor ihm mit dem stolzen Vertrauen, daß ihr hier keine andere Gefahr drohe als die, welche sie vorausgesehen. Raymon glaubte ein Mittel gefunden zu haben, um ihrer lästigen Hingebung ledig zu werden oder wenigstens einen Gewinn daraus zu ziehen. Er war zu sehr der Freund Delmares, er war dem Vertrauen dieses Mannes zu viel Rücksicht schuldig, um ihm seine Frau rauben zu können; er mußte sich damit begnügen, sie zu verführen.

Du hast recht, Indiana, rief er mit Feuer, du gibst mich mir selbst zurück, du weckst die Glut wieder auf, die der Gedanke, daß dir Gefahren drohen, die Furcht, dir zu schaden, in Eis verwandelt hatte. Vergib meiner kindischen Besorgtheit, sie war ja nur von Zärtlichkeit, von wahrer Liebe eingegeben. Laß mich alle Gefahren vergessen, die uns bedrängen, und dir auf den Knien für das Glück danken, das du mir bringst. Er soll nur kommen und dich meinen Entzückungen rauben wollen, dieser törichte Gatte, der dich einschließt und über seiner rohen Gewalttätigkeit einschläft; er soll nur kommen und dich, mein Leben, mein höchstes Gut, diesen Armen entreißen wollen! Von nun an gehörst du ihm nicht mehr an! Jetzt bist du meine Geliebte, meine Genossin für immer!

Während Raymon so deklamierte, erhitzte er sich allmählich, wie es bei derartigen Szenen seine Gewohnheit war. Die Lage des Augenblicks war überwältigend, romantisch, sie hatte ihre Gefahren, und Raymon liebte die Gefahr als echter Sproß der fahrenden Ritter. Jedes Geräusch, das er auf der Straße vernahm, schien ihm das Nahen des Gatten zu verkünden, der sein Weib wieder wollte und nach dem Blut seines Nebenbuhlers dürstete. Nach dem höchsten Genuß in einem solchen Momente zu trachten war eines Raymon würdig. Seit einer Viertelstunde liebte er Frau Delmare leidenschaftlich; mit glühender Beredsamkeit verschwendete er seine verführerischen Worte an sie. Er war wirklich stark in seiner Sprache und wahr in seinem Spiel, behandelte er ja die Liebe wie eine angenehme Kunst! Ja, er spielte den Leidenschaftlichen so gut, daß er fast selbst daran glaubte. Und die törichte Frau! Sie gab sich mit Entzücken diesen erlogenen Beteuerungen hin; sie fühlte sich so glücklich, sie strahlte von Hoffnung und Freude; sie verzieh ihm alles, sie war nahe daran, ihm alles zu gewähren.

Aber Raymon verlor sein Spiel durch zu große Heftigkeit. Wenn er so geschickt gewesen wäre, die Lage, in die sich Indiana gestürzt hatte, noch um vierundzwanzig Stunden zu verlängern, so war sie vielleicht sein. Aber schon graute der Tag, das Geräusch auf der Straße wuchs mit jeder Minute. Raymon warf einen Blick auf die Uhr: sie zeigte sieben.

Es ist Zeit, der Sache ein Ende zu machen, dachte er;

Delmare kann jeden Augenblick kommen, ich muß sie zu bestimmen suchen, daß sie wieder heimgeht.

Er wurde drängender, aber weniger zärtlich; die Blässe seiner Lippen verriet eine mehr herrische als zarte Ungeduld. In seinen Küssen lag eine gewisse Roheit, eine Art Zorn. Indiana bekam Furcht. Ein guter Engel breitete seine Flügel über die schwankende, verirrte Seele; sie erwachte und stieß die Angriffe des kalten egoistischen Sünders zurück.

Lassen Sie mich, sprach sie; ich will nicht aus Schwäche geschehen lassen, was ich aus Liebe, aus Dankbarkeit gewähren möchte. Sie bedürfen keines Beweises meiner Zuneigung; der größte ist, daß ich hier bin und Ihnen mit mir die ganze Zukunft gebracht habe. Aber lassen Sie mich noch die ganze Kraft meines guten Gewissens bewahren, um die schweren Hindernisse bekämpfen zu können, die uns noch trennen. Ich bedarf der Ruhe, des Gleichmuts.

Was schwatzen Sie da! rief Raymon heftig, der nicht auf sie hörte und sich über ihren Widerstand ärgerte.

Nun verlor er den Kopf ganz über sein Mißlingen, stieß sie roh zurück und ging mit brennenden Wangen und schwerem Atem im Zimmer auf und ab; endlich griff er zur Wasserflasche und tat einen gewaltigen Zug, der plötzlich seine Aufregung besänftigte, aber auch seine Liebe abkühlte. Dann trat er mit spöttischem Blick vor sie und sprach: Es ist Zeit, gnädige Frau, daß Sie sich zurückziehen.

Ein Lichtstrahl fuhr durch Indiana und zeigte ihr Raymons Seele in ihrer ganzen Nacktheit.

Sie haben recht, erwiderte sie.

Sie ging zur Tür.

Nehmen Sie doch Ihren Mantel und Ihre Boa mit, rief er ihr zu und hielt sie an.

Es ist wahr, erwiderte Sie, diese Spuren meiner Anwesenheit könnten Sie ja kompromittieren.

Sie sind ein Kind, entgegnete er in einem einschmeichelnden Ton, indem er ihr mit lächerlicher Sorgfalt den Mantel umlegte, Sie wissen, daß ich Sie liebe; aber Sie finden ein wahres Vergnügen daran, mich zu quälen, und machen mich ganz toll. Warten Sie doch, bis ich einen Wagen geholt habe. Wenn es möglich wäre, würde ich Sie ja selbst zurückgeleiten; aber das hieße ja, Sie zugrunde richten.

Glauben Sie etwa, ich sei nicht schon zugrunde gerichtet? erwiderte sie bitter.

Nein, mein Herz! antwortete Raymon, dem es jetzt nur noch darum zu tun war, daß sie ihn in Ruhe ließ. Man hat gewiß Ihre Abwesenheit noch nicht bemerkt, sonst wäre man längst hierher gekommen und hätte nach Ihnen gefragt. Man wird zwar zuletzt Verdacht auf mich werfen, aber es ist ja ganz natürlich, daß man sich bei allen Ihren Bekannten nach Ihnen erkundigt. Und dann können Sie sich ja unter den Schutz Ihrer Tante stellen; ich möchte Ihnen sogar dringend dazu raten. Sie wird alles wieder ausgleichen. Man wird glauben, daß Sie die Nacht bei ihr zugebracht haben.

Frau Delmare hörte ihn nicht; sie schaute mit stumpfem Blick in die rote Sonne, die über den schimmernden Dächern aufstieg.

Raymon suchte sie aus ihrem Hinstarren emporzurütteln. Sie drehte die Augen zu ihm, aber sie schien ihn nicht zu erkennen. Ihre Wangen hatten einen grünlichen Schein bekommen und ihre trockenen Lippen schienen wie gelähmt.

Raymon erschrak.

Der Selbstmord Nouns fiel ihm ein, er wußte nicht, was er anfangen sollte, fürchtete zum zweiten Mal eine Schuld auf sich zu laden und setzte sie endlich sanft in seinen Lehnstuhl; dann schloß er sie ein und eilte zu seiner Mutter hinauf.

XXI

Er traf sie schon wach, sie war gewohnt, früh aufzustehen; in den Tagen der Emigration hatte sie sich diese Gewohnheit der Tätigkeit und des Fleißes angeeignet und sie nicht abgelegt, als wieder bessere Tage kamen.

Als sie Raymon bleich und aufgeregt und noch in Ballbekleidung so früh bei ihr eintreten sah, begriff sie sofort, daß er in einer der häufigen Krisen seines stürmischen Lebens befangen war. Immer war sie in solchen aufregenden Momenten seine Zuflucht, seine Rettung gewesen. Alles, was Raymons Leben zugute gekommen war, hatte das ihrige geschädigt und gekürzt. Der Charakter dieses kalten, heftigen, redelustigen und leidenschaftlichen Sohnes war nur eine Folge ihrer unerschöpflichen Liebe und aufopfernden Zärtlichkeit für ihn. Hätte er eine weniger gute Mutter gehabt, er wäre besser geworden; aber sie hatte ihn daran gewöhnt, aus all den Opfern, die sie ihm brachte, Nutzen zu ziehen; sie hatte ihn gelehrt, sein Wohlergehen so heftig, so leidenschaftlich zu erstreben wie sie selbst es tat. Weil sie glaubte, sie sei dazu da, um ihn vor jedem Kummer zu bewahren, und um ihm alle ihre Interessen zu opfern, hatte er sich daran gewöhnt, zu glauben, die ganze Welt sei für ihn da und müsse auf ein Wort seiner Mutter ihm in die Hand fallen. So hatte ihr Edelmut nur einen gründlichen Egoisten erzeugt.

Die arme Mutter erblaßte, sie erhob sich in ihrem Bett und sah ihn angstvoll an. Ihr Blick sagte ihm schon: Was kann ich für dich tun? wo soll ich für dich hin?

Mutter, sprach er, indem er die trockene und durchsichtige Hand ergriff, die sie ihm hinstreckte, ich bin entsetzlich unglücklich. Ich bedarf deiner. Befreie mich von dem Unheil, das über mich gekommen ist. Ich liebe Frau Delmare, wie du weißt –

Nein, das wußte ich nicht, erwiderte Frau von Ramière im Ton zärtlichen Vorwurfs.

Leugne es nicht, liebe Mutter, fuhr Raymon fort, der keine Zeit zu verlieren hatte; du hast es wohl gewußt, nur dein merkwürdiges Zartgefühl hat dich zurückgehalten, mit mir zuerst davon anzufangen. Ach, diese Frau bringt mich in Verzweiflung, ich verliere noch ganz den Kopf darüber.

So sprich nur! rief Frau von Ramière mit jener jugendlichen Lebhaftigkeit, die ihr die Kraft ihrer mütterlichen Liebe gab.

Ich will dir nichts verheimlichen, ich kann es um so eher, als ich diesmal nicht der schuldige Teil bin. Seit Monaten schon suche ich ihre romantischen Grillen zu besänftigen und sie zu ihrer Pflicht zurückzuführen; aber alle meine Bemühungen dienten nur dazu, jenen Durst nach Gefahren und Abenteuern, wie er in den Köpfen der Frauen jenes Landes wächst, noch schärfer zu reizen. Während ich mit dir spreche, ist sie gegen meinen Willen auf meinem Zimmer, und ich weiß nicht, wie ich es anfangen soll, daß sie wieder fortgeht.

Die Unglückliche! rief Frau von Ramière und zog sich eilig an. Sie ist doch so schüchtern und so sanft! Ich will sogleich hinunter, mit ihr sprechen! Das willst du doch von mir?

Ja, ja! sagte Raymon, den die Zärtlichkeit seiner Mutter jetzt selbst weich machte; laß sie die Sprache der Vernunft, des Wohlwollens hören. Sie wird die Tugend aus deinem Mund lieben. Die Unglückselige, sie leidet so sehr!

Raymon warf sich in einen Lehnstuhl und fing an zu weinen; die verschiedenen Aufregungen dieses Morgens hatten seine Nerven angegriffen. Seine Mutter weinte mit ihm und ging erst hinab, nachdem sie ihn genötigt hatte, einige Tropfen zu nehmen.

Sie fand Indiana nicht in Tränen. Mit ruhiger, würdiger Miene erhob sie sich, als sie Frau von Ramière erkannte. Diese war auf eine so edle und starke Haltung so wenig vorbereitet, daß sie selbst in Verlegenheit geriet, als ob sie es an Rücksicht hätte fehlen lassen, indem sie jene in dem Zimmer ihres Sohnes überraschte.

Dann aber siegte das tiefe und wahre Gefühl ihres Herzens und sie streckte ihr zärtlich die Arme entgegen. Frau Delmare fiel ihr um den Hals, ihre Verzweiflung löste sich in bitteres Schluchzen auf, und beide Frauen weinten lange, eine am Herzen der andern.

Als Frau von Ramière endlich sprechen wollte, kam Indiana ihr zuvor.

Sagen Sie mir nichts, gnädige Frau, sprach sie und trocknete ihre Tränen; Sie würden doch kein Wort finden können, das mir nicht wehe tun müßte. Ihr Interesse, Ihre Freundlichkeit beweisen mir Ihre edlen Gefühle für mich; mein Herz ist dadurch so weit erleichtert, wie es in meiner Lage möglich ist. Ich gehe; es bedarf Ihres Zuredens nicht, um mir klar zu machen, was ich zu tun habe.

Ich bin auch nicht gekommen, um Sie fortzuschicken, sondern um Sie zu trösten, erwiderte Frau von Ramière.

Mich kann nichts trösten, entgegnete Indiana, lieben Sie mich, das wird mir einigermaßen gut tun, aber sprechen Sie nicht weiter. Leben Sie wohl, gnädige Frau. Sie glauben an Gott, bitten Sie ihn für mich.

Sie sollen nicht allein fort! rief Frau von Ramière; ich will Sie selbst zu Ihrem Gemahl zurückbringen, ich will Sie vor ihm rechtfertigen, beschützen.

Edle Frau! rief Indiana und drückte sie an ihre Brust, Sie können das nicht. Nicht nur Sie kannten das Geheimnis Raymons; heute abend wird ganz Paris davon sprechen, und Sie würden eine Rolle in dieser Geschichte spielen, die sich nicht für Sie paßt. Lassen Sie mich den Skandal allein tragen. Ich werde nicht lange darunter leiden.

Was wollen Sie tun? Sie werden doch nicht Hand an Ihr Leben legen wollen? Liebes Kind! auch Sie glauben ja an Gott.

Gnädige Frau, ich werde in drei Tagen nach Ile Bourbon abreisen.

Komm in meine Arme, geliebte Tochter, damit ich dich segne. Gott wird dir deinen Mut lohnen.

Ich hoffe es, erwiderte Indiana mit einem Blick zum Himmel.

Frau von Ramière wollte wenigstens einen Wagen holen lassen, aber Indiana gab es nicht zu. Sie wollte allein, ohne Aufsehen nach Hause zurückkehren. Vergebens redete ihr Frau von Ramière zu, bei ihrer Schwäche, ihrer Angegriffenheit einen so weiten Weg nicht zu Fuß zurückzulegen.

Ich habe Kraft genug, erwiderte sie, ein Wort Raymons hat genügt, mir welche zu geben.

Sie hüllte sich in ihren Mantel, ließ ihren schwarzen Schleier herab und verließ das Haus durch eine Seitentür, zu der ihr Frau von Ramière selbst den Weg zeigte. Aber bei den ersten Schritten, die Indiana in der Straße tat, fühlte sie, wie ihre zitternden Beine ihr den Dienst versagten. Jeden Augenblick glaubte sie die schwere Hand ihres Gatten zu spüren, wie er sie packte, sie niederwarf, sie zum Wasser schleppte. Doch bald gab ihr das äußere Geräusch, die Gleichgültigkeit der Leute, die ihr begegneten, die durchdringende Morgenkälte erneut Kraft und Ruhe, freilich eine schmerzliche Kraft, eine düstere Ruhe. Sie ging den Quai hinab; aber dann vergaß sie die Brücke zu überschreiten und wandelte weiter dem Fluß entlang, in eine dumpfe Träumerei, ein Nachdenken ohne Gedanken versunken, mechanisch weiterschreitend. So kam sie an den Rand des Wassers, das Eisschollen zu ihr herschwemmte und diese mit einem kalten, trockenen Ton an den Steinen des Ufers zerbrach. Das grüne Wasser übte eine unwiderstehliche Macht über die Sinne Indianas aus. Auch an schreckliche Ideen kann man sich gewöhnen, und hat man sie einmal zugelassen, so gefällt man sich bald in ihnen. Schon seit langem hatte der Gedanke an Nouns Selbstmord die Stunden ihrer Verzweiflung gelindert, eine solche Tat hatte etwas Verlockendes, Wollüstiges für sie. Ein religiöses Bedenken allein hatte sie bisher abgehalten, sich ernstlich damit zu beschäftigen; doch in diesem Augenblick herrschte kein vollständiger, gesunder Gedanke in ihrem Gehirn. Sie erinnerte sich kaum, daß es einen Gott gab, daß ein Raymon gelebt hatte, und so näherte sie sich mehr und mehr dem Wasser. Der Instinkt des Unglücks, der Magnetismus des Leidens trieb sie vorwärts.

Als sie das eiskalte Element an den Schuhen spürte, erwachte sie aus ihrem nachtwandlerischen Zustand. Sie suchte mit den Augen, wo sie sich befand; sie sah Paris hinter sich, die Seine zu ihren Füßen; der bleiche Widerschein der Häuser, das graue Blau des Himmels schwamm auf der öligen Wassermasse. Diese beständige Bewegung des Wassers und die Unbeweglichkeit des Bodens wechselten in ihren wirren Gedanken die Rolle, es war ihr, als ob das Wasser schliefe und die Erde entfliehe. In diesem Augenblick des Schwindels lehnte sie sich gegen eine Mauer, dann neigte sie sich, wie bezaubert, nach dem hinab, was sie für eine feste Masse ansah – – Aber das Bellen eines Hundes, der um sie herumsprang, zog sie wieder ab und verzögerte ihren Entschluß. Dann rannte ein Mann herbei, offenbar durch das Bellen hergerufen, faßte sie um den Leib, zog sie hinweg und setzte sie auf die Reste eines alten am Ufer liegenden Kahns. Sie sah ihm ins Gesicht, erkannte ihn aber nicht. Er setzte sich ihr zu Füßen, nahm seinen Mantel ab und hüllte sie ein, packte ihre Hände, um sie zu erwärmen, und rief sie beim Namen. Aber ihr Gehirn war zu schwach, um etwas zu fassen: seit achtundvierzig Stunden hatte sie das Essen vergessen.

Als aber wieder etwas Wärme in ihre erstarrten Glieder kam, sah sie Ralph vor sich knien; er hielt ihre Hände und forschte, ob sie wieder bei Bewußtsein wäre.

Haben Sie Noun getroffen? fragte sie.

Dann setzte sie in ihrer fixen Idee hinzu: Ich sah sie hier vorbeikommen – dabei deutete sie auf den Fluß – ich wollte ihr folgen, aber sie ging zu schnell und ich kam nicht vorwärts. Es lag wie ein Alp auf mir.

Ralph sah sie kummervoll an. Auch ihm war, als ob sein Kopf zerreiße, sein Gehirn auseinanderbreche.

Wir wollen weiter, fuhr sie fort, aber vorher müssen wir meine Füße suchen, die ich dort auf dem Kies gelassen habe.

Ralph bemerkte erst jetzt, daß ihre Füße durchnäßt und von der Kälte ganz erstarrt waren. So trug er sie zum nächsten Gasthaus, wo die Bemühungen einer guten Frau sie bald wieder zur Besinnung brachten. Einstweilen ließ Ralph Herrn Delmare sagen, daß er seine Frau gefunden habe. Aber der Oberst war noch nicht nach Hause zurückgekehrt, als die Nachricht dort eintraf. Er setzte seine Nachforschungen voll Zorn und Unruhe fort. Ralph, der besser wußte, wo er suchen mußte, war zuerst bei Herrn von Ramière gewesen; Raymon, der sich eben zu Bette begeben, hatte ihn mit einer ironischen Kälte empfangen. Dann war ihm Noun eingefallen, und er hatte den Fluß nach der einen Richtung hin abgesucht, während sein Diener es nach der andern hin tat. Ophelia hatte alsbald die Spur ihrer Gebieterin gefunden und Sir Ralph rasch nach der Stelle geführt, wo er sie dann wirklich wiederfand.

Während Indiana allmählich wieder einfiel, was in dieser Nacht mit ihr vorgegangen war, suchte sie sich vergebens auf das zu besinnen, was in jenen Momenten des Wahnsinns mit ihr geschehen war. Sie konnte deshalb ihrem Vetter nicht erklären, welche Gedanken vor einer Stunde die Herrschaft über sie hatten, aber er erriet sie und verstand den Zustand ihres Herzens, ohne zu fragen. Er nahm sie bei der Hand und sprach in einem sanften, aber feierlichen Ton zu ihr: Liebe Kusine, ich bitte Sie, mir eines zu versprechen; es soll der letzte Freundschaftsbeweis sein, womit ich Sie behelligen werde.

Sprechen Sie, erwiderte Indiana, Ihnen etwas zu Gefallen zu tun ist ja das einzige Glück, das mir geblieben ist.

So schwören Sie mir, nie mehr einen Selbstmord zu versuchen, ohne mich vorher davon zu benachrichtigen, sprach Ralph. Ich schwöre Ihnen, daß ich Sie auf keine Weise daran hindern werde. Ich will nur davon benachrichtigt werden; im übrigen nehme ich die Sache ebenso wenig schwer wie Sie. Sie wissen ja, daß ich selbst oft schon diese Idee hatte –

Weshalb reden Sie mir denn von Selbstmord? fragte Frau Delmare. Es fiel mir nicht ein, mich zu töten. Ich fürchte Gott; wäre das nicht –

Aber vorhin, Indiana, als ich Sie in meine Arme faßte, als Ophelia Sie am Kleid zurückhielt, da hatten Sie Gott und die Welt, Ihren Vetter Ralph und alles vergessen.

Warum haben Sie mich zurückgehalten? sagte sie traurig; jetzt wäre ich im Schoße des Herrn, denn ich war nicht sündhaft, ich wußte nicht mehr, was ich tat –

Ich habe es wohl gesehen; ich aber denke, es sei besser, sich den Tod mit Überlegung zu geben. Wir wollen später wieder davon reden.

Indiana zitterte. Der Wagen hielt eben vor dem Haus, wo sie ihren Gatten wiederfinden sollte. Sie hatte nicht die Kraft, die Treppe hinaufzusteigen; Ralph trug sie in ihr Zimmer. Ihre ganze Bedienung bestand aus einer Dienstfrau, die fortgegangen war, um über die Flucht der Frau Delmare in der Nachbarschaft zu schwatzen, und aus Lelièvre, der, weil er nicht wußte, was anfangen, nach der Morgue gerannt war, um unter den am Morgen eingebrachten Leichnamen nachzuforschen. Ralph blieb daher bei Frau Delmare, um sie zu pflegen. Sie litt sehr. Plötzlich verkündete die heftig gezogene Glocke die Rückkehr des Obersten. Ein Schauer des Schrecks und des Hasses schoß ihr durchs Blut. Heftig faßte sie den Arm ihres Vetters.

Hören Sie, Ralph, sprach sie zu ihm, wenn Sie ein wenig Liebe zu mir haben, so ersparen Sie mir in diesem Zustand den Anblick jenes Mannes. Er soll mich nicht bedauern; sein Zorn ist mir lieber als sein Mitleid. Öffnen Sie nicht oder schicken Sie ihn wieder fort; sagen Sie ihm, man habe mich nicht gefunden.

Ihre Lippen zitterten, ihre Arme krampften sich energisch zusammen, um Ralph festzuhalten. Von zwei entgegengesetzten Empfindungen hin- und hergezogen, wußte der arme Baron nicht, was er tun sollte. Delmare schellte, daß die Glocke fast zersprang, und seine Frau lag wie halb tot im Lehnstuhl.

Sie denken nur an seinen Zorn, erwiderte Ralph endlich, aber Sie denken nicht an seine Angst, seine Unruhe; Sie glauben immer, er hasse Sie. Wenn Sie heute früh seinen Schmerz gesehen hätten!

Indiana ließ den Arm mutlos sinken und Ralph öffnete.

Wo ist sie? rief der Oberst beim Eintreten! Sapperment! Wie bin ich gelaufen, um sie zu finden. Ich bin ihr außerordentlich für die saubere Rolle verbunden, die sie mich spielen läßt. Der Henker hole sie! Ich will sie nicht sehen, ich würde sie umbringen.

Bedenken Sie, daß sie Sie hört, erwiderte Ralph mit gedämpfter Stimme. Sie ist in einem Zustand, daß sie keine peinliche Aufregung ertragen kann. Mäßigen Sie sich!

Kreuzdonnerwetter! schrie der Oberst. Habe ich etwa seit heute morgen keine Aufregungen gehabt? Habe ich etwa Nerven wie Schiffskabel? Wer ist denn am meisten mitgenommen, erschöpft, wirklich krank, sie oder ich? Und wo haben Sie sie denn gefunden? Was hat sie denn angefangen? Sie ist schuld, daß ich diese alte Närrin von Carvajal, die mir zweideutige Antworten gab und diesen dummen Streich mir in die Schuhe schieben wollte, gehörig vorgenommen habe! Zum Teufel! Ich bin ganz hin!

Während Delmare diese Worte mit einer rauhen und harten Stimme ausstieß, hatte er sich auf einen Stuhl im Vorzimmer geworfen. Er erzählte fluchend seine Bemühungen, seine Ängste, seine Leiden, stellte tausend Fragen, hörte aber zum Glück nicht auf die Antworten, denn der arme Ralph verstand sich nicht aufs Lügen und wußte nicht, was er sagen sollte, um den Obersten zu beruhigen. So blieb er denn unbeweglich und stumm auf einem Tisch sitzen, als ob ihn die Qualen der beiden nichts angingen; innerlich aber war er unglücklicher über ihre Kümmernisse als sie selbst.

Als Frau Delmare ihren Gatten solche Verwünschungen ausstoßen hörte, fühlte sie sich stärker, als sie erwartet hatte. Diese Wut söhnte sie mit sich selbst wieder aus und war ihr deshalb weit lieber als ein Edelmut, der ihr Gewissensbisse verursacht hätte. Sie trocknete die letzte Spur ihrer Tränen und nahm den Rest ihrer Kräfte zusammen, den sie ja gern vollends ausgab, denn das Leben lastete zu schwer auf ihr. Als ihr Gatte mit einer harten, herrischen Miene auf sie zuschritt, änderte er sofort Ton und Benehmen; die Überlegenheit ihres Charakters legte ihm einen Zwang auf, drückte ihn nieder. Er versuchte würdig und kalt zu sein wie sie, aber er konnte nicht recht damit fertig werden.

Wollen Sie mir gefälligst mitteilen, begann er, wo Sie den Morgen und vielleicht sogar die Nacht zugebracht haben?

Dieses »Vielleicht« sagte Frau Delmare, daß man ihre Entfernung erst sehr spät bemerkt habe. Ihr Mut wuchs.

Nein, entgegnete sie, ich habe keineswegs die Absicht, Ihnen das zu sagen.

Delmare wurde vor Zorn und Staunen grün und gelb.

Wirklich? meckerte er, Sie hoffen mir das zu verheimlichen?

Es liegt mir sehr wenig daran, erwiderte sie in einem eisigen Ton. Wenn ich mich weigere, Ihnen eine Antwort zu geben, so geschieht es nur der Form wegen. Ich will Sie überzeugen, daß Sie überhaupt kein Recht haben, diese Frage an mich zu stellen.

Ich soll kein Recht dazu haben? Kreuzdonnerwetter! Wer ist denn der Herr hier? Sie oder ich? Wer trägt den Unterrock? Wollen Sie mir etwa den Bart vom Kinn nehmen? Das steht Ihnen übel an, mein Schatz!

Ich weiß, daß ich die Sklavin bin, daß Sie der Herr sind. Das Gesetz des Landes macht Sie dazu. Sie können mich binden, mich knebeln, alle meine Handlungen leiten. Sie haben das Recht des Stärkeren und das Gesetz bestätigt Sie darin; aber über meinen Willen vermögen Sie nichts; Gott allein kann ihn beugen. Suchen Sie immerhin nach einem Gesetz, nach einem Kerker, einem Folterwerkzeug, um Ihnen diesen Willen unterwürfig zu machen! Das wäre gerade, als ob Sie die Luft meistern und den Wind fassen wollten!

Schweigen Sie, alberne und unverschämte Person, Ihre Romanphrasen langweilen mich.

Sie können mir Schweigen auferlegen, aber mich nicht hindern, zu denken.

Törichter Stolz, Trotz des Wurms! Sie mißbrauchen das Mitleid, das man mit Ihnen hat. Aber Sie sollen sehen, daß man diesen großartigen Charakter ohne viel Mühe mürbe machen kann.

Ich rate Ihnen, es nicht zu versuchen, Ihre Ruhe möchte darunter leiden, Ihre Würde würde keinesfalls dabei gewinnen.

Glauben Sie? schrie er, und packte ihre Hand zwischen seinem Daumen und Zeigefinger.

Ich glaube es, erwiderte sie, ohne eine Miene zu verziehen.

Ralph machte zwei Schritte, faßte den Arm des Obersten mit seiner Eisenhand und bog ihn wie eine Weidenrute, während er in ruhigem Ton sagte: Ich ersuche Sie, dieser Frau kein Haar zu krümmen.

Delmare hatte gute Lust, sich auf ihn zu werfen; aber er fühlte, daß er unrecht hatte, und er fürchtete auf der Welt nichts so sehr, als vor sich selbst erröten zu müssen. Er begnügte sich daher, ihn zurückzustoßen und ihm zuzurufen: Kehren Sie vor Ihrer eigenen Tür!

Dann wendete er sich wieder gegen seine Frau und kreuzte die Arme über der Brust, um nicht in Versuchung zu kommen, auf sie loszuschlagen.

Sie empören sich also offen gegen mich, sprach er, weigern sich, mir nach Ile Bourbon zu folgen, wollen sich von mir trennen? Gut, gut! auch ich –

Ich will es nicht mehr, fiel sie ihm ins Wort. Ich wollte

es gestern; ja, es war mein fester Wille; heute morgen ist dies nicht mehr der Fall. Sie haben Gewalt gegen mich gebraucht, indem Sie mich in meinem Zimmer einsperrten; ich bin durch das Fenster fort, um Ihnen zu beweisen, daß, wenn man nicht den freien Willen einer Frau zu meistern versteht, man nur eine lächerliche Herrschaft über sie übt. Ich habe einige Stunden außer dem Bereich Ihrer Gewalt zugebracht; habe die Luft der Freiheit geatmet, um Ihnen zu beweisen, daß Sie moralisch mein Gebieter nicht sind, daß ich nur von mir allein abhänge. Während ich fortlief, habe ich bedacht, daß ich meiner Pflicht, meinem Gewissen schuldig sei, wiederzukommen und mich Ihnen zu stellen; ich habe es aus freiem Antrieb getan. Mein Vetter hat mich hierher begleitet, nicht gebracht. Wenn ich ihm nicht hätte folgen wollen, hätte er mich nicht dazu zwingen können, das werden Sie einsehen. Verlieren Sie daher Ihre Zeit nicht damit, daß Sie sich mit meinen Überzeugungen auseinandersetzen; Sie werden diese niemals beeinflussen; Sie haben das Recht hierzu in dem Augenblick verloren, wo Sie es durch Gewalt zu bewirken suchten. Beschäftigen Sie sich lieber mit der Abreise, ich bin bereit, Sie dabei zu unterstützen und Ihnen zu folgen, nicht weil Sie es wollen, sondern weil es mir jetzt paßt. Sie können mich verdammen, aber ich werde nur mir selbst gehorchen.

Ihre Geistesverwirrung kann mir leid tun, sagte der Oberst, die Achsel zuckend.

Dann zog er sich auf sein Zimmer zurück, um seine Papiere in Ordnung zu bringen, innerlich sehr froh über den Entschluß der Frau Delmare. Jetzt hatte er ja keine Hindernisse mehr zu befürchten, denn er hielt das Wort seiner Frau ebenso hoch, wie er ihre Ideen verachtete.

XXII

Raymon hatte Sir Ralph, als sich dieser bei ihm nach Indiana erkundigte, sehr trocken empfangen, dann aber konnte er vor Erschöpfung nicht mehr und versank in tiefen Schlaf. Als er erwachte, hatte er ein durchaus wohliges Gefühl; er sagte sich, daß jetzt ja die Hauptkrise des Abenteuers glücklich vorüber sei. Seit langem hatte er vorausgesehen, daß ein Augenblick kommen würde, wo er mit dieser Liebe zusammengeraten würde, wo er seine Freiheit gegen die Anforderungen einer romantischen Leidenschaft würde verteidigen müssen, und er hatte sich zum voraus Mut eingesprochen, um derartige Ansprüche zu bekämpfen. Endlich war der schwere Schritt getan; er hatte nein gesagt, er brauchte nicht mehr darauf zurückzukommen, die Sache hatte ja einen herrlichen Verlauf genommen. Indiana hatte nicht gar zu viel geweint, nicht gar zu heftig in ihn gedrängt. Sie hatte sich eigentlich recht vernünftig benommen; hatte beim ersten Wort begriffen und rasch und stolz ihren Entschluß gefaßt.

Raymon war mit seiner Vorsehung sehr zufrieden; denn er hatte seine eigene, an die er als guter Sohn glaubte und von der er überzeugt war, daß sie alle Dinge eher zum Schaden der andern als seiner selbst ordnen würde. Sie hatte ihn bis dahin so gut behandelt, daß er nicht an ihr zweifeln wollte. Die notwendige Folge seiner Verirrungen einsehen und sich darüber beunruhigen, wäre in seinen Augen ein Verbrechen der Undankbarkeit gegen den guten Gott gewesen, der über ihm wachte.

Als er sich erhob, fühlte er sich noch sehr von der Anstrengung der Phantasie ermattet, wozu ihn jene peinliche Szene genötigt hatte. Jetzt kam seine Mutter zu ihm; sie hatte sich bei Frau von Carvajal erkundigt, wie sich Frau Delmare körperlich und geistig befinde. Die Marquise hatte sich darüber keine Sorge gemacht; gleichwohl war sie jetzt sehr verdrießlich, als Frau von Ramière sie geschickt ausfragte. Das einzige, was jene aber beim Verschwinden der Frau Delmare unangenehm berührte, war der Skandal, der daraus entstehen mußte. Sie beklagte sich jetzt bitter über ihre Nichte, die sich noch am Tag vorher in die Wolken erhoben hatte; und Frau von Ramière erkannte bald, daß die unglückliche Indiana sich durch jenen Schritt ihre Verwandte für immer entfremdet und somit die letzte natürliche Stütze, die ihr noch geblieben war, verloren hatte.

Wer die Marquise recht kannte, mochte diesen Verlust eben nicht hoch anschlagen, allein Frau von Carvajal galt selbst in den Augen der Frau von Ramière für ein Tugendmuster, dem nichts anzuhaben war. Durch ein kluges Benehmen hatte sie ihr Jugendleben mit einem Geheimnis zu umhüllen gewußt, oder es war im Wirbel der Revolution verschwunden. Frau von Ramière beklagte das Schicksal Indianas und suchte sie zu entschuldigen; Frau von Carvajal bemerkte scharf, sie sei in dieser Sache vielleicht nicht so unbeteiligt, um gerecht richten zu können.

Aber was soll jetzt aus dieser unglücklichen jungen Frau werden? fragte Frau von Ramière. Wer wird sich ihrer annehmen, wenn ihr Mann sie mißhandelt?

Es wird aus ihr werden, was Gott will, erwiderte die Marquise; ich mische mich nicht in diese Sache und will sie nie wiedersehen.

Die gute Frau von Ramière wollte in ihrer Angst um jeden Preis wissen, wie es Frau Delmare gehe. Sie ließ sich daher bis an das Ende der Straße geleiten, wo jene wohnte, und schickte einen Diener, der sich beim Schließer erkundigen sollte, ob Sir Ralph da wäre. Sie wartete in ihrem Wagen das Ergebnis dieser Unternehmung ab, und bald erschien Ralph selbst vor ihr.

Frau von Ramière war vielleicht die einzige Person, die Ralph richtig beurteilte; einige Worte genügten, um beide zu überzeugen, daß sie einen gleich innigen und aufrichtigen Anteil an dieser Sache nahmen. Ralph erzählte, was am Morgen geschehen war; da er über die Vorgänge der Nacht nur einen unbestimmten Verdacht hatte, suchte er sich keineswegs Gewißheit darüber zu verschaffen. Aber Frau von Ramière glaubte ihm mitteilen zu müssen, was sie davon wußte, um seine Unterstützung bei ihrem Bestreben, diese unselige und unmögliche Verbindung zu lösen, zu gewinnen. Ralph, der sich ihr gegenüber weniger geniert fühlte, zeigte bei dieser Eröffnung einen tiefen Kummer in seinem Gesicht.

Sie sagen, gnädige Frau, murmelte er, während er ein nervöses Zucken, das über ihn ging, mit Gewalt zurückdrängte, sie habe die Nacht in Ihrem Haus zugebracht?

Ja, eine einsame und qualvolle Nacht. Raymon, der gewiß daran keine Schuld trägt, kam erst gegen sechs Uhr nach Hause und um sieben Uhr kam er zu mir und bat mich, die Unglückliche zu beruhigen.

Sie wollte ihren Mann verlassen! Sie wollte ihre Ehre in die Schanze schlagen! rief Ralph mit starren Blicken und in seltsamer Gemütsbewegung. Sie liebt ihn also sehr, diesen Unwürdigen!

Er vergaß ganz, daß er mit Raymons Mutter sprach.

Ich habe es mir allerdings schon lange gedacht, fuhr er fort; warum habe ich nicht vorausgesehen, daß sie sich eines Tages zugrunde richten würde! Ich hätte sie dann lieber umgebracht

Die Sprache in Ralphs Munde setzte Frau von Ramière in Staunen; sie hatte geglaubt, sie habe es mit einem ruhigen, nachsichtigen Mann zu tun, und bereute nun, dem Schein Glauben geschenkt zu haben.

Mein Gott! rief sie erschrocken, auch Sie beurteilen sie

so unbarmherzig! Wollen Sie sie auch verlassen wie ihre Tante? Soll denn diese Verfehlung, unter der sie schon so sehr gelitten hat, ihr jeden Freund rauben?

Das brauchen Sie von mir nicht zu fürchten, gnädige Frau, erwiderte Ralph; seit sechs Monaten weiß ich alles und habe nichts gesagt. Ich habe sie beim ersten Kuß ertappt und Herrn von Ramière nicht vom Pferd gerissen; oft habe ich im Wald ihre Liebesboten erwischt und sie nicht mit Peitschenhieben traktiert. Ich traf Herrn von Ramière auf der Brücke, als er sie heimlich besuchte; es war Nacht, wir waren allein, und ich bin viermal stärker als er, gleichwohl habe ich ihn nicht ins Wasser gestürzt. Als ich ihn fliehen ließ und er meine Wachsamkeit täuschte und doch zu ihr ging, habe ich die Tür nicht eingetreten und ihn aus dem Fenster geworfen, sondern sie ruhig von der Ankunft ihres Mannes unterrichtet, und dem einen das Leben gerettet, um der anderen die Ehre zu erhalten. Heute morgen hatte ich diesen Menschen in der Hand; ich wußte, daß er an all unserem Unglück schuld war, und wenn ich nicht das Recht hatte, ihn anzuklagen, ohne Beweise in der Hand zu haben, so konnte ich wenigstens wegen seines anmaßenden spöttischen Tons Händel mit ihm anfangen. Nun, ich habe sein beleidigendes Herabsehen ertragen, weil ich wußte, daß sein Tod Indiana das Leben kosten würde; ich habe ihn wieder auf die andere Seite liegen und fortschlafen lassen, während Indiana halb tot und wahnsinnig am Rand der Seine stand und im Begriff war, einem früheren Opfer dieses Menschen nachzufolgen. – Sie sehen, gnädige Frau, ich kann mit den Leuten, die ich hasse, ebenso geduldig sein, wie ich mit denen nachsichtig bin, die ich liebe.

Frau von Ramière betrachtete Ralph, der ihr im Wagen gegenübersaß, mit einem Erstaunen, dem sich Schrecken beimischte. Er war so ganz anders, als wie sie ihn bisher gesehen hatte, so daß sie fast glaubte, er habe plötzlich den Verstand verloren. Die Anspielung auf den Tod Nouns bestärkte sie in dem Gedanken; denn diese Geschichte war ihr völlig unbekannt, und so nahm sie das, was Ralph im Zorn entschlüpft war, für eine dem Gegenstand fern liegende Sache. Er befand sich in der Tat in einer jener heftigen Gemütsbewegungen, die auch dem ruhigsten Menschen einmal im Leben vorkommen können und die so nahe an Narrheit grenzen, daß ein Grad mehr sie bis zur Tollheit steigern kann. Sein Zorn war verbissen, wie dies bei kalten Gemütern der Fall ist, aber dabei so gewaltig, wie er nur bei edlen Seelen vorkommt, und diese bei ihm so seltene Erscheinung machte seinen Anblick geradezu furchtbar.

Frau von Ramière nahm ihn bei der Hand und sprach in sanftem Ton: Sie müssen sehr leiden, lieber Herr Ralph, denn Sie tun mir wehe, ohne daß es Ihnen leid tut; Sie vergessen, daß der Mensch, von dem Sie sprechen, mein Sohn ist, und daß, wenn er wirklich etwas Schlechtes getan hat, dies mein Herz noch mehr zerreißen muß als das Ihrige.

Ralph kam augenblicklich zu sich, er küßte Frau von Ramière in einem Erguß von Freundschaft, der bei ihm ebenso selten vorkam wie ein Zornausbruch, die Hand und sagte: Verzeihen Sie, gnädige Frau! Sie haben recht, ich leide sehr, und ich vergaß, was ich achten sollte. Vergessen Sie die Bitterkeit, die ich blicken ließ; mein Herz wird sie in sich zu verschließen wissen.

Herr von Ramière und ich werden uns nicht so bald wiedersehen. Was aber meine Kusine betrifft, so sollen Sie nicht bereuen, mich über sie aufgeklärt zu haben. Wenn auch alle Welt sie verläßt, so soll ihr doch ein Freund bleiben.

Als Frau von Ramière gegen Abend nach Hause zurückkehrte, fand sie Raymon am Kamin, wo er seine in Samtpantoffeln gehüllten Füße behaglich wärmte und Tee einnahm, um die nervöse Aufregung vom Morgen vollends zu zerstreuen. Er war infolge dieser vergeblichen Erregung noch etwas matt; aber bereits belebten süße Zukunftsgedanken seine Seele; er fühlte sich endlich wieder frei und gab sich ganz den seligen Betrachtungen über diesen herrlichen Gemütszustand hin, den er sich doch so schlecht zu erhalten wußte.

Der Verdruß, sagte er zu sich, den mir diese zwei Kreolinnen bereitet haben, soll mir zur Warnung dienen; ich werde mich künftig nur noch mit leichtsinnigen, spöttischen Pariserinnen einlassen, mit wirklichen Weltdamen. Vielleicht wäre es auch gut, wenn ich heiratete, um, wie man zu sagen pflegt, der Sache ein Ende zu machen. –

Er war ganz in diese spießbürgerlichen Gedanken versunken, als seine Mutter erregt und erschöpft eintrat.

Es geht ihr besser, sagte sie; alles ist gut gegangen, und ich hoffe, daß sie sich beruhigen wird.

Wer denn? fragte Raymon, als er sich so plötzlich seinen Luftschlössern entrückt sah.

Doch fiel ihm am anderen Tag ein, daß er noch eine Aufgabe zu erfüllen habe: er mußte versuchen, die Achtung, wo nicht die Liebe dieser Frau wiederzugewinnen. Sie sollte sich nicht rühmen können, ihn verlassen zu haben; sie sollte glauben, sie habe nur der Macht seiner Vernunft und seines Edelmuts nachgegeben. Er wollte sie noch beherrschen, nachdem er sie von sich gestoßen hatte. So schrieb er ihr denn:

»Es ist nicht meine Absicht, teure Freundin, Sie wegen einiger harter oder zu kühner Worte, die mir im Taumel der Sinne entschlüpft sind, um Verzeihung zu bitten. In dem Wirrsal des Fiebers kann man ja keinen rechten Gedanken fassen, noch weniger ihn in einer passenden

Weise ausdrücken. Es ist nicht meine Schuld, daß ich kein Gott bin, daß ich in Ihrer Gegenwart die Glut des kochenden Blutes nicht zügeln kann, daß mein Geist sich verwirrt, daß ich toll werde. Vielleicht hätte ich Ursache, mich über die grausame Kaltblütigkeit zu beklagen, womit Sie mich zu entsetzlichen Qualen verdammten, ohne jemals Mitleid mit mir zu empfinden; aber dies ist ja auch nicht Ihre Schuld. Sie waren zu vollkommen, um in dieser Welt eine Rolle zu spielen, wie wir gewöhnlichen Menschen, welche den menschlichen Leidenschaften unterworfen und Sklaven unserer groben Natur sind. Ich habe es Ihnen oft gesagt, Indiana, Sie sind keine rechte Frau, und wenn ich in Ruhe darüber nachdenke, so kommen Sie mir wie ein Engel vor. Ich bete Sie in meinem Herzen wie eine Gottheit an. Aber bei Ihnen, neben Ihnen nimmt oft der alte Mensch wieder sein Recht in Anspruch. Unter dem balsamischen Hauch Ihrer Lippen verzehrte oft ein kochendes Feuer die meinigen; oft, wenn ich mich zu Ihnen neigte und meine Haare die Ihrigen berührten, durchzuckte ein Schauer unsagbarer Wollust meine Adern. Dann vergaß ich, daß Sie nur ein Ausfluß des Himmels, ein Traum der ewigen Glückseligkeit sind. Warum, du reiner Geist, hast du die verführerische Form einer Frau angenommen? Warum, Engel des Lichts, hast du dich mit allen Reizen der Hölle umgeben? Oft glaubte ich das Glück in meinen Armen zu halten, aber es war nur die Tugend!

Verzeihen Sie mir dieses sträfliche Bedauern, teure Freundin; ich war Ihrer nicht würdig und vielleicht, wenn Sie zu mir hätten herabsteigen können, wären wir beide glücklicher gewesen. So hat meine untergeordnete Natur Ihnen stets nur Leiden verursacht und Sie haben mir aus der Tugend, die Sie besaßen, ein Verbrechen gemacht.

Jetzt, bin ich überzeugt, werden Sie mich frei von

Schuld sprechen, denn die Vollkommenheit setzt auch die Barmherzigkeit voraus. Lassen Sie mich nur noch einmal die Stimme erheben, um Ihnen zu danken und Sie zu segnen. Ihnen zu danken – nein, mein Leben! das ist nicht das rechte Wort; denn meine Seele ist von dem mutigen Entschluß, der Sie meinen Armen entführt, mehr zerrissen als die Ihrige. Aber ich bewundere Sie und muß Ihnen Glück dazu wünschen, so sehr ich auch darüber weine. Sie haben die Kraft gefunden, Indiana, dieses heroische Opfer zu bringen. Es bricht mir das Herz, es zertrümmert mein Leben, es verödet meine Zukunft, es vernichtet meine Existenz. Und dennoch liebe ich Sie noch tief genug, um dies zu ertragen, ohne mich zu beklagen; denn an meiner Ehre ist nichts gelegen, an der Ihrigen alles. Tausendmal würde ich Ihnen meine Ehre zum Opfer bringen; aber die Ihrige ist mir mehr wert als alle Genüsse, die Sie mir hätten gewähren können. Nein, nein? Ich hätte von einem solchen Opfer keinen Genuß gehabt. Vergebens würde ich versucht haben, mich im Taumel der Entzückungen zu betäuben, vergebens hätten Sie mir die Arme geöffnet, um mich in himmlischen Wonnen zu berauschen; mitten darin hätte mich die Reue gepackt; sie hätte meine Tage vergiftet, und die Verachtung der Menschen hätte mich schwerer betroffen als Sie. O Gott! Sie durch mich erniedrigt, befleckt zu wissen! Sie von der hohen Stufe der Verehrung, auf der Sie stehen, herabgestürzt zu sehen! Sie in meinen Armen beschimpft zu sehen, ohne die Schmach abwaschen zu können! Vergebens hätte ich all mein Blut für Sie vergossen; ich hätte Sie vielleicht gerächt, aber reinigen hätte ich Sie nie können. Je mehr ich gebrannt hätte, Sie zu verteidigen, um so schwerer wäre die Anklage gegen Sie geworden; mein Tod selbst wäre nur ein unwiderlegbarer Beweis Ihres Vergehens gewesen. Arme Indiana, ich hätte Sie verloren! O wie elend wär' ich dann gewesen!

Reisen Sie, Geliebte! Ziehen Sie unter einen anderen Himmel, ernten Sie dort die Früchte der Tugend und der Religion. Gott wird uns für diese Entsagung belohnen, denn Gott ist gütig. Er wird uns in einem besseren Leben wieder vereinigen, vielleicht sogar – doch nein, dieser Gedanke wäre ein neues Verbrechen; und doch kann ich es nicht lassen, zu hoffen! Leben Sie wohl, Indiana, leben Sie wohl! Sie haben recht, unsere Liebe ist ein Frevel. – Aber ach! Mein Herz ist gebrochen. Wo soll ich die Kraft finden, um Ihnen Lebewohl zu sagen!« —

Raymon trug diesen Brief selbst zu Frau Delmare; sie hatte sich jedoch eingeschlossen und wollte ihn nicht sehen. Er ging weiter, nachdem er den Brief dem Dienstmädchen in die Hand gedrückt und den Gatten noch herzlich umarmt hatte. Als er die letzte Stufe der Treppe hinter sich hatte, fühlte er sich leichter als je. Das Wetter war so schön, die Frauen so hübsch, die Läden so glänzend; es wäre ein schöner Tag im Leben Raymons.

Frau Delmare verschloß den Brief, ohne ihn zu öffnen, in einem Kästchen, das sie erst in den Kolonien öffnen wollte. Sie wollte sich noch bei ihrer Tante verabschieden, aber Sir Ralph widersetzte sich diesem Vorhaben mit dem größten Nachdruck. Er hatte Frau von Carvajal besucht; er wußte, daß sie die Absicht hatte, Indiana mit Vorwürfen zu überhäufen, durch ihre Verachtung niederzuschmettern. Er war empört über diese heuchlerische Sittenstrenge und konnte den Gedanken nicht ertragen, daß Indiana sich einer solchen Szene aussetzen sollte.

Am anderen Tag, als Delmare und seine Frau eben in den Eilwagen steigen wollten, sagte Sir Ralph mit seinem gewöhnlichen Gleichmut zu ihnen: Ich habe Ihnen oft zu verstehen gegeben, daß ich Sie zu begleiten wünschte; Sie haben mich aber nie verstehen oder mir nicht antworten wollen. Wollen Sie mir jetzt erlauben, mit Ihnen zu gehen?

Nach Bordeaux? fragte Herr Delmare.

Nach Bourbon, erwiderte Ralph.

Wo denken Sie hin! rief Herr Delmare. Sie können doch nicht einer Familie nachziehen, deren Zukunft ungewiß und deren Lage bedenklich ist. Es hieße Ihre Freundschaft schnöde mißbrauchen, wenn wir das Opfer Ihres ganzen Lebens, die Aufgabe Ihrer Stellung in der Gesellschaft annehmen wollten. Sie sind reich, noch jung und frei; Sie müssen sich wieder verheiraten, eine Familie gründen.

Darum handelt es sich nicht, entgegnete Sir Ralph trocken. Ich kann meine Gedanken nicht in Worte kleiden, die ihren Sinn verstecken, und will Ihnen deshalb frei heraus sagen, was ich denke. Es hat mir scheinen wollen, als ob Ihrer beider Freundschaft für mich in den letzten sechs Monaten etwas erkaltet wäre. Vielleicht habe ich Mißgriffe begangen, ohne daß ich bei meiner Dickhäutigkeit es selbst bemerkte. Wenn ich mich täusche, so genügt ein Wort von Ihnen, um mich eines Besseren zu belehren; dann erlauben Sie mir, daß ich Sie begleite. Bin ich Ihnen aber überflüssig geworden, so ist jetzt der Augenblick gekommen, es mir zu sagen; Sie dürfen nicht fortgehen und mir die unangenehme Empfindung zurücklassen, daß ich meine etwaigen Fehler nicht wieder gutgemacht hätte.

Der Oberst war von dieser ehrlichen Ansprache so gerührt, daß er alle Empfindlichkeiten der Eigenliebe, die ihn in letzter Zeit von seinem Freund entfernt hatten, vergaß. Er bot ihm die Hand und beteuerte ihm, seine Freundschaft sei so aufrichtig wie jemals, und er habe sein Opfer nur aus zarter Rücksicht abgelehnt.

Frau Delmare schwieg. Ralph machte noch einen Versuch, um ihr ein Wort zu entlocken.

Und wie ist es mit Ihnen, Indiana? fragte er mit erstickter Stimme, haben Sie noch einige Freundschaft für mich?

Diese Worte weckten die ganze geschwisterliche Liebe, all die Erinnerungen der Jugend, all die vertraulichen Gewohnheiten wieder auf, die ihre Herzen verbanden. Sie stürzten einander weinend in die Arme, selbst Ralph war einer Ohnmacht nahe; denn in diesem starken Körper, unter diesem ruhigen, zurückhaltenden Äußeren gärten gewaltige Empfindungen. Er mußte sich setzen, um nicht umzusinken, und blieb einige Augenblicke stumm und blaß sitzen; dann nahm er die Hand des Obersten in seine eine und die Indianas in die andere Hand.

In dieser Stunde einer Trennung, die vielleicht auf ewig ist, sprach er, seien Sie offen gegen mich: Lehnen Sie meinen Antrag, Sie zu begleiten, ab?

Ich schwöre Ihnen auf meine Ehre, erwiderte Delmare, wenn ich ihn ablehne, so opfere ich mein Glück dem Ihrigen.

Und von mir wissen Sie ja, setzte Indiana hinzu, daß ich mich niemals von Ihnen trennen möchte.

Verhüte Gott, daß ich in einem solchen Augenblick an Ihrer Aufrichtigkeit zweifle, erwiderte Ralph; Ihr Wort genügt, ich bin mit Ihnen beiden zufrieden.

Er verschwand.

Sechs Wochen später lichtete die Brigg La Coraly im Hafen von Bordeaux die Anker. Ralph hatte seinen Freunden geschrieben, daß er in den letzten Tagen ihres dortigen Aufenthalts erscheinen werde; nach seiner Gewohnheit war er aber so lakonisch gewesen, daß man unmöglich wissen konnte, ob er kommen wolle, um ihnen auf ewig Lebewohl zu sagen, oder um sie zu begleiten. Vergebens harrten sie bis zum Schluß, und der Kapitän gab das Zeichen zur Abfahrt, ohne daß Ralph erschienen wäre. Eine düstere Ahnung vermehrte noch den dumpfen Schmerz, der auf Indiana drückte, als die letzten Häuser des Hafens im allgemeinen Grün der Küste verschwanden. Sie bebte bei dem Gedanken, daß sie sich von nun an mit diesem Mann, den sie haßte, allein auf der Welt befinde, daß sie bei ihm leben und sterben müßte, ohne daß ein Freund sie tröstete, ein Verwandter sie vor seiner herrischen Heftigkeit schützte.

Aber als sie sich umwendete, sah sie auf dem Verdeck hinter sich das friedliche, wohlwollende Gesicht Ralphs, das ihr zulächelte.

Du willst mich also nicht verlassen? rief sie und warf sich ihm weinend an den Hals.

Niemals, erwiderte Ralph und drückte sie innig an seine Brust.

XXIII

Brief der Frau Delmare an Herrn von Ramière. Insel Bourbon, d. 3. Juli 18..

»Ich war entschlossen, Sie nicht mehr durch die Erinnerung an mich zu peinigen; aber als ich hier ankam und den Brief las, den Sie mir am Tag vor meiner Abreise von Paris zugehen ließen, fühlte ich, daß ich Ihnen eine Antwort schuldig sei, denn in meinem Schmerz war ich zu weit gegangen; ich hatte mich in Beziehung auf Sie geirrt, und ich bin Ihnen nun eine Genugtuung schuldig, nicht dem Geliebten, aber dem Menschen.

Verzeihen Sie, Raymon! In jenem fürchterlichsten Augenblick meines Lebens hielt ich Sie für ein Scheusal. Ein einziger Blick, ein einziges Wort von Ihnen hatten jedes Vertrauen, jede Hoffnung für immer in meiner Seele ausgelöscht. Ich weiß, daß ich nicht mehr glücklich sein kann, aber ich hoffe noch, Sie nicht verachten zu müssen; das wäre für mich der Todesstoß.

Ja, ich hielt Sie für das Schlechteste auf der Welt, für

einen Egoisten. Ich verabscheute Sie. Ich fürchtete, Bourbon sei nicht weit genug entfernt, um nichts mehr von Ihnen zu hören, und die Empörung über Ihre Untat gab mir die Kraft, den Kelch bis auf die Neige zu leeren.

Seitdem ich Ihren Brief gelesen habe, ist es mir besser. Ich bedaure nicht, Sie verloren zu haben, aber ich hasse Sie wenigstens nicht mehr; und ich möchte nicht, daß der peinliche Gedanke auf Ihrem Leben lasten bliebe, daß Sie das meinige zerstört haben. Seien Sie glücklich, beruhigen Sie sich; vergessen Sie mich; ich lebe noch, werde vielleicht lange leben.

Es trifft Sie wirklich keine Schuld, nur ich war unbesonnen. Ihr Herz war nicht leer, aber es war für mich verschlossen. Sie haben mich nicht belogen, ich habe mich nur selbst getäuscht. Sie waren weder meineidig noch gefühllos; Sie liebten mich nur nicht.

Mein Gott! mein Gott! Sie liebten mich nicht? Warum mußte ich denn Sie lieben? – Doch ich will mich nicht so weit erniedrigen, daß ich klage; ich schreibe Ihnen nicht, um nur die Ruhe Ihres Lebens durch eine unangenehme Erinnerung zu vergiften. Ich will auch nicht Ihr Mitleid durch ein Elend rege machen, das ich allein zu tragen die Kraft habe. Da ich die Rolle, die für Sie paßt, jetzt besser kenne, ist es meine Absicht nur, Sie freizusprechen und Ihnen zu verzeihen.

Ich will mich nicht bemühen, Ihren Brief zu widerlegen, es wäre gar zu leicht; auch habe ich nicht die Absicht, auf Ihre Bemerkungen über meine Pflichten eine Erwiderung zu geben. Beruhigen Sie sich, Raymon, ich kenne Sie, und ich liebte Sie nicht so wenig, um jene gedankenlos zu verletzen. Sie brauchen mir nicht erst zu sagen, daß die Verachtung der Gesellschaft der Lohn für meine Fehltritte gewesen sein würde; ich wußte es wohl. Es war mir nicht unbekannt, daß der Makel tief, unauslöschlich, verzehrend sein würde; daß ich von allen Seiten zurückgestoßen, verwünscht, mit Schimpf und Schande überhäuft werden, daß ich keinen einzigen Freund finden würde, der mich beklagt, mich getröstet hätte. Der einzige Irrtum, der mir passierte, war, daß ich fest darauf rechnete, Sie würden mir Ihre Arme öffnen, würden mir helfen, die Verachtung, das Elend, die Verlassenheit zu tragen. Das einzige, was ich nicht vorhersah, war, daß Sie vielleicht mein Opfer ablehnen könnten, nachdem Sie es mich hatten bringen lassen. Ich hatte mir eingebildet, das könne gar nicht sein. Ich ging in der Ansicht zu Ihnen, Sie würden mich anfangs aus Grundsatz und Pflichtgefühl zurückweisen, aber ich war überzeugt, wenn Sie sich erst die unvermeidlichen Folgen meines Schrittes klar gemacht, würden Sie sich auch gedrungen fühlen, mir zu helfen, jene zu tragen. Nein? Ich hätte wahrhaftig niemals geglaubt, daß Sie mich den Folgen eines so gefährlichen Entschlusses allein aussetzen, daß Sie mich die bitteren Früchte allein pflücken lassen würden, statt mich in Ihrem Herzen aufzunehmen und mich durch Ihre Liebe zu beschirmen.

Wie hätte ich dann diesen Gerüchten der Welt, die mir nicht mehr schaden konnte, Trotz geboten! Wie hätte ich von Ihrer Liebe getragen, dem Haß begegnen wollen! Wie wenig Gewissensbisse hätte ich empfunden! Wie hätte die Leidenschaft, die Sie mir einflößten, jede innere Stimme erstickt! Nur mit Ihnen beschäftigt, hätte ich mich selbst vergessen; stolz auf den Besitz Ihres Herzens hätte ich keine Zeit gefunden, über mich selbst zu erröten. Ein Wort von Ihnen, ein Blick, ein Kuß hätte genügt, um mich frei zu sprechen, und der Gedanke an die übrige Menschheit, an ihre Gesetze hätte keinen Platz mehr in einem solchen Leben gefunden. Ich war offenbar närrisch; ich hatte, wie Sie zynisch bemerkten, das Leben in Romanen kennengelernt, die für Kammerjungfern bestimmt waren, in jenen lachenden, aber kindischen Dichtungen, wo man das Herz für tolle Unternehmungen und ein unmögliches Glück zu interessieren sucht. Es ist furchtbar wahr, was Sie da gesagt haben, Raymon! Daß Sie recht haben, das ist es, was mich entsetzt, mich zu Boden wirft.

Was ich mir aber nicht so gut zu erklären weiß, ist, daß wir beide über jene Unmöglichkeit nicht gleich fühlten; daß ich, das schwache Weib, in der Aufregung meiner Gefühle die Kraft gewann, mich allein in jene unwahrscheinliche, romanhafte Lage zu versetzen, und daß Sie, der Mann von Herz, in Ihrem Willen nicht die Kraft fanden, mir dahin zu folgen. Und doch hatten Sie diese Zukunftsträume geteilt, hatten diesem Wahn zugestimmt, hatten in mir diese Hoffnung, die doch nicht zu verwirklichen war, genährt. Seit langer Zeit hörten Sie meine kindischen Pläne, meine Pygmäenentwürfe mit Lächeln auf den Lippen, mit Freude in den Augen mit an, und Ihre Worte waren ganz Liebe und Dankbarkeit dafür. Auch Sie waren blind, unbesonnen, phantastisch. Wie kam es, daß Ihnen die Vernunft erst beim Anblick der Gefahr wiederkam? Ich hatte immer geglaubt, die Gefahr blende die Augen, steigere die Entschlußkraft, berausche die Furcht; Sie aber zitterten im Augenblick der Krisis? Habt ihr Männer denn nur den physischen Mut, der dem Tod trotzt? Seid ihr des geistigen Mutes nicht fähig, der es mit dem Unglück aufnimmt? Sie, der Sie alles so wundervoll zu erklären wissen, bitte, erklären Sie mir auch dieses Rätsel.

Vielleicht war Ihr Traum ein anderer als der meinige; weil bei mir der Mut in meiner Liebe bestand. Sie hatten sich eingebildet, Sie liebten mich, und erwachten betroffen aus diesem Irrtum, als ich gerade unter dem Schutz der meinigen vertrauensvoll vorging.

Weshalb sollte ich Ihnen jetzt Vorwürfe machen? Ist man für die Regungen seines Herzens verantwortlich? Hat es von Ihnen abgehangen, mich ewig zu lieben? Gewiß nicht. An mir liegt die Schuld, daß ich es nicht verstand, Ihnen länger und besser zu gefallen. Ich forsche nach der Ursache hiervon, kann sie aber in meinem Herzen nicht finden; und doch ist sie irgendwo vorhanden. Vielleicht habe ich Sie zu sehr geliebt, vielleicht war Ihnen meine Zärtlichkeit lästig, ermüdend. Sie sind eben ein Mann, lieben die Unabhängigkeit und das Vergnügen. Ich war Ihnen nur eine Last. Ich versuchte zuweilen, mir Ihr Leben untertan zu machen. Aber es waren doch sehr armselige Fehler gegen ein so grausames Verlassen!

So genießen Sie diese Freiheit, die auf Kosten meiner ganzen Existenz erkauft ist, ich werde Sie nicht darin stören. Ach, warum haben Sie mir diese Lektion nicht früher erteilt! Das Übel wäre für mich geringer gewesen, und vielleicht auch für Sie.

Seien Sie glücklich, dies ist der letzte Wunsch meines gebrochenen Herzens. Mahnen Sie mich nicht mehr daran, an Gott zu denken; überlassen Sie diese Sorge den Priestern, denen es obliegt, das verhärtete Herz der Sünder zu erweichen. Ich habe einen stärkeren Glauben als Sie; zwar diene ich nicht demselben Gott, aber ich diene ihm besser und reiner. Ihr Gott ist der Gott der Menschen, der König, der Schöpfer und Erhalter Ihres Geschlechts; der meinige ist der Gott des Weltalls, der Schöpfer, der Erhalter und die Hoffnung aller Geschöpfe. Der Ihrige hat für Sie und Ihre Glaubensgenossen alles getan; der meinige hat alle Arten für einander geschaffen. Sie halten sich für die Herren der Welt; ich glaube, daß Sie nur ihre Tyrannen sind. Sie glauben, daß Gott Sie schütze und Sie ermächtige, die Herrschaft der Erde für sich in Anspruch zu nehmen. Ich glaube, daß er es nur eine Zeitlang duldet, daß ein Tag kommen wird, wo sein Hauch Sie zerstreuen wird wie Sandkörner. Nein, Raymon, Sie kennen Gott nicht; oder lassen Sie mich Ihnen sagen, was Ihnen Ralph einmal in Lagny sagte: Sie glauben an nichts. Ihre Erziehung und das Bedürfnis, eine unantastbare Macht zu besitzen, die Sie der rohen Gewalt des Volkes entgegenhalten, hat Sie veranlaßt, den Glauben Ihrer Väter ohne nähere Prüfung anzunehmen; aber das Gefühl, daß es einen Gott gibt, ist noch nicht bis in Ihr Herz gedrungen, Sie haben vielleicht noch nie zu ihm gebetet. Ich habe nur einen Glauben, und ohne Zweifel den einzigen, den Sie nicht haben; ich glaube an ihn; die Religion aber, die Sie erfunden haben, verwerfe ich. Ihre ganze Moral, alle Ihre Grundsätze sind nichts als die Interessen Ihrer Gesellschaft, die Sie als Gesetze aufgestellt haben und die Sie aus Gott selbst herzuleiten belieben, gerade wie Ihre Priester einen Ritus der Gottesverehrung aufgestellt haben, um sich ihre Macht über die Völker und deren Besitztum zu sichern. Aber alles das ist Lüge und Frevel. Ich, die Gott wirklich anruft, ich, die ihn versteht, weiß auch, daß Er mit Ihnen nichts gemein hat, und daß, wenn ich mich mit aller Kraft meiner Seele an Ihm festhalte, ich mich eben dadurch von Ihnen trenne, der Sie ohne Unterlaß bestrebt sind, Seine Werke umzustoßen, Seine Gaben zu besudeln. Wahrlich, es steht Ihnen schlecht an, seinen Namen anzurufen, um den Widerstand eines schwachen Weibes zu bezwingen, um die Klage eines zerrissenen Herzens zu ersticken. Gott will nicht, daß man die Geschöpfe seiner Hände vernichte und unterdrücke. Wenn Er herabsteigen wollte, um unsere erbärmlichen Interessen auszugleichen, würde Er den Starken zermalmen und den Schwachen aufrichten; Er würde mit seiner gewaltigen Hand über unsere Häupter hinfahren und sie wie die Wellen des Meeres glatt und eben machen; Er würde zum Sklaven sprechen: »Wirf deine Kette ab und fliehe in die Berge, dort habe ich für dich die Wasser bereitet und die Blumen und die Sonne.« Er würde zu den Königen sagen: »Werfet den Purpur den Bettlern hin, daß er ihnen als Kopfkissen diene, und schlafet in den Tälern, wo ich für euch einen Teppich von Moos und Kraut ausgebreitet habe.« Er würde zu den Mächtigen sprechen: »Beuget eure Knie und traget die Last eurer schwachen Brüder; denn künftighin werdet ihr sie nötig haben, denn ich will ihnen Kraft und Mut geben.« – Ja, so sehen meine Träume aus; sie kommen aus einem anderen Leben, aus einer anderen Welt, wo das Gesetz des Herrschsüchtigen nicht über das Haupt des Friedlichen hingeht; wo wenigstens Widerstand und Flucht keine Verbrechen sind; wo der Mensch dem Menschen entrinnen kann, wie die Gazelle dem Panther entrinnt; wo ihm nicht die Kette des Gesetzes an den Hals geworfen wird, um ihn zu zwingen, sich zu den Füßen seines Feindes zu krümmen; wo sich in seinem Elend nicht auch noch die Stimme des Vorurteils erhebt, um seine Leiden zu verhöhnen und ihm zu sagen: Du sollst elend sein, weil du dich nicht hast beugen und kriechen wollen.

Reden Sie mir nicht von Gott, Sie am wenigsten, Raymon; rufen Sie Seinen Namen nicht an, um mich in die Verbannung zu schicken und mir Schweigen aufzuerlegen. Wenn ich mich unterwerfe, so weiche ich nur der menschlichen Gewalt. Wollte ich auf die Stimme hören, die mir Gott in das Herz gepflanzt hat, auf jenen edlen Instinkt einer starken und kühnen Natur, die vielleicht das wahre Gewissen ist, so würde ich in die Wüste fliehen, so würde ich der Unterstützung, des Schutzes, ja der Liebe entbehren können; ich würde einsam im Schoß unserer schönen Berge leben und die Tyrannen, die Ungerechten und Undankbaren zu vergessen suchen. Aber der Mensch kann seinesgleichen nicht entbehren, und selbst Ralph vermag nicht allein zu leben.

Leben Sie wohl, Raymon, möchten Sie ohne mich glücklich leben! Ich verzeihe Ihnen das Unrecht, das Sie mir angetan. Sprechen Sie zuweilen von mir mit Ihrer Mutter, der besten Frau, die ich kennengelernt habe. In meinem Herzen lebt kein Gefühl des Zornes, der Rache gegen Sie; mein Schmerz ist der Liebe würdig, die ich für Sie hegte.

Indiana.«

Die Unglückliche rühmte sich hier noch. Diesen tiefen, aber ruhigen Schmerz gab ihr jedoch nur das Gefühl ihrer Würde, wenn sie mit Raymon sprach; aber wenn sie allein war, überließ sie sich ganz der verzehrenden Heftigkeit ihrer Empfindung. Zuweilen leuchtete sogar der Schimmer einer blinden Hoffnung aus ihren wirren Blicken. Vielleicht verlor sie niemals einen Rest von Vertrauen auf Raymons Liebe, trotz der grausamen Lehre der Erfahrung, trotz der schrecklichen Erinnerungen, die ihr täglich zurückriefen, wie kalt, wie herzlos, wie gleichgültig dieser Mensch gewesen war, als es sich für ihn nicht mehr um sein Interesse oder sein Vergnügen handelte. Ich glaube, wenn Indiana die nackte Wahrheit hätte einsehen wollen, so würde sie dieses erschöpfte, auf den Tod verletzte Dasein doch nicht weitergeschleppt haben.

Die Frau ist von Natur töricht, albern; es ist, als ob ihr der Himmel, um ein Gegengewicht gegen die gewaltige Überlegenheit, die ihr ihre feine Auffassungsgabe über den Mann gibt, zu schaffen, absichtlich eine blinde Eitelkeit, eine wirklich dumme Leichtgläubigkeit in das Herz gelegt habe. Um dieses so feinfühlende, geschmeidige und scharfsinnige Wesen ganz in seine Gewalt zu bekommen, braucht man vielleicht nur die Art und Weise zu kennen, wie man es loben, wie man seine Eigenliebe kitzeln muß. Oft besitzen Männer, die durchaus unfähig sind, über andere Männer eine geistige Macht zu üben, eine grenzenlose Gewalt über den Geist der Frauen. Die Schmeichelei ist es, die diese glühenden und leichten Köpfchen so tief beugt. Wehe dem Mann, der in der Liebe mit offenem Freimut zu Werke geht! Es wird ihm gehen wie Ralph.

Das wäre meine Antwort darauf, wenn man mir sagte, Indiana sei ein Ausnahmecharakter, und die gewöhnliche Frau besitze bei ihrem ehelichen Widerstand weder diese stoische Kälte noch diese verzweifelte Geduld. Man betrachte nur die Kehrseite der Medaille und sehe, welche erbärmliche Schwäche, welche alberne Verblendung sie Raymon gegenüber an den Tag legte. Ich möchte fragen, wo die Frau lebt, die sich nicht ebenso leicht täuschen läßt, als sie sich selbst zu täuschen versteht; die nicht zehn Jahre lang das Geheimnis einer Hoffnung in ihrem Herzen zu verschließen weiß, das sie dann an einem Tage der Berauschung leichtsinnig aufs Spiel setzt, die nicht in den Armen des einen Mannes ebenso kindisch schwach wird, wie sie in denen eines anderen stark und unüberwindlich ist!

XXIV

Im Innern der Frau Delmare war es übrigens friedlicher geworden. Mit den falschen Freunden waren viele von den Schwierigkeiten verschwunden, die ehedem das Gift der Zwischenträgerei genährt hatte. Sir Ralph mit seinem Schweigen und seiner scheinbaren Nichteinmischung verstand es weit besser als jene, die Nichtigkeiten des Alltagslebens, die sich unter dem geschäftigen Hauch der Klatscherei zu großen Dingen aufblähen, zu Boden fallen zu lassen. Indiana lebte übrigens fast ganz für sich. Ihr Haus lag in den Bergen über der Stadt; jeden Morgen ging Herr Delmare, der im Hafen ein Warendepot besaß, hinab und beschäftigte sich den ganzen Tag über mit seinem Handel nach Indien und Frankreich. Sir Ralph, der die Wohnung mit ihnen teilte und Mittel gefunden hatte, eine gewisse Behaglichkeit darin zu verbreiten, ohne daß man seine Gaben bemerkte, beschäftigte sich mit dem Studium der Naturgeschichte oder überwachte die Arbeiten in der Pflanzung. Indiana ergab sich wieder ganz den trägen Sitten des kreolischen Lebens und verbrachte die heißen Stunden des Tages in ihrem Lehnstuhl und die langen Abende in der Einsamkeit des Gebirges.

Bourbon ist nämlich nur ein ungeheurer Bergkegel, dessen Basis etwa vierzig Wegstunden im Umkreis mißt und dessen riesige Spitzen sich bis zu 1600 Metern erheben. Von fast allen Punkten dieser gewaltigen Gebirgsmasse entdeckt das Auge in der Ferne hinter zackigen Felsen, jenseits enger Täler und senkrecht aufsteigender Wälder, einen Streifen des Horizonts, den das Meer mit seinem blauen Gürtel einfaßt. Von den Fenstern ihres Zimmers aus konnte Indiana zwischen zwei Felsspitzen hindurch die weißen Segel erblicken, die auf dem indischen Ozean kreuzten. In den stillen Stunden des Tages zog dieses Schauspiel ihre Blicke an und verlieh ihrer Melancholie den Anstrich einer öden, tiefwurzelnden Verzweiflung. Dieser herrliche Anblick vermochte seinen poetischen Einfluß nicht in ihre Träumereien zu tragen, er machte sie vielmehr nur noch bitterer und düsterer. Dann ließ sie die Jalousien, die das Fenster schützten, herunter und floh selbst vor dem Tag, um tief in ihrem Herzen heiße Tränen zu weinen.

Wenn sich gegen Abend die Landbrise erhob und den Duft der blühenden Reisfelder zu ihr herübertrug, zog sie sich in die Wildnis zurück und ließ Delmare und Ralph auf der Veranda langsam den Rauch ihrer Zigarren emporblasen. Dann erstieg sie irgendeine zugängliche Bergspitze, den erloschenen Krater eines alten Vulkans und schaute nach der untergehenden Sonne, die den roten Dunst der Atmosphäre durchglühte und über die murmelnden Spitzen des Zuckerrohrs und die glänzenden Wände der Felsrisse einen Staub von Gold und Rubinen ausgoß. Selten stieg sie nach den Schluchten des St. Gillesbaches hinab, weil der Anblick des Meeres, so wehe er ihr auch tat, sie dennoch durch seine magnetische Spiegelung fesselte. Es war ihr dann, als ob jenseits dieser Wogen und fernen Nebel die zauberische Erscheinung einer anderen Erde sich ihren Blicken enthüllte. Manchmal nahmen die Küstennebel in ihren Augen seltsame Formen an: bald erhob sich eine weiße Wand aus den Fluten und beschrieb eine riesenhafte Linie, die sie für die Fassade des Louvre nahm; bald waren es zwei viereckige Segel, die, plötzlich aus dem Dunst emportauchend, an die Türme von Notre Dame erinnerten, wenn die Seine den untern Teil in einen dicken Nebel hüllt, so daß jene in der Luft zu hängen scheinen; ein andermal waren es Flocken von rosigen Wölkchen, die im tausendfachen Wechsel ihrer Gestaltung all die mannigfaltigen architektonischen Formen einer ungeheuren Stadt vorstellten. Dann versenkte sie sich ganz in die Illusionen der Vergangenheit und zitterte vor Freude beim Anblick dieses eingebildeten Paris, da doch das wirkliche die unglücklichste Zeit ihres Lebens bezeichnete. Ein seltsamer Taumel bemächtigte sich dann ihres Kopfes. Hoch über dem Boden schwebend, die Schluchten unter sich, die sie vom Ozean trennten, war es ihr, als ob sie, durch einen plötzlichen Ruck in jene Räume emporgeschnellt, nun in der Luft nach der trügerischen Stadt ihrer Einbildung hintreibe. In diesem Traum klammerte sie sich an dem Felsen fest, der ihr als Stütze diente. Wenn da jemand ihre sehnsüchtigen Blicke, ihren vor ungeduldiger Erregung keuchenden Busen, den erschreckten Ausdruck der Freude in ihren Zügen beobachtet hätte, so hätte er sie für eine Wahnsinnige halten können. Und doch waren dies die Stunden ihrer Lust, die einzigen glücklichen Momente, auf die sie sich den ganzen Tag freute. Hätte ihr die Laune ihres Mannes diese einsamen Spaziergänge versagt, ich weiß nicht, von welchem Gedanken sie dann hätte zehren sollen; denn bei ihr konzentrierte sich alles in einer gewissen Fähigkeit der Vorspiegelung, in einer glühenden Sehnsucht nach einem Ziel, das weder Erinnerung, noch Erwartung, noch Hoffnung, noch Klage um das Verlorene, sondern das Verlangen in seiner ganzen verzehrenden Kraft war. So lebte sie Wochen und Monate lang unter dem Himmel der Tropen, kannte, liebte, hätschelte nur einen Schatten, baute nur Luftschlösser.

Ralph seinerseits machte seine Spaziergänge nach jenen düsteren und verdeckten Plätzchen, wo ihn der Zug der Seewinde nicht erreichen konnte; denn der Anblick des Meeres war ihm ebenso zuwider geworden wie der Gedanke, es noch einmal durchkreuzen zu müssen. Frankreich nahm eine schlimme Stelle in den Erinnerungen seines Herzens ein. Dort war er, der doch an das Unglück gewöhnt war und seine Leiden so geduldig ertrug, so elend gewesen, daß er alle Lust an dem Land verloren hatte. Mit aller Kraft suchte er es zu vergessen; denn so verleidet ihm auch das Leben war, so wollte er es doch tragen, so lange er sich notwendig fühlen würde. Er vermied es daher sorgfältig, irgendein Wort auszusprechen, was sich auf seinen Aufenthalt in jenem Land bezog. Was hätte er nicht darum gegeben, wenn er Frau Delmare von dieser schrecklichen Erinnerung hätte losreißen können! Aber er hatte so wenig Hoffnung, fühlte sich so wenig geschickt dazu, so wenig beredt, daß er jene eher mied, als daß er sie zu zerstreuen versucht hätte. In seinem übertriebenen Zartgefühl gab er sich fortdauernd die Miene der Kälte und des Egoismus. Er litt allein und in der Entfernung, und wer ihn so hastig die Wälder und Berge nach Vögeln und Insekten durchstreifen sah, der mußte ihn für einen Naturforscher halten, der ganz in seiner unschuldigen Leidenschaft aufging und den Herzensinteressen, die sich um ihn bewegten, gänzlich fremd war. Und doch war Jagd und Studium nur der Vorwand, womit er seine langen und bittern Träumereien verdeckte.

Jene kegelförmige Insel ist im ganzen Umkreis ihrer Grundlinie vielfach gespalten und birgt in diesen Scharten tiefe Schluchten, durch welche die Gebirgsbäche ihre reinen und schäumenden Wasser dahinwälzen. Eine dieser Schluchten heißt die Bernica. Es ist dies eine sehr malerische Partie, ein enges und tiefes Tal, zwischen zwei senkrechten Felswänden verborgen, deren Oberfläche da und dort von wildem Felsgestrüpp und Farnkräutern bedeckt ist.

Ein Bach fließt in der Rinne, die die zwei Wände bei ihrem Zusammentreffen bilden. Da, wo die Rinne aufhört, stürzt er in eine erschreckende Tiefe hinab und bildet unter der Fallstelle ein kleines, von Schilfrohr eingeschlossenes und mit einem feuchten Dunst bedecktes Becken. An seinen Ufern und am Saum einer durch das Überströmen des Beckens entstandenen Wasserrinne wachsen Bananen und Orangen, deren dunkles, kräftiges Grün den Schoß der Schlucht überspannt. Dorthin floh Ralph vor der Hitze und vor der Gesellschaft; alle seine Spaziergänge führten ihn an dieses Lieblingsplätzchen; das frische monotone Geräusch des Wasserfalls schläferte seine Melancholie ein.

Um Ralphs Benehmen verständlich zu machen, muß hier erwähnt werden, daß die eine Hälfte seines Lebens fast ganz in der Tiefe dieser Schlucht verstrichen war. Dorthin flüchtete er schon in den Tagen seiner Kindheit, um seinen Mut gegen die Ungerechtigkeiten, die er in seiner Familie zu erdulden hatte, zu stählen; hier spannte er alle Federn seiner Seele gegen die Willkür seines Schicksals an und errang sich jene Gewohnheit des Stoizismus, der ihm zur anderen Natur wurde. Hierher hatte er in reiferen Jahren die kleine Indiana auf seinen Schultern getragen, hatte sie in das Gras am Ufer gelegt, während er in den klaren Wassern fischte oder die Felsen erklomm, um Vogelnester zu suchen.

Die einzigen Gäste dieser Einsamkeit waren die Möwen, die Sturmvögel, die Wasserhühner und die Seeschwalben. Unaufhörlich sah man diese Wasservögel, die die Löcher und Spalten der unzugänglichen Felswände zu ihren Brutstätten gewählt hatten, in diesen Schlund hinabsteigen, wieder hinaufflattern, darüber kreisen und schweben. Gegen Abend sammelten sie sich in unruhigen Scharen und ließen die Echos der Tiefe mit ihrem rauhen und wilden Geschrei erschallen. Ralph fand ein Vergnügen daran, ihrem majestätischen Flug mit den Blicken zu folgen, ihrem melancholischen Gezwitscher zu lauschen. Er lehrte seine kleine Schülerin Namen und Gewohnheiten dieser Geschöpfe kennen; er zeigte ihr die schöne Spiegelente von Madagaskar mit dem orangegelben Bauch und dem smaragdgrünen Rücken; er lehrte sie den Flug des rotgestreiften Strohschwänzchens bewundern, das sich bisweilen nach diesen Gestaden verirrt und in einigen Stunden von Ile de France nach der Rodrigoinsel fliegt, von wo es dann trotz der zweihundert Seemeilen jeden Abend zurückkehrt, um unter der Samtstaude, die sein Nest birgt, zu ruhen. Auch der Windschneider, dieser

Sturmvogel, entfaltete seine gezackten Schwingen über diesen Felsen, und die Königin der Meere, die große Fregatte mit dem gabelförmigen Schwanz, dem schieferfarbenen Gefieder, dem scharfen Schnabel, die sich so selten niederläßt, daß man glauben könnte, die Luft sei ihr Vaterland und Bewegung ihre Natur, übertönte mit ihrem Angstruf alle anderen. Diese wilden Gäste hatten sich offenbar daran gewöhnt, die zwei Kinder in der Nähe ihrer Wohnungen herumstreifen zu sehen, denn sie erschraken kaum, wenn jene sich näherten. Wenn aber Ralph die Felsen erstieg, wo sie sich niedergelassen hatten, so stiegen sie zwar in schwarzen Wolken empor, ließen sich aber wie zum Hohn nur ein paar Fuß über ihm wieder nieder. Indiana lachte über ihre Manöver und trug dann vorsichtig in ihrem Hute von Reisstroh die Eier fort, die Ralph glücklich für sie erobert hatte und um die er oft gegen die kräftigen Flügelschläge der großen Wasservögel hatte wacker kämpfen müssen.

Diese Erinnerungen stürmten jetzt auf Ralph ein, aber sie hatten einen bitteren Beigeschmack: die Zeiten hatten sich ja so sehr verändert, das kleine Mädchen war nicht mehr seine Freundin, oder war es wenigstens nicht mehr so wie ehedem, wo sie ihm ihr Herz ganz erschloß. Zwar hatte sie ihm ihre Neigung, ihre Pflege, ihre Sorgfalt wieder zugewendet, aber es gab etwas zwischen ihnen, das dem Vertrauen entgegenstand, eine Erinnerung, um die sich alle Regungen ihres Seins drehten. Ralph fühlte, daß er die Hand nicht daran legen durfte; er hatte es ein einziges Mal gewagt, an einem Tag der Gefahr, aber dieser Akt seines Mutes war wirkungslos geblieben. Wäre er jetzt darauf zurückgekommen, so würde dies nur ein Akt kalter Barbarei gewesen sein, und Ralph hätte sich jetzt eher entschließen können, Raymon, diesen Menschen, den er doch so gering schätzte, zu entschuldigen, als daß er Indianas Schmerz dadurch hätte vermehren mögen, daß er ihn so verdammte, wie es ihm gebührte.

Er schwieg daher, ja er mied Indiana. Zwar lebte er mit ihr unter dem gleichen Dach, aber er hatte das Mittel gefunden, sie nur bei den Mahlzeiten zu sehen; gleichwohl wachte er über Indiana wie eine seltene Vorsehung. Er entfernte sich nur dann aus dem Hause, wenn die Hitze sie in ihrer Hängematte hielt. Abends aber, wenn sie ausgegangen war, wußte er Delmare geschickt allein zu lassen, und erwartete sie am Fuß der Felsen, wohin sie, wie er wußte, die Gewohnheit hatte zu wandern. Er blieb hier stundenlang sitzen, betrachtete sie bisweilen durch die Zweige hindurch, die der Mond zu erhellen begann, hielt aber achtungsvoll den kurzen Abstand fest, der sie von ihm schied, und wagte es nicht, ihre düstere Träumerei auch nur um einen Augenblick zu kürzen. Wenn sie dann in das Tal herabstieg, fand sie ihn immer am Rand eines kleinen Baches, der dem Weg nach ihrer Wohnung entlang lief. Ein paar große Kiesel, um die das Wasser seine silbernen Arme schlang, dienten ihm als Sitz. Wenn Indianas weißes Kleid sichtbar wurde, erhob sich Ralph schweigend, bot ihr den Arm und führte sie in die Wohnung zurück, ohne ein Wort an sie zu richten, wenn sie nicht trauriger und niedergeschlagener als gewöhnlich selbst die Unterhaltung begann. Sobald er sie dann verlassen hatte, zog er sich auf sein Zimmer zurück und ging erst dann zu Bett, wenn alles im Hause eingeschlafen war. Wenn sich Delmares Stimme erhob, um zu zanken, trat Ralph unter dem nächstbesten Vorwand bei ihm ein, und es gelang ihm dann jedesmal, ihn zu beruhigen oder zu zerstreuen, ohne daß er ihn jemals merken ließ, daß er deshalb gekommen. Die im Vergleich zu unseren Häusern sozusagen durchsichtige Wohnung, wo man sich beinahe beständig unter den Augen der übrigen befand, nötigte den Obersten, seine Aufwallungen zu dämpfen. Der unvermeidliche Ralph, der sich beim geringsten Geräusch zwischen ihm und seiner Frau aufpflanzte, zwang ihn zur Mäßigung; denn Delmare besaß Eitelkeit genug, um sich vor diesem stummen und doch strengen Zensor selbst zu überwinden. Er wartete daher die Stunde des Zubettgehens ab, wo er von seinem Aufpasser befreit war, um seinem Ärger über geschäftliche Widerwärtigkeiten, die er den Tag über erfahren, freien Lauf zu lassen. Aber er verrechnete sich; jener geheime Hüter bewachte ihn auch dann noch, und beim ersten herben Wort, beim ersten Erschallen seiner Stimme, unter der die dünnen Wände zitterten, kam wie zufällig ein Geräusch von einem gerückten Möbel oder von einem stärkeren Auftreten aus Ralphs Zimmer und verkündete ihm, daß die geduldige und rücksichtsvolle Obhut des Beschützers niemals schlief.

XXV

Nun geschah es, daß das Ministerium vom 8. August, das so viele Dinge in Frankreich durcheinander brachte, auch gegen die Gemütsruhe Raymons einen schweren Schlag führte. Herr von Ramière war keiner jener verblendeten, eitlen Toren, die über den Triumph eines Tages zu jubeln vermögen. Die Politik war die Seele aller seiner Gedanken, die Grundlage aller seiner Zukunftsträume. Er hatte sich geschmeichelt, daß der König, wenn er nur kluge Zugeständnisse mache, noch lange ein Gleichgewicht erhalten könne, durch das das Bestehen der großen Familien gesichert bleibe. Aber das Auftreten des Fürsten Polignac zertrümmerte diese Hoffnung. Raymon sah zu weit; er war in der neuen Welt zu sehr zu Hause, um nicht trotz des augenblicklichen Erfolgs auf seiner Hut zu sein. Er sah ein, daß, wenn die Monarchie ins Wanken geriet, sich dies auch seinen Verhältnissen mitteilen würde, daß sein Vermögen, vielleicht sein Leben an einem Faden hing.

Seine Lage war heikel, bedenklich. Die Ehre machte es ihm zur Pflicht, sich trotz aller Gefahren, die eine solche Hingebung mit sich brachte, der hohen Familie zu weihen, deren Interessen bisher aufs engste mit den seinigen verknüpft gewesen waren. In dieser Beziehung konnte er weder seinem Gewissen noch dem Gedächtnis der ihm Nahestehenden etwas vormachen. Aber diese Ordnung der Dinge, dieses Drängen nach einem unumschränkten Regiment verstieß wider seine Klugheit, seine Vernunft und, wie er sich sagen mußte, selbst gegen seine innerste Überzeugung. Es wurde hierdurch seine ganze Existenz aufs Spiel gesetzt, ja, was noch schlimmer war, er, der berühmte Publizist, der so oft im Namen des Throns Gerechtigkeit für alle und ein treues Festhalten an dem beschworenen Vertrage versprochen hatte, wurde lächerlich. Alle Handlungen der Regierung straften jetzt die unvorsichtigen Versicherungen des jungen Eklektikers formell Lügen; alle ruhigen und trägen Geister, die bis jetzt nichts Besseres gewünscht hatten, als sich dem konstitutionellen Thron anschließen zu können, begannen sich auf die Seite der Opposition zu stellen und die Bemühungen Raymons und ähnlicher Kameraden als Schurkereien zu traktieren. Die Artigeren beschuldigten ihn der Kurzsichtigkeit, der Unfähigkeit. Raymon fühlte tief, wie demütigend es war, als der Geprellte dazustehen, nachdem er eine so glänzende Rolle gespielt hatte. Er begann im geheimen dieses Königtum zu verwünschen und zu verachten, das sich selbst herabsetzte und ihn mit in seinen Sturz verflocht; er hätte sehr gewünscht, sich noch vor der Stunde der Entscheidung von ihm losmachen zu können, ohne daß es wie Fahnenflucht herauskam. Er machte eine Zeitlang unglaubliche Anstrengungen, um sich das Vertrauen beider Teile zu erhalten. Die damaligen Männer der Opposition waren nicht schwierig, wenn es sich um die Zulassung neuer Anhänger handelte. Sie brauchten Rekruten, und da sie ihnen keine allzu schwere Probe auferlegten, bekamen sie deren bald eine ansehnliche Zahl. Sie verschmähten auch die Unterstützung großer Namen nicht und streuten täglich geschickte Schmeicheleien in ihre Journale, um die schönsten Perlen von dieser verbrauchten Krone loszulösen. Raymon ließ sich durch diese Achtungsbezeigungen nicht täuschen; aber er wies sie auch nicht zurück, da er wohl wußte, daß sie ihm von Nutzen sein konnten. Andererseits zeigten sich die Kämpen des Throns um so unduldsamer, je verzweifelter ihre Lage wurde. Töricht und rücksichtslos trieben sie ihre nützlichsten Verteidiger selbst aus ihren Reihen. Sie begannen auch Raymon ihre Unzufriedenheit und ihr Mißtrauen fühlen zu lassen. In dieser Verlegenheit wurde Raymon, dem sein Ruf als die Hauptgrundlage seiner Existenz erschien, zur geschicktesten Zeit von einem akuten Rheumatismus befallen, der ihn nötigte, sich für den Augenblick jeder Arbeit zu enthalten und sich mit seiner Mutter auf das Land zurückzuziehen.

In dieser Vereinsamung fühlte sich Raymon wirklich sehr unglücklich darüber, daß er so mitten aus der verzehrenden Tätigkeit einer im Auflösen begriffenen Gesellschaft wie ein Toter herausgeschleudert und durch die Verlegenheit, welche Farbe er bekennen sollte, ebensosehr als durch seine Krankheit gehindert war, sich unter die kriegerischen Fahnen zu stellen, die von allen Seiten heranwehten und die Dunkelsten und Ungeschicktesten zum großen Kampf herbeiriefen. Die stechenden Schmerzen der Krankheit, die Verlassenheit, die Langeweile und das

Fieber gaben jedoch seinen Gedanken allmählich eine andere Richtung. Er fragte sich vielleicht zum ersten Mal in seinem Leben, ob die Welt denn all die Mühe auch wert sei, die er sich gegeben hatte, um ihr zu gefallen; und als er sah, wie gleichgültig sie sich ihm gegenüber benahm, wie leicht sie seine Talente und seinen Ruhm vergaß, sprach er sein Verdammungsurteil über sie. Dann aber tröstete er sich darüber, daß sie ihn zum Narren gehabt, mit dem Gedanken, daß er eigentlich doch nur sein persönliches Wohl erstrebt, dies ja auch wirklich gefunden und niemand dafür zu danken habe als sich selbst. Nichts bestärkt uns mehr im Egoismus als das Nachdenken. Raymon zog hieraus den Schluß, daß dem Menschen im geselligen Zustand zwei Gattungen von Glück notwendig seien: das Glück des öffentlichen Lebens und das des Privatlebens, die Triumphe vor der Welt und die Süßigkeiten des Familienlebens.

Seine Mutter, die ihn treulich gepflegt hatte, wurde jetzt selbst gefährlich krank: nun mußte er seine Leiden vergessen und für sie wachen; aber seine Kräfte reichten dazu nicht aus. Leidenschaftliche, glühende Seelen sind in den Tagen der Gefahr von einer wunderbar zähen Gesundheit; laue und träge Naturen dagegen vermögen dem Körper keine derartige übernatürliche Spannkraft zu verleihen. Obschon Raymon ein guter Sohn war, was man so in der Gesellschaft darunter versteht, unterlag doch sein Körper bald der Last der Anstrengungen. Als er so auf seinem Schmerzenslager stöhnte und nur Lohndiener oder seltene Freunde um sich sah, die sich immer wieder rasch beeilten, zu den Aufregungen des geselligen Lebens zurückzukehren, begann er an Indiana zu denken und sich aufrichtig nach ihr zurückzusehnen; sie wäre ihm ja jetzt so notwendig gewesen. Er erinnerte sich, mit welch pflichttreuer Sorgfalt sie ihren alten, widerwärtigen Gatten gepflegt hatte, und konnte sich lebhaft vorstellen, welche Wohltat, welche Wonne sie in einem solchen Fall für den Geliebten gewesen wäre.

Hätte ich ihr Opfer angenommen, dachte er, so wäre zwar ihr Ruf verloren, allein was würde mich dies in meinem jetzigen Zustand kümmern? Jetzt, wo jene seichte, egoistische Welt mich verlassen hat, wäre ich doch nicht allein; diejenige, die die Welt mit Verachtung ausgestoßen, säße liebevoll zu meinen Füßen, sie würde meine Leiden beweinen, würde sie zu mildern suchen. Warum habe ich diese Frau wieder heimgeschickt? Sie liebte mich so sehr, daß sie sich über die Kränkungen der Menschen mit dem Gedanken getröstet hätte, mein inneres Leben beglücken zu dürfen.

Er beschloß zu heiraten, sobald er gesund wäre, und ließ im Geist die Namen und Gestalten, die ihm in den Salons der Gesellschaft erster und zweiter Klasse aufgefallen waren, Revue passieren. Reizende Erscheinungen schwebten an seinem inneren Auge vorüber: Blumengeschmückte Locken, schneeige Schultern in Schwanenpelz, feine von Musselin und Seide umschlossene Taillen. Die verführerischen Phantome gaukelten vor den schweren, glühenden Augen Raymons; aber er hatte diese Peris nur in der parfümierten Ballatmosphäre gesehen. Bei seinem Erwachen fragte er sich, ob ihre rosigen Lippen denn auch ein anderes Lächeln besäßen als das der Koketterie, ob ihre weißen Händchen auch Wunden des Schmerzes zu verbinden verständen, ob ihr feiner und blendender Geist sich zu dem peinlichen Geschäft herablassen würde, einen gelangweilten, verdrießlichen Kranken zu trösten und zu zerstreuen. Raymon besaß einen scharfen Verstand und mißtraute der Koketterie der Frauen; haßte er ihren Egoismus, weil er wußte, daß da nichts für sein Glück zu holen sei. So setzte ihn die Wahl einer Frau ebensosehr in Verlegenheit wie die Wahl einer politischen Farbe. Die gleichen Gründe mahnten ihn zur Vorsicht und Klugheit. Er gehörte einer vornehmen und strengen Familie an, die keine Mesalliancen duldete, und doch war Glück und Geld nur noch bei den Plebejern mit Sicherheit zu finden. Aller Wahrscheinlichkeit nach erhob sich diese Klasse bald auf den Trümmern der andern, und um bei der nächsten Bewegung oben zu bleiben, mußte man der Schwiegersohn eines Fabrikanten oder eines Bankiers sein. Raymon hielt es daher für klug, noch zu warten, von welcher Seite der Wind käme, ehe er sich zu einem Schritt entschlösse, der über seine ganze Zukunft entscheiden müßte.

So war die Lage, als er den Brief erhielt, den ihm Indiana von Ile Bourbon aus schrieb. Die düstere, aber unerschütterliche Energie, die sie einem Mißgeschick, das ihre Seele hätte zerschmettern müssen, zum Trotz zu bewahren gewußt hatte, machte einen tiefen Eindruck auf Raymon.

Ich habe sie doch nicht richtig beurteilt, dachte er, sie liebte mich wirklich; sie liebt mich noch. Sie wäre für mich all der heldenmütigen Anstrengungen fähig gewesen, von denen ich glaubte, daß sie die Kräfte einer Frau überstiegen; und selbst jetzt brauchte ich nur ein Wort zu sagen, um sie wie ein unwiderstehlicher Magnet von einem Ende der Welt zum andern anzuziehen. Wenn es nicht sechs, vielleicht acht Monate bedürfte, um ein solches Resultat herbeizuführen, hätte ich wohl Lust, es zu versuchen.

Unter solchen Gedanken schlief er ein; aber bald weckte ihn ein auffallendes Geräusch aus dem Nebenzimmer. Er erhob sich mit Mühe, zog einen Schlafrock an und schleppte sich ins Zimmer seiner Mutter; es stand sehr schlecht mit ihr.

Gegen Morgen fand sie so viel Kraft, um sich mit ihm unterhalten zu können; aber sie machte sich keine Illusion über die Spanne Zeit, die sie noch zu leben hatte, und beschäftigte sich deshalb mit der Zukunft ihres Sohnes.

Du verlierst deine beste Freundin, sprach sie zu ihm; möge der Himmel sie durch eine deiner würdige Lebensgefährtin ersetzen. Aber sei klug, Raymon, wage nicht die Ruhe deines ganzen Lebens an ein Hirngespinst des Ehrgeizes. Ach, ich kannte nur eine Frau, die ich gerne meine Tochter genannt hätte; aber der Himmel hatte es anders beschlossen. Doch höre: Delmare ist alt und gebrechlich, wer weiß, ob die lange Reise nicht vollends den Rest seiner Kräfte verbraucht hat? Achte die Ehre seiner Frau, so lange er lebt; wenn er aber, wie ich fest glaube, mir bald nachfolgen wird, dann erinnere dich, daß eine Frau auf der Welt lebt, die dich fast ebensosehr liebt, wie deine Mutter dich geliebt hat.

Noch am selben Abend starb Frau von Ramière in den Armen ihres Sohnes. Raymons Schmerz war herb und tief; einem solchen Verlust gegenüber gab es keine falsche Überspanntheit, keine Berechnung. Seine Mutter war ihm wirklich notwendig gewesen; mit ihr verlor er die ganze moralische Wohlfahrt seines Lebens.

Als er nahezu wieder hergestellt war, warf er einen Blick auf die politische Lage Frankreichs. Es war schlimmer damit geworden, von allen Seiten drohte man, die Steuern zu verweigern. Raymon staunte über das törichte Vertrauen seiner Partei; er hielt es für angemessen, dem Getriebe ferne zu bleiben, schloß sich in Cercy ein und dachte traurig an seine Mutter und Frau Delmare.

Während er sich tiefer in die Idee hineinbohrte, die er anfangs nur oberflächlich ins Auge gefaßt hatte, gewöhnte er sich allmählich an den Gedanken, Indiana sei für ihn keineswegs verloren, wenn er sich nur die Mühe nehmen wollte, sie zurückzurufen. Ein solcher Entschluß mochte mancherlei Verdrießlichkeiten nach sich ziehen, konnte ihm aber doch noch mehr Vorteile bringen. Es lag nicht in seinem Interesse, so lange zu warten, bis sie Witwe geworden wäre, wie Frau von Ramière gemeint hatte. Delmare konnte ja noch zwanzig Jahre leben, und Raymon wollte nicht für immer auf die Hoffnung verzichten, noch eine glänzende Partie zu machen. Seine fruchtbare Einbildungskraft zeigte ihm ein freundlicheres Bild. Wenn er sich ein wenig Mühe gab, übte er eine unbegrenzte Macht über Indiana aus, er fühlte Gewandtheit und Durchtriebenheit genug in sich, um aus dieser feurigen, prächtigen Frau eine unterwürfige und ergebene Geliebte zu machen. Er konnte sie ja vor dem Zorn der öffentlichen Meinung bergen, sie hinter den undurchdringlichen Mauern seines Privatlebens verstecken, sie als einen Schatz in der tiefen Stille seiner Zurückgezogenheit wahren, und sie dazu zu benutzen, daß sie ihm die Stunden seiner Einsamkeit mit dem Glück einer edlen und reinen Liebe ausfüllte. Es bedurfte keiner großen Mühe, um dem Zorn des Ehemanns auszuweichen; er würde nicht dreitausend Meilen weit herkommen, um seine Frau zu suchen, da seine Interessen ihn unwiderruflich in einem andern Weltteil festhielten. Indiana würde nach den schweren Prüfungen, die sie bestanden, auf nicht mehr viel Vergnügen und Freiheit Anspruch machen. Ihr einziger Ehrgeiz war ja die Liebe, und Raymon fühlte, daß er sie schon aus Dankbarkeit lieben würde, sobald sie ihm nützlich wäre. Er gedachte jetzt der Geduld und Sanftmut, die sie während der langen Zeit, da er kalt gegen sie war, an den Tag gelegt hatte. Er hoffte sicher, seine Freiheit geschickt bewahren zu können, ohne daß sie darüber zu klagen wagte; er schmeichelte sich, so viel Macht über ihre Überzeugung zu gewinnen, daß sie in alles einwilligen würde, sogar in seine Heirat mit einer anderen. Er stützte diese Hoffnung auf die zahlreichen Beispiele vertraulicher

Verbindungen, die er, den Gesetzen und der gesellschaftlichen Ordnung zum Trotz, hatte bestehen sehen, weil sich die Betreffenden dem Urteil der öffentlichen Meinung vorsichtig und geschickt zu entziehen wußten.

Überdies, sagte er bei sich selbst, wird diese Frau dann für mich ein Opfer gebracht haben, von dem sie nicht mehr zurück kann, das sie bis zu seinen äußersten Konsequenzen verfolgen muß. Sie wird mir zuliebe das Weltmeer durchsegeln, bar jedes Existenzmittels, ohne irgend eine Möglichkeit einer Verzeihung. Auch ist die Welt nur gegen kleine und gewöhnliche Fehler streng; eine seltene Kühnheit setzt sie in Erstaunen, ein außerordentliches Unglück entwaffnet sie; sie wird Indiana beklagen, sie vielleicht bewundern, weil sie für mich tat, was keine andere gewagt hätte. Sie wird sie tadeln, aber nicht über sie lachen; und ich werde nicht als tadelnswert erscheinen, wenn ich sie bei mir aufnehme und sie beschütze, nachdem sie mir einen so hohen Beweis ihrer Liebe gegeben hat. Vielleicht wird man im Gegenteil meinen Mut loben; wenigstens wird es mir nicht an Verteidigern fehlen, und mein guter Ruf wird einen rühmlichen und unlösbaren Prozeß bestehen. Die Gesellschaft will zuweilen, daß man ihr trotzt; sie bewundert diejenigen nicht, die auf den breitgetretenen Pfaden dahinkriechen. In der Zeit, in der wir leben, muß man die öffentliche Meinung mit Peitschenhieben dirigieren.

Unter dem Einfluß solcher Betrachtungen schrieb er an Frau Delmare. Sein Brief wurde, was er unter der Feder eines so gewandten und geübten Mannes nur werden konnte. Er atmete Liebe, Schmerz und vor allem Wahrheit. Ach, welch ein bewegliches Rohr ist doch diese Wahrheit, daß sie sich von jedem Hauch biegen läßt!

Raymon war übrigens klug genug, um nicht förmlich anzusprechen, was er mit dem Brief wollte. Er tat, als ob er die Rückkehr Indianas als ein nicht zu hoffendes Glück betrachtete; sprach aber doch nur schwach von ihren Pflichten. Er erzählte ihr die letzten Worte seiner Mutter; malte mit Wärme, in welche Verzweiflung dieser Verlust ihn versetzt habe, wie schwer er die Einsamkeit ertrage, welche Gefahren ihn bedrohten. Er entwarf ein düsteres, furchtbares Bild von der Revolution, die immer gewaltiger am Horizont Frankreichs aufsteige; tat zwar, als ob er sich freue, wenigstens allein den drohenden Schlägen ausgesetzt zu sein, ließ aber doch durchblicken, daß jetzt der Augenblick gekommen wäre, wo Indiana jene begeisterte Treue, jenen gefährlichen Opfermut, dessen sie sich gerühmt, bestätigen könnte. Er klagte sein Schicksal an, sagte, daß die Tugend ihm teuer zu stehen komme, daß ihr Joch schwer auf ihm laste, daß er einst das Glück in der Hand gehabt, aber die Kraft besessen habe, sich zu einer ewigen Vereinsamung zu verdammen.

Sagen Sie mir nicht mehr, daß Sie mich geliebt haben, setzte er hinzu, ich bin dann so schwach und mutlos, daß ich meine damalige Energie verwünsche und meine Pflichten hasse. Sagen Sie mir lieber, daß Sie glücklich seien, daß Sie mich vergessen haben, damit ich nicht in Versuchung komme, Sie doch noch den Fesseln zu entreißen, die uns trennen.

Mit einem Wort, er sagte, er sei unglücklich, und dies war so viel, als ob er Indiana geschrieben hätte, er erwarte sie.

XXVI

Drei Monate waren zwischen dem Abgang dieses Briefs und dessen Ankunft in Ile Bourbon verstrichen. Die Lage der Frau Delmare war inzwischen durch einen häuslichen Vorfall von äußerster Wichtigkeit fast unerträglich geworden. Sie hatte die traurige Gewohnheit angenommen, alle Abende die schmerzlichen Empfindungen des Tags niederzuschreiben. Dieses Tagebuch ihrer Leiden war an Raymon gerichtet, und obwohl sie keineswegs die Absicht hatte, es an ihn gelangen zu lassen, unterhielt sie sich doch mit ihm in bald leidenschaftlicher, bald bitterer Sprache über das Elend ihres Lebens und die Gefühle, die sie nicht zu ersticken vermochte. Diese Papiere fielen Delmare in die Hände, das heißt, er erbrach die Kassette, die das Tagebuch und die alten Briefe Raymons enthielt, und verschlang sie mit eifersüchtigen und wütenden Blicken. In der ersten Zorneshitze vermochte er sich nicht zu beherrschen und erwartete ihre Rückkehr vom Spaziergang mit klopfendem Herzen und krampfhaft zuckenden Fäusten. Wäre sie einige Minuten später erschienen, hätte der Unglückliche Zeit gewonnen, zu sich zu kommen; aber ihr unglücklicher Stern wollte, daß sie ihm fast unmittelbar, nachdem er gelesen, unter die Augen trat. Er konnte kein Wort hervorbringen, faßte sie bei den Haaren, riß sie zu Boden und trat sie mit dem Absatz auf die Stirn.

Kaum hatte er dem schwachen Wesen dieses blutige Zeichen seiner Roheit aufgedrückt, als er sich vor sich selbst entsetzte. Erschrocken über seine Tat eilte er davon, schloß sich in sein Zimmer und griff zur Pistole, um sich eine Kugel durch den Kopf zu jagen. Aber in diesem Augenblick sah er, wie sich Indiana wieder erhob und ruhig und kaltblütig das Blut abwischte, das ihr Gesicht bedeckte. Da er schon geglaubt hatte, er habe sie getötet, so empfand er im ersten Moment, als er sie wieder auf den Beinen sah, ein frohes Gefühl; bald aber entzündete sich sein Zorn von neuem.

Es ist also nur eine Schramme, schrie er, und du hättest tausendfach den Tod verdient. Nein, ich werde mich nicht töten; denn du würdest nur in den Armen deines Liebhabers frohlocken. Ich will euch nicht zu diesem Glück verhelfen, nein! Ich will leben, um euch zu peinigen, um zu sehen, wie du vor Sehnsucht und Überdruß zugrunde gehst, um dem Elenden, der mich zum besten gehabt hat, öffentlich Schande anzutun.

Er krümmte sich noch vor Wut, als Ralph durch die andere Tür der Veranda eintrat und auf Indiana stieß, die sich noch in dem Zustand befand, in den sie jener schreckliche Auftritt versetzt hatte. Sie hatte übrigens nicht den mindesten Schrecken gezeigt, keinen Schrei ausgestoßen, keine Hand erhoben, um ihn um Gnade zu flehen. Sie war so lebenssatt, daß sie Delmare gerne Zeit gelassen hätte, ihr den Garaus zu machen, ohne daß sie jemand zu Hilfe rief. Ralph befand sich sogar zu der Zeit, da die Tat geschah, nur zwanzig Schritte davon und hatte nicht das leiseste Geräusch vernommen.

Jetzt fuhr er bei ihrem Anblick vor Schreck und Staunen zurück.

Indiana, rief er, wer hat dich so zugerichtet?

Sie fragen? erwiderte sie mit einem bitteren Lächeln; wer anders als Ihr Freund hat ein Recht und auch den Willen dazu?

In zwei Sätzen war Ralph an der Türe, die er mit einem Stoß aufbrach. Aber er fand Delmare am Boden mit blauem Gesicht und keuchendem Atem: ein Blutandrang gegen den Kopf erstickte ihn fast.

Ralph las die auf dem Boden verstreuten Papiere zusammen. Er erkannte die Handschrift Raymons, er sah die Kassette in Stücken und begriff, was vorgefallen war. Sorgfältig las er die Schuldbeweise auf und eilte, sie Frau Delmare zuzustellen, damit sie sie sofort verbrenne, denn Delmare hatte sich wahrscheinlich nicht die Zeit genommen, alles zu lesen.

Dann bat er sie, sich auf ihr Zimmer zurückzuziehen, während er die Sklaven zum Beistande des Obersten herbeirufen wollte. Aber Indiana wollte weder die Papiere verbrennen noch ihre Verletzung verbergen.

Nein, dachte sie, das will ich nicht. Dieser Mensch war ehedem nicht so taktvoll, Frau von Carvajal meine Flucht zu verheimlichen; er hat sich im Gegenteil beeilt, das, was er meine Schande nannte, öffentlich zu machen. Jetzt will auch ich jedermann dieses Mal zeigen, das er mir auf das Antlitz gedrückt hat. Das wäre eine saubere Gerechtigkeit, die es dem einen zur Pflicht machte, die Frevel des anderen zu verheimlichen, während sich dieser das Recht herausnimmt, uns erbarmungslos zu mißhandeln.

Sobald Ralph sah, daß der Oberst fähig war, ihn zu verstehen, überhäufte er ihn mit Vorwürfen, und zwar in einer so energischen und rauhen Sprache, wie man ihm dies gar nicht zugetraut hätte. Delmare, der gewiß kein schlechter Mensch war, weinte nun wie ein Kind über seine Untat; aber er tat es so würdelos, wie nur der es kann, der sich ganz der Regung des Augenblicks hingibt, ohne Ursache und Folgen zu erwägen. Gleich in das andere Extrem übergehend, wollte er jetzt seine Frau rufen und sie um Verzeihung bitten; aber Ralph gab das nicht zu und versuchte ihm begreiflich zu machen, daß ein derartiger kindischer Versöhnungsversuch nur das Ansehen des einen Teils herabsetzen müßte, ohne das dadurch das an dem andern begangene Unrecht gesühnt würde. Er wußte, daß es Kränkungen gibt, die man nicht verzeiht, und ein Elend, das man nicht zu vergessen vermag.

Von diesem Tag an wurde Indiana die Person ihres Mannes geradezu verhaßt. Alles, was er tat, um sein Unrecht wiedergutzumachen, trug nur dazu bei, ihm den geringen Grad von Achtung vollends zu nehmen, den sie ihm bis dahin noch bewahrt hatte. Sein Fehler war freilich groß gewesen; der Mann, der nicht die Kraft in sich fühlt, kalt und unversöhnlich zu sein, muß jede Halbheit in seinem Zorn und seiner Rache vermeiden. Es gibt keine Zwischenstellung zwischen dem Christen, der verzeiht, und dem Weltmenschen, der verstößt. Allein Delmare hatte eben auch seinen Egoismus: er fühlte, daß er alt, daß die Pflege seiner Frau ihm mit jedem Tag notwendiger wurde. Er hatte eine entsetzliche Angst vor der Einsamkeit; und wenn er in einer Anwandlung von verletztem Stolz auf seine Soldatengewohnheiten zurückkam und seine Frau mißhandelte, so führte ihn die Überlegung bald wieder zu jener greisenhaften Schwäche zurück, die sich vor dem Alleinsein fürchtet. Durch Alter und Strapazen zu erschöpft, um die Hoffnung haben zu können, Familienvater zu werden, war er in seinem Hauswesen ein alter Junggeselle geblieben, und hatte eine Frau genommen, wie man eine Haushälterin nimmt. Es war daher nicht Zärtlichkeit für Indiana, daß er ihr verzieh, ihn nicht zu lieben, es lag vielmehr in seinem eigenen Interesse; und wenn es ihm leid tat, ihre Zuneigung nicht zu besitzen, so geschah es nur, weil er fürchtete, darum in seinen alten Tagen weniger gut gepflegt zu werden.

Wenn Frau Delmare ihrerseits, durch die Gesetze der Gesellschaft aufs tiefste betroffen, alle Kraft ihrer Seele zusammennahm, um diese Gesetze zu hassen und zu verachten, so regte sich doch auch im Grunde ihrer Gedanken eine ganz persönliche Empfindung. Aber vielleicht bildet dieses Glücksbedürfnis, das uns verzehrt, dieser Haß gegen die Ungerechtigkeit, dieser Durst nach Freiheit, der nur mit dem Leben erlischt, eben die Grundlage des Ichgefühls, mit dem jene Art von Selbstliebe bezeichnet werden will, die als ein Recht des Menschen, nicht als ein Laster anzusehen ist. Es scheint mir, daß der Mensch, den das Los getroffen hat, unter den Einrichtungen, die seinem Nebenmenschen zum Nutzen gereichen, leiden zu müssen, sich, wenn er nur einige Energie besitzt, gegen dieses Joch sträuben darf und soll. Ich glaube auch, daß, je edler und größer seine Seele ist, sie um so mehr unter den Schlägen eines ungerechten Schicksals leidet. Wenn er in dem Traum aufgewachsen ist, daß das Glück die Tugend belohnen müsse, in welch schreckliche Zweifel, in welch ein verzweiflungsvolles Wirrsal müssen ihn dann die Enttäuschungen stürzen, die ihm die Erfahrung vom Gegenteil bringt!

So führten alle Betrachtungen Indianas, alle ihre Handlungen und Schmerzen zu dem großen und furchtbaren Kampf der Natur gegen die Zivilisation. Wenn die öden Berge der Insel sie in die Länge hätten verbergen können, so würde sie sich am Tage nach jenem Vorfall unfehlbar dahin geflüchtet haben; aber Bourbon war nicht groß genug, um sie den Nachforschungen zu entziehen. Sie beschloß daher, das Meer zwischen sich und ihren Tyrannen zu bringen.

Nachdem sie diesen Entschluß einmal gefaßt hatte, wurde sie ruhiger und zeigte fast Sorglosigkeit und innere Heiterkeit. Delmare war hierüber so erstaunt und erfreut, daß er daraus den Schluß zog, den rohe Menschen in einem solchen Fall zu ziehen pflegen: daß es nämlich gut sei, wenn man die Frauen zuweilen das Gesetz des Stärkeren fühlen lasse.

Sie aber dachte nur an Flucht, an Einsamkeit und Unabhängigkeit; in ihrem gemarterten Gehirn wälzte sie tausend Pläne von romantischen Niederlassungen in den Wüsten Indiens oder Afrikas. Abends verfolgte sie mit ihren Blicken den Flug der Vögel, die nach ihrem Nachtquartier auf der Insel Rodrigo zogen. Diese verlassene Insel versprach ihr alle Süßigkeiten der Einsamkeit, dieses ersten Bedürfnisses einer gebrochenen Seele. Aber dieselben Gründe, die sie abhielten, in das Innere von Bourbon zu flüchten, ließen sie auch auf das engbegrenzte Asyl der Nachbarinsel verzichten. Oft sah sie Handelsleute von Madagaskar in ihrem Hause, die Geschäftsbeziehungen zu ihrem Gatten hatten; plumpe, kupferfarbene, derbe Leute, die nur in ihrem Handelsbetrieb Takt und Feinheit besaßen. Dennoch fesselten ihre Erzählungen die Aufmerksamkeit der Frau Delmare; es machte ihr ein Vergnügen, sie über die wunderbaren Produkte jener Insel auszufragen, und was ihr jene von den Naturwundern dieses Landes erzählten, machte ihr mehr und mehr Lust, sich dort zu verbergen. Die große Ausdehnung der Insel und der geringe Raum, den die Europäer darauf einnahmen, ließ sie hoffen, dort nie entdeckt zu werden. Sie blieb also bei diesem Plan stehen und nährte ihren müßigen Geist mit Träumen von der Zukunft, die sie sich dort gründen wollte. Schon baute sie sich ihre einsame Hütte im Schoße eines jungfräulichen Waldes, am Ufer eines namenlosen Flusses; sie stellte sich unter den Schutz jener Völker, die das Joch unserer Gesetze und Vorurteile noch nicht berührt hat. In ihrer Unerfahrenheit hoffte sie dort die aus unserem Weltteil verstoßenen Tugenden zu finden und fern von jeder gesellschaftlichen Ordnung in Frieden leben zu können. Sie bildete sich ein, sie werde so den Gefahren der Vereinsamung entgehen, werde den aufreibenden Krankheiten des Klimas widerstehen können.

Aber über diesen romanhaften Betrachtungen und ausschweifenden Projekten vergaß sie doch ihre wirklichen Widerwärtigkeiten; sie schuf sich ihre eigene Welt, die sie über diejenige tröstete, in der sie zu leben gezwungen war; sie gewöhnte sich, weniger an Raymon zu denken, der so allmählich aus ihrer einsiedlerischen, philosophischen Existenz verschwand. Je mehr sie sich eine Zukunft nach ihrer Phantasie baute, desto mehr ließ sie die Vergangenheit fallen; und da sie sich so freier und mutiger in ihrem Herzen empfand, bildete sie sich ein, schon zum voraus die Früchte ihres künftigen Einsiedlerlebens zu genießen. Aber da kam Raymons Brief, und alle ihre Luftschlösser versanken. Sie fühlte oder glaubte wenigstens zu fühlen, daß sie ihn mehr liebte als je. Ich glaube viel eher, daß sie ihn überhaupt nie mit der ganzen Kraft ihrer Seele geliebt hatte. Eine übel angebrachte Neigung unterscheidet sich nach meiner Ansicht von einer geteilten Liebe, wie der Irrtum von der Wahrheit; wenn Überspanntheit und Überreizung der Gefühle uns dermaßen verblenden, daß wir glauben, die Liebe in ihrer ganzen Kraft zu empfinden, so erkennen wir später, wenn wir wirklich das Glück der wahren Liebe genießen, wie sehr wir uns selbst getäuscht haben.

Allein Raymons Darstellung seiner Lage entflammte in Indianas Herzen jene edelmütige Glut wieder, die ihrer Natur Bedürfnis war. Als sie ihn so allein und unglücklich sah, machte sie sich eine Pflicht daraus, die Vergangenheit zu vergessen und nicht in die Zukunft zu blicken. Noch gestern hatte sie ihren Gatten aus Haß und Rachgefühl verlassen wollen; heute bedauerte sie fast, daß sie ihn nicht achten könne, um Raymon ein wirkliches Opfer zu bringen. Ihre Begeisterung war so groß, daß sie fürchtete, sie tue noch viel zu wenig für ihn, selbst wenn sie unter Lebensgefahr einem jähzornigen Herrn entfliehe und sich den Strapazen einer viermonatigen Seereise unterziehe. Sie hätte ihr Leben hingegeben und geglaubt, dies sei immer noch nicht genug für ein Lächeln von Raymon. So ist die Frau!

Es handelte sich also jetzt nur noch darum, fortzukommen. Es war sehr schwer, den Argwohn Delmares und den Scharfblick Ralphs zu täuschen. Aber das war nicht einmal das Haupthindernis; sie mußte auch die gesetzliche

Anzeige umgehen, die jeder Reisende bei seiner Abfahrt in die Zeitungen einrücken lassen muß.

Von den wenigen Fahrzeugen, die auf der gefährlichen Reede von Bourbon vor Anker lagen, war die »Eugen« eben im Begriff, nach Europa abzugehen. Indiana suchte lange nach einer Gelegenheit, um mit dem Kapitän zu sprechen, ohne daß es von ihrem Gatten bemerkt würde; aber jedesmal, wenn sie den Wunsch aussprach, am Hafen spazieren zu gehen, tat er, als ob dies nicht anders geschehen könne als unter der Obhut Sir Ralphs, während er selbst ihnen mit einer Geduld nachblickte, daß es zum Verzweifeln war. Infolge ihrer beharrlichen Aufmerksamkeit auf alle ihrem Vorhaben günstigen Momente erfuhr Indiana jedoch, daß der Kapitän des nach Frankreich bestimmten Schiffs im Dorfe de la Saline, im Innern der Insel, eine Verwandte habe, und daß er oft zu Fuß von ihr zurückkehre, um an Bord zu schlafen. Von diesem Augenblick an verließ sie den Felsen, der ihr als Beobachtungspunkt diente, nicht mehr. Um jeden Verdacht abzulenken, begab sie sich auf Umwegen dahin und kehrte, wenn sie den Spaziergänger, der sie so interessierte, auf dem Gebirgspfad nicht entdeckt hatte, ebenso erst bei einbrechender Nacht zurück.

Es blieben ihr nur noch zwei Hoffnungstage, denn bereits wehte der Wind vom Land nach der Reede; der Ankerplatz drohte demnächst nicht mehr haltbar zu sein, und der Kapitän Random sehnte sich, das Weite zu gewinnen.

Endlich richtete sie an den Gott der Schwachen und Unterdrückten ein heißes Gebet, und eilte dann auf den Weg nach la Saline, selbst auf die Gefahr hin, gesehen zu werden und ihre letzte Hoffnung zu verlieren. Sie hatte kaum eine Stunde gewartet, als Kapitän Random den Fußweg herabkam. Er war ein echter Seemann, immer derb und zynisch, ob er nun mürrisch oder vergnügt war;

sein Blick entsetzte die arme Indiana. Doch faßte sie all ihren Mut zusammen und ging ihm mit einer würdigen und entschlossenen Miene entgegen.

Mein Herr, sprach sie zu ihm, ich lege meine Ehre, mein Leben in Ihre Hände. Ich beabsichtige, die Kolonie zu verlassen und nach Frankreich zurückzukehren. Wenn Sie, statt mir Ihren Schutz zu gewähren, das Geheimnis verraten, das ich Ihnen anvertraue, so bleibt mir keine andere Wahl, als mich ins Meer zu stürzen.

Der Kapitän erwiderte unter Fluchen, das Meer würde sich weigern, eine so hübsche Dame hinunterzunehmen, und da sie sich einmal unter den Wind begeben habe, so stehe er dafür ein, sie bis ans Ende der Welt zu bugsieren.

Sie willigen also ein, mein Herr? fragte Frau Delmare voll Unruhe. In diesem Fall wollen Sie mein Fahrgeld zum voraus in Empfang nehmen.

Sie übergab ihm ein Kästchen mit den Juwelen, die Frau von Carvajal ihr ehedem geschenkt hatte; es war das einzige, was sie noch besaß. Aber der Seemann verstand es anders und gab ihr das Kästchen unter Ausdrücken zurück, die ihr das Blut in die Wangen trieben.

Ich bin sehr unglücklich mein Herr, erwiderte sie, während sie mit Mühe die Tränen des Zorns zurückhielt, die schon in ihren langen Wimpern glänzten; der Schritt, den ich getan habe, berechtigt Sie allerdings, mich zu beschimpfen. Wenn Sie aber wüßten, wie verhaßt mir der Aufenthalt in diesem Land ist, würden Sie mich gewiß eher bemitleiden als verachten.

Die edle und rührende Haltung Indianas flößte dem Kapitän Random Achtung ein. Wer sein Gefühl nicht mißbraucht, dem steht es gelegentlich in seiner ganzen Kraft zu Gebot. Er erinnerte sich alsbald der widerwärtigen Physiognomie des Obersten Delmare und der letzten Szene mit seiner Frau, die Aufsehen in der Kolonie gemacht hatte. Als sein kecker Blick das schwache und so hübsche Wesen maß, war er ganz betroffen von ihrem unschuldigen und ehrlichen Aussehen; er fühlte sich besonders ergriffen, als er auf ihrer Stirn einen weißen Fleck bemerkte, der jetzt bei ihrem Erröten besonders hervortrat. Er hatte mit Delmare Handelsbeziehungen gehabt, die bei ihm ein unangenehmes Gefühl gegen diesen in Geschäftssachen so strengen und zugeknöpften Mann zurückgelassen hatten.

Donnerwetter! rief er, ich verachte den Menschen, der imstande war, den Kopf einer so hübschen Frau mit dem Absatz seines Stiefels zu traktieren. Delmare ist ein Korsar, ich mache mir kein Gewissen daraus, ihm diesen Streich zu spielen; aber seien sie vorsichtig, Madame, und bedenken Sie wohl, daß ich dabei meinen guten Ruf riskiere. Sie müssen, sobald der Mond hinunter ist, ohne Aufsehen entwischen, wie ein armer Sturmvogel, der aus einer finstern Klippe emporfliegt.

Ich weiß, mein Herr, erwiderte sie, daß Sie die Gesetze übertreten müssen, indem Sie mir diesen wichtigen Dienst leisten; Sie laufen vielleicht sogar Gefahr, eine Strafe zahlen zu müssen; und eben deshalb habe ich Ihnen das Kästchen angeboten, dessen Wert wenigstens das Doppelte des Überfahrtgeldes beträgt.

Der Kapitän lächelte und nahm ihr das Kästchen ab.

Es ist jetzt nicht der Augenblick, um unsere Rechnung zu regeln, bemerkte er; aber ich will gerne Ihr kleines Vermögen bei mir aufbewahren. Sie werden unter den obwaltenden Umständen wohl nicht viel Gepäck mit sich nehmen. Begeben Sie sich in der Nacht, in der wir abfahren, nach den Felsen der Palmenbucht. Ich werde ein Boot mit zwei guten Ruderern schicken, und so wird man Sie zwischen ein und zwei Uhr des Morgens an Bord schaffen.

XXVII

Der Tag bis zur Abreise flog hin wie ein Augenblick. Die Stille des umliegenden Landes, die Ruhe, die in der Wohnung herrschte, bildete einen scharfen Gegensatz zu dem inneren Aufruhr, der Frau Delmare bewegte. Sie schloß sich in ihr Zimmer ein, um die wenigen Sachen, die sie mitnehmen wollte, zusammenzupacken; dann verbarg sie diese unter ihrem Kleid und trug sie einzeln nach der Palmenbucht, wo sie sie in einem Bastkorb im Sand verbarg. Das Meer ging hoch und der Wind nahm mit jeder Stunde zu. Zu größerer Vorsicht hatte die »Eugen« den Hafen verlassen, und Frau Delmare sah in der Ferne die weißen Segel, die der Wind schwellte, während die Mannschaft das Schiff, um es in seiner Lage zu erhalten, lavieren ließ. Ihr Herz pochte dem Schiff entgegen, das vor Ungeduld zu stampfen schien wie ein feuriger Renner vor dem Abreiten. Als sie dann nach dem Innern der Insel zurückkehrte, fand sie in den Bergschluchten eine ruhige, milde Luft, einen reinen Himmel, den Gesang der Vögel, das Summen der Insekten und das Geräusch der Arbeit, die wie immer vor sich ging und sich nichts um die heftige Erregung bekümmerte, die sie marterte. Dann zweifelte sie fast an der Wirklichkeit dessen, was sich vorbereitete, und fragte sich, ob nicht diese Abfahrt nur das Wahngebilde eines Traumes sei.

Gegen Abend ließ der Wind nach. Die »Eugen« näherte sich wieder der Küste, und gegen Sonnenuntergang vernahm Frau Delmare von ihrem Felsen aus den Donner der Kanone, der sein vielfältiges Echo auf der Insel fand. Es war das Signal für die Abfahrt am nächsten Tag, sobald das Gestirn, das jetzt in die Fluten versank, wieder daraus emportauchen würde.

Nach dem Abendessen fühlte sich Delmare unwohl.

Indiana glaubte schon, alles sei verloren, er werde das Haus die ganze Nacht hindurch in Atem halten, ihr Plan werde scheitern; und dann litt er, er bedurfte ihrer, es war dies wahrlich nicht der Augenblick, wo man ihn verlassen durfte. Jetzt machte sie sich Gewissensbisse; sie fragte sich, wer sich dieses Greises annehmen würde, wenn sie ihn verließe. Sie zitterte bei dem Gedanken, daß sie im Begriff war, in ihren eigenen Augen ein Verbrechen zu begehen, und daß die Stimme ihres Gewissens vielleicht lauter als die Gesellschaft reden und sie verdammen würde. Wenn Delmare ihre Pflege mit Härte erheischt hätte wie gewöhnlich, wenn er sich bei seinen Schmerzen herrisch und launisch gezeigt hätte, dann wäre der unterdrückten Sklavin der Widerstand süß und berechtigt erschienen; aber zum erstenmal in seinem Leben ertrug er seine Schmerzen mit Sanftmut und war dankbar und freundlich gegen seine Frau. Um 10 Uhr erklärte er übrigens, er fühle sich wieder ganz wohl, verlangte, daß sie zu Bette gehe, und gestattete nicht, daß man sich weiter seiner beunruhige. Ralph versicherte wirklich, daß jedes Krankheitssymptom verschwunden und kein weiteres Heilmittel nötig sei als ein ruhiger Schlaf. Als es 11 Uhr schlug, war alles ruhig und still im Hause. Frau Delmare warf sich auf die Knie und betete unter bitteren Tränen; sie wollte ja ihr Herz mit einer großen Sünde belasten, von Gott allein konnte ihr daher künftig die Verzeihung kommen, auf die sie noch hoffen durfte. Leise trat sie in das Schlafzimmer ihres Gatten; er schlief fest. In dem Augenblick, da sie sich zurückziehen wollte, bemerkte sie, daß noch jemand in einem Lehnsessel schlief. Es war Ralph, der geräuschlos wieder aufgestanden und gekommen war, um für den Fall, daß ein neuer Anfall eintreten würde, bei Delmare zu wachen.

Der arme Ralph! dachte Indiana, er ist ein beredter und

grausamer Vorwurf für mich. Sie hatte nicht übel Lust, ihn aufzuwecken, ihm alles zu gestehen und ihn zu bitten, daß er sie vor sich selbst bewahre.

Dann aber dachte sie an Raymon.

Noch ein Opfer, sprach sie zu sich selbst, und das schwerste von allen, das Opfer meiner Pflicht!

Die Liebe ist die Tugend des Weibes; im Gedanken an sie rühmt sie sich noch ihrer Fehltritte, von ihr empfängt sie den Heldenmut, um selbst ihrem Gewissen Trotz zu bieten. Je mehr es sie kostet, eine Sünde zu begehen, desto mehr Verdienst hat sie sich um den erworben, den sie liebt. Der Fanatismus drückt ja auch dem Frommen den Dolch in die Hand.

Sie nahm eine goldene Kette von ihrem Hals, die sie von ihrer Mutter hatte und die sie immer trug. Diese ließ sie jetzt Ralph sanft um den Hals gleiten, gleichsam als letztes Pfand einer brüderlichen Freundschaft. Dann hob sie noch einmal die Lampe über das Gesicht ihres Gatten, um sich zu überzeugen, daß er nicht mehr krank sei. Es träumte ihm in diesem Augenblick und er sprach mit einer schwachen und traurigen Stimme im Schlaf: Nimm dich vor dem Menschen in acht, er wird dich noch zugrunde richten – –

Indiana zitterte am ganzen Körper und eilte auf ihr Zimmer zurück. Hier rang sie die Hände in schmerzlicher Ungewißheit; dann aber klammerte sie sich plötzlich an den Gedanken, daß sie ja nicht um ihrer selbst willen so handle, sondern um Raymons willen; daß sie nicht zu ihm eile, um dort ein Glück zu suchen, sondern um es ihm zu bringen, daß sie, wenn sie auch in alle Ewigkeit deshalb verdammt würde, dadurch, daß sie ihrem Geliebten das Leben verschönerte, Entschädigung dafür finden müßte. Sie eilte fort und erreichte mit raschen Schritten die Palmenbucht; sie wagte es nicht einmal, sich umzuwenden und nach dem, was sie hinter sich ließ, zurückzuschauen.

Dann grub sie ihren Bastkorb aus und setzte sich still und zitternd darauf. Der Wind pfiff ihr um die Wangen, die Woge brauste und erstarb zu ihren Füßen, und in den großen Seealgen, die an den Felswänden hingen, seufzten die heiseren Stimmen böser Geister; aber all dies Geräusch übertönte das Klopfen ihres Herzens, das ihr wie der Ton einer Totenglocke in die Ohren klang.

Sie wartete lange; sie ließ ihre Uhr repetieren und erkannte daraus, daß die bestimmte Stunde schon vorüber sei. Das Meer war so wild; die Schiffahrt ist überhaupt jederzeit an dieser Küste so gefährlich, daß sie schon an dem guten Willen der Ruderer, die sie abholen sollten, zu zweifeln begann, als sie plötzlich den schwarzen Schatten eines Boots, das sich zu nähern versuchte, auf den blitzenden Fluten gewahrte. Aber die See ging so hoch, daß das schwache Fahrzeug alle Augenblicke verschwand und gleichsam in den dunklen Falten eines mit Silbersternchen besetzten Bahrtuchs versank. Sie erhob sich und antwortete mehrere Male auf das Signal, das ihr rief, aber der Wind verwehte den Schall ihrer Stimme, ehe er zu den Ruderern gelangte. Als diese endlich so nahe waren, daß sie sie hören konnten, vermochten sie nur mit großer Mühe näher zu kommen. Dann warteten sie auf eine Welle, die sie vollends an die Küste tragen sollte. Sobald sie spürten, daß diese das Boot hob, verdoppelten sie ihre Anstrengungen, und endlich warf die Woge, während sie sich am Ufer brach, auch das kleine Fahrzeug dahin.

Das Terrain, auf dem St. Paul erbaut ist, verdankt sein Entstehen dem Sand des Meeres und dem Kies von den Bergen, den der Fluß schon auf große Entfernung von seiner Mündung heranschwemmt. Diese Masse runder Kiesel bildet am Strand ganze unterseeische Berge, die der Wellenschlag mitreißt, umstürzt und nach seinem Belieben wieder auftürmt. Ihre Beweglichkeit macht es unmöglich, sie ganz zu meiden, und alle Geschicklichkeit des Lotsen nutzt nicht viel, wenn er sich durch diese beständig sich neu bildenden Bänke hindurchwinden muß. Sogar die großen, im Hafen von St. Denis stationierten Schiffe werden oft durch die Heftigkeit der Strömungen von ihren Ankern losgerissen und an der Küste zerschellt. Wenn der Landwind zu blasen beginnt und den jähen Rückschlag der Wellen gefährlich macht, bleibt ihnen nichts anderes übrig, als daß sie schleunigst die hohe See gewinnen. Das hatte auch die Brigg »Eugen« getan.

Das Boot trug Indiana und ihre Habseligkeiten mitten durch die wütenden Wellen, das Geheul und die Verwünschungen der beiden Ruderer, die sich nicht genierten, laut darüber zu fluchen, daß sie sich ihretwegen einer solchen Gefahr aussetzen müßten. Schon vor zwei Stunden, sagten sie, hätte das Schiff die Anker lichten sollen, und nur ihretwegen habe sich der Kapitän hartnäckig geweigert, den Befehl dazu zu geben. Sie fügten beleidigende und grausame Bemerkungen hinzu, die die unglückliche Flüchtige schweigend hinunterschlucken mußte. Als einer der beiden Männer den anderen darauf aufmerksam machte, daß es ihnen übel ergehen könnte, wenn sie gegen die Geliebte des Kapitäns nicht die Rücksicht hätten, die man ihnen eingeschärft, erwiderte jener fluchend: Laß mich in Ruh', wir werden heute nacht mit den Haifischen unsere Rechnung abzuschließen haben. Wenn wir je den Kapitän Random wiedersehen, wird er, hoff' ich, nicht schlimmer sein als diese.

Du sprichst von Haifischen, entgegnete der erste, ich weiß nicht, ob nicht schon einer uns wittert, denn ich sehe in unserem Kielwasser ein Gesicht, das keinem Christenmenschen angehört.

Dummkopf! Wie kannst du einen Hundekopf mit einem Meerwolf verwechseln! He, du vierpfotiger Passagier, man hat dich am Lande vergessen; aber zum Henker! Du sollst der Mannschaft den Zwieback nicht wegfressen! Unser Befehl lautet nur auf eine Jungfer, von ihrem Schoßhündchen steht nichts darin.

Zugleich erhob er sein Ruder, um dem Tier eins auf den Kopf zu geben. In diesem Augenblick richtete Frau Delmare die zerstreuten Blicke auf das Meer und erkannte ihre schöne Hündin Ophelia, die ihre Spur gefunden hatte und ihr nun nachschwamm. Eben als der Matrose zuschlagen wollte, trieb eine Welle, gegen die der Hund mit Mühe ankämpfte, ihn weit von dem Boot fort, und seine Gebieterin hörte, wie er vor Schmerz stöhnte. Sie bat die Ruderer, ihn mit hereinzunehmen, und diese taten, als ob sie einwilligten; aber als das treue Tier sich ihnen wieder näherte, zerschmetterten sie ihm mit rohem Gelächter den Schädel, und Indiana sah den Leichnam des Wesens, von dem sie mehr geliebt worden war als von Raymon, dahin treiben. Zugleich riß eine wütende Welle das Fahrzeug in die Tiefe eines Abgrunds hinab, und das Gelächter der Matrosen verwandelte sich in ein Notgeschrei. Aber dank seiner flachen und leichten Bauart hüpfte das Boot bald wieder elastisch wie ein Taucher auf dem Wasser, erstieg keck den Kamm einer Welle, um sich dann wieder in eine tiefe Schlucht zu stürzen und abermals den schäumenden Hang der Woge zu erklimmen. In dem Maße jedoch wie die Küste sich entfernte, ging das Meer weniger hoch, und bald schwamm das Boot rasch und ohne weitere Gefahr dem Schiff zu. Jetzt kam den Ruderern die gute Laune wieder und mit ihr auch die Besinnung. Sie bemühten sich, ihre Roheit gegen Indiana wiedergutzumachen; aber ihre Schmeichelreden waren noch beleidigender als ihr Ärger.

Nun, Mut gefaßt, junge Dame, sprach der eine, jetzt sind Sie ja gerettet; der Kapitän wird uns gewiß den besten Wein, den er in seiner Kajüte hat, auftischen, weil wir ihm einen so hübschen Warenballen wieder aufgefischt haben.

Der andere tat, als ob er bedauere, daß die Wellen die Kleider der jungen Dame benetzt hätten; aber, setzte er hinzu, der Kapitän warte ja schon, um ihr seine Sorgfalt angedeihen zu lassen. Starr und stumm vernahm Indiana diese schrecklichen Reden; sie empfand jetzt die ganze Pein ihrer Lage und sah kein anderes Mittel mehr, um sich der Schmach, die ihrer wartete, zu entziehen, als wenn sie sich ins Meer stürzte. Zwei oder drei Mal war sie daran, aus dem Boot zu springen; dann aber faßte sie wieder Mut, einen erhabenen Mut; denn sie dachte: Ich leide ja für ihn, für Raymon. Ich muß leben, und wenn mich die Schmach zu Boden drückt!

Sie preßte die Hand gegen das Herz und spürte dort die Klinge eines Dolches, den sie in einer instinktmäßigen Vorsicht am Morgen dorthin gesteckt hatte. Der Besitz dieser Waffe gab ihr all ihr Vertrauen wieder; es war ein kurzes scharfes Stilett, das ihr Vater zu tragen pflegte, eine alte spanische Klinge, die einem Medina Sidonia gehört hatte, dessen Name mit dem Datum 1300 in den Stahl graviert war. Diese gute Waffe war gewiß schon in edlem Blut gerostet; sie hatte wahrscheinlich schon mehr als eine Beschimpfung gerächt, mehr als einen Unverschämten gestraft. Mit ihr fühlte sich Indiana wieder als Spanierin, und so stieg sie entschlossen auf das Schiff, indem sie sich sagte, eine Frau habe keinerlei Gefahr zu fürchten, solange sie ein Mittel besitze, um sich den Tod zu geben, falls ihr Schande drohe. Sie zog sich in ihre Koje zurück und harrte mit Angst der Abfahrt.

Endlich wurde es Tag; das Meer bedeckte sich mit Booten, die Reisende an Bord brachten. Hinter einer Stückpforte versteckt, betrachtete Indiana ängstlich die Gesichter der an Bord Steigenden; sie fürchtete, ihr Gatte werde darunter sein, um sie zurückzufordern. Endlich erscholl der Abschiedsschuß und verhallte in den Bergen der Insel, die ihr Gefängnis gewesen war. Das Schiff begann Ströme von Schaum zu schlagen; die Sonne stieg höher und warf ihren rosigen heiteren Schimmer auf die weißen Gipfel von Salazes, die allmählich gegen den Horizont hinabsanken.

Als das Schiff einige Meilen zurückgelegt hatte, wurde eine Art Komödie an Bord aufgeführt, um den Verdacht einer Täuschung abzuwenden. Kapitän Random tat, als ob er Frau Delmare jetzt erst entdeckte; er spielte den Erstaunten, fragte die Matrosen, geriet scheinbar in heftigen Zorn, ließ sich dann beschwichtigen und nahm endlich ein Protokoll darüber auf, daß sich ein »Findelkind« an Bord eingestellt habe – der technische Ausdruck für derartige Fälle. Es sei mir gestattet, über den weiteren Verlauf der Überfahrt hinwegzugehen. Zur Rechtfertigung des Kapitäns Random will ich nur noch anführen, daß er trotz seiner Ungeschlachtheit Verstand genug besaß, um den Charakter der Frau Delmare bald zu begreifen; er versuchte es nur ein paar Mal, ihre Isolierung zu mißbrauchen, dann rührte ihn ihre Lage und schließlich war er ihr Freund und Beschützer. Aber die Ehrenhaftigkeit dieses braven Mannes und das würdige Benehmen Indianas konnte doch die Reden der Mannschaft, die spöttischen Blicke, die verletzenden Zweifel und die zweideutigen Scherze der Passagiere nicht ganz abschneiden. Dies waren die wirklichen Qualen der unglücklichen Frau während der Überfahrt; von den Strapazen, Entbehrungen, Gefahren, der Langeweile und Unbehaglichkeit der Seefahrt selbst will ich schweigen. Indiana selbst rechnete das für nichts.

XXVIII

Drei Tage nach Abgang des Briefs nach Ile Bourbon hatte Raymon den Brief und dessen Inhalt total vergessen. Er hatte sich besser gefühlt und einen Besuch in der Nachbarschaft gewagt. Das Gut Lagny, das Delmare seinen Gläubigern an Zahlungsstatt überlassen, war von einem Herrn Hubert, einem reichen Industriellen, erworben worden, einem geschickten und achtungswerten Mann, nicht wie die übrigen reichen Industriellen, sondern wie eine kleine Zahl Reichgewordener. Raymon fand den neuen Eigentümer bereits in dem Haus eingerichtet, das so manche Erinnerung für ihn wahrte. Er überließ sich anfangs ganz seiner inneren Erregung und durcheilte den Garten, wo die leichten Schritte Nouns noch ihre Spur im Sande hinterlassen zu haben schienen, und die weiten Gemächer, die noch von dem Klang der süßen Worte Indianas tönten. Bald aber gab die Erscheinung eines neuen Gastes seinen Gedanken eine andere Richtung.

Im Salon, an der Stelle, wo Frau Delmare zu arbeiten pflegte, saß jetzt ein großes schlankes Mädchen mit einem zugleich sanften und boshaften, schmeichlerischen und spöttischen Blick vor einer Staffelei und unterhielt sich damit, die seltsamen Wandverkleidungen im Aquarell zu kopieren.

Langsam erhob sie jetzt die mandelförmigen Augen, in denen eine pikante, anziehende und perfide Art Freundlichkeit lag, die ihn unwillkürlich an Anna Page bei Shakespeare erinnerte. In ihrem Wesen lag weder Schüchternheit noch Keckheit, weder Gewohnheitsziererei noch Mangel an Selbstvertrauen. Sie begannen eine Unterhaltung über den Einfluß der Mode auf die Kunst.

Schimmert nicht die ganze moralische Färbung jener Zeit aus diesem Pinsel? sagte sie zu Raymon und zeigte auf die mit ländlichen Amoretten in der Art Bouchers bedeckte Wand. Stimmt es nicht, daß diese Schafe nicht gehen, nicht schlafen, nicht weiden wie die eigentlichen Schafe? Und diese kokette, falsche und frisierte Natur, diese Zentifolienbüsche mitten im Wald, wo doch nur Heckenrosen wachsen, diese zahmen Vögel, deren Art offenbar verschwunden ist, diese rosaseidenen Röcke, die die Sonne nicht bleichte, bildeten sie nicht doch zusammen eine Art Poesie, ein sanftes, glückliches Traumleben, gaben sie nicht das Gefühl von einem süßen, unnützen, aber harmlosen Dasein? Wahrlich, diese lächerlichen Phantasien waren nicht weniger wert als jetzt unsere trübseligen politischen Hirngespinste! Ach, warum bin ich nicht zu jener Zeit geboren, setzte sie schalkhaft hinzu; bei meiner Oberflächlichkeit und Beschränktheit hätte ich weit besser dazu gepaßt, Fächermalereien und Zupfarbeiten zu machen als Journalartikel zu besprechen und Kammerverhandlungen zu verstehen.

Herr Hubert ließ die beiden jungen Leutchen beisammen; und allmählich schweifte die Unterhaltung auf ein anderes Gebiet hinüber; sie fiel endlich auf Frau Delmare.

Sie standen mit unseren Vorgängern in diesem Hause auf vertrautem Fuße, bemerkte das junge Mädchen; es ist daher viel von Ihnen, daß Sie hierher kommen, wo Sie doch jetzt neue Gesichter finden. Frau Delmare, setzte sie mit einem durchdringenden Blick hinzu, soll ja eine sehr interessante Dame gewesen sein. Sie wird Ihnen Erinnerungen hier hinterlassen haben, die uns nicht zum Vorteil gereichen.

Es war eine vortreffliche Frau, erwiderte Raymon gleichgültig, und ihr Mann ein sehr würdiger, alter Herr.

Nun, fuhr das kecke junge Mädchen fort, mir scheint, sie war mehr als nur eine vortreffliche Frau. Wenn ich mich recht erinnere, so lag in ihrer Person ein Reiz, der eine feurigere, poetischere Bezeichnung verdiente. Ich sah sie vor zwei Jahren auf einem Ball bei dem spanischen Gesandten. Sie war an dem Abend wirklich entzückend; erinnern Sie sich nicht mehr?

Raymon erbebte bei der Nennung jenes Abends, wo er Indiana zum ersten Male gesprochen hatte. Er erinnerte sich zugleich, auf jenem Ball auch die ausgezeichnete Figur und die geistreichen Augen der jungen Dame, mit der er jetzt sprach, bemerkt zu haben; er hatte damals nicht gefragt, wer sie sei.

Erst beim Fortgehen, als er Herrn Hubert ein Kompliment über die Anmut seiner Tochter machte, erfuhr er ihren wahren Namen.

Ich habe nicht das Glück, ihr Vater zu sein, erwiderte der Fabrikant. Aber ich habe mich dafür entschädigt, indem ich sie adoptierte. Sie kennen also meine Geschichte nicht?

Ich war mehrere Monate lang krank, gab Raymon zur Antwort; ich weiß daher von Ihnen nichts, als daß Sie bereits viel Gutes in der Gegend getan haben.

Es gibt Leute, fuhr Herr Hubert lächelnd fort, die mir ein großes Verdienst daraus machen, daß ich Fräulein von Nangy adoptierte. Sie besitzen aber zu viel Hochsinn, um nicht einzusehen, daß ich hier nur getan habe, was mir das Zartgefühl diktierte. Ich bin Witwer, habe keine Kinder und besaß schon vor zehn Jahren ein ziemlich anständiges Vermögen, Frucht meiner Arbeit, das ich anzulegen suchte. Da wurde das Gut und Schloß Nangy in Burgund käuflich, es war ein Nationalgut, das mir paßte. Ich war schon einige Zeit sein Besitzer, als ich hörte, daß der frühere Gutsherr mit seiner damals siebenjährigen Enkelin in einem kleinen Häuschen und in ziemlich dürftigen Verhältnissen lebte. Der alte Herr hatte allerdings eine Entschädigung erhalten, aber diese dazu verwendet, die während seiner Emigration gemachten Schulden gewissenhaft zu berichtigen. Ich wollte ihm ein besseres Schicksal bereiten und bot ihm ein Asyl bei mir an; aber er hatte in seinem Unglück den ganzen Stolz seines Ranges bewahrt. Er lehnte es ab, aus Barmherzigkeit wieder in das Haus seiner Väter einzuziehen, und starb bald nach meiner Ankunft, ohne daß er von mir irgendeine Gefälligkeit angenommen hätte. Ich nahm nun seine Enkelin an Kindesstatt an. Die stolze kleine Patrizierin ließ sich meine Sorge gnädigst gefallen; doch in diesem Alter sind die Vorurteile noch nicht tief gewurzelt und die Vorsätze von kurzer Dauer. Sie gewöhnte sich bald, mich als ihren Vater anzusehen, und ich habe sie wie ein eigenes Kind erzogen. Sie hat mich dafür durch das Glück, das sie über meine alten Tage verbreitet, belohnt. Deshalb habe ich sie auch adoptiert, und ich suche jetzt nur noch einen Mann für sie, der ihrer würdig und imstande wäre, das Vermögen, das ich ihr hinterlassen werde, geschickt zu verwalten.

So weihte dieser Treffliche, geschmeichelt von dem Interesse, das Raymon seinen Mitteilungen zu schenken schien, diesen gleich beim ersten Zusammentreffen in alle seine Angelegenheiten ein. Sein aufmerksamer Zuhörer begriff, daß es sich hier um ein schönes, mit der größten Umsicht angelegtes Vermögen handle, das nur auf einen jüngeren und eleganteren Verzehrer wartete, als der gute Hubert war, um sich in seinem ganzen Glanz zu zeigen. Raymon fühlte, daß er selbst der zu dieser angenehmen Aufgabe Berufene sein könnte, und dankte dem Schicksal, das alle seine Wünsche erfüllte, indem es ihm auf einem romantischen Wege eine Frau von seinem Stand an der Spitze eines schönen bürgerlichen Vermögens bot. Das war ein Treffer, den man nicht entwischen lassen durfte, und er bot seine ganze Gewandtheit auf, um ihn zu erhaschen. Die Erbin war noch obendrein reizend; so söhnte sich Raymon mit seiner Vorsehung ziemlich aus. An Frau Delmare wollte er jetzt gar nicht mehr denken. Von Zeit zu Zeit kam ihm zwar einige Angst wegen seines Briefes, aber er verscheuchte sie kräftigst und suchte sich zu überreden, die arme Indiana werde seine eigentliche Absicht gar nicht verstanden haben oder doch nicht den Mut besitzen, darauf einzugehen. Endlich gelang es ihm, sich selbst zu belügen und sich für unschuldig zu halten; es wäre ihm ja entsetzlich gewesen, wenn er gefunden hätte, daß er sehr egoistisch gehandelt. Er gehörte nicht zu den ehrlichen Bösewichtern der Bühne, die vor dem eigenen Herzen das naive Geständnis ihrer Schlechtigkeit ablegen. In der Wirklichkeit bespiegelt sich das Laster nicht in seiner eigenen Schlechtigkeit, es würde ja Angst vor sich selber bekommen, und Shakespeares Jago ist zwar vollkommen wahr in seinen Handlungen, aber falsch in seinen Worten, wo unsere dramatischen Bräuche ihn zwingen, die geheimen Falten seines vielgewundenen und abgründigen Herzens zu entschleiern. Selten legt der Mensch so kaltblütig sein Herz unter seine Füße. Er wendet es vielmehr, drückt es, zieht es und entstellt es; und wenn er es so gefälscht, ausgeweitet und abgenutzt hat, nimmt er es mit sich, wie ein nachsichtiger, leichtsinniger Herrscher, der seinen Leidenschaften und Interessen nachgibt, der aber immer tut, als ob er sie zu Rate ziehe und fürchte.

Er kam also oft und viel nach Lagny, und seine Besuche waren Herrn Hubert angenehm; denn Raymon wußte sich ja beliebt zu machen, und bald hatte der reiche Bürger nur den einen Wunsch, ihn seinen Schwiegersohn zu nennen. Er wollte, daß seine Adoptivtochter ihn selbst wähle, und ließ ihnen alle Freiheit, um sich kennen und beurteilen zu lernen.

Laura von Nangy beeilte sich aber nicht, das Glück Raymons zu entscheiden; sie wußte ihn vielmehr in einem vollkommenen Schaukelsystem zwischen Furcht und Hoffnung zu erhalten. Weniger edel als Frau Delmare, aber geschickter, kalt und wieder schmeichlerisch, stolz und wieder zuvorkommend, war es gerade die rechte Frau, die Raymon niederzuhalten vermochte; sie war ihm an Gewandtheit geradeso überlegen, wie er es Indiana gegenüber gewesen war. Sie hatte bald heraus, daß die Sehnsucht ihres Bewunderers ebensosehr ihrem Vermögen wie ihrer Person gelte. Ihre sehr verständige Phantasie hatte allerdings nie auf eine edlere Sorte von Huldigungen gehofft; sie besaß zu viel gesunden Menschenverstand, zu viel Kenntnis der Welt, wie sie einmal ist, um mit zwei Millionen von einer reinen Liebe zu träumen. In philosophischer Ruhe hatte sie daher ihre Stellung genommen und fand Raymon deshalb keineswegs schuldig; sie haßte ihn nicht, weil er rechnete und nach Positivem strebte wie seine ganze Zeit; sie kannte ihn nur zu gut, um ihn zu lieben. Sie setzte ihren ganzen Stolz darein, dieser kalten, vernünftelnden Zeit nicht untertan zu sein, ihre Eigenliebe hätte es nicht vermocht, die albernen Illusionen eines unwissenden Mädchens aus der Pension zu hegen; sie wäre über eine derartige Täuschung wie über eine begangene Dummheit errötet; mit einem Wort, ihr Heroismus wollte darin bestehen, daß sie sich von der Liebe nicht fangen ließ, während Frau Delmare den ihrigen darein setzte, sich ihr ganz hinzugeben.

Fräulein von Nangy war also fest entschlossen, die Heirat als eine gesellschaftliche Notwendigkeit über sich ergehen zu lassen; aber sie fand ein boshaftes Vergnügen daran, ihre Freiheit zu nützen, solange sie ihr noch gehörte, und dem Mann, der sie ihr zu rauben beabsichtigte, noch eine Zeitlang ihr Übergewicht fühlen zu lassen. So gab es für dieses junge Mädchen, das dazu verdammt war, alles Elend, das das Geld mit sich bringt, durchzumachen, keine Jugend, keine süßen Träume, keine glänzende, trügerische Zukunft. Das Leben war für sie eine stoische Berechnung, das Glück ein kindischer Wahn, den sie als eine Schwäche, eine Lächerlichkeit sich fern halten mußte.

Während so Raymon daran arbeitete, sich ein Glück zu gründen, näherte sich Indiana den Gestaden Frankreichs. Aber wie erstaunte und erschrak sie, als sie beim Landen die dreifarbige Fahne auf den Mauern von Bordeaux wehen sah! Eine große Bewegung hatte sich der ganzen Stadt bemächtigt; der Präfekt war am Tag vorher beinahe umgebracht worden; das Volk erhob sich allenthalben; die Garnison schien sich auf einen blutigen Kampf gefaßt zu machen; man kannte den Ausgang der Revolution in Paris noch nicht.

Du kommst zu spät! Dieser Gedanke fiel wie ein Donnerschlag auf Frau Delmare.

In ihrem Schrecken ließ sie ihr weniges Geld und Gepäck auf dem Schiff und lief wie außer sich durch die Stadt. Sie suchte einen Postwagen nach Paris, aber diese waren alle von Flüchtlingen oder solchen, die von dem Raub der Besiegten Nutzen ziehen wollten, gefüllt. Erst gegen Abend fand sie einen Platz. In dem Augenblick, wo sie in den Wagen steigen wollte, kam eine Patrouille der improvisierten Nationalgarde, widersetzte sich dem Abgang der Reisenden und verlangte ihre Papiere zu sehen. Indiana besaß keine. Während sie sich gegen den abgeschmackten Verdacht der Sieger verteidigte, hörte sie um sich her sagen: das Königtum sei gefallen, der König auf der Flucht, die Minister und alle ihre Anhänger ermordet. Diese unter rohem Gelächter, Gejauchze und Freudengeschrei preisgegebenen Neuigkeiten waren ein Todesstoß für Frau Delmare. An dieser ganzen Revolution interessierte sie nur ein Ding persönlich; in ganz Frankreich kannte sie nur einen Menschen. Sie sank ohnmächtig zu Boden und erlangte erst nach mehreren Tagen wieder ihr Bewußtsein – in einem Spital.

Zwei Monate später verließ sie es ohne Geld, ohne jede Habseligkeiten, schwach, schwankend, durch eine Hirnentzündung, in der ihr Leben mehrmals bedroht schien, gänzlich erschöpft. Als sie sich allein, ohne Stütze, ohne Kraft und ohne Hilfsmittel auf der Straße sah, als sie sich bemühte, sich über ihre Lage klar zu werden, als sie sich in der großen Stadt verloren und vereinsamt fand, da kam ein unbeschreibliches Gefühl des Schreckens und der Verzweiflung über sie: jetzt mußte ja das Schicksal Raymons längst vollendet sein, sie aber sah kein Wesen um sich, das sie aus der entsetzlichen Ungewißheit, in der sie sich befand, hätte befreien können. Das Gefühl des Verlassenseins lastete mit seiner ganzen Macht auf ihrer gebrochenen Seele, und jener Stumpfsinn der Verzweiflung, den das Elend erzeugt, lähmte nach und nach alle ihre Fähigkeiten. In dieser moralischen Betäubung schleppte sie sich nach dem Hafen und setzte sich, noch ganz zitternd von Fieber, auf einen Stein, um sich in der Sonne zu wärmen; dann schaute sie in träger Beharrlichkeit in das Wasser, das zu ihren Füßen dahinfloß. So saß sie stundenlang, ohne Kraft, ohne Hoffnung, ohne Willen; endlich fiel ihr ein, daß sie ihre Habseligkeiten, ihr Geld auf der Brigg »Eugen« gelassen, und daß es vielleicht möglich sein würde, jene wiederzubekommen. Aber inzwischen war die Nacht hereingebrochen, und sie wagte es nicht, sich mitten unter die Matrosen, die eben in lärmender Fröhlichkeit von der Arbeit kamen, zu begeben und sie nach jenem Schiff zu fragen. Sie wollte im Gegenteil der Aufmerksamkeit, die sich bereits ihr zuzuwenden begann, entrinnen; so verließ sie den Hafen und suchte Schutz in den Ruinen eines abgebrochenen Hauses hinter der großen Esplanade der Quinconces. Hier in eine Ecke gekauert und von bittern Gedanken und Schrecknissen erfüllt, verbrachte sie die kalte Oktobernacht. Endlich kam der Tag, jetzt machte sich auch der Hunger gebieterisch geltend. Sie beschloß, die Leute um ein Almosen zu ersuchen. Obschon ihre Kleider sich in schlechtem Zustand befanden, so deuteten sie doch auf größere Wohlhabenheit, als man bei Bettlern trifft; man betrachtete sie mit Neugierde, mit Mißtrauen, mit Hohn und gab ihr nichts. Sie schleppte sich von neuem nach dem Hafen, fragte nach der Brigg »Eugen« und hörte von dem ersten Schiffer, dem sie begegnete, daß dieses Fahrzeug sich noch immer auf der Reede von Bordeaux befinde. Sie ließ sich in einem Boot hinfahren und traf Kapitän Random beim Frühstück.

Nun, meine schöne Reisende, rief er, sind Sie schon von Paris zurück? Sie kommen gerade recht, denn morgen fahr' ich wieder ab. Soll ich Sie nach Bourbon zurückbringen? Er erzählte Frau Delmare weiter, daß er sie überall habe suchen lassen, um ihr ihr Eigentum einzuhändigen. Aber als man Indiana in das Spital brachte, hatte sie keinerlei Papiere bei sich, aus denen ihr Name hervorgegangen wäre. Sie wurde daher unter der Bezeichnung »Unbekannt« in die Bücher der Spitalverwaltung und der Polizei eingetragen. Der Kapitän hatte sie somit nicht auffinden können.

Am andern Tage reiste Indiana trotz ihrer Schwäche und Erschöpfung nach Paris. Bei der Wendung, die die politischen Angelegenheiten damals schon genommen, hätte sich ihre Unruhe legen sollen; allein die Unruhe überlegt nicht und die Liebe ist reich an kindischen Befürchtungen.

Noch am Abend ihrer Ankunft in Paris eilte sie nach der Wohnung Raymons und fragte den Schließer ängstlich nach ihm.

Herr von Ramière befindet sich wohl, antwortete dieser, er ist gegenwärtig in Lagny.

In Lagny? Sie wollen sagen: in Cercy!

Nein, gnädige Frau, in Lagny; er ist jetzt Besitzer davon.

Der gute Raymon! dachte Indiana, er hat das Gut gekauft, um mir dort ein Asyl zu bereiten, wo mir die Bosheit der Leute nicht beikommen kann. Er wußte ja wohl, daß ich kommen würde!

Trunken von Glück und zu einem neuen Leben erwacht, eilte sie in ein Hotel, um sich darin einzurichten; dann widmete sie die Nacht und einen Teil des andern Morgens der Ruhe. Die Arme hatte schon so lange keinen friedlichen Schlaf mehr genossen! Ihre Träume waren hold und trügerisch; aber als sie erwachte, bedauerte sie keineswegs, daß der Wahn des Traumes verflog, stand ja doch die Hoffnung an ihrem Bett. Sie zog sich sorgfältig an; sie wußte, daß Raymon auf all die Kleinigkeiten der Toilette etwas hielt; sie hatte deshalb noch am Abend ein neues und hübsches Kleid bestellt, das man ihr beim Erwachen brachte. Aber als sie sich frisieren wollte, suchte sie vergebens ihr langes und prächtiges Haar; es war während ihrer Krankheit unter der Schere der Krankenwärterin gefallen. Sie bemerkte dies jetzt erst, ihre schweren Sorgen hatten sie bisher nicht an diese Kleinigkeiten denken lassen.

Als sie indessen ihre kurzen schwarzen Haare über ihrer weißen und melancholischen Stirn gelockt, als sie den hübschen Kopf in ein Hütchen nach englischer Form gesteckt hatte, die man damals mit einer Anspielung auf den Stoß, den die Vermögensverhältnisse allenthalben erlitten, die »dreiprozentige« hieß, als sie ein Sträußchen von den Blumen, deren Duft Raymon besonders liebte, angesteckt hatte, hoffte sie doch, sie könne ihm noch gefallen.

Sie war jetzt wieder bleich und zart wie in den ersten Tagen, da er sie kennengelernt, und die Krankheit hatte die Spuren der tropischen Sonne verwischt.

Sie nahm nachmittags einen Wagen und langte gegen 9 Uhr abends in einem Dorfe am Saum des Waldes von Fontainebleau an. Dort ließ sie ausspannen und befahl dem Kutscher, bis zum anderen Morgen hier auf sie zu warten. Dann schlug sie allein einen Fußweg durch den Wald ein, der sie in einer Viertelstunde an den Park von Lagny brachte. Sie suchte die kleine Tür zu öffnen; sie war von innen geschlossen. Indiana wollte aber heimlich hineinkommen, sich dem Auge der Dienerschaft entziehen, Raymon überraschen. Sie ging die Parkmauer entlang. Diese war alt, sie erinnerte sich, daß sie häufig Lücken bekam; sie war so glücklich, eine zu finden, und kletterte ohne große Mühe hinein.

Als sie den Fuß auf den Boden setzte, der jetzt Raymon gehörte, und der künftig ihr Asyl, ihr Heiligtum, ihre feste Burg und ihr Vaterland werden sollte, hüpfte ihr das Herz vor Freude. Leicht wie ein Vogel und in triumphierendem Schritte flog sie durch die Schlängelpfade, die sie so gut kannte. Jetzt kam sie in den englischen Garten, der auf dieser Seite so düster, so einsam war. Hier hatte sich nichts in der Anlage geändert; aber die Brücke, deren schmerzlichen Anblick sie fürchtete, war verschwunden, der Lauf des Baches verändert worden; die Stellen, die an Nouns Tod erinnern konnten, waren nicht mehr vorhanden.

Er hat mir diese grausame Erinnerung ersparen wollen, dachte Indiana. Er hat unrecht gehabt, ich hätte sie wohl ertragen können. Hat er denn nicht um meinetwillen diesen Flecken in sein Leben gebracht? Wir sind nun quitt, denn auch ich habe ein Verbrechen begangen. Vielleicht habe ich auch meinem Gatten den Tod gebracht. Raymon darf mir seine Arme öffnen, wir werden einander die Unschuld und Tugend ersetzen müssen.

Sie benutzte die Bretter, aus denen die neue Brücke gebaut werden sollte, um hinüberzukommen, und eilte durch den Blumengarten. Sie mußte einen Augenblick anhalten, denn ihr Herz schlug zum Zerspringen; sie hob die Augen gegen die Fenster ihres früheren Schlafzimmers. O Glück! Die blauen Vorhänge waren hell erleuchtet. Raymon war also dort. Konnte er auch ein anderes Zimmer bewohnen? Die Tür zur geheimen Treppe war offen.

Er erwartet mich beständig, dachte sie; er wird glücklich sein, wenn ich komme, aber nicht überrascht.

Am Ende der Treppe hielt sie noch einmal an, um Atem zu schöpfen; es war aber eher Freude, was ihr die Kraft benahm als Schmerz. Sie bückte sich nieder und sah durch das Schlüsselloch. Raymon war allein, er las. Er war es wirklich, es war Raymon, und zwar voll Kraft und Leben; der Kummer hatte ihn nicht alt gemacht, die politischen Stürme hatten ihm kein Haar vom Haupte gerissen; er saß hier, ruhig und schön, die Stirn auf die weiße Hand gestützt, die sich in seinen schwarzen Haaren verlor.

Indiana riß die Tür auf, die ohne Widerstand nachgab.

Du hast mich erwartet, rief sie und sank auf die Knie, ihr Kopf neigte sich auf Raymons Schoß, du hast die Monate, die Tage gezählt, du wußtest, daß die Zeit vorüber war, aber du wußtest auch, daß ich deinem Ruf folgen würde. Du hast mich gerufen, da bin ich, da bin ich! Ich kann nicht mehr!

Ihre Gedanken verwirrten sich; sie lag eine Zeitlang stumm, keuchend, unfähig zu sprechen, zu denken. Dann öffnete sie die Augen wieder, erkannte Raymon, als ob sie aus einem Traum erwachte, tat einen wahnsinnigen Freudenschrei und preßte den Mund auf seine Lippen, närrisch, glühend, glücklich. Er aber war blaß, stumm, unbeweglich, wie vom Donner getroffen.

So erkenne mich doch, rief sie, ich bin es ja, es ist deine Indiana, deine Sklavin, die du aus dem Exil zurückberufen hast, die dreitausend Meilen weit hergekommen ist, um dich zu lieben, um dir zu dienen; es ist die Gefährtin deiner Wahl, die alles verlassen, alles gewagt hat, um dir diesen Augenblick der Freude zu bereiten! Bist du glücklich, bis du zufrieden mit ihr? So sprich doch! Ich erwarte meine Belohnung; ein Wort, ein Kuß, und ich bin hundertfach bezahlt.

Aber Raymon gab keine Antwort; seine sonst so bewundernswürdige Geistesgegenwart hatte ihn vollständig verlassen. Er war ganz vernichtet von Staunen, Gewissensbissen und Entsetzen, als er diese Frau zu seinen Füßen sah. Er verbarg den Kopf in den Händen und wünschte sich den Tod.

Mein Gott! mein Gott! Du sprichst nicht mit mir! Du umarmst mich nicht, du hast mir nichts zu sagen! rief Frau Delmare und preßte Raymons Knie gegen ihre Brust; du kennst mich nicht? Das Glück tut weh, es tötet, ich weiß wohl! Ach, du leidest, bist am Ersticken, ich habe dich zu jäh überrascht! O so versuch doch, mich anzusehen, sieh, wie blaß ich bin, wie gealtert, wie ich gelitten habe! Aber ich tat es für dich, und du wirst mich darum nur um so mehr lieben! Sag mir nur ein Wort, Raymon, ein einziges Wort!

Ich möchte weinen, flüsterte Raymon mit erstickter Stimme.

Auch ich möchte es, sprach sie und bedeckte seine Hände mit Küssen. Ach ja, das würde uns wohl tun. So weine, weine an meiner Brust, ich will dir die Tränen mit Küssen abtrocknen; ich bin ja gekommen, um dir das Glück zu geben, um dir alles zu sein, was du willst, deine

Lebensgefährtin, deine Magd, deine Geliebte. Oh, früher war ich recht grausam, recht töricht und egoistisch; ich habe dich sehr leiden lassen und nicht begreifen wollen, daß ich mehr verlangte, als in deinen Kräften stand. Aber ich habe Zeit gehabt, darüber nachzudenken, und da du die Meinung der Welt an meiner Hand nicht fürchtest, so habe ich auch kein Recht mehr, dir ein Opfer zu versagen. Verfüge über mich, ich bin dein mit Leib und Seele.

Eine höllische Idee durchzuckte plötzlich Raymons Gehirn. Er zog den Kopf aus ihren zusammengepreßten Händen und blickte Indiana mit teuflischer Kaltblütigkeit an; dann flog ein fürchterliches Lächeln über seine Lippen, seine Augen funkelten, er sah, Indiana war noch schön.

Vor allem muß ich dich verstecken, sprach er und stand rasch auf.

Mich hier verstecken? erwiderte sie; bist du nicht der Herr hier? Kannst du mich nicht aufnehmen und beschützen? Ich habe ja niemand mehr als dich auf der Welt, ohne dich müßte ich ja auf der Straße betteln. Geh! die Welt selbst kann dir jetzt kein Verbrechen mehr daraus machen, wenn du mich liebst; ich habe ja alles auf mich genommen. Aber wo willst du hin? rief sie, als sie sah, daß er zur Tür ging.

Sie heftete sich an ihn mit der Angst eines Kindes, das keinen Augenblick allein gelassen werden will, und rutschte ihm auf den Knien nach.

Er wollte die Tür verriegeln; aber es war bereits zu spät. Sie öffnete sich, ehe er die Hand danach ausstrecken konnte, und Laura von Nangy stand vor ihm. Sie schien weniger erschrocken als verletzt. Ohne daß ihr ein Ausruf entfuhr, beugte sie sich etwas nieder und betrachtete blinzelnd die Frau, die halb ohnmächtig niedergesunken war.

Frau Delmare, begann sie dann mit einem bitteren,

kalten und verächtlichen Lächeln, Sie haben drei Personen in eine seltsame Lage zu versetzen beliebt. Ich bin Ihnen jedoch verbunden, daß Sie mir dabei die am wenigsten lächerliche Rolle zugedacht haben. Sie sollen sehen, daß ich Ihr gerecht zu werden verstehe. Haben Sie die Güte, sich zu entfernen!

Der Zorn machte Indiana stark; sie schoß stolz und gebieterisch in die Höhe.

Wer ist diese Frau? fragte sie Raymon, und mit welchem Rechte darf sie mir in Ihrem Hause etwas befehlen?

Sie sind hier in meinem Haus, Frau Delmare, entgegnete Laura.

So sprechen Sie doch, rief Indiana und schüttelte den Elenden heftig am Arm; sagen Sie doch, ist dies Ihre Geliebte oder Ihre Frau?

Es ist meine Frau, erwiderte Raymon mit einem albernen Gesicht.

Ich will Ihnen Ihre Unwissenheit über diesen Punkt verzeihen, fuhr Frau von Ramière mit einem grausamen Lächeln fort. Wären Sie da geblieben, wo Ihnen die Pflicht Ihre Stelle anwies, so würden Sie die Anzeige von der Heirat des Herrn Barons erhalten haben. – Aber Ihre Verlegenheit erbarmt mich, Raymon, setzte sie mit einer beißenden Liebenswürdigkeit hinzu, Sie sind noch sehr jung; Sie werden hoffentlich einsehen, daß man vorsichtiger und klüger im Leben sein muß. Ich überlasse es Ihnen, diese ärgerliche Szene zu Ihrem Abschluß zu bringen. Ich könnte darüber lachen, wenn Sie nicht ein so unglückseliges Gesicht dazu machten.

Nach diesen Worten zog sie sich zurück, höchst befriedigt über die Würde, die sie gezeigt, und im geheimen voll Triumphes darüber, daß dieser Vorfall ihren Gemahl ihr gegenüber in eine so untergeordnete und abhängige Stellung gebracht hatte.

Als Indiana wieder zu sich kam, befand sie sich allein in einem geschlossenen Wagen, der in großer Eile Paris zurollte.

XIX

Am Tor hielt der Wagen; ein Diener, den Frau Delmare ehedem im Dienst Raymons gesehen, trat an den Schlag und fragte, wo die gnädige Frau absteigen wollte. Mechanisch nannte Indiana den Namen des Hotels und der Straße, wo sie am Tage vorher abgestiegen war. Als sie dort anlangte, sank sie in einen Lehnstuhl und blieb darin unbeweglich bis zum nächsten Morgen. Es fiel ihr nicht ein, zu Bett zu gehen, oder sich nur zu bewegen; am liebsten wäre sie gestorben, aber sie war zu gebrochen, zu kraftlos, um sich selbst zu töten. Sie meinte, nach einem solchen Wehe könne man nicht mehr leben, der Tod werde da von selbst kommen. So blieb sie denn den ganzen andern Tag, ohne irgend Nahrung zu sich zu nehmen, ohne auf die wenigen Anerbietungen von Dienstleistungen, die man ihr machte, eine Antwort zu geben.

Ich kenne nichts Gräßlicheres als den Aufenthalt in einem Hotel garni in Paris, besonders wenn es, wie es bei diesem der Fall war, in einer engen, düsteren Straße liegt und das Tageslicht nur trüb, feucht und ungern über die verrauchten Zimmerdecken und verwitterten Fenster hinschleicht. Und dann hat auch der Augenblick der fremden Möbel, an denen das Auge vergebens nach einer Erinnerung, nach einem sympathischen Zug sucht, etwas Zurückstoßendes, Erkältendes. Alle diese Gegenstände, die eigentlich niemand gehören, weil sie jedem dienen, der kommt; diese Zimmer, in denen niemand eine andere Spur seines Daseins zurückläßt als einen unbekannten Namen und etwa eine am Spiegel vergessene Karte; dieses bezahlte Asyl, das schon so viele arme Reisende, so viele vereinsamte Fremdlinge beherbergte, das sich gegen keinen gastlich erwies, das so viele menschliche Regungen gleichgültig an sich vorübergehen ließ und von nichts zu erzählen weiß.

Wenn man aber Frau ist und sich dreitausend Meilen weit von jeder menschlichen Handreichung und Freundschaft und von aller Welt zurückgestoßen sieht; wenn man kein Geld hat, was weit schlimmer ist, als in einer endlosen Wüste ohne Wasser zu sein; wenn man im ganzen Umkreis seines Lebens keine Erinnerung findet, die nicht vergiftet oder versiegt wäre; wenn man in der Zukunft keinerlei Hoffnung auf eine einigermaßen mögliche Existenz sieht, die uns über die Trostlosigkeit der Gegenwart hinweghelfen könnte, dann ist man doch an dem äußersten Grad des Elends und der Verlassenheit angekommen. So versuchte denn auch Frau Delmare nicht mehr gegen ein verwirktes Dasein, gegen ein gebrochenes und vernichtetes Leben anzukämpfen, sondern ließ sich von Hunger, Fieber und Schmerzen zernagen, ohne eine Klage auszustoßen, ohne eine Träne zu vergießen, selbst ohne eine Anstrengung zu machen, um eine Stunde früher zu sterben, eine Stunde weniger zu leiden.

Am zweiten Tag fand man sie starr vor Kälte, mit zusammengepreßten Zähnen, blauen Lippen und erloschenen Augen am Boden liegen. Aber sie war nicht tot. Die Hauswirtin untersuchte das Innere des Sekretärs, und da sie so wenig darin fand, so schwankte sie, ob sie die Unbekannte, die offenbar nicht die Mittel besaß, um die Kosten einer langen und teuren Krankheit zu bestreiten, ins Spital schicken sollte. Da sie aber doch eine höchst menschliche Dame war, ließ sich Indiana zu Bett bringen und schickte nach einem Arzt, um von diesem zu hören, ob die Krankheit länger als zwei Tage dauern würde. Aber da erschien einer, nach dem man nicht geschickt hatte.

Als Indiana die Augen aufschlug, fand sie ihn an ihrem Kopfende. Ich brauche seinen Namen nicht zu nennen.

Ach, du bist's, du! rief sie und warf sich sterbend an seinen Hals. Du bist mein guter Engel! Aber du kommst zu spät, ich kann dich nur noch segnen und dann sterben.

Du wirst nicht sterben, liebe Freundin, erwiderte Ralph bewegt; das Leben kann dir noch lächeln. Die Gesetze, die sich deinem Glück bisher entgegenstellten, werden deiner Neigung künftig keinen Zwang mehr antun. Gerne hätte ich den unüberwindlichen Zauber, den ein Mann auf dich ausübt, den ich weder lieben noch achten kann, zerstört; aber das steht nicht in meiner Gewalt, und ich bin es müde, dich leiden zu sehen. Dein Dasein war bisher ein entsetzliches, es kann nicht schlimmer werden. Wenn aber auch meine trüben Ahnungen sich verwirklichen, wenn das Glück, das du dir erträumt hast, auch von kurzer Dauer sein sollte, so wirst du es doch wenigstens eine Zeitlang genießen und nicht sterben, ohne es gekostet zu haben. Ich bringe dir daher meine widerwilligen Gefühle zum Opfer. Das Schicksal, das dich so ganz vereinsamt in meine Arme wirft, legt mir die Pflicht auf, dir Beschützer und Vater zu sein. Ich habe dir mitzuteilen, daß du frei bist, daß du dein Geschick mit dem des Herrn von Ramière verbinden kannst. Delmare ist nicht mehr!

Langsam flossen Ralph die Tränen über die Wangen, als er redete. Indiana fuhr jäh im Bett empor und rang die Hände in Verzweiflung.

Mein Mann ist tot! rief sie, und ich habe ihn getötet. Und Sie sprechen mir von Zukunft, von Glück, als ob ein Herz, das sich selbst verabscheut, verachtet, noch ein Glück finden könnte. Erfahren Sie, daß Gott gerecht ist und ich verdammt bin: Herr von Ramière ist vermählt!

Erschöpft sank sie in die Arme ihres Vetters. Erst ein paar Stunden später war es ihnen möglich, die Unterhaltung fortzusetzen.

Ich begreife, daß Ihnen das Gewissen schlägt, erwiderte Ralph in einem feierlichen, aber sanften und traurigen Ton, doch beruhigen Sie sich. Delmare war bereits vom Tod erfaßt, als Sie ihn verließen; er ist aus dem Schlummer, in dem Sie ihn zuletzt sahen, nicht mehr erwacht; er hat Ihre Flucht nicht mehr erfahren, er ist gestorben, ohne Ihnen zu fluchen, ohne Sie zu beweinen. Als ich gegen Morgen aus dem Schlummer, in den ich gesunken war, erwachte und an sein Bett trat, fand ich sein Gesicht blau, seinen Schlaf schwer und heiß: der Schlag hatte ihn getroffen. Ich eilte in Ihr Zimmer und wunderte mich, Sie nicht zu finden; aber ich hatte keine Zeit, um mir Gedanken über Ihre Abwesenheit zu machen. Erst nach Delmares Tod beschäftigte ich mich ernstlich damit. Alle Mittel der Kunst waren hier vergeblich, das Übel machte rasche, erschreckende Fortschritte; eine Stunde später verschied er in meinen Armen, ohne daß er wieder zu sich gekommen wäre. Im letzten Augenblick aber schien sein beklommenes, erstarrtes Herz noch eine Anstrengung zur Wiederbelebung zu machen; er suchte meine Hand, die er für die Ihrige hielt, denn die seine war bereits steif und fühllos; er bemühte sich, sie zu drücken und starb, während er Ihren Namen stammelte.

Ich habe seine letzten Worte bekommen, versetzte Indiana mit düsterer Miene. In dem Augenblick, da ich ihn für immer verließ, sprach er noch im Schlaf zu mir: »Der Mensch wird dich zugrunde richten.« Diese Worte stehen hier und hier, setzte sie hinzu und legte die eine Hand auf ihr Herz, die andre an ihre Stirn.

Als ich wieder fähig war, meine Augen und meine Gedanken von seinem Leichnam abzuwenden, fuhr Ralph fort, dachte ich an Sie; an Sie, Indiana, Sie waren ja jetzt frei und konnten Ihren Tyrannen nur aus Herzensgüte oder aus Gründen der Religion beweinen. Ich war der einzige, für den sein Tod wirklich eine Lücke bedeutete, denn er war mein Freund, und wenn er nicht immer gesellig war, so hatte ich wenigstens keinen Nebenbuhler in seinem Herzen. Ich fürchtete, eine zu jähe Nachricht würde Ihnen schaden, und erwartete Sie daher am Eingang des Hauses, weil ich dachte, Sie würden alsbald von Ihrem frühen Morgenspaziergang zurückkehren. Ich wartete lange. Ich brauche Ihnen nicht zu sagen, wie sehr ich erschrak, als ich suchte, wie mich ängstigte, als ich Ophelia blutig und zerschmettert in den Felsen fand. Die Wogen hatten sie an den Strand geworfen. Ach, ich suchte lange, immer in der Furcht, demnächst auch Ihre Leiche zu finden; denn ich glaubte, Sie hätten sich den Tod gegeben, und drei Tage lang fürchtete ich, es sei mir nichts mehr auf Erden geblieben, was ich lieben könnte. Ich brauche Ihnen nichts von meinem Schmerz zu erzählen, Sie konnten ihn voraussehen, als Sie mich verließen.

Bald verbreitete sich aber das Gerücht in der Kolonie, daß Sie die Flucht ergriffen hätten. Ein Schiff, das die Reede anlief, hatte im Kanal von Mozambique die Brigg *Eugen* gekreuzt; die Mannschaft war auf Ihr Schiff hinübergekommen. Ein Reisender hatte Sie erkannt, und in drei Tagen wußte die ganze Insel von Ihrer Flucht.

Ich erlasse Ihnen die abgeschmackten, verletzenden Gerüchte, die dadurch veranlaßt wurden, daß Ihre Flucht mit dem Tod ihres Mannes in einer Nacht zusammentraf. Bei den menschenfreundlichen Schlüssen, die man daraus zog, wurde auch ich nicht verschont; aber ich kehrte mich nicht daran. Ich hatte noch eine Pflicht auf Erden zu erfüllen; ich mußte wissen, wie es Ihnen ging, mußte Ihnen Hilfe bringen, wenn es nötig war. Kurze Zeit nach

Ihnen reiste auch ich ab; aber die Überfahrt war entsetzlich, und ich befinde mich erst seit acht Tagen in Frankreich. Mein erster Gedanke war, zu Herrn von Ramière zu eilen und mich nach Ihnen zu erkundigen. Aber der Zufall führte mir seinen Diener Carle in den Weg, der Sie hierher geführt hatte. Ich fragte ihn nach nichts Weiterem als nach Ihrer Wohnung, und ich kam mit der Überzeugung hierher, Sie nicht allein zu finden.

Allein, allein! Schmählich verlassen? rief Frau Delmare. Doch sprechen wir nicht mehr von diesem Menschen, sprechen wir nie mehr von ihm. Ich will ihn nicht mehr lieben, ich verachte ihn; aber man soll mich auch nicht daran erinnern, daß ich ihn geliebt habe; es wäre ein Erinnern an meine Schmach, an mein Verbrechen; es wäre ein furchtbarer Vorwurf noch in meinem letzten Augenblick. Ach, sei du jetzt mein tröstender Engel, du, der du mich bei allen Wendungen meines beklagenswerten Daseins aufgesucht und mir deine Freundeshand gereicht hast. Sei barmherzig und vollende deine letzte Mission bei mir, sage mir freundliche Worte, Worte der Verzeihung, damit ich ruhig sterben kann, damit ich auch auf die Gnade des Richters hoffen darf, der mich dort oben erwartet. –

Sie hoffte wirklich zu sterben, aber der Kummer zerreißt die Kette des Lebens nicht, er benagt sie nur. Sie wurde nicht einmal ernstlich krank, sie hatte die Kraft nicht dazu; sie verfiel nur in einen Zustand der Ermattung und Fühllosigkeit, der an Schwachsinn grenzte.

Ralph versuchte sie zu zerstreuen; er entfernte alles, was sie an Raymon erinnern konnte. Er führte sie in die Touraine; er umgab sie mit allen Behaglichkeiten des Lebens; er widmete ihr jede Minute, um ihr einige erträgliche zu verschaffen; und als ihm dies nicht gelingen wollte, als er alle Hilfsmittel seiner Kunst und seiner Liebe erschöpft sah, ohne daß es ihm gelungen wäre, einen schwachen Strahl der Heiterkeit auf diesem düsteren, verheerten Antlitz hervorzuzaubern, da beklagte er die Ohnmacht seines Wortes und warf sich bitter vor, wie ungeschickt seine Liebe sei.

Eines Tags traf er sie niedergedrückter, elender als sonst. Er wagte es nicht, ein Wort zu sagen, sondern setzte sich traurig neben sie. Indiana drückte ihm freundlich die Hand und sprach: Ich mache dir recht viel Kummer, armer Ralph, du brauchst eine gute Portion Geduld, um dieses mein egoistisches, erbärmliches Elend täglich mit anzusehen. Du hast deine schwere Aufgabe längst gelöst. Mit den unvernünftigsten Ansprüchen könnte man von der Freundschaft nicht mehr verlangen, als du für mich getan hast. Überlaß mich jetzt dem Übel, das an mir nagt; beflecke nicht dein Leben durch die Berührung mit einem verfluchten; versuche das Glück, das in meiner Nähe nicht gedeihen kann, woanders zu finden.

Ich verzichte in der Tat darauf, dich wieder gesund zu machen, Indiana, erwiderte er; aber verlassen werde ich dich niemals, selbst dann nicht, wenn du mir sagen würdest, ich sei dir lästig; denn du bedarfst noch meiner materiellen Fürsorge, und wenn du mich nicht als Freund haben willst, so werde ich wenigstens dein Diener sein. Höre mich übrigens an; ich habe dir einen Vorschlag zu machen, den ich für das letzte Stadium der Krankheit aufgespart habe, der aber unfehlbar hilft.

Ich kenne nur ein Mittel gegen den Gram, sprach sie, die Vergessenheit; denn ich habe mich längst überzeugt, daß die Vernunft hierfür nicht ausreicht. Hoffen wir also alles von der Zeit. Wenn ich zu tun vermöchte, wie mir die Dankbarkeit gegen dich gebietet, so wäre ich von heute an heiter und ruhig, wie in den Tagen unserer Kindheit. Glaube mir, lieber Freund, ich gefalle mir keineswegs darin, mein Unglück zu nähren, meine Wunde zu vergiften; ich weiß ja, daß all mein Leiden auf dein Herz zurückfällt. Ach, ich möchte ja so gerne vergessen, gesund werden!

Sie weinte. Sir Ralph ergriff ihre Hand.

Höre, liebe Indiana, sprach er, es liegt nicht in unserer Macht zu vergessen; ich klage dich nicht an! Ich kann selbst in Geduld leiden, aber dich leiden sehen, das geht über meine Kräfte. Warum sollen wir schwachen Geschöpfe aber ewig gegen ein eisernes Schicksal ankämpfen? Es ist wahrlich genug, wenn wir die Kugel schleppen. Der Gott, den wir anbeten, ladet dem Menschen nicht so viel auf, ohne ihm den Instinkt zu geben, sich der Last zu entziehen, und was nach meiner Ansicht dem Menschen in erster Linie den Vorrang vor dem Tier sichert, das ist, daß er weiß, wo das Mittel gegen alle seine Leiden zu finden ist. Dies Mittel ist der Selbstmord; diesen schlage ich dir vor, rate ich dir an.

Auch ich habe schon öfter daran gedacht, begann Indiana nach einem kurzen Schweigen. Früher hatte ich eine heftige Versuchung dazu, aber religiöse Skrupel hielten mich zurück. Seitdem haben meine Gedanken in der Einsamkeit einen höheren Flug bekommen. Das Unglück, das sich an mich heftete, lehrte mich allmählich eine andere Religion als die Menschen lehren. Als du mir zu Hilfe kamst, war ich entschlossen gewesen, Hungers zu sterben; aber du batest mich zu leben, und ich hatte kein Recht, dir dies Opfer zu versagen. Was mich jetzt zurückhält, ist dein Dasein, deine Zukunft. Was würdest du allein auf der Welt anfangen, armer Ralph, ohne Familie, ohne Leidenschaften, ohne Neigungen? Seit der schrecklichen Wunde, die mein Herz betroffen hat, bin ich dir zu nichts mehr nütze; aber vielleicht werde ich wieder gesund. Ja, Ralph, ich werde alles tun, um es zu werden, ich schwöre es dir.

Habe nur noch ein wenig Geduld; bald vielleicht vermag ich zu lächeln – – Ich will wieder ruhig und heiter werden, um dir dieses Leben zu weihen, in dem du so sehr mit dem Unglück gerungen hast.

Nein, liebe Freundin, erwiderte Ralph, ein solches Opfer will ich nicht, werde ich niemals annehmen. Inwiefern wäre denn mein Leben kostbarer als das deinige? Weshalb solltest du dir eine peinliche Zukunft auferlegen, um mir eine angenehme zu bereiten? Glaubst du, ich hätte einen Genuß davon, wenn ich fühlte, daß dein Herz ihn nicht teilt? Nein, ein solcher Egoist bin ich nicht. Wir wollen deshalb keinen unmöglichen Heroismus versuchen; es wäre Stolz und Anmaßung, wenn wir uns der Hoffnung hingäben, so sehr aller Selbstliebe entsagen zu können. Betrachten wir vielmehr unsere Lage mit ruhigen Blicken und verfügen wir über die Tage, die uns noch bleiben, wie über ein gemeinschaftliches Gut, das keiner von uns das Recht hat, auf Kosten des andern an sich zu reißen. Seit lange, ich möchte fast sagen, seit meiner Geburt, ist mir das Leben zur Last, jetzt aber fühle ich mich nicht mehr stark genug, um es ohne Bitterkeit und Frevel zu tragen. Gehen wir zusammen, Indiana! Kehren wir zu dem Gott zurück, der uns auf diese Erde der Prüfungen, in dieses Jammertal verwiesen hat, der uns aber gewiß seinen Schoß nicht verschließen wird, wenn wir erschöpft und zerschlagen zu ihm zurückkommen und ihn um Gnade und Barmherzigkeit anflehen. Ich glaube an Gott, Indiana; ich war der erste, der dich lehrte, ebenfalls an ihn zu glauben. Habe daher Vertrauen zu mir, ein ehrliches Herz kann den nicht täuschen, der es aufrichtig befragt. Wir haben beide hienieden genug gelitten, um von unsern Mängeln jetzt reingewaschen zu sein. Die Taufe des Unglücks hat unsere Seelen genugsam gereinigt; geben wir sie dem zurück, der sie uns geschenkt hat.

Dieser Gedanke beschäftigte Ralph und Indiana mehrere Tage lang. Dann beschlossen sie, sich den Tod zusammen zu geben. Es war nur noch die Frage: auf welche Art.

Diese Frage ist nicht unwichtig, sprach Ralph, aber ich habe schon früher darüber nachgedacht und möchte dir folgenden Vorschlag machen. Da die Tat, die wir vollziehen wollen, nicht das Ergebnis einer augenblicklichen Verirrung, vielmehr das Resultat eines in ruhiger und überlegter Stimmung gefaßten Entschlusses ist, so müssen wir sie mit derjenigen inneren Sammlung vollziehen, wie der Katholik die Sakramente seiner Kirche begeht. Für uns ist das Weltall der Tempel, in dem wir Gott anbeten. Im Schoße einer großartigen und jungfräulichen Natur findet man aber noch am ehesten das Gefühl seiner Allmacht, die hier von keiner menschlichen Entweihung berührt ist. Kehren wir daher in die Wildnis zurück, um recht beten zu können. Hier, in diesem von Menschen und Lastern wimmelnden Lande, im Schoße einer Zivilisation, die Gott verleugnet oder ihn verketzert, würde ich mich zu gedrückt, zu zerstreut, zu betrübt dazu fühlen. Ich möchte aber heiter sterben, mit ungetrübter Stirn, den Blick zum Himmel gerichtet. Wo finden wir das hier? Aber höre, wo mir der Selbstmord unter einer edleren, feierlicheren Gestalt erscheinen könnte. Es ist dies am Rand eines Abgrunds auf der Insel Bourbon; oberhalb jenes Wasserfalls, der sich durchsichtig und von einem leuchtenden Regenbogen überspannt, in die einsame Schlucht von Bernica stürzt. Dort haben wir die süßesten Stunden unserer Kindheit verlebt; dort habe ich später den bittersten Kummer meines Lebens beweint; dort habe ich beten und hoffen gelernt, dort möchte ich mich in einer der schönen Nächte jenes Himmelsstrichs in die reinen Wasser versenken und in das frische, blütenreiche Grab steigen, das die Tiefe jenes grünenden Schlundes bietet. Wenn du nicht eine besondere Vorliebe für einen anderen Ort hast, so gewähre mir die Befriedigung, daß wir unser doppeltes Opfer an der Stelle vollziehen, die Zeuge der Spiele unserer Kindheit, der Schmerzen unserer Jugend war.

Ich bin einverstanden, erwiderte Frau Delmare und legte zum Zeichen der Einwilligung ihre Hand in die Ralphs. Eine unbezwingliche Sympathie, die Erinnerung an meine arme Noun hat mich ja immer nach dem Wasser hingezogen. Es wird mir süß sein, wie sie zu sterben; ich werde es als eine Sühne für ihren Tod, den ich verschuldet, ansehen.

Und dann, fuhr Ralph fort, wird eine neue Seereise, die wir diesmal mit ganz andern Gefühlen antreten, die beste Vorbereitung für unseren Vorsatz sein. Da werden wir uns sammeln, uns von allen irdischen Neigungen vollends losmachen können, um uns, rein von jeder Beimengung, zu dem Höchsten zu erheben. Von der ganzen Welt losgelöst, stets bereit, das Leben mit heiterem Gemüt zu verlassen, werden wir mit entzückten Blicken sehen, wie der Sturm die Elemente aufwühlt und seine herrlichen Szenen vor uns entfaltet. Komm, Indiana, wir wollen gehen, wollen den Staub dieses undankbaren Landes von uns schütteln. Hier unter den Augen Raymons zu sterben, wäre offenbar eine engherzige, elende Rache. Stellen wir es Gott anheim, diesen Menschen zu züchtigen; bitten wir ihn, daß er diesem undankbaren und dürren Herzen die Schätze seiner Gnade eröffne.

Sie reisten ab. Ein Schiff trug sie schnell und leicht wie ein Vogel in ihr schon zweimal verlassenes Vaterland zurück. Nie ging eine Überfahrt glücklicher und rascher vonstatten. Es war, als sei ein günstiger Wind ausdrücklich damit beauftragt, diese zwei so lange gegen die Klippen des Lebens geschleuderten Unglücklichen nach dem sicheren Hafen zu bringen. Während dieser drei Monate erntete Indiana die Frucht ihres Eingehens in Ralphs Vorschlag. Die kräftige, durchdringende Seeluft stärkte ihre schwache Gesundheit, Ruhe trat wieder in ihre vielbewegte Brust. Die Gewißheit, daß ihre Leiden jetzt bald enden würden, wirkte auf sie wie die Versprechungen eines Arztes auf einen vertrauensvollen Kranken. Sie vergaß das vergangene Leben und öffnete ihre Seele den tiefen Regungen einer religiösen Hoffnung. Ein geheimnisvoller Zauber, ein himmlischer Duft durchdrang alle ihre Gedanken. Nie waren ihr Meer und Himmel so schön vorgekommen. Es war ihr, als schaute sie beide zum erstenmal, soviel Herrlichkeit entdeckte sie an ihnen. Ihre Stirn wurde wieder heiter, es war, als ob ein Strahl der Gottheit in ihre sanft melancholischen, blauen Augen übergegangen wäre.

Auch in Ralphs Seele und Äußerungen ging eine nicht weniger außerordentliche Veränderung vor sich; dieselben Ursachen hatten auch auf ihn nahezu dieselbe Wirkung. Seine gegen den Schmerz so lange verhärtete Seele wurde unter der belebenden Wärme der Hoffnung weich. Auch in sein bitteres und zerrissenes Herz senkte sich der Himmel herab. Seine Worte nahmen das Gepräge seiner Gefühle an, und zum ersten Male lernte Indiana seinen wahren Charakter kennen. Die kindliche Vertraulichkeit, die sie einander näher brachte, nahm dem einen seine peinliche Schüchternheit, der anderen ihre ungerechten Vorurteile. Jeder Tag entfernte bei Ralph eine Unebenheit seiner Natur, bei Indiana aber einen Irrtum in ihrer Beurteilung. Zugleich stumpfte sich die herbe Erinnerung an Raymon immer mehr ab, erbleichte und zerfiel vor den bisher unbekannten Tugenden, dem erhabenen Edelsinn Ralphs in Stücke. In dem Maß, wie Indiana den einen in ihrer Wertschätzung steigen sah, sank der andere; und nach öfterem Vergleichen der beiden Männer erlosch endlich jede Spur jener blinden, unseligen Liebe in ihrer Seele.

XXX

Es war im vergangenen Jahr an einem der ewigen Sommerabende, die jene Gegenden beglücken, als zwei mit dem Schiff angelangte Reisende drei Tage nach der Ausschiffung auf Ile Bourbon den Bergen zuwanderten. Die Reisenden hatten die paar Tage der Ruhe gewidmet, eine Vorsicht, die bei dem Entschluß, der sie in das Land geführt, sehr unnötig scheinen mag. Aber ohne Zweifel waren sie selbst anderer Ansicht. Sie kleideten sich mit besonderer Sorgfalt an, wie wenn sie den Abend in der Stadt zubringen wollten; dann schlugen sie einen Fußweg nach den Bergen ein und langten nach einer Stunde Wanderung an der Bernica-Schlucht an.

Der Zufall wollte, daß es einer der schönsten Abende war, den der tropische Mond jemals beleuchtet hatte. Dieses Gestirn hatte sich kaum erst aus den schwärzlichen Wogen erhoben und begann nun einen langen Streifen von lebendigem Silber über das Meer auszugießen; aber sein Licht drang noch nicht bis in die Schlucht, und im See spiegelte sich nur der schwache, zitternde Abglanz einiger Sterne. Die Zitronenbäume am jenseitigen Abhang erhielten sogar nichts von den bleichen Diamanten, die das Mondlicht sonst auf ihre glatten dünnen Blätter streut. Die Ebenholzbäume und die Tamarinden murmelten noch im Schatten; nur die Spitzen einiger Riesenpalmen, die ihre Stämme bis zu hundert Fuß hoch in die Lüfte hoben, leuchteten in grünlichem Licht.

Stumm saßen die Seevögel in den Felsspalten, nur einige blaue Tauben, die sich hinter den Vorsprüngen bargen, ließen von fernher ihre leidenschaftlichen Klagen vernehmen. Schöne Schmetterlinge, lebendige Juwelen, summten noch schwach in den Kaffeebäumen oder schwankten über die Oberfläche des Sees hin, während das einförmige Geräusch des Wasserfalls geheimnisvolle Worte mit dem Echo am Saum auszutauschen schien.

Die beiden einsamen Wanderer stiegen einen steilen Fußpfad hinan und gelangten endlich an den höchsten Punkt der Schlucht; von wo sich der Strom in einer weißen, leichten Dunstsäule in den Abgrund stürzt. Sie standen jetzt auf einer schmalen Plattform, die sich trefflich zur Ausführung ihres Vorhabens eignete. Einige an Palmstauden hängende Lianen bildeten hier eine natürliche Wiege, die sich über den Wasserfall hinausbog. Sir Ralph hieb mit größter Kaltblütigkeit einige Zweige weg, die das Hinabspringen hindern konnten, faßte dann seine Kusine bei der Hand und zog sie auf einen moosbewachsenen Felsblock nieder, wo man das köstliche Schauspiel in seiner ganzen wilden und großartigen Anmut vor sich hatte. In diesem Augenblick hüllte jedoch das Dunkel der Nacht und der dichte Nebel des Wasserfalls alle Gegenstände ein, so daß der Abgrund unergründlich und furchtbar erschien.

Ich muß dir bemerken, liebe Indiana, sprach Ralph, daß es zum Gelingen unseres Vorhabens einer großen Kaltblütigkeit bedarf. Würdest du nach der Seite hinspringen, wo die dichte Finsternis dir einen leeren Raum vorspiegelt, so würdest du unfehlbar an den Felsen zerschellen und einen langsamen, grausamen Tod finden. Stürzest du dich dagegen jener weißen Linie entlang, die der Wasserfall beschreibt, so kommst du mit ihr in den See und der Wasserstrahl selbst wird dich hinabdrücken. Wenn du aber noch eine Stunde warten willst, so wird der Mond hoch genug stehen, um uns zu leuchten.

Ich bin um so mehr damit einverstanden, erwiderte Indiana, als wir diese letzten Augenblicke religiösen Betrachtungen weihen müssen.

Du hast recht, liebe Freundin, versetzte Ralph. Diese letzte Stunde muß eine Stunde der Sammlung und des Gebets sein. Ich sage nicht, daß wir uns mit dem Ewigen auszusöhnen haben, dies hieße den Abstand vergessen, der uns von seiner erhabenen Macht trennt; aber ich glaube, wir sollten uns mit den Menschen aussöhnen, die uns Leiden bereitet haben; wir sollten dem Winde, der gegen Nordost weht, Worte der Vergebung für diejenigen anvertrauen, welche dreitausend Meilen von uns trennen.

Indiana nahm diese Aufforderung entgegen, ohne sich darüber zu wundern oder sich darüber aufzuregen. Seit Monaten schon hatten sich ihre Gedanken in dem Maße verstärkt als Ralph anders wurde. Sie hörte ihn jetzt nicht mehr an, wie man einem phlegmatischen Ratgeber zuhört; sie folgte ihm still, als sei er ihr guter Geist, und bestimmt, sie von der Erde zu erheben und von ihren Leiden zu erlösen.

Ich will es, sprach sie; ich fühle mit Freude, daß ich verzeihen kann, daß es mich keine Mühe kostet, daß ich weder Haß noch Bedauern, weder Liebe noch Rachgefühl im Herzen habe. Ich erinnere mich bereits kaum mehr der Kümmernisse meines traurigen Daseins und der Undankbarkeit der Geschöpfe, mit denen ich zu tun hatte.

Jetzt setzte sich Ralph zu Indianas Füßen nieder und begann mit einer starken Stimme, die das Geräusch des Wasserfalls übertönte, zu beten. Es war vielleicht das erste Mal in seinem Leben, daß seine Gedanken nach ihrem ganzen Inhalt über seine Lippen gingen. Die Sterbestunde hatte ja geschlagen, und so hatte diese Seele keine Falten, keine Geheimnisse mehr, sie gehörte ganz ihrem Gott an; die Ketten der Gesellschaft drückten nicht mehr auf sie.

Seine Glut war kein Verbrechen mehr, sein Flug ging frei zu dem Himmel hinauf, der seiner harrte; der Schleier, der so viel Tugenden, so viel Größe und Kraft verhüllt hatte, fiel vollständig, und der Geist dieses Mannes schwang sich mit einem Satz auf die Höhe seines Herzens.

Wie eine Flamme mitten durch die Wirbel des Rauches glänzt und sie zerstreut, so warf jetzt das heilige Feuer, das bis dahin ungesehen in seinem Innern gelodert hatte, sein lebendiges Licht um sich. Zum erstenmal fühlte sich diese strenge Gewissenhaftigkeit von ihren Befürchtungen und Banden befreit, zum erstenmal kam jetzt das Wort von selbst dem Gedanken zu Hilfe, und der mittelmäßige Mensch, der sein Leben lang nur gewöhnliche Dinge gesprochen, wurde in seiner letzten Stunde beredt und überzeugend, wie es Raymon niemals gewesen war. Man erwarte nicht, daß ich hier die seltsamen Reden wiederhole, die er dem Echo der Einsamkeit anvertraute; er selbst, wäre er hier, vermöchte sie jetzt nicht wieder zu sagen. Es gibt Augenblicke der Erregung, der Begeisterung, wo unsere Gedanken sich läutern, sich verfeinern, sich gewissermaßen in Äther auflösen. Diese seltenen Augenblicke erheben uns so hoch, führen uns so weit aus und, selbst heraus, daß wir, wenn wir wieder auf den Boden kommen, das Bewußtsein, die Erinnerung an das, was in dieser geistigen Trunkenheit geschah, verlieren. Wer vermag die geheimnisvollen Verzückungen des Einsiedlers zu enträtseln? Wer kann diese Träume erzählen, die der Dichter hatte, ehe er wieder so abgekühlt wurde, um sie uns niederschreiben zu können?

Ralph, dieser scheinbar so gewöhnliche Mensch, der aber doch ein Ausnahmemensch war, denn er glaubte fest an Gott und befragte täglich das Buch seines Gewissens, brachte in diesem Augenblick seine Rechnung mit der Ewigkeit in Ordnung. Das war der Moment, um er selbst zu sein, um sein moralisches Ich zu entkleiden und es nackt dem Richter vorzustellen, die Verhüllung von sich zu werfen, die die Menschen ihm aufgedrängt hatten. Aber indem er das Büßerhemd, das der Schmerz um seine Lenden gelegt hatte, abwarf, schwang er sich erhaben und strahlend empor, wie wenn er bereits in die Gefilde des göttlichen Lohns eingegangen wäre.

Indiana hörte ihm zu, ohne zu erstaunen; sie fragte sich nicht, ob wirklich Ralph so spreche. Der Ralph, den sie gekannt hatte, war nicht mehr; der, den sie jetzt hörte, erschien ihr wie ein Freund, den sie früher in ihren Träumen geschaut und der endlich am Rand des Grabes für sie zur Wirklichkeit wurde. Sie fühlte, wie ihre reine Seele sich mit ihm emporschwang. Eine warme religiöse Sympathie teilte ihr die gleichen Empfindungen mit, Tränen der Begeisterung tropften aus ihren Augen auf Ralphs Locken.

Jetzt stand der Mond über dem großen Palmbaum, seine Strahlen drangen durch die Zwischenräume der Lianen und umflossen Indiana mit einem bleichen, feuchten Glanze, so daß sie in ihrem weißen Kleide und ihrem langen, über die Schulter fallenden Haare wie der Schatten einer in der Wüste verirrten Jungfrau aussah.

Sir Ralph kniete vor ihr nieder und sprach: Jetzt mußt du mir all das Leid, das ich dir zugefügt habe, vergeben, Indiana, damit ich es mir selbst vergeben kann.

Ach, was hätte ich dir denn zu vergeben, armer Ralph? antwortete sie. Muß ich dich nicht im Gegenteil in meiner letzten Stunde segnen, wie ich es an all den Unglückstagen mußte, die mein Dasein bezeichneten?

Ich weiß nicht, bis zu welchem Grad ich schuldig war, erwiderte Ralph; aber es ist unmöglich, daß ich es in einem so langen und schrecklichen Kampf mit meinem Geschick nicht oftmals war, ohne daß ich es selbst wußte.

Von welchem Kampf sprichst du? fragte Indiana

Das ist es, was ich dir noch sagen muß, ehe wir sterben, erwiderte er; es ist das Geheimnis meines Lebens. Du hast mich danach auf dem Schiff während der Herfahrt gefragt, und ich habe versprochen, es dir am See von Bernica zu sagen, wenn der Mond zum letzten Mal über uns aufgehen würde.

Der Augenblick ist gekommen, sprach sie, ich höre.

Habe Geduld mit mir, Indiana, denn ich habe dir eine lange Geschichte zu erzählen, und diese Geschichte ist die meinige.

Ich glaubte sie doch zu kennen, hab' ich dich doch fast niemals verlassen.

Und doch kennst du sie nicht; du kennst nicht einen Tag, nicht eine Stunde davon, sprach Ralph traurig. Wann hätte ich dir es sagen können? Der Himmel hat es so gewollt, daß der einzige Moment, der sich zu einem solchen Geständnis eignet, zugleich der letzte deines und meines Lebens sein sollte. Aber so töricht und frevelhaft das sonst gewesen wäre, so unschuldig und berechtigt ist es jetzt. Es ist eine persönliche Genugtuung, worüber mir in der jetzigen Stunde niemand einen Vorwurf machen kann, und die du mir zugestehen wirst, um so die Aufgabe der Geduld und Langmut, die du mir gegenüber löstest, zu vollenden. So trage denn die Last meines Unglücks bis zum Ende; und wenn meine Worte dich langweilen oder ärgern, so lausche auf das Geräusch des Wasserfalls, der die Totenhymne über mir singt.

Ich war zur Liebe geboren; niemand hat dies glauben wollen, und dieser Umstand hat über meinen Charakter entschieden. Allerdings hatte die Natur, als sie mir ein warmes Herz gab, einen sonderbaren Widerspruch begangen; sie legte zugleich auf mein Gesicht eine Maske von Stein und auf meine Zunge ein unüberwindliches Gewicht;

sie hatte mir verweigert, was sie den plumpsten Geschöpfen gewährt: das Vermögen, meinen Empfindungen durch den Blick oder durch das Wort Ausdruck zu verleihen. Das machte mich zum Egoisten. Man schloß aus der äußeren Hülle auf mein inneres Wesen, und so mußte ich wie eine taube Frucht unter der rauhen Schale verdorren, da ich sie nicht zu zersprengen vermochte. Kaum geboren, wurde ich von demjenigen Herzen, dessen ich am meisten bedurfte, zurückgestoßen. Meine Mutter entfernte mich mit Widerwillen von ihrer Brust, weil mein Kindergesicht ihr Lächeln nicht erwidern konnte. In einem Alter, wo man einen Gedanken kaum von einem Instinkt zu unterscheiden vermag, wurde ich bereits mit der gehässigen Benennung »Egoist« gebrandmarkt.

So war entschieden, daß niemand mich lieben würde, weil ich meine Zuneigung niemand deutlich zu machen wußte. Man machte mich unglücklich und sprach zugleich aus, ich fühle es ja nicht; man stieß mich nahezu aus der väterlichen Wohnung; man jagte mich unter die Felsen hinaus wie einen armen Strandvogel. Du weißt, Indiana, wie meine Jugend verlief. Ich brachte die langen Tage in der Wildnis zu, ohne daß jemals eine Mutter ängstlich nach der Spur meiner Fußtapfen suchte, ohne daß eine freundliche Stimme durch das Schweigen der Schluchten tönte und mich mahnte, es werde Nacht, ich solle mein Lager aufsuchen. So wuchs ich einsam heran, lebte einsam; aber Gott will nicht, daß ich bis ans Ende so elend bleibe, ich werde wenigstens nicht einsam sterben.

Dann tratest du in mein Leben, wie wenn du eigens für mich geschaffen wärest. Armes Kind! verlassen wie ich, wie ich ohne Liebe und ohne Schutz ins Leben geworfen, schienst du für mich bestimmt; ich schmeichelte es mir wenigstens. War ich zu anmaßend, als ich dies tat? Zehn Jahre lang warst du mein, ich hatte dich mit niemand zu teilen, ich hatte keinen Nebenbuhler, keine Leiden. Ich wußte noch nicht, was Eifersucht sei.

Das war die am wenigsten dunkle Zeit, die ich verlebte, Indiana. Ich machte aus dir meine Schwester, meine Tochter, meine Gespielin, meine Schülerin, meine Gesellschaft. Dadurch, daß du meiner bedurftest, wurde mein Leben etwas besser als das eines wilden Tiers. Du rissest mich aus der Niedergeschlagenheit, in die mich die Verachtung meiner nächsten Angehörigen versetzt hatte. Indem ich dir nützlich wurde, begann ich mich selbst zu achten. Ich muß dir alles sagen, Indiana: nachdem ich dir zuliebe die Last des Lebens auf mich genommen hatte, sog meine Phantasie hieraus die Hoffnung auf einen Lohn. Ich gewöhnte mich an den Gedanken – aber verzeih mir die Worte, deren ich mich jetzt bedienen muß, selbst heute noch spreche ich sie nur zitternd aus – ich gewöhnte mich an den Gedanken, daß du mein Weib werden würdest. Obwohl du noch ein Kind warst, betrachtete ich dich doch als meine Braut; meine Phantasie schmückte dich schon mit der Anmut der Jungfrau; ich konnte es kaum erwarten, bis du größer sein würdest. Mein Bruder, der sich meines Liebesanteils in der Familie bemächtigt hatte und der sich gerne mit häuslichen Geschäften abgab, bebaute einen Garten, den man bei Tage von hier aus sieht und den spätere Pflanzer in ein Reisfeld verwandelt haben. Die Pflege der Blumen füllte die schönsten Augenblicke seines Lebens aus, und jeden Morgen spähte er eifrig, welche Fortschritte sie machten, und wunderte sich in seiner kindischen Anschauungsweise, daß sie nicht in einer Nacht so schnell wuchsen, wie er erwartet hatte. Für mich warst du, Indiana, meine ganze Beschäftigung, meine ganze Freude, mein ganzer Reichtum; du warst die junge Pflanze, die ich pflegte, die Knospe, deren Aufblühen ich mit Ungeduld erwartete. Auch ich spähte jeden Morgen, welche Wirkung der vorhergegangene Tag auf dich hervorgebracht; denn ich war bereits ein Jüngling und du warst noch ein Kind. In meiner Brust gärten bereits Leidenschaften, die dir nicht einmal den Namen nach bekannt waren; meine fünfzehn Jahre zerrütteten meine Phantasie, und du wundertest dich oft, wenn du sahst, daß ich mit einem trübseligen Gesicht an deinen Spielen teilnahm und kein Vergnügen daran fand. Du begriffst nicht, daß eine Frucht, ein Vogel für mich jetzt kein Schatz mehr war, wie für dich, und bereits erschien ich dir kalt und seltsam. Gleichwohl liebtest du mich, wie ich war, denn trotz meiner Melancholie gab es doch keinen Augenblick, den ich nicht dir geweiht hätte. Meine Leiden machten dich meinem Herzen nur noch teurer. Ich hegte die tolle Hoffnung, daß es dir eines Tags gegeben sein würde, sie in Freuden zu verwandeln. Ich wollte den Aufruhr der Leidenschaft nicht ersticken.

Ach, verzeih mir den frevelhaften Gedanken, von dem ich zehn Jahre gezehrt habe; wenn es ein Verbrechen war, daß der Verdammte auf dich, das holde Mädchen der Berge, hoffte, so trägt Gott allein die Schuld, der mir als einzige Nahrung diesen kühnen Gedanken ins Herz goß. Aber von was sollte dieses gequälte, verkannte Herz denn leben, das überall Bedürfnisse und nirgends einen Zufluchtsort fand? Wo durfte es auf einen Blick, ein Lächeln der Liebe hoffen, wenn es nicht bei dir war, bei dir, die ihm fast ebenso früh schon die Geliebte wie die Tochter war?

Erschrick aber nicht, wenn du jetzt nachträglich hörst, daß du unter den Fittichen eines von Liebe verzehrten Vogels heranwuchsest; nie hat eine unreine Begierde, ein frevelhafter Gedanke die Jungfräulichkeit deiner Seele in Gefahr gebracht; niemals raubte mein Mund deinen Wangen jene Blüte der Unschuld, die sie bedeckte, wie der feuchte Tau die Früchte am Morgen. Meine Küsse waren die eines Vaters, und wenn deine unschuldigen, neckischen Lippen die meinigen trafen, begegneten sie dort nie dem verzehrenden Feuer eines männlichen Verlangens. Nein, nicht in dich, das kleine Mädchen mit den blauen Augen, war ich verliebt. So wie du in meinen Armen lagst mit deinem unschuldigen Lächeln, mit deinen lieblichen Liebkosungen, warst du nur mein Kind, höchstens meine kleine Schwester; wo aber war ich in deine fünfzehn Jahre verliebt, wenn ich allein, der Glut meiner Jahre hingegeben, die Zukunft mit gierigen Blicken verzehrte.

Als ich dir die Geschichte von Paul und Virginie vorlas, verstandest du sie nur halb. Doch weintest du darüber; du sahst da, wo ich vor Sympathie mit den Ängsten zweier Liebenden bebte, nur die Geschichte eines Bruders und einer Schwester. Dieses Buch war meine Qual, während es deine Lust war. Du hörtest es gar zu gerne, wenn ich dir von der Anhänglichkeit des treuen Hundes, von der Schönheit der Kokospalmen und den Liedern des Negers Domingo vorlas. Ich aber las dann allein wiederholt die Unterhaltungen Pauls mit seiner Geliebten, die ungestümen Ahnungen des einen, die geheimen Qualen der andern. O, ich verstand sie nur zu gut, diese erste Unruhe des jugendlichen Alters, das in seinem Herzen nach einer Erklärung der Geheimnisse des Lebens sucht, und sich mit Begeisterung des ersten Liebesgegenstandes, der sich ihm bietet, bemächtigt. Aber du mußt mir Gerechtigkeit widerfahren lassen, Indiana, ich machte mich niemals des Verbrechens schuldig, den friedlichen Gang deiner Kindheit auch nur um einen Tag beschleunigt zu haben; ich ließ auch nicht ein Wort fallen, aus dem du hättest entnehmen können, daß es im Leben Qualen und Tränen gibt. Ich ließ dich mit zehn Jahren noch in der ganzen Unwissenheit, in der ganzen Sicherheit, in der du dich befandst, als dich deine Amme an jenem Tage, da ich zu sterben entschlossen war, in meine Arme legte.

Oft, wenn ich allein auf diesem Felsen saß, rang ich wie wahnsinnig die Hände, wenn ich all die Frühlings- und Liebestöne vernahm, die das Gebirge in sich barg, wenn ich sah, wie sich die Zuckervögel verfolgten, die Insekten wollüstig in dem Kelche der Blumen entschlummerten, wenn ich den balsamischen Staub einatmete, den sich die Palmen zusandten, jenen Duftgenuß, dem die weiche Sommerlust als Lager dient. Dann wurde ich trunken, toll, dann beschwor ich die Blumen, die Vögel, die Stimme des Bergstroms um Liebe. Ich lechzte nach jener unbekannten Wonne, an die zu denken schon mir den Kopf verdrehte. Aber dann sah ich, wie du mutwillig und lachend drunten auf dem Fußpfad dahergehüpft kamst, so klein von der Ferne und so unbeholfen beim Übersteigen der Felsen, daß man dich in deinem weißen Kleidchen und mit deinen braunen Locken für ein Gänschen der Südsee halten konnte. Dann beruhigte sich mein Blut, dann brannten meine Lippen nicht mehr; über der siebenjährigen Indiana vergaß ich die fünfzehnjährige, von der ich geträumt hatte.

Wieviel Tage der Freiheit und des Friedens haben wir doch in dieser Schlucht verlebt! Wie oft badete ich deine Füßchen in dem reinen Wasser dieses Sees! Wie oft sah ich dich in diesem Schilf einschlummern, beschattet von dem Schirm einer Fächerpalme! Dann begannen meine Qualen von neuem. Ich war traurig, daß du so klein warst. Dann betrachtete ich die Zeichen, die ich seit vier bis fünf Jahren in den Stamm einer Dattelpalme geschnitten, um dein zunehmendes Wachstum daran zu ersehen. Der Baum hat noch jene Narben, Indiana; ich habe sie wiedergefunden, als ich das letztemal hierherkam, um hier meinen Schmerzen nachzuhängen. Ach, du bist vergebens groß geworden, vergebens hat deine Schönheit gehalten, was sie versprach, vergebens sind deine Haare schwarz geworden wie Ebenholz; du bist nicht für mich so herangewachsen, nicht für mich haben sich deine Reize entwickelt; für einen andern hat dein Herz zum erstenmal geschlagen!

Weißt du noch, wie wir leicht wie zwei Turteltauben durch die Jambusenbüsche schwirrten! Weißt du noch, wie wir uns oft in den weiten Weisen dort droben verirrten? Einmal wollten wir den wolkenumhangenen Gipfel der Salaze erklimmen; wir hatten aber übersehen, daß, je höher wir stiegen, die Früchte um so seltener würden, die Wasserfälle um so weniger schön, aber der Wind um so furchtbarer, um so unerträglicher.

Als du sahst, daß die Vegetation allmählich aufhörte, wolltest du zurück; doch als wir die Region der Haarpflanzen hinter uns hatten, fanden wir eine Menge Erdbeeren, und du warst so eifrig damit beschäftigt, dein Körbchen mit ihren Früchten zu füllen, daß du nicht mehr daran dachtest, diesen Ort zu verlassen. Wir mußten darauf verzichten, weiterzugehen. Wir schritten nur noch auf vulkanischem Gestein, das wie Zwieback zusammengebacken und mit Wollblumen durchspickt war. Dann wurde der Nebel so dicht, daß wir keinen Weg mehr fanden, wir mußten wieder hinab. Ich trug dich auf meinen Armen. Vorsichtig kletterte ich die steilen Felsen hinab. Die Nacht überraschte uns, als wir das erste Gehölz der dritten Region erreicht hatten. Ich pflückte Granaten für dich; um den eigenen Durst zu löschen, begnügte ich mich mit jenen Lianen, deren reichlicher Saft, wenn man ihre Zweige zerbricht, ein reines, frisches Wasser gibt. Dann erinnerten wir uns des Abenteuers unserer Lieblingshelden, als sie sich einmal im Walde von Rivière-Rouge verirrt hatten. Wir hatten freilich keine zärtlichen Mütter, keine eifrigen Diener, keinen treuen Hund, die nach uns suchten wie jene. Das war mir gerade recht, und ich war stolz darauf; ich allein durfte über dich wachen, ich hielt mich deshalb für glücklicher als Paul.

Ja, es war eine reine, tiefe und wahre Liebe, die du mir damals einflößtest. Noun war mit zehn Jahren um einen ganzen Kopf größer als du; in dem weitesten Sinne Kreolin, war sie bereits entwickelt, ihr feuchtes Auge hatte schon einen eigentümlichen Ausdruck, ihre Haltung, ihr Wesen war bereits das eines jungen Mädchens. Aber ich liebte Noun nicht, oder ich liebte sie nur um deinetwillen, weil sie deine Spiele teilte. Ich fragte mich nie, ob sie bereits schön sei, ob sie es mit jedem Tag mehr werde. Ich betrachtete sie gar nicht; in meinen Augen war sie mehr Kind als du. Das kam, weil ich dich liebte. Ich rechnete auf dich; du warst die Gefährtin meines Lebens, der Traum meiner Jugend.

Aber ich hatte ohne die Zukunft gerechnet. Der Tod meines Bruders verdammte mich, dessen Braut zu heiraten. Ich werde dir nichts von dieser Periode meines Lebens erzählen; es war noch nicht die bitterste, Indiana, und doch war ich der Gatte einer Frau, die mich haßte, und die ich nicht lieben konnte. Ich wurde Vater, ich verlor meinen Sohn; ich wurde Witwer und erfuhr, daß du verheiratet seiest!

Ich spreche dir auch nicht von jenen Tagen der Verbannung in England, von jener Epoche der Schmerzen. Wenn ich irgend jemand ein Unrecht angetan, so warst du es nicht; und wenn jemand mir ein Unrecht antat, so will ich mich nicht darüber beklagen. Dort wurde ich egoistischer, das heißt trauriger und mißtrauischer als jemals. Weil man mir nicht traute, hatte man mich gezwungen, stolz zu werden und mich nur auf mich selbst zu verlassen. Auch blieb mir, um mich in dieser Prüfungszeit aufrecht zu erhalten, nur das Zeugnis des eigenen Herzens. Man machte mir zum Vorwurf, daß ich eine Frau nicht liebte, die mich doch nur gezwungen geheiratet und die mir nie etwas anderes zeigte als Mißachtung. Man hat seitdem als einen Hauptcharakterzug meines Egoismus den Widerwillen bezeichnet, den ich gegen die Kinder zu haben schien. Es hat Raymon beliebt, mich grausamerweise mit diesem Charakterzug zu hänseln; höhnisch bemerkte er, die Sorgfalt, die die Erziehung der Kinder erheische, scheine sich nicht mit den pedantischen Gewohnheiten eines alten Junggesellen zu vertragen. Er hat nicht gewußt, daß ich Vater war und daß ich dich erzog. Keines von euch hat aber begreifen wollen, daß die Erinnerung an meinen eigenen Sohn noch nach Jahren für mich so schmerzlich war wie am ersten Tag und daß mein verwundetes Herz beim Anblick der Blondköpfe, die mich an ihn mahnten, immer von neuem blutete. Wenn ein Mensch unglücklich ist, möchte man ihn gar zu gern recht schlecht finden, nur um ihn nicht beklagen zu müssen.

Was aber niemand jemals verstehen wird, das war der tiefe Zorn, die düstere Verzweiflung, die sich meiner bemächtigten, als man mich, das arme Kind der Wildnis, dem bisher niemand einen wohlwollenden Blick geschenkt hatte, von diesen Orten wegriß und mir die Fesseln der Gesellschaft anlegte; als man mich zwang, in dieser Welt, die mich bisher von sich ausgesperrt hatte, einen gerade freien Platz auszufüllen, als man mir weis machen wollte, ich habe Pflichten gegen jene Menschen, die doch die ihrigen gegen mich gänzlich vernachlässigt hatten. Man wollte nicht einmal, was man dem Paria zugesteht, mich die Luft der Einsamkeit in Frieden genießen lassen! Ich hatte nur ein Gut, nur eine Hoffnung, nur einen Gedanken auf der Welt: den, daß du mir auf ewig gehörtest; man nahm ihn mir, man sagte mir, du seist nicht reich genug für mich. Welch bitterer Hohn! Für mich, den bis dahin die Berge genährt hatten, den das Vaterhaus ausgeschlossen hatte! Für mich, den man doch noch nie mit dem Gebrauch dieser Reichtümer bekannt gemacht hatte und dem man es jetzt zur Lebensaufgabe machte, den Nutzen anderer Leute zu fördern!

Doch ich unterwarf mich. Ich hatte das Recht nicht, die Bitte auszusprechen, man möchte mir doch meine geringe Portion Glück belassen; ich war schon gering genug geschätzt; hätte ich Widerstand geleistet, so hätte ich mich geradezu verhaßt gemacht. Meine Mutter, die schon untröstlich über den Tod ihres anderen Sohnes war, drohte ebenfalls zu sterben, wenn ich mich widersetzte. Mein Vater warf mir vor, ich wisse ihn nicht zu trösten, als ob ich daran schuld wäre, daß er mir so wenig Liebe schenkte, und war daran, mich zu verfluchen, als ich jenem Joch entrinnen wollte. So beugte ich mich; was ich aber litt, das kannst selbst du, so unglücklich du auch selbst wurdest, nicht beurteilen. Wenn ich trotz dieser Behandlung den Menschen nicht Böses mit Bösem vergalt, so darf man vielleicht daraus schließen, daß mein Herz nicht so öde war, wie man mir vorwarf. Aber grämliches Gewimmer lag mir auch nicht.

Als ich hierher zurückkehrte, als ich den Mann sah, an den man dich verheiratet hatte – da, Indiana, verzeih, da wurde ich wirklich Egoist; es muß immer etwas Egoismus in der Liebe liegen, da auch in der meinigen welcher lag; ich empfand eine Art grausamer Freude, wenn ich bedachte, daß dieses gesetzliche Blendwerk dir einen Herrn, aber keinen Gatten gegeben hatte. Du wundertest dich über die Art Zuneigung, die ich ihm bewies; ich hegte sie nur deshalb, weil ich keinen Nebenbuhler in ihm fand. Ich wußte, daß dieser Greis weder Liebe einflößen noch empfinden konnte, daß dein Herz aus dieser Ehe in seiner ganzen Jungfräulichkeit hervorgehen würde. Ich war ihm dankbar für deine Kälte, für deine Trauer. Wenn er hier geblieben wäre, wäre ich vielleicht sehr schuldig geworden; aber ihr verließet mich, und es war mir nicht gegeben, ohne dich zu leben. Zwar versuchte ich, diese unüberwindliche Liebe, die in ihrer ganzen Kraft wiedererstanden war, als ich dich so schön und melancholisch sah, wie ich dich in deinen jungen Jahren geträumt hatte, zu besiegen. Aber die Einsamkeit machte das Übel nur schlimmer, und ich gab dem Bedürfnis nach, dich zu sehen, unter dem gleichen Dach mit dir zu leben, die gleiche Luft mit dir zu atmen, stündlich mich an dem harmonischen Klang deiner Stimme zu berauschen. Du weißt, welche Hindernisse ich zu überwinden, welches Mißtrauen ich zu bekämpfen hatte. Ich begriff, welche Pflicht ich mir selbst hierbei auferlegte; denn ich konnte mein Leben nicht an das deinige ketten, ohne deinen Gatten durch ein feierliches Versprechen zu beruhigen, und ich wußte nie, was es heißt, mit seinem Wort spielen. Ich verpflichtete mich also mit Geist und Herz, meine Bruderrolle niemals zu vergessen, und nicht wahr, Indiana, ich habe meinen Schwur nie gebrochen?

Ich begriff, daß es mir schwer, ja unmöglich werden würde, diese harte Aufgabe durchzuführen, wenn ich die Hülle ablegte, die jede vertrauliche Beziehung, jedes tiefere Gefühl von mir fern hielt. Ich begriff, daß ich mit der Gefahr nicht spielen dürfe, denn meine Leidenschaft war zu glühend, als daß sie hätte siegreich aus dem Kampfe hervorgehen können. Ich fühlte, daß ich eine dreifache Mauer von Eis um mich legen müßte, um jedes Interesse an mir abzusperren, um dein Mitleid von mir fern zu halten, denn das hätte mich zugrunde gerichtet. Ich sagte mir, an dem Tag, da du mich beklagen würdest, würde ich bereits schuldig sein; so habe ich lieber unter der abscheulichen Beschuldigung der Herzensdürrre und der Selbstsucht, die du mir gottlob nicht erspart hast, fortgelebt. Der Erfolg meiner Verstellung hat meine Erwartungen übertroffen; du hast mir eine Art beleidigendes Mitleid gewidmet, wie man es etwa den Eunuchen zollt; du hast mir Seele und Sinne abgesprochen, hast mich mit Füßen getreten, und ich durfte nicht einmal die Energie des Zornes und der Rache zeigen, denn dadurch hätte ich mich verraten und dir gezeigt, daß ich doch ein Mann sei.

Ich beklage mich über die Menschen, nicht über dich, Indiana. Du warst immer gut und barmherzig gegen mich; du ertrugst mich unter der elenden Maske, die ich vorgenommen hatte, um dir nahe bleiben zu dürfen. Nie ließest du mich über meine Rolle erröten, du ersetztest mir doch alles, und bisweilen dachte ich mit Stolz, wenn du mich schon, so wie ich mich gab, um nicht erkannt zu werden, gütig anblicktest, würdest du mich vielleicht lieben, wenn du mich eines Tages kennenlerntest. Ach, welche andere als du hätte mich nicht zurückgestoßen? Welche andere hätte ihre Hand diesem Kretin ohne Geist und ohne Stimme gereicht? Außer dir haben sich alle anderen mit Widerwillen von dem Egoisten abgewendet! Es gab auf der Welt nur ein einziges Wesen, das edel genug war, um nicht vor einem solchen Austausch ohne Gegenleistung zurückzuschrecken; es gab nur eine Seele, die groß genug war, um das heilige Feuer, das sie belebte, in das enge und erstarrte Herz des armen Verlassenen auszugießen. Es brauchte hierzu ein Herz, welches das um so mehr hatte als mir abging. Es gab nur eine Indiana unter dem Himmel, die imstande war, einen Ralph zu lieben.

Nach dir war es Delmare, der mir am meisten Nachsicht bewies. Du hast mir vorgeworfen, ich ziehe dir diesen Menschen vor, ich opfere dein Wohl meiner Behaglichkeit, weil ich mich nicht in eure häuslichen Zwistigkeiten mischen wollte. Du sahst nicht, daß ich dir so weit diente wie es nur möglich war, du begriffst nicht, daß ich nicht die Stimme zu deinen Gunsten erheben durfte, wenn ich mich nicht verraten wollte. Was wäre denn aus dir geworden, wenn Delmare mich fortgejagt hätte? Wer hätte dich geduldig, schweigend, aber mit der ausdauernden Festigkeit einer unvergänglichen Liebe beschützt? Raymon gewiß nicht. Und dann liebte ich ihn aus Dankbarkeit, diesen rohen, ungebildeten Menschen, der mir ja das einzige Glück rauben konnte, das mir noch blühte, und der es doch nicht tat, diesen Menschen, dessen Unglück darin bestand, daß er von dir nicht geliebt wurde, und dessen Elend darum im geheimen mit dem meinigen sich traf! Ich liebte ihn schon deshalb, weil er mich niemals die Qualen der Eifersucht empfinden ließ.

Jetzt aber muß ich dir von dem entsetzlichsten Schmerz meines Lebens sprechen, von jenen unseligen Zeiten, wo deine von mir so lange ersehnte Liebe einem andern gehörte. Da erst verstand ich das Gefühl ganz, das ich seit so vielen Jahren geheim hielt. Da schüttete der Haß sein Gift in mein Herz, da verzehrte die Eifersucht den Rest meiner Kräfte. Bis dahin standest du rein in meiner Phantasie; meine Achtung umgab dich mit einem Schleier, welchen nicht einmal die naive Kühnheit meiner Träume zu heben wagte; aber als ich den schrecklichen Gedanken fassen mußte, daß ein anderer dich in seine Bahn mitreiße, daß er dich meiner Macht entziehe und sich in langen Zügen in dem Glück berausche, das ich nicht einmal zu träumen wagte, da wurde ich wütend; ich wäre glücklich gewesen, wenn ich den verfluchten Menschen in dem Abgrund hier unten gesehen hätte, um ihm den Schädel mit Steinwürfen zerschmettern zu können.

Allein dein Elend war so groß, daß ich das meinige darüber vergaß. Ich wollte ihn nicht töten, weil du ihn ja beweint hättest. Mehr als einmal kam mir die Lust, – Gott verzeih' es mir! – Delmare zu verraten und meinem Freund behilflich zu sein. Ja, Indiana, der Anblick deiner Leiden verwirrte mir den Kopf dermaßen, machte mich so unglücklich, daß es mich reute, dich über jenen aufgeklärt zu haben, daß ich mein Leben darum gegeben hätte, wenn ich diesem Menschen mein Herz hätte vermachen können! Der Elende! Gott verzeihe ihm das Weh, das er mir angetan hat, aber er strafe ihn für das, was er auf dein Haupt häufte. Um des letzteren willen hasse ich ihn; denn wenn ich bedenke, was er aus deinem Leben gemacht hat, so vergesse ich ganz, was aus mir geworden ist. Von seiner Geburt an hätte ihn die Gesellschaft auf der Stirn brandmarken, sie hätte ihn als den herzlosesten, schlechtesten Menschen von sich ausstoßen müssen! Daran erkennt man aber die Menschen, und ich brauchte mich darüber nicht zu ärgern; denn wenn sie ein Scheusal anbeten, das das Glück und den Ruf seiner Nebenmenschen vernichtet, folgen sie ja nur ihrer Natur.

Verzeih, Indiana! Es ist vielleicht grausam, daß ich so vor dir klage, aber es ist das erste und auch das letzte Mal; laß mich den Undankbaren verwünschen, der dich in das Grab stößt. Vergebens hat sich am Sarge Nouns, am Totenbette Delmares eine Stimme erhoben und dir zugerufen: Nimm dich in acht, er wird dich verderben! Du bliebst taub; dein böser Geist riß dich hin, jetzt verdammt dich die öffentliche Stimme, denn du bist befleckt, aber ihn spricht sie frei. Er hat alle Arten von Unheil angestiftet, aber man achtete nicht darauf. Er hat Noun umgebracht und du vergaßest es; er hat dich zugrunde gerichtet und du hast ihm verziehen. Er verstand es trefflich, die Augen zu blenden und die Vernunft zu verwirren; seine geschickten, treulosen Worte wußten den Weg zum Herzen zu finden, sein Schlangenblick fesselte; hätte die Natur ihm meine eisernen Züge, meinen schwerfälligen Geist gegeben, so wäre es ein vollendeter Mensch geworden. An seiner Stelle wäre ich nicht tugendhaft gewesen; ich wäre mit dir tief in die Berge geflohen, ich hätte dich der Gesellschaft entrissen, um dich allein zu besitzen; ich hätte nur eines gefürchtet, nämlich, daß du nicht verdammt und verlassen genug wärest, um dir dann alles ersetzen zu können. Ich wäre eifersüchtig auf deinen Ruf gewesen, aber in einem anderen Sinne als er: ich hätte ihn gerne zugrunde gerichtet, um ihn dann durch meine Liebe ersetzen zu können. Es hätte mich geschmerzt, wenn ich gesehen hätte, daß ein anderer Mann dir auch nur ein Minimum von Glück, auch nur einen Moment der Befriedigung geben konnte; das wäre mir wie ein Diebstahl vorgekommen, den man an mir begangen; denn dein Glück wäre ja meine Aufgabe, mein Eigentum, mein Leben, mein Glück gewesen! Wie stolz, wie reich hätte ich mich gefühlt, wenn diese wilde Schlucht meine Wohnung, wenn diese Bäume mein einziges Besitztum gewesen wären, wenn der Himmel nur deine Liebe hinzugefügt hätte! Laß mich weinen, Indiana, es ist das erste Mal in meinem Leben, daß ich weine! Gott hat gewollt, daß ich nicht sterben sollte, ohne diese traurige Lust zu genießen.

Ralph weinte wie ein Kind. Es war wirklich das erste Mal, daß diese starre Seele mit sich selbst Mitleid empfand; und dabei lag in diesen Tränen noch mehr Schmerz über das Schicksal Indianas als über sein eigenes.

Weine nicht über mich, sprach er zu ihr, als er sah, daß auch sie in Tränen gebadet war, beklage mich nicht, dein Mitleid löscht die ganze Vergangenheit aus, und die Gegenwart ist mir nicht mehr bitter. Worunter sollte ich jetzt noch leiden? Du liebst ihn ja nicht mehr.

O wenn ich dich gekannt hätte, Ralph, so hätte ich ihn nie geliebt! rief Frau Delmare; deine Tugend hat mich zugrunde gerichtet.

Und dann, fuhr Ralph fort und blickte sie dabei mit einem schmerzlichen Lächeln an, habe ich ja noch andere Ursachen zur Freude; du hast mir, ohne es zu ahnen, in den Stunden unserer gegenseitigen Erklärungen während der Überfahrt eine beruhigende Mitteilung gemacht. Du hast mir entdeckt, daß dieser Raymon nicht so glücklich war, wie seine Frechheit erstrebte, und mir damit einen Teil meiner Qualen abgenommen. Es quälte mich lange, dich so schlecht bewacht zu haben, du hast mich von diesem Gewissensbiß befreit; ich hatte ja die Kühnheit, dich vor seinen Verführungskünsten schützen zu wollen; und hierin habe ich dir Unrecht getan, Indiana; ich glaubte nicht an deine Stärke; und auch das ist eines der Verbrechen, die du mir verzeihen mußt.

Ach, du bittest mich um Verzeihung, versetzte Indiana, mich, die das Unglück deines Lebens war, mich, die eine so reine und edle Liebe mit einer unbegreiflichen Verblendung, einer so rohen Undankbarkeit vergolten hat; ich müßte mich von Rechts wegen vor dir niederwerfen und dich um Verzeihung anflehen.

Diese Liebe erregt also nicht deinen Abscheu, deinen Zorn, Indiana? O mein Gott, ich danke dir! Dann sterbe ich glücklich! Du brauchst dir keine Vorwürfe mehr wegen meines Unglücks zu machen, Indiana! Jetzt beneide ich Raymon um keinen seiner Genüsse mehr, ja ich glaube, daß mein Schicksal ihm Neid einflößen müßte, wenn er ein menschliches Herz hat. Ich bin ja jetzt dein Bruder, dein Gatte, dein Geliebter für die Ewigkeit. Seit dem Tag, da du geschworen hast, das Leben mit mir verlassen zu wollen, habe ich den süßen Gedanken genährt, daß du mir angehörst, daß du mir wiedergegeben seist, um mich nicht mehr zu verlassen; im stillen habe ich dich wieder meine Braut genannt. Es wäre zu viel Glück gewesen, oder auch vielleicht nicht genug, wenn ich dich auf Erden besessen hätte. In dem Schoß des Herrn erwartet mich jetzt die Seligkeit, von der ich von Kindheit an geträumt habe. Dort wirst du mich lieben, Indiana; dort wird deine göttliche Vernunft, losgeschält dann von all den lügenhaften Einbildungen dieses Lebens, mir Rechnung tragen für ein ganzes Leben von Opfern, von Leiden und Entsagungen; dort wirst du die meinige sein, Indiana, meine Indiana! Denn der Himmel bist ja du, und wenn ich verdient habe, selig zu werden, so habe ich dich zu besitzen verdient. In diesem Sinne habe ich dich gebeten, dieses weiße Gewand anzuziehen; es soll dein Hochzeitskleid sein, und dieser über den See vorspringende Felsen ist der Altar, der unserer wartet. – –

Er erhob sich, holte aus den nächsten Büschen einen blühenden Orangenzweig, flocht ihn um Indianas schwarzes Haar, kniete dann nieder und sprach: Mache mich jetzt glücklich, sage mir, daß dein Herz in jener Ehe im andern Leben einwilligt, schenke mir die Ewigkeit, zwinge mich nicht, mir das Nichts zu wünschen. – –

Wenn die Schilderung von Ralphs innerem Leben keine Wirkung auf den Leser hervorgebracht, wenn er diesen tugendhaften Menschen nicht lieben gelernt hat, so kann nur meine ungeschickte Wiedergabe seiner Erinnerungen daran schuld sein, so besitze ich eben nicht die Macht, welche die Stimme eines in seiner Leidenschaft durchaus wahren Menschen besitzt. Und dann gewährte mir auch der Mond nicht seine melancholische Unterstützung; und ebensowenig stehen mir der Gesang der senegalischen Finken, der Duft der Gewürznelken, kurz all die süßen, berauschenden Verführungskünste einer Nacht in den Tropen zur Seite, um Kopf und Herz des Lesers zu fesseln. Auch weiß er schwerlich aus Erfahrung, welche mächtigen und neuen Empfindungen sich angesichts eines Selbstmords in der Seele entwickeln, und wie die Dinge des Lebens in dem Augenblick, wo man ein Ende mit ihnen machen will, in ihrem wahren Licht erscheinen. Dieses plötzlich aufgegangene Licht goß seinen Schimmer in die entferntesten Falten von Indianas Herz; die Binde, welche sich schon lange gelockert, fiel ihr jetzt ganz von den Augen. Der Wahrheit, der Natur wiedergegeben, sah sie das Herz Ralphs, wie es wirklich war; auch seine Züge sah sie jetzt, wie sie sie noch nie gesehen; denn die Macht dieser erhabenen Situation hatte auf sie dieselbe Wirkung ausgeübt wie die Voltasche Säule auf ein erstarrtes Glied; sie hatte jene Lähmung von ihr genommen, die ihr ihm gegenüber Augen und Stimme gefesselt hatte. Mit seiner Freimütigkeit, seiner Tugend geschmückt, sah Ralph jetzt weit schöner aus als Raymon, und Indiana fühlte, daß sie ihn hätte lieben müssen.

Sei mein Gatte im Himmel und auf Erden, sprach sie zu ihm, und möge dieser Kuß dich mit mir auf ewig vereinigen.

Ihre Lippen trafen sich. Aber in einer Liebe, die vom Herzen kommt, liegt eine Macht, die noch plötzlicher wirkt als die Glut eines vorübergehenden Verlangens; denn dieser Kuß auf der Schwelle eines andern Lebens enthielt für sie alle Wonnen des diesseitigen Daseins.

Dann nahm Ralph seine Braut in die Arme und trug sie an den Rand des Abgrunds, um sie mit sich in den Strom hinabzustürzen.

An J. Néraud. An einem heißen und sonnigen Tag des vergangenen Januars hatte ich Saint-Paul verlassen, um in den Waldwildnissen der Insel Bourbon meinen Träumen nachzuhängen. Ich träumte von dir, mein Freund; dieser Urwald enthielt für mich die Erinnerung an deine Wanderungen und Studien; der Boden bewahrte für mich die Spur deiner Schritte. Überall fand ich die Wunder, mit welchen deine zauberischen Erzählungen meine Abendstunden beglückt hatten; und um sie zusammen zu genießen, hätte ich dich gerne dem alten Europa entrissen, wo du das bescheidene Glück der Dunkelheit genießest. Du Glücklicher! Noch hat kein treuloser Freund deinen Geist und dein Verdienst an die Welt verraten!

Ich hatte meinen Spaziergang nach einem einsamen Ort gerichtet, der in den höchsten Regionen der Insel liegt und le Brulé de St. Paul heißt.

Dort ist bei einer vulkanischen Erschütterung ein großes Stück Gebirge eingestürzt und hat in den Hauptgebirgsstock eine weite Bahn gerissen, die jetzt von Felsen eingefaßt ist, die in zauberhafter Unordnung, in furchtbarer Verwirrung umherstehen. Hier wiegt sich ein ungeheurer Felsblock auf schmaler Kante, dort erhebt sich eine gezahnte, spitzenartig durchbrochene Mauer von kleinen, leichten, löcherigen Steinen; hier steht ein Basaltobelisk wie von Künstlerhand abgeschliffen und ziseliert, auf einem krenelierten Bollwerk; weiter weg schwebt eine gotische Veste neben einer unförmigen, seltsamen Pagode. Hier stehen alle möglichen künstlerischen Skizzen und architektonischen Ordnungen beisammen; es ist, als ob die Genies aller Jahrhunderte, aller Nationen an diesem großen Werk des Zufalls und der Zerstörung ihre künstlerischen Eingebungen geholt hätten. Jedenfalls haben hier magische Künste den Grundgedanken der maurischen Architektur geboren. Im Schoß dieser Wälder hat die Kunst im Palmbaum eines ihrer schönsten Modelle gefunden. Der Vacoabaum, der sich hier durch hundert von seinem Stamme ausgegangene Zweige wieder in der Erde verankert und verbolzt, hat gewiß den ersten Gedanken zu einer auf leichte Pfeiler gestützten Kathedrale gegeben. Im Brulé de St. Paul wurden alle Formen, alle Schönheiten, alle Schnörkel, alle Kühnheiten der Architektur in einer Sturmnacht erzeugt, vereinigt, aufeinander gepfropft, aufgebaut. Ohne Zweifel haben die Geister der Luft und des Feuers dieses teuflische Werk veranstaltet; sie allein konnten ihren Entwürfen diesen furchtbaren, grillenhaften, unvollständigen Charakter verleihen, der ihre Werke vom Menschenwerk unterscheidet; sie allein konnten diese entsetzlichen Blöcke übereinander häufen, diese riesenhaften Massen in Bewegung setzen, mit den Bergen wie mit Sandkörnern spielen und in den Schoß von Gestaltungen, die der Mensch nachzuahmen versucht hat, jene großen Kunstgedanken, jene erhabenen, nicht ausführbaren Gegensätze werfen, welche die Kühnheit des Künstlers herauszufordern und ihm höhnisch zuzurufen scheinen: »Mach das einmal nach!«

Ich blieb am Fuß einer Basaltkristallisation stehen, die gegen 60 Fuß hoch und wie das Werk eines Steinmetzen scharfkantig behauen war. An der Stirn dieses seltsamen Monuments schien eine unsterbliche Hand eine große Inschrift eingegraben zu haben. Dieses vulkanische Gestein bietet nicht selten einen solchen Anblick. Die durch die Tätigkeit des Feuers erweichte Masse erhielt nämlich, als sie noch lau und empfänglich war, allerlei Eindrücke von Muscheln und Lianen, die sich daran hängten. Aus solchen zufälligen Begegnungen ergaben sich seltsame Spiele, hieroglyphische Eindrücke, geheimnisvolle Schriftzeichen, die wie Stempel eines übernatürlichen Wesens in kabbalistischen Lettern hier hingeworfen scheinen.

Ich blieb längere Zeit stehen; ein kindischer Eigensinn hatte sich meiner bemächtigt, ich wollte einen Sinn aus diesen unbekannten Ziffern herauslesen. Über diesen unnützen Versuchen verfiel ich in ein tiefes Nachdenken und bemerkte nicht, wie die Zeit dahinfloh.

Plötzlich türmte sich ein dichter Nebel über den Spitzen des Gebirgs empor und sank dann gegen seine Flanken herab, deren Umrisse rasch darin verschwanden. Ehe ich noch die Hälfte des Plateaus erreicht hatte, wälzte er sich bis in die Region, die ich eben durcheilte, und hüllte sie in einen undurchdringlichen Schleier. Einen Augenblick später erhob sich ein wütender Wind, der sie in einem Nu wegfegte. Dann hörte der Wind auf; der Nebel bildete sich von neuem und wurde abermals durch einen furchtbaren Wirbel verjagt.

Ich suchte in einer Höhle Schutz gegen das Unwetter; aber eine neue Plage vereinigte sich jetzt mit dem Wind. Regengüsse schwellten das Bett der Bäche, die sämtlich ihren Ursprung auf der Spitze des Gebirgs haben. In Zeit einer Stunde war alles überschwemmt, an den Flanken der Berge schoß es allenthalten herab, es bildete sich ein ungeheurer Wasserfall, der sich mit Wut nach der Ebene hinabstürzte.

Nach zwei Tagen einer höchst beschwerlichen und gefährlichen Wanderung führte mich die Vorsehung an die Tür einer in der tiefsten Wildnis gelegenen Wohnung. Das einfache, aber hübsche Haus war durch eine Felsmauer, die sich wie ein Schirm darüber neigte, vor dem Unwetter geschützt. Ein wenig weiter unten stürzte ein wilder Wasserfall in eine tiefe Schlucht und bildete darin einen See, der aus seinen Ufern getreten war, so daß sich nur noch die zerzausten Häupter der schönen Bäume daraus erhoben.

Ich pochte ungeduldig; aber die Gestalt, die nun auf der Schwelle erschien, trieb mich drei Schritte zurück. Ehe ich noch um ein Asyl gebeten, hatte mich der Herr des Hauses bereits mit einem stummen und ernsten Zeichen eingeladen, einzutreten. Ich tat es und stand Sir Ralph Brown gegenüber.

Vor einem Jahr hatte das Schiff Herrn Brown und seine Gefährtin zur Kolonie zurückgebracht, und seit dieser Zeit hatte man Sir Ralph kaum dreimal in der Stadt gesehen. Frau Delmare aber hielt sich so zurückgezogen, daß viele Einwohner überhaupt zweifelten, ob sie noch lebe. Ich war um jene Zeit zum erstenmal nach Bourbon gekommen und sah jetzt Herrn Brown zum zweitenmal in meinem Leben.

Schon unser erstes Zusammentreffen hatte einen unauslöschlichen Eindruck auf mich gemacht; es war dies zu St. Paul selbst am Strand des Meeres gewesen. Die Züge und die Haltung des Mannes hatten mich anfangs nur wenig interessiert; als ich aber aus müßiger Neugierde die Kolonisten über ihn fragte, waren ihre Antworten so seltsam, so widersprechend, daß ich den Einsiedler von Bernica näher ins Auge faßte.

Es ist ein Bauer, ein Mensch ohne Bildung, sagte der eine, eine vollständige Null, der nur eine Eigenschaft besitzt, daß er schweigen kann.

Es ist ein außergewöhnlich unterrichteter, tief angelegter Mensch, sagte ein anderer, aber von seiner Überlegenheit allzusehr durchdrungen, und so eingebildet und hochmütig, daß er es für verlorene Mühe hält, an gewöhnliche Menschen ein Wort zu richten.

Der Mensch liebt nur sich selbst, bemerkte ein Dritter, es ist ein mittelmäßiger, aber nicht dummer Bursche, nur ein gründlicher Egoist und vollständig ungesellig.

Wissen Sie denn nicht, setzte ein junger, in der Kolonie erzogener Mensch hinzu, der noch ganz von dem beschränkten Geist des Provinzbewohners besessen war, wissen Sie nicht, daß der Elende seinen Freund vergiftet hat, um dessen Witwe heiraten zu können?

Diese Bemerkung empörte mich so, daß ich mich an einen anderen älteren Kolonisten wendete, der nicht ohne einen gewissen Menschenverstand war. Da mein Blick ihn um die Lösung aller dieser Rätsel bat, erwiderte er mir: Sir Ralph war ehedem ein wackerer Mann, den man nicht liebte, weil er nicht mitteilsam war, den man aber schätzte. Das ist alles, was ich von ihm weiß, denn seit jener unglücklichen Geschichte habe ich keine Beziehungen mehr zu ihm.

Welche Geschichte meinen Sie? fragte ich.

Nun erzählte man mir den plötzlichen Tod des Obersten Delmare, die Flucht seiner Frau in derselben Nacht, die Abreise und Rückkehr des Herrn Brown. Das Dunkel, das über all diesen Dingen lag, hatte durch die Nachforschungen der Gerichte nicht aufgehellt werden können; das Verbrechen der Flüchtigen war in keiner Weise nachgewiesen. Der Staatsanwalt hatte sich geweigert, die Sache weiter zu verfolgen; aber man kannte die Parteilichkeit der Richter für Herrn Brown; und man machte ihnen ein Verbrechen daraus, daß sie nicht einmal die öffentliche Meinung über einen Handel aufgeklärt hatten, der auf zwei Personen einen häßlichen Verdacht sitzen ließ.

Was den Verdacht zu bestätigen schien, das war die heimliche Rückkehr der zwei Angeschuldigten und ihre geheimnisvolle Niederlassung in der Wildnis der Bernica. Sie hätten sich anfangs davongemacht, sagte man, damit die Sache einschlafen möchte; aber die öffentliche Meinung habe sie in Frankreich so entschieden zurückgewiesen, daß sie sich gezwungen gesehen hätten, in jene Einsamkeit zu flüchten, um hier ihre verbrecherische Verbindung in Frieden zu genießen.

Was aber alle diese Behauptungen in ihr Nichts zurückzuweisen schien, war der Umstand, daß die, wie es schien, Besserunterrichteten behaupteten: Frau Delmare sei ihrem Vetter Herrn Brown immer ferne gestanden, ja, sie habe eine Art Abneigung gegen ihn empfunden.

Ich hatte damals den Helden so vieler Fabeln aufmerksam, ich möchte sagen, gewissenhaft beobachtet. Er saß auf einem Warenballen und wartete auf die Rückkehr eines Seemanns, mit dem er ein Geschäft abzuwickeln hatte. Seine meerblauen Augen schauten in einer so ruhigen, ehrlichen Träumerei in die Ferne; alle Züge seines Gesichts standen in einer solchen Harmonie; Nerven, Muskeln, Blut, alles schien so heiter, so vollständig in Ordnung bei diesem gesunden, kräftigen Mann, daß ich darauf hätte schwören mögen, man tue ihm ein tödliches Unrecht, dieser Mensch habe nie ein Verbrechen begangen, ja, nicht daran gedacht, sein Herz und seine Hände seien so rein wie seine Stirn.

Auf einmal fiel der zerstreute Blick des Barons auf mich, der ihn mit unbescheidener Neugierde betrachtete. Verwirrt wie ein auf frischer Tat ertappter Dieb hatte ich die Augen gesenkt; denn in Sir Ralphs Blick lag ein strenger Vorwurf. Seit jenem Augenblick hatte ich oft unwillkürlich an ihn denken müssen; er war mir in meinen Träumen erschienen; und wenn ich an ihn dachte, empfand ich jene unbestimmte Unruhe, jene unaussprechliche Aufregung, die gleichsam das magnetische Fluidum sind, das ein außerordentliches Schicksal umgibt.

Ich hatte somit wirklich den lebhaften Wunsch, Sir Ralph kennenzulernen; aber ich hätte ihn gerne von der Ferne beobachtet, ohne selbst gesehen zu werden. Es war mir, als ob ich mich ihm gegenüber in einer Schuld befände. Dieser Mann mußte sich auf einer solchen Höhe der Tugend oder des Lasters befinden, daß ich mir ganz klein und erbärmlich neben ihm vorkam. Seine Gastlichkeit war weder prunkvoll noch lärmend. Er führte mich auf sein Zimmer, lieh mir Kleider und geleitete mich dann zu seiner Lebensgefährtin, die uns zum Mahl erwartete.

Als ich sie so schön, so jung – denn sie schien kaum achtzehn Jahre zu zählen – vor mir sah, ihre Frische, ihre Anmut, ihre sanfte Stimme bewunderte, konnte ich eine schmerzliche Empfindung nicht unterdrücken. Ich mußte denken, daß diese Frau sehr schuldig oder sehr unglücklich sein müsse, da ein so häßliches Verbrechen auf ihr laste oder aber eine noch abscheulichere Beschuldigung.

Acht Tage lang hielten mich die übergetretenen Bäche, die überschwemmten Ebenen, der Regen und der Sturm in Bernica zurück; dann kam die Sonne, und jetzt dachte ich erst recht nicht daran, von meinen Wirten zu scheiden.

Sie waren beide keine glänzenden Persönlichkeiten, sie hatten, glaube ich, wenig Geist, vielleicht gar keinen, aber sie hatten die Gabe, anregende und angenehme Dinge zu sagen; sie besaßen den Geist des Herzens. Indiana ist unwissend; aber es ist nicht jene beschränkte und stumpfe Unwissenheit, die eine Folge der Trägheit, der Gleichgültigkeit, der Unbedeutendheit ist; sie beeifert sich, sich das anzueignen, was ihr ganzer Lebensgang sie bis jetzt hinderte, kennenzulernen. Vielleicht war es auch eine kleine Koketterie von ihr, daß sie Sir Ralph über alles Mögliche fragte, um mit den umfassenden Kenntnissen ihres Freundes vor mir ein wenig zu prahlen.

Ich fand sie heiter, doch ohne Mutwillen; sie hat in ihrem Benehmen etwas Langsames, Melancholisches, wie es den Kreolen eigen ist, zumal ihre Augen haben eine unvergleichliche Süßigkeit, sie scheinen uns von einem leidensvollen Leben zu erzählen; selbst wenn ihr Mund lächelt, liegt noch eine gewisse Trauer in ihrem Blick, aber eine Trauer, die ein Sinnen über ihr Glück, eine Regung der Dankbarkeit zu enthalten scheint.

Eines Tages sagte ich ihnen, ich müsse fort.

Schon! erwiderten sie.

Der Ton, womit sie dies sagten, klang so wahr, so rührend, daß ich mich zu einer Bitte ermutigt fühlte. Ich hatte mir nämlich vorgenommen, Sir Ralph nicht zu verlassen, ohne ihn zu bitten, mir die Geschichte seines Lebens zu erzählen. Der schreckliche Verdacht, den man mir in den Kopf gesetzt, hatte mir das aber bisher unmöglich gemacht. Ich empfand eine unüberwindliche Scheu.

Jetzt versuchte ich, sie zu überwinden.

Hören Sie, sagte ich zu ihm, die Menschen sind doch recht schlecht. Sie haben mir Schlimmes von Ihnen gesagt. Jetzt, da ich Sie kenne, wundere ich mich nicht darüber. Ihr Leben muß musterhaft gewesen sein, da man es so sehr verleumdet –

Ich hielt rasch inne, da ich sah, wie sich eine aufrichtige Verwunderung in den Zügen der Frau Delmare malte. Offenbar ahnte sie nichts von den Abscheulichkeiten, die über sie kursierten. Auf Sir Ralphs Gesicht dagegen zeigte sich der unverkennbare Ausdruck des Stolzes und des Ärgers. Ich erhob mich, um sie zu verlassen. Der Blick Browns, der mich an unsere erste Begegnung und jenen stummen Gedankenaustausch ähnlicher Art am Strand erinnerte, hatte mich ganz beschämt und niedergedrückt.

Ich war in Verzweiflung, von diesem trefflichen Mann unter solchen Umständen scheiden zu müssen, und bereute es tief, ihn verletzt und die glücklichen Tage, die ich bei ihm genossen, so übel vergolten zu haben. Mein Herz schwoll, ich weinte.

Junger Mann, sprach er zu mir und faßte mich bei der Hand, bleiben Sie noch einen Tag bei uns. Ich kann den einzigen Freund, den wir in diesem Lande haben, nicht so von uns scheiden sehen.

Als Frau Delmare sich entfernt hatte, fuhr er fort: Ich habe Sie wohl verstanden, ich werde Ihnen meine Geschichte erzählen, aber nicht vor Indiana. Es gibt Wunden, die man nicht berühren darf.

Am Abend machten wir einen Spaziergang im Wald. Die Bäume, die noch vor vierzehn Tagen so frisch und schön gewesen, waren inzwischen ganz ihrer Blätter beraubt worden, aber bereits bedeckten sie sich wieder mit dicken, harzigen Knospen. Vögel und Insekten hatten ihr Reich wieder in Besitz genommen. Die entblätterten Blumen zeigten bereits wieder junge Knospen. Die Bäche drängten ohne Unterlaß den Sand heraus, mit dem sich ihr Bett gefüllt hatte. Alles kehrte zum Leben, zum Glück, zur Gesundheit zurück.

Sehen Sie, bemerkte Ralph, mit welch erstaunlicher Schnelligkeit diese gute und furchtbare Natur ihre Verluste ausgleicht. Ist es nicht, als ob sie sich über die verlorene Zeit schäme und alle Kraft und allen Saft daran setzte, um das Werk eines Jahres in einigen Tagen wieder herzustellen?

Und sie wird es, versetzte Frau Delmare. Ich erinnere mich der Stürme im vergangenen Jahre; nach vier Wochen spürte man nichts mehr davon.

Das ist das Bild eines von Kummer getroffenen Herzens, sagte ich; wenn das Glück wieder kommt, geht es wieder auf und verjüngt sich rasch.

Indiana reichte mir die Hand und blickte mit einem unaussprechlichen Ausdruck der Dankbarkeit und des Glücks auf Brown.

Als es Nacht geworden war, zog sie sich auf ihr Zimmer zurück; Sir Ralph hieß mich auf einer Bank im Garten an seiner Seite Platz nehmen und erzählte mir seine Geschichte bis zu dem Punkt, wo wir sie in dem vorigen Kapitel gelassen haben.

Hier machte er eine lange Pause und schien meine Anwesenheit vollständig vergessen zu haben.

Das Interesse an seiner Erzählung bestimmte mich, sein Nachsinnen noch durch eine Frage zu unterbrechen.

Er fuhr zusammen wie einer, der aus dem Schlaf erwacht. Dann lächelte er gutmütig und sprach: Mein junger Freund, es gibt Erinnerungen, die man entweiht, wenn man sie wieder erzählt. Es genüge Ihnen zu wissen, daß ich fest entschlossen war, mit Indiana zu sterben. Aber ohne Zweifel war unser Opfer vom Himmel nicht genehmigt worden. Ein Arzt würde Ihnen vielleicht sagen, daß sich ein sehr erklärlicher Schwindel meines Kopfes bemächtigt und ich die rechte Richtung verfehlt habe. Da ich in diesem Sinne gar nichts von einem Arzt in mir habe, so bin ich eher geneigt, zu glauben, der Engel Abrahams und Tobias', jener holde, weiße Engel mit den blauen Augen und dem vergoldeten Gürtel, den Sie wohl oft in den Träumen Ihrer Kindheit gesehen, sei auf einem Mondstrahl herabgestiegen und habe, im zitternden Dunst des Wasserfalls sich wiegend, seine silbernen Flügel über meine Genossin ausgebreitet. Das einzige, was ich Ihnen mit Bestimmtheit sagen kann, ist, daß der Mond sich wieder hinter den mächtigen Bergspitzen barg, ohne daß ein unheimliches Geräusch das friedliche Murmeln des Wasserfalls unterbrach; daß die Vögel erst dann vom Felsen aufflogen, als eine weiße Linie am Horizont des Meeres sichtbar wurde, und daß der erste Purpurstrahl, der auf die Orangenbüsche fiel, mich auf den Knien und im Dankgebet zu Gott fand.

Glauben Sie jedoch ja nicht, daß ich das unerwartete Glück, wodurch mein Leben erneuert wurde, ohne weiteres annahm. Ich hatte Angst vor der strahlenden Zukunft, die sich vor mir eröffnete; und als Indiana die Augen erhob und mir zulächelte, zeigte ich auf den Wasserfall und sprach vom Sterben.

Wenn du nicht bereust, diesen Morgen erlebt zu haben, sprach ich zu ihr, so können wir einander bestätigen, daß wir das Glück in seiner ganzen Fülle genossen; dies wäre ein Grund mehr, das Leben zu verlassen, denn mein Gestirn würde vielleicht schon morgen erbleichen. Wer weiß, ob ich nicht, wenn ich diesen Ort verlasse, wenn ich diese berauschende Stimmung, in die mich der Gedanke an den Tod und an meine Liebe versetzte, hinter mir habe, wieder das abscheuliche Ungetüm werde, das du noch gestern verachtet hast? Würdest du nicht über dich selbst erröten, wenn du mich wieder so fändest, wie du mich ehedem gekannt hast? Ach, Indiana, erspare mir diesen fürchterlichen Schmerz, das wäre die Vollendung meines Geschicks.

Zweifelst du an deinem Herzen, Ralph? sprach Indiana mit einem himmlischen Ausdruck der Liebe und des Vertrauens, oder bietet dir das meinige nicht Bürgschaft genug? –

Soll ich es Ihnen gestehen? In den ersten Tagen war ich nicht glücklich. Ich zweifelte nicht an der Aufrichtigkeit Indianas, aber die Zukunft erschreckte mich. Da ich seit dreißig Jahren ein übertriebenes Mißtrauen in mich selbst gesetzt hatte, so konnte ich mich nicht in vierundzwanzig Stunden mit dem Gedanken vertraut machen, daß ich gefallen, daß ich geliebt sein werde. Ich hatte Augenblicke der Unsicherheit, der Angst, der Bitterkeit; manchmal bereute ich sogar, mich damals nicht in den See gestürzt zu haben, als ein Wort Indianas mich so glücklich gemacht hatte. –

Auch sie mußte Rückfälle in ihre Traurigkeit haben. Mit Mühe legte sie die Gewohnheit des Leidens ab, denn die Seele gewöhnt sich auch an das Unglück, sie faßt Wurzel darin und reißt sich nur mit Anstrengung davon los. Indessen muß ich dem Herzen dieser Frau die Gerechtigkeit widerfahren lassen, daß es sich niemals nach Raymon zurücksehnte. Sie erinnert sich seiner nicht einmal so viel, um ihn zu hassen.

Nach und nach befestigte, wie dies bei einer tiefen und wahren Zuneigung immer der Fall ist, die Zeit unsere Liebe, statt sie abzuschwächen, und drückte ihr Siegel darauf; ein jeder Tag gab ihr neue Kraft, denn jeder Tag brachte uns eine neue Gelegenheit, uns zu achten und zu segnen. Unsere Befürchtungen erloschen allmählich ganz; und als wir sahen, wie leicht diese Gegenstände des Mißtrauens zu beseitigen waren, gestanden wir uns lachend, daß wir recht feigen Herzens in unser Glück getreten waren und daß wir einander nicht verdienten. Von diesem Augenblick an waren wir sicher in unserer Liebe. Ich erzähle Ihnen nichts von meinem Glück. Wenn es Schmerzen gibt, die man nicht verrät und die die Seele wie in ein Leichentuch hüllen, so gibt es auch Wonnen, die im Herzen des Menschen begraben ruhen, weil eine irdische Stimme ihnen keine Worte zu leihen vermag. Wenn aber auch ein Engel vom Himmel sich auf einen dieser Blütenzweige herabsenkte und es Ihnen in der Sprache seiner Heimat erzählte, würden Sie es nicht verstehen, junger Mann, denn das Wetter hat Sie noch nicht zerschlagen, der Sturm hat Sie noch nicht zerrissen. Ach, eine Seele, die nicht selbst gelitten hat, kann das Glück nicht verstehen! – Was aber unsere Verbrechen anbelangt – setzte er lächelnd hinzu.

Ach! rief ich mit Tränen in den Augen.

Hören Sie, fuhr er fort, Sie haben mit den zwei Verbrechern in Bernica nur ein paar Stunden zugebracht; aber eine einzige genügte, um Ihnen ihr ganzes Leben bloßzulegen. Alle unsere Tage sehen einander gleich, sie sind ruhig und schön; sie fließen rasch und rein dahin, wie die unserer Kindheit. Jeden Abend segnen wir den Himmel; wir flehen ihn jeden Morgen an, wir bitten ihn um die Sonne und den Schatten, den er uns am Tag vorher schenkte. Den größeren Teil unseres Einkommens verwenden wir darauf, arme kranke Schwarze loszukaufen. Das ist der Hauptgrund, warum die Kolonisten uns Böses nachsagen. Ach, warum sind wir nicht reich genug, um alle, die in der Sklaverei leben, erlösen zu können? Unsere Diener sind unsere Freunde: sie teilen unsere Freuden, wir pflegen sie in ihren Leiden. So fließt unser Leben hin ohne Kummer, ohne Reue. Selten sprechen wir von der Vergangenheit, selten von der Zukunft; dann aber sprechen wir von der einen ohne Furcht, von der andern ohne Bitterkeit. Wenn wir uns manchmal mit Tränen in den Augen überraschen, so geschieht es; weil es eben in jedem großen Glück auch Tränen geben muß; ein großes Unglück hat keine. –

Mein Freund, begann ich nach einer langen Pause, wenn die Verleumdung der Welt je bis zu Ihnen dringen könnte, würde Ihr Glück eine laute Antwort darauf geben.

Sie sind noch jung, erwiderte er, für Sie, dessen naives und reines Herz die Welt noch nicht beschmutzt hat, bedeutet unser Glück unsere Tugend; für die Welt dagegen ist dies gerade ein Beweis unserer Schuld. Oh, die Einsamkeit ist etwas Herrliches, und die Menschen sind nicht wert, daß man bedaure, sie zu entbehren.

Nicht alle klagen Sie an, sagte ich, aber auch die, die Sie achten, tadeln, daß Sie die Meinung der Welt verachten, und selbst die, die Ihre Tugend zugeben, nennen Sie doch stolz, hochmütig.

Glauben Sie mir, erwiderte Ralph, in diesem Vorwurf liegt mehr Hochmut als in meiner angeblichen Verachtung. Was aber die öffentliche Meinung betrifft, sollte man nicht, wenn man sieht, wen sie erhebt, immer denjenigen die Hand bieten, die sie mit Füßen tritt? Man sagt, sie sei notwendig zum Glück; wer dies glaubt, mag sie achten. Ich für meine Person beklage jedes aufrichtige Glück, das durch ihre Launen steigt oder fällt.

Einige Moralisten tadeln, daß Sie so allein leben; sie behaupten, jeder Mensch gehöre der Gesellschaft, die ihn beansprucht. Man setzt hinzu, Sie geben den Leuten ein gefährliches Beispiel.

Die Gesellschaft hat an den, der nichts von ihr will, auch nichts zu fordern, erwiderte Sir Ralph. Was das ansteckende Beispiel betrifft, so glaube ich nicht daran; es bedarf einer zu großen Energie, um mit der Welt zu brechen, und zu vieler Leiden, um sich diese Energie zu erwerben. Lassen Sie daher nur dieses unbekannte Glück, das niemand schadet, und das sich verbirgt, um keinen Neid zu erregen, in Frieden hinfließen. Und nun folgen Sie dem Laufe Ihres Geschickes; erwerben Sie sich Freunde, eine Stellung, einen Namen, ein Vaterland. Ich habe Indiana. Zerreißen Sie die Bande nicht, die Sie an die Gesellschaft fesseln, achten Sie die Gesetze, wenn diese Sie beschützen, rühmen Sie deren Urteil, wenn es Ihnen gerecht ist; wenn die Gesellschaft aber eines Tages Sie verleumdet und Sie zurückstößt, so haben Sie auch Stolz genug, um sie entbehren zu können.

Ja, erwiderte ich, ein reines Herz kann uns auch die Verbannung erträglich machen; um sie aber zu lieben, muß man eine Lebensgefährtin haben, wie Sie eine haben.

Ach! versetzte er mit einem eigentümlichen Lächeln, wenn Sie wüßten, wie sehr ich diese Welt beklage, die mich verachtet!

Am folgenden Tage verließ ich Ralph und Indiana; er umarmte mich, ihr standen die Tränen in den Augen.

Leben Sie wohl, sprachen sie zu mir, kehren Sie in die Welt zurück; wenn diese Sie aber eines Tages verstößt, so erinnern Sie sich unserer Indianerhütte.

ANNEGRET STOPCZYK
ÜBER MÄNNER
Warum erniedrigen Männer Frauen?

Es ist inzwischen geklärt, *daß* und *wie* Männer Frauen unterdrückt haben und unterdrücken; es gibt darüber historische, psychologische, soziologische und philosophische Arbeiten.

In all diesen Abhandlungen vermisse ich aber das Erste: die Antwort auf die Frage: »Warum ist das so?« Eine historische Erklärung, *daß* es so war, beantwortet nicht die Frage, warum es so sein konnte; es sei denn, man glaubt wirklich, die Frau hätte es so gewollt, oder es wäre Schicksal, naturgewollt oder gottgelenkt.

Virginia Woolf, Phyllis Chesler und John Stuart Mill gaben Antworten, die ich kurz darstellen und überdenken will, um dann meine eigene Stellungnahme anzuschließen.

Oft wundere ich mich darüber, wie selbstverständlich viele Männer sich der Frau überlegen empfinden. Mir ist meistens völlig rätselhaft geblieben, womit sie ihre Überlegenheitsempfindung begründen und vor sich selbst rechtfertigen. Manche dieser Männer hätten eigentlich – nach ihren Leistungen zu urteilen – genügend Gründe, schnellstens vor Unsicherheit in den Erdboden zu versinken, aber selbst der pickligste Mann kann einer Frau gegenüber eine Überheblichkeit entwickeln, die er einem Mann gegenüber niemals wagen würde. Er scheint keine andere Begründung zu haben »außer der, keine Frau zu sein«.[1] Dann aber fällt mir weiter auf, daß Männer sich gar nicht nach der Berechtigung ihrer Überlegenheitsgestik

[1] Virginia Woolf, S. 26

Romane, Erzählungen, Prosa

Apuleius. Der goldene Esel
Mit Illustrationen von Max Klinger zu »Amor und Psyche«. Aus dem Lateinischen von August Rode. Mit einem Nachwort von Wilhelm Haupt. it 146.

Honoré de Balzac. Die Frau von dreißig Jahren
Deutsch von W. Blochwitz. it 460
– Beamte, Schulden, Elegantes Leben
Eine Auswahl aus den journalistischen Arbeiten. Mit einem Nachwort herausgegeben von Wolfgang Drost und Karl Riha. Mit zeitgenössischen Karikaturen. it 346
– Das Mädchen mit den Goldaugen
Aus dem Französischen von Ernst Hardt. Vorwort Hugo von Hofmannsthal. Illustrationen Marcus Behmer. it 60

Joseph Bédier. Der Roman von Tristan und Isolde
Deutsch von Rudolf G. Binding. Mit Holzschnitten von 1484. it 387

Harriet Beecher-Stowe. Onkel Toms Hütte
In der Bearbeitung einer alten Übersetzung herausgegeben und mit einem Nachwort versehen von Wieland Herzfelde. Mit 27 Holzschnitten von George Cruikshank aus der englischen Ausgabe von 1852. it 272

Ambrose Bierce. Aus dem Wörterbuch des Teufels
Auswahl, Übersetzung und Nachwort von Dieter E. Zimmer. it 440
– Mein Lieblingsmord
Erzählungen. Aus dem Amerikanischen von G. Günther. it 39

Die Blümlein des heiligen Franziskus von Assisi
Aus dem Italienischen nach der Ausgabe der Tipografia Metastasio, Assisi 1901, von Rduolf G. Binding. Mit Initialen von Carl Weidemeyer. it 48

Giovanni di Boccaccio. Das Dekameron
Hundert Novellen. Ungekürzte Ausgabe. Aus dem Italienischen von Albert Wesselski und mit einer Einleitung versehen von André Jolles. Mit venezianischen Holzschnitten. Zwei Bände. it 7/8

Romane, Erzählungen, Prosa

Emily Brontë. Die Sturmhöhe
Aus dem Englischen von Grete Rambach. it 141

Gottfried August Bürger. Wunderbare Reisen zu Wasser und zu Lande. Feldzüge und lustige Abenteuer des Freiherrn von Münchhausen. Mit Holzschnitten von Gustave Doré. it 207

Hans Carossa. Eine Kindheit und Verwandlungen einer Jugend
it 295/296

Lewis Carroll. Geschichten mit Knoten
Herausgegeben und übersetzt von W. E. Richartz. Mit Illustrationen von Arthur B. Frost. it 302

Miguel de Cervantes Saavedra. Der scharfsinnige Ritter Don Quixote von der Mancha
Mit einem Essay von Iwan Turgenjew und einem Nachwort von André Jolles. Mit Illustrationen von Gustave Doré. 3 Bände. it 109

Adelbert von Chamisso. Peter Schlemihls wundersame Geschichte
Nachwort von Thomas Mann. Illustriert von Emil Preetorius. it 27

James Fenimore Cooper. Die Lederstrumpferzählungen
In der Bearbeitung der Übersetzung von E. Kolb durch Rudolf Drescher. Mit Illustrationen von D. E. Darley. Vollständige Ausgabe. it 179 Der Wildtöter · it 180 Der letzte Mohikaner · it 181 Der Pfadfinder · it 182 Die Ansiedler · it 183 Die Prärie

Alphonse Daudet. Briefe aus meiner Mühle
Aus dem Französischen von Alice Seiffert. Mit Illustrationen. it 446
– Tartarin von Tarascon. Die wunderbaren Abenteuer des Tartarin von Tarascon.
Mit Zeichnungen von Emil Preetorius. it 84

Honoré Daumier. Robert-Macaire – Der unsterbliche Betrüger
Drei Physiologien. Aus dem Französischen von Mario Spiro. Herausgegeben und mit einem Nachwort versehen von Karl Riha. it 249

Romane, Erzählungen, Prosa

Daniel Defoe. Robinson Crusoe
Mit Illustrationen von Ludwig Richter. it 41

Charles Dickens. Lebensgeschichte und gesammelte Erfahrungen David Copperfields des Jüngeren. Zwei Bände.
Mit Illustrationen von Phiz. Nach der ersten Buchausgabe des Romans London 1850. it 468
– Oliver Twist
Aus dem Englischen von Reinhard Kilbel. Mit einem Nachwort von Rudolf Marx und 24 Illustrationen von George Cruikshank. Vollständige Ausgabe. it 242
– Weihnachtserzählungen
Mit Illustrationen. it 358

Denis Diderot. Die Nonne
Mit einem Nachwort von Robert Mauzi. Der Text dieser Ausgabe beruht auf der ersten deutschen Übersetzung von 1797. it 31

Annette von Droste-Hülshoff. Die Judenbuche. Ein Sittengemälde aus dem gebirgigen Westfalen. Mit Illustrationen von Max Unold. it 399

Alexandre Dumas. Der Graf von Monte Christo
Bearbeitung einer alten Übersetzung von Meinhard Hasenbein. Mit Illustrationen von Pavel Brom und Dagmar Bromova. Zwei Bände. it 266

Joseph Freiherr von Eichendorff. Aus dem Leben eines Taugenichts
Mit Illustrationen von Adolf Schrödter und einem Nachwort von Ansgar Hillach. it 202

Eisherz und Edeljaspis
Aus dem Chinesischen von Franz Kuhn. Mit Holzschnitten einer alten chinesischen Ausgabe. Mit einem Nachwort und Anmerkungen von Franz Kuhn. it 123

Paul Ernst. Der Mann mit dem tötenden Blick und andere frühe Erzählungen.
Herausgegeben von Wolfgang Promies. it 434

Romane, Erzählungen, Prosa

Gustave Flaubert. Bouvard und Pécuchet
Mit einem Vorwort von Victor Brombert und einem Nachwort von Uwe Japp. Mit Illustrationen von András Karakas. it 373
– Die Versuchung des heiligen Antonius
Aus dem Französischen übersetzt von Barbara und Robert Picht. Mit einem Nachwort von Michel Foucault. it 432
– Lehrjahre des Gefühls
Geschichte eines Jungen Mannes, übertragen von Paul Wiegler. Mit einem Essay »zum Verständnis des Werkes« und einer Bibliographie von Erich Köhler. it 276
– Madame Bovary
Revidierte Übersetzung aus dem Französischen von Arthur Schurig it 167
– Salammbô
Herausgegeben und mit einem Nachwort versehen von Monika Bosse und André Stoll. Mit Abbildungen. it 342
– Ein schlichtes Herz. it 110

Theodor Fontane. Effi Briest
Mit Lithographien von Max Liebermann. it 138
– Der Stechlin
Mit einem Nachwort von Walter Müller-Seidel. it 152
– Unwiederbringlich
Roman. it 286

Friedrich Gerstäcker. Die Flußpiraten des Mississippi
Roman. Mit einem Nachwort von Harald Eggebrecht. it 435

Johann Wolfgang Goethe. Wilhelm Meisters Lehrjahre
Herausgegeben von Erich Schmidt. Mit sechs Kupferstichen von F.L. Catel. Sieben Musikbeispiele und Anmerkungen. it 475
– Novellen
Herausgegeben und mit einem Nachwort versehen von Katharina Mommsen. Mit Federzeichnungen von Max Liebermann. it 425
– Reineke Fuchs
Mit Stahlstichen von Wilhelm von Kaulbach. it 125
– Die Wahlverwandtschaften
Mit einem Essay von Walter Benjamin. it 1
– Die Leiden des jungen Werther
Mit einem Essay von Georg Lukács »Die Leiden des jungen Werther«. Nachwort von Jörn Göres »Zweihundert Jahre Werther«. Mit Illustrationen von David Chodowiecki und anderen. it 25

Romane, Erzählungen, Prosa

Gogol. Der Mantel und andere Erzählungen
Aus dem Russischen übersetzt von Ruth Fritze-Hanschmann. Mit einem Nachwort von Eugen und Frank Häusler. Mit Illustrationen von András Karakas. it 241

Iwan Gontscharow. Oblomow it 472

Grimmelshausen. Trutz-Simplex oder Ausführliche und wunderseltzame Lebensbeschreibung der Erzbetrügerin und Landstörtzerin Courasche
Mit einem Nachwort von Wolfgang Koeppen. Mit Abbildungen aus dem 17. Jahrhundert. it 211

Nathaniel Hawthorne. Der scharlachrote Buchstabe
Mit Illustrationen von Renate Sendler-Peters. it 436

Johann Peter Hebel. Kalendergeschichten
Ausgewählt und mit einem Nachwort von Ernst Bloch
Mit neunzehn Holzschnitten von Ludwig Richter. it 17

Heinrich Heine. Aus den Memoiren des Herren von Schnabelewopski
Mit Illustrationen von Julius Pascin. it 189

– Shakespeares Mädchen und Frauen
Mit Illustrationen der Ausgabe von 1838. Herausgegeben von Volkmar Hansen. it 331

Hermann Hesse. Hermann Lauscher
Mit frühen, teils unveröffentlichten Zeichnungen und einem Nachwort von Gunter Böhmer. it 206
–/Walter Schmögner. Die Stadt
Ein Märchen von Hermann Hesse, ins Bild gebracht von Walter Schmögner. it 236
– Knulp
Mit dem unveröffentlichten Fragment »Knulps Ende« und Steinzeichnungen von Karl Walser. it 394

Hölderlin. Hyperion oder Der Eremit in Griechenland
Herausgegeben und mit einem Nachwort versehen von Jochen Schmidt. it 365

Romane, Erzählungen, Prosa

E.T.A. Hoffmann. Die Elixiere des Teufels
Mit Illustrationen von Hugo Steiner-Prag. it 304
– Lebensansichten des Katers Murr
nebst fragmentarischer Biographie des Kapellmeisters Johannes Kreisler in zufälligen Makulaturblättern. Mit Illustrationen von Maximilian Liebenwein. it 168
– Der Unheimliche Gast
und andere phantastische Erzählungen. Herausgegeben von Ralph-Rainer Wuthenow. Mit Illustrationen. it 245
– Das Fräulein Scuderi
Erzählung aus dem Zeitalter Ludwig des Vierzehnten. Mit Illustrationen von Lutz Siebert. it 410

Homer. Ilias
Neue Übertragung von Wolfgang Schadewaldt. it 153

Ricarda Huch. Der Dreißigjährige Krieg
Mit Illustrationen von Jacques Callot. it 22/23

Victor Hugo. Notre-Dame von Paris
Aus dem Französischen von Else von Schorn. Mit zeitgenössischen Illustrationen. it 298

Jens Peter Jacobsen. Niels Lyhne
Mit Illustrationen von Heinrich Vogeler. Nachwort von Fritz Paul. Aus dem Dänischen von Anke Mann. it 44
– Die Pest in Bergamo
und andere Novellen. Aus dem Dänischen von Mathilde Mann. Mit Illustrationen von Heinrich Vogeler. it 265

W. Jan. Dschingis Khan
Mit einem Nachwort und Erläuterungen. it 461
– Batu Khan. it 462
– Zum letzten Meer. it 463

Jean Paul. Der ewige Frühling
Ausgewählt von Carl Seelig. Mit Zeichnungen von Karl Walser und mit einem Vorwort von Hermann Hesse. it 262
– Des Luftschiffers Giannozzo Seebuch und Über die natürliche Magie der Einbildungskraft
Mit Illustrationen von Emil Preetorius und Aufsätzen zu Jean Pauls Werk von Ralph-Rainer Wuthenow. it 144

Insel taschenbücher
Alphabetisches Verzeichnis

Goethe: Die Leiden des jungen Werther 25
Goethe: Liebesgedichte 275
Goethe: Maximen und Reflexionen 200
Goethe: Novellen 425
Goethe: Reineke Fuchs 125
Goethe/Schiller: Briefwechsel (2 Bände) 250
Goethe: Tagebuch der italienischen Reise 176
Goethe: Trostbüchlein 400
Goethe: Über die Deutschen 325
Goethe: Wahlverwandtschaften 1
Goethe: West-östlicher Divan 75
Goethe: Wilhelm Meisters Lehrjahre 475
Goethes letzte Schweizer Reise 375
Gogh: Briefe 177
Gogol: Der Mantel 241
Gontscharow: Oblomow 472
Grandville: Beseelte Blumen 524
Grandville: Staats- und Familienleben der Tiere (2 Bände) 214
Greenaway: Butterblumengarten 384
Greenaway: Mutter Gans 28
Grimmelshausen: Courasche 211
Grimms Märchen (3 Bände) 112/113/114
Grimm, Gebr.: Deutsche Sagen 481
Günther: Ein Mann wie Lessing täte uns not 537
Gundert: Marie Hesse 261
Gundlach: Der andere Strindberg 229
Hauff-Märchen (2 Bände) 216/217
Hawthorne: Der scharlachrote Buchstabe 436
Hebel: Bildergeschichte vom Zundelfrieder 271
Hebel: Kalendergeschichten 17
Heine: Memoiren des Herren von Schnabelewopski 189
Heine: Buch der Lieder 33
Heine: Reisebilder 444
Heine: Romanzero 538
Heine: Shakespeares Mädchen 331
Helwig: Capri, Magische Insel 390
Heras: Am Anfang war das Huhn 185
Heseler: Ich schenk' Dir was 556
Hesse: Dank an Goethe 129
Hesse: Geschichten aus dem Mittelalter 161
Hesse: Hermann Lauscher 206
Hesse: Kindheit des Zauberers 67
Hesse: Knulp 394
Hesse: Leben und Werk im Bild 36
Hesse: Magie der Farben 482
Hesse: Meisterbuch 310
Hesse: Piktors Verwandlungen 122
Hesse: Schmetterlinge 385
Hesse/Schmögner: Die Stadt 236
Hesse/Weiss: Der verbannte Ehemann 260
Hesse, Ninon: Der Teufel ist los 427
Hexenzauber 402
Hildesheimer: Waschbären 415
Hillmann: ABC-Geschichten 99
Hoban: Der Mausevater und sein Sohn 453
Hölderlin-Chronik 83
Hölderlin: Dokumente seines Lebens 221
Hölderlin: Hyperion 365
Höderlins Diotima Susette Gontard 447
Hofer. Leben und Werk in Daten und Bildern 363
E. T. A. Hoffmann: Elixiere des Teufels 304
E. T. A. Hoffmann: Das Fräulein von Scuderi 410
E. T. A. Hoffmann: Der goldne Topf 570
E. T. A. Hoffmann: Kater Murr 168
E. T. A. Hoffmann: Meister Floh 503
E. T. A. Hoffmann: Prinzessin Brambilla 418
E. T. A. Hoffmann: Der unheimliche Gast 245
Homer: Ilias 153
Horváth. Leben und Werk 237
Huch, Ricarda: Der Dreißigjährige Krieg (2 Bände) 22/23
Hugo: Notre-Dame von Paris 298
Ibsen: Nora 323
Idyllen der Deutschen 551
Indische Liebeslyrik 431
Jacobsen: Die Pest in Bergamo 265
Jacobsen: Niels Lyhne 44
Jan: Dschingis-Khan 461

Mordillo: Das Giraffenbuch II 71
Mordillo: Träumereien 108
Morgenländische Erzählungen 409
Morgenstern: Alle Galgenlieder 6
Morier: Die Abenteuer des Hadji Baba 523
Das Moritatenbuch 559
Moritz: Anton Reiser 433
Moritz: Götterlehre 419
Moskau 467
Motte-Fouqué: Undine 311
Mozart: Briefe 128
Musäus: Rübezahl 73
Die Nase: 549
Nestroy: Stich- und Schlagworte 270
Die Nibelungen 14
Nietzsche: Ecce Homo 290
Nietzsche: Unzeitgemäße Betrachtungen 509
Nietzsche: Zarathustra 145
Novalis. Dokumente seines Lebens 178
Okakura: Das Buch vom Tee 412
Orbeliani: Die Weisheit der Lüge 81
Orbis Pictus 9
Oskis Erfindungen 227
Ovid: Ars Amatoria 164
Das Papageienbuch 424
Paris 389
Pascal: Größe und Elend des Menschen 441
Paul: Der ewige Frühling 262
Paul: Feldprediger Schmelzle 505
Paul: Des Luftschiffers Gianozzo Seebuch 144
Petrarca: Dichtungen, Briefe, Schriften 486
Petronius: Satiricon 169
Petzet: Das Bildnis des Dichters Rilke, Becker-Modersohn 198
Phaïcon I 69
Phaïcon II 154
Platon: Phaidon 379
Platon: Theaitet 289
Pocci: Kindereien 215
Poe: Grube und Pendel 362
Polaris III 134
Pöppig: In der Nähe des ewigen Schnees 166
Poesie-Album 414
Polnische Volkskunst 448
Potocki: Die Handschrift von Saragossa (2 Bände) 139
Praetorius: Hexen-, Zauber- und Spukgeschichten aus dem Blocksberg 402
Prévost: Manon Lescaut 518
Quevedo: Der abenteuerliche Buscon 459
Quincey: Der Mord als eine schöne Kunst betrachtet 258
Raabe: Die Chronik der Sperlingsgasse 370
Raabe: Gänse von Bützow 388
Rabelais: Gargantua und Pantagruel (2 Bände) 77
Rache des jungen Meh 353
Die Räuber vom Liang Schan Moor (2 Bände) 191
Reden und Gleichnisse des Tschuang Tse 205
Richter: Familienschatz 34
Richter: Lebenserinnerungen 464
Rilke: Ausgesetzt auf den Bergen des Herzens 98
Rilke: Das Buch der Bilder 26
Rilke: Die drei Liebenden 355
Rilke: Duineser Elegien/Sonette an Orpheus 80
Rilke: Geschichten vom lieben Gott 43
Rilke: Neue Gedichte 49
Rilke: Späte Erzählungen 340
Rilke: Das Stunden-Buch 2
Rilke: Wladimir, der Wolkenmaler 68
Rilke: Zwei Prager Geschichten 235
Rilke. Leben und Werk im Bild 35
Robinson: Onkel Lubin 254
Römische Sagen 466
Rotterdam: Lob der Torheit 369
Rousseau: Königin Grille 332
Rousseau: Zehn Botanische Lehrbriefe für Frauenzimmer 366
Rumohr: Geist der Kochkunst 326
Runge. Leben und Werk im Bild 316
Sacher-Masoch: Venus im Pelz 469
Der Sachsenspiegel 218
Sagen der Juden 420
Sand: Geschichte meines Lebens 313
Sappho: Liebeslieder 309
Schadewaldt: Sternsagen 234